나는 장난감 신부와 결혼한다

나는 장난감 신부와 결혼한다

이상

박상순 옮기고 해설

I WED A TOY BRIDE

차례
_____

일러두기

□ 이상의 국문시를 모두 수록했다.

□ 이상의 시를 한글화했다. 시대의 변화로 이해하기 어려워진 한자의 뜻을 풀어
한글로 옮겼다. 옛 표현도 현재의 표준어로 바꾸었다

□ 시의 원문은 수정 없이 부록으로 수록했다.

□ 한글로 바꾼 것과 뜻을 풀어 옮긴 부분은 서체를 다르게 표시했다. 띄어쓰기가
없는 문장에서도 한자는 변별력이 강하다. 한글로 바꾸면 한자가 지닌 시각적
변별력이 사라지기 때문에, 한글로 바꾸거나 옮긴 부분은 서체를 다르게 했다.

□ 그동안 산문으로 보았던 「산책의 가을」, 「실낙원」, 「최저낙원」 3편은 시의
영역으로 위상을 조정했다.

□ 이상의 시 50편을 각각 분석한 해설을 실었다. 해설은 「모형 심장과 동적
시노그래피」라는 제목으로 묶었다.

1부

나는 장난감 신부와 결혼한다

이상(1910-1937)

꽃나무

벌판한복판에 꽃나무하나가있소 근처에는 꽃나무가하나도없
소 꽃나무는제가생각하는꽃나무를 열심으로생각하는것처럼
열심으로꽃을피워가지고섰소. 꽃나무는제가생각하는꽃나무
에게갈수없소 나는막달아났소 한꽃나무를위하여 그러는것
처럼 나는참그런이상스러운흉내를내었소.

* 해설 95쪽, 원문 383쪽.

거울

거울속에는소리가없소
저렇게까지조용한세상은참없을것이오

◇

거울속에도 내게 귀가있소
내말을못알아듣는딱한귀가두개나있소

◇

거울속의나는왼손잡이오
내악수를받을줄모르는—악수를모르는왼손잡이오

◇

거울때문에나는거울속의나를만져보지를못하는구료마는
거울아니였던들내가어찌거울속의나를만나보기만이라도했겠소

◇

나는지금거울을안가졌소마는거울속에는늘거울속의내가있소
잘은모르지만외로된사업에골몰할게요

◇
거울속의나는참나와는반대요마는
또꽤닮았소
나는거울속의나를근심하고진찰할수없으니퍽섭섭하오

* 해설 102쪽, 원문 384쪽.

이런시

역사를하노라고 땅을파다가 커다란돌을하나 끄집어내어놓
고보니 도무지어디서인가 본듯한생각이들게 모양이생겼는데
일꾼들이 그것을메고나가더니 어디다갖다버리고온모양이길
래 쫓아나가보니 위험하기짝이없는큰길가더라.

그날밤에 한소나기하였으니 틀림없이그돌이깨끗이씻겼을
터인데 그이튿날가보니까 변괴로다 간데온데없더라. 어떤돌이
와서 그돌을업어갔을까 나는참이런처량한생각에서 아래와
같은작문을지었도다.

'내가 그렇게 사랑하던 그대여 내한평생에 차마 그대를 잊
을수없소이다. 내차례에 못올사랑인줄은 알면서도 나혼자는
꾸준히생각하리다. 자그러면 내내어여쁘소서.'

어떤돌이 내얼굴을 물끄러미 처다보는것만같아서 이런시는
그만찢어버리고싶더라.

* 해설 107쪽, 원문 386쪽.

14

오감도

시 제1호

13인의아해가도로로질주하오.
(길은막다른골목이적당하오.)

제1의아해가무섭다고그러오.
제2의아해도무섭다고그러오.
제3의아해도무섭다고그러오.
제4의아해도무섭다고그러오.
제5의아해도무섭다고그러오.
제6의아해도무섭다고그러오.
제7의아해도무섭다고그러오.
제8의아해도무섭다고그러오.
제9의아해도무섭다고그러오.
제10의아해도무섭다고그러오.

제11의아해가무섭다고그러오.
제12의아해도무섭다고그러오.
제13의아해도무섭다고그러오.
13인의아해는무서운아해와무서워하는아해와그렇게뿐이모였
소.(다른사정은없는것이차라리나았소)

그중에1인의아해가무서운아해라도좋소.
그중에2인의아해가무서운아해라도좋소.
그중에2인의아해가무서워하는아해라도좋소.
그중에1인의아해가무서워하는아해라도좋소.

(길은뚫린골목이라도적당하오.)
13인의아해가도로로질주하지아니하여도좋소.

* 해설 112쪽, 원문 387쪽.

16

오감도

시 제2호

나의아버지가나의곁에서조을적에나는나의아버지가되고또나
는나의아버지의아버지가되고그런데도나의아버지는나의아버
지대로나의아버지인데어쩌자고나는자꾸나의아버지의아버지
의아버지의……아버지가되니나는왜나의아버지를껑충뛰어넘
어야하는지나는왜드디어나와나의아버지와나의아버지의아버
지와나의아버지의아버지의아버지노릇을한꺼번에하면서살아
야하는것이냐

* 해설 124쪽, 원문 389쪽.

오감도

시 제3호

싸움하는사람은즉싸움하지아니하던사람이고또싸움하는사람은싸움하지아니하는사람이었기도하니까싸움하는사람이싸움하는구경을하고싶거든싸움하지아니하던사람이싸움하는것을구경하든지싸움하지아니하는사람이싸움하는구경을하든지싸움하지아니하던사람이나싸움하지아니하는사람이싸움하지아니하는것을구경하든지하였으면그만이다

* 해설 127쪽, 원문 390쪽.

오감도

시 제4호

환자의용태에관한문제

```
• 1234567890
0 • 123456789
90 • 12345678
890 • 1234567
7890 • 123456
67890 • 12345
567890 • 1234
4567890 • 123
34567890 • 12
234567890 • 1
1234567890 •
```

진단 0·1

26·10·1931

이상 책임의사 이 상

* 해설 132쪽, 원문 391쪽.

오감도

시 제5호

어떤뒤와좌우를없애는유일한 흔적에있어서

날개커도 날지못함 눈이커도 보지못함

뚱뚱하고키작은 신앞에내가쓰러져다쳤던일있음.

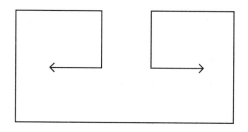

내장타는것은 물에빠진축사와구별될수있을런가.

* 해설 148쪽, 원문 392쪽.

오감도

시 제6호

앵무 ✳ 2필
　　　　2필

　✳ 앵무는포유류에속하느니라.
내가2필을아아는것은내가2필을아알지못하는것이니라. 물
론나는희망할것이니라.

　앵무　2필
‘이젊은여인은신사이상의부인이냐’‘그렇다’
나는거기서앵무가화를내는것을보았느니라. 나는부끄러워
서 얼굴이붉어졌었겠느니라.

　앵무　2필
　　　　2필
물론나는추방당하였느니라. 추방당할것까지도없이자퇴하
였느니라. 나의몸체는중심축의끝을잃고또상당히비틀거려서
그랬던지나는미미하게눈물떨구며울었느니라.
‘저기가저기지’‘나’‘나의—아—너와나’
‘나’
sCANDAL이라는것은무엇이냐. ‘너’‘너구나’
‘너지’‘너다’‘아니다 너로구나’ 나는함
뿍젖어서그래서짐승의무리처럼도망하였느니라. 물론그것
을아아는사람또는보는사람은없었지만그러나과연그럴는지

그것조차그럴는지.

* 해설 156쪽, 원문 393쪽.

오감도

시 제7호

아주먼귀양살이의땅에가지하나 • 한가지에피는밝은꽃 • 특
이한사월의화초 • 30송이 • 30송이둘레의전후되는양쪽의 거
울 • 새로튼싹과같이놀이하는지평을향하여금시금시넋을잃는
보름달 • 맑은시냇물의기운가운데 온몸상처투성이의보름달이
코를베이는형벌을당하여혼돈에빠지는 • 귀양살이의땅으로흘
러오는집에서보낸편지한통 • 나는근근히막아서서들었더라
• 흐릿한달의싹 • 고요함을덮어가리는대기권의가마득함 •
거대한고달픔가운데일년사월의빈골짜기 • 절름대고엎어넘어
지는별자리와 별자리의숱한갈라짐의막다른골목을허비고달아
나는거대한눈바람 • 쏟아지는흙먼지 • 핏빛빨강으로염색된
암염의가루 • 나의뇌를피뢰침삼아 아래로가라앉는광채흐르
는유골 • 나는탑속에갇힌독사와같이 지평에심은나무되어다
시는일어나움직일수없었더라 • 새벽이올때까지

* 해설 162쪽, 원문 394쪽.

오감도

시 제8호 해부

제1부시험　　　수술대　　　　1
　　　　　　　　수은바른평면경　1
　　　　　　　　기압　　　　　　2배의평균기압
　　　　　　　　온도　　　　　　관계없음

미리마취한정면으로부터입체와입체를위한입체가갖춰진것모
두를평면경에영상시킴. 평면경에수은을현재의반대쪽면에발라
서옮김. (광선침입방지에주의하여) 서서히마취를풀어줌. 펜한
자루와백지한장을지급함. (시험담임인은피시험인과포옹을절
대로기피할것) 차례대로수술실로부터피시험인을해방함. 이튿
날. 평면경의세로축을통과하여평면경을두조각으로절단함. 수
은바르기2회.
ETC 아직그만족한결과를거두지못하였음.

제2부시험　　　직립한 평면경　　1
　　　　　　　　조수　　　　　　　몇명

야외의진실을선택함. 미리마취된팔의맨끝을거울면에부착시킴.
평면경의수은을벗겨냄. 평면경을후퇴시킴. (이때영상된팔은반
드시유리를무사통과했다는것으로가설함) 팔의맨끝까지. 다음

수은바르기.(재래면에) 이순간공전과자전으로부터그진공을하차시킴. 완전히2개의팔을접수하기까지. 이튿날. 유리를전진시킴. 이어서수은을재래면에바름 (팔의처리) (혹은형태지우기) 기타. 수은을바른면의변경과전진후퇴의중복등.

ETC 이하미상

* 해설 168쪽, 원문 395쪽.

오감도

시 제9호 총구

매일같이거센바람이불더니드디어내허리에큼직한손이와닿는
다. 황홀한지문골짜기로내땀내가스며들자마자 쏘아라. 쏘으
리로다. 나는내소화기관에묵직한총신을느끼고내다물은입에
매끈매끈한총구를느낀다. 그러더니나는총쏘으듯이눈을감으
며한방총탄대신에나는참나의입으로무엇을내어배앝었드냐.

* 해설 176쪽, 원문 397쪽.

오감도

시 제10호 나비

찢어진벽지에죽어가는나비를본다. 그것은유계를오가는비밀한통화구다. 어느날거울가운데의수염에죽어가는나비를본다. 날개축처진나비는입김에어리는가난한이슬을먹는다. 통화구를손바닥으로꼭막으면서내가죽으면앉았다일어서듯이나비도날아가리라. 이런말이결코밖으로새어나가지는않게한다.

* 해설 181쪽, 원문 398쪽.

오감도

시 제11호

그사기컵은내해골과흡사하다. 내가그컵을손으로꼭쥐었을때
내팔에서는난데없는팔하나가접목처럼돋히더니그팔에달린손
은그사기컵을번쩍들어마룻바닥에메어부딪는다. 내팔은그사
기컵을목숨걸고지키고있으니산산이깨어진것은그럼그사기컵
과흡사한내해골이다. 가지났던팔이배암과같이내팔로기어들
기전에내팔이혹시움직였던들홍수를막은백지는찢어졌으리라.
그러나내팔은여전히그사기컵을사수한다.

* 해설 186쪽, 원문 399쪽.

오감도

시 제12호

때묻은빨래조각이한뭉텅이공중으로날아떨어진다. 그것은흰
비둘기의떼다. 이손바닥만한한조각하늘저편에전쟁이끝나고
평화가왔다는선전이다. 한무더기비둘기의떼가깃에묻은때를
씻는다. 이손바닥만한하늘이편에방망이로흰비둘기의떼를때
려죽이는불결한전쟁이시작된다. 공기에숯검정이가지저분하게
묻으면흰비둘기의떼는또한번이손바닥만한하늘저편으로날아
간다.

* 해설 195쪽, 원문 400쪽.

오감도

시 제13호

내팔이면도칼을 든채로끊어져떨어졌다. 자세히보면무엇에몹
시 위협당하는것처럼새파랗다. 이렇게하여잃어버린내두개팔
을나는 촛대세움으로내 방안에장식하여놓았다. 팔은죽어서
도 오히려나에게겁을내는것만같다. 나는이런얇다란예의를화
초분보다도사랑스레여긴다.

* 해설 199쪽, 원문 401쪽.

오감도

시 제14호

옛성앞풀밭이있고풀밭위에나는내모자를벗어놓았다.

　성위에서나는내기억에꽤무거운돌을매어달아서는내힘과
거리껏팔매질쳤다. 포물선을역행하는역사의슬픈울음소리.
문득성밑내모자곁에한사람의걸인이장승과같이서있는것을내
려다보았다. 걸인은성밑에서오히려내위에있다. 혹은종합된
역사의망령인가. 공중을향하여놓인내모자의깊이는절박한
하늘을부른다. 별안간걸인은떨리는모습을허리굽혀한개의
돌을내모자속에치뜨려넣는다. 나는벌써기절하였다. 심장이
두개골속으로옮겨가는지도가보인다. 싸늘한손이내이마에
닿는다. 내이마에는싸늘한손자국이찍혀언제까지지워지지않
았다.

* 해설 207쪽, 원문 402쪽.

오감도

시 제15호

1

나는거울없는실내에있다. 거울속의나는역시외출중이다. 나는지금거울속의나를무서워하며떨고있다. 거울속의나는어디가서나를어떻게하려는음모를하는중일까.

2

죄를품고식은침상에서잤다. 확실한내꿈에나는결석하였고의족을담은 군용장화가내꿈의 백지를더럽혀놓았다.

3

나는거울있는실내로몰래들어간다. 나를거울에서해방하려고. 그러나거울속의나는침울한얼굴로동시에꼭들어온다. 거울속의나는내게미안한뜻을전한다. 내가그때문에갇혀있듯이그도나때문에갇혀서떨고있다.

4

내가결석한나의꿈. 내위조가등장하지않는내거울. 무능이라도좋은나의고독의갈망자다. 나는드디어거울속의나에게자살을권유하기로결심하였다. 나는그에게시야도없는들창을가리키었다. 그들창은자살만을위한들창이다. 그러나내가자살

하지아니하면그가자살할수없음을그는내게가르친다. 거울
속의나는불사조에가깝다.

5

내왼편가슴심장의위치를방탄금속으로엄폐하고나는거울속
의내왼편가슴을겨누어권총을발사하였다. 탄환은그의왼편가
슴을관통하였으나그의심장은바른편에있다.

6

모형심장에서붉은잉크가엎질러졌다. 내가지각한내꿈에서
나는극형을받았다. 내꿈을지배하는자는내가아니다. 악수할
수조차없는두사람을봉쇄한거대한죄가있다.

* 해설 212쪽, 원문 403쪽.

I WED A TOY BRIDE

1 밤

장난감신부살결에서 이따금 우유냄새가 나기도 한다. 머지아니하여 아기를낳으려나보다. **촛불을끄고** 나는 장난감신부귀에다대고 꾸지람처럼 속삭여본다.

"그대는 꼭 갓난아기와 같다."고……

장난감신부는 어둔데도 성을내고대답한다.

"**목장까지 산보갔다왔답니다.**"

장난감신부는 낮에 색색이풍경을암송해가지고온것인지도 모른다. 내수첩처럼 내가슴안에서 따근따근하다. 이렇게 영양분내를 코로맡기만하니까 나는 자꾸 수척해간다.

2 밤

장난감신부에게 내가 바늘을주면 장난감신부는 아무것이나 막 찌른다. 달력. 시집. 시계. 또 내몸 내 경험이들어앉아있음직한곳.

이것은 장난감신부마음속에 가시가 돋아있는증거다. 즉 장미꽃처럼……

내 거벼운무장에서 피가좀난다. 나는 이 상채기를고치기
위하여 날만어두면 어둠속에서 싱싱한밀감을먹는다. 몸에
반지밖에가지지않은 장난감신부는 어둠을 커튼열듯하면서
나를찾는다. 얼른 나는 들킨다. 반지가살에닿는것을 나는
바늘로잘못알고 아파한다.

촛불을켜고 장난감신부가 밀감을찾는다.

나는 아파하지않고 모른체한다.

* 해설 221쪽, 원문 405쪽.

•흰•꽃•을•위•한•시•

(소영위제)

1

달빛속에있는네얼굴앞에서내얼굴은한장얇은피부가되
어너를칭찬하는내말씀이발음하지아니하고미닫이를간
지르는한숨처럼동백꽃밭냄새지니고있는네머리털속으
로기어들면서모심듯이내설움을하나하나심어가네나

2

진흙밭헤매일적에네구두뒤축이눌러놓은자욱에비나려
가득고였으니이는온갖네거짓말네농담에한없이고단한이
설움을울음으로울기전에땅에놓아하늘에부어놓는내억
울한술잔네발자욱이진흙밭을헤매이며헤뜨려놓음이냐

3

달빛이내등에묻은거적자욱에앉으면내그림자에는실고
추같은피가아물거리고대신혈관에는달빛에놀란차가운
물이방울방울젖기로니너는내벽돌을씹어삼킨원통하게
배고파이지러진헝겊심장을들여다보면서어항이라하느냐

* 해설 231쪽, 원문 407쪽.

36

거리 밖의 거리

(가외가전)

시끄러운소리때문에마멸되는몸이다. 모두소년이라고들그러는데늙은이인기색이많다. 가혹한고문에씻기워서주판알처럼자격너머로튀어오르기쉽다. 그러니까육교위에서또 하나의편안한대륙을내려다보고근근히산다. 나이가같은또래들이시시거리며떼를지어다리밟기를한다. 그렇지않아도육교는또달빛으로충분히천칭처럼제무게에끄덕인다. 타인의그림자는우선넓다. 미미한그림자들이얼떨김에모조리앉아버린다. 앵두가진다. 씨앗도연기되어사라진다. 정탐도흐지부지—있어야옳을박수가어째서없느냐. 아마아버지를반역한가싶다. 묵묵히—계획을봉쇄한체하고말을하면사투리다. 아니—이 말없음이시끄러운소리의사투리리라. 쏟으려는노릇—날카로운몸끝이싱싱한육교가운데심한구석을진단하듯어루만지기만한다. 나날이썩으면서가리키는방향으로기적처럼골목이뚫렸다. 썩는것들이떨어져높낮이나며골목으로몰린다. 골목안에는치사스러워보이는문이있다. 문안에는금니가 있다. 금니안에는추잡한혀가달린폐질환이있다. 오—오—. 들어가면나오지못하는타입깊이가장부를닮는다. 그위로짝바뀐구두가비틀거린다. 어느균이어느아랫배를앓게하는것이다. 질다.

되새긴다. 늙은여자니까. 맞은편평평하고매끄러운유리위에풀

어녹인정체를바른졸음오는혜택이뜬다. 꿈─꿈─꿈을짓밟는 허망한힘든노동─이세기의무력한고단함과살인적기세가 바둑 판처럼널리깔렸다. 먹어야사는입술이악의로구긴진창위에서슬 며시식사흉내를낸다. 아들─여러아들─늙은여자의결혼을건 어차는여러아들들의육중한구두─구두바닥의징이다.

층단을몇벌이고아래로내려가면갈수록우물이드물다. 좀지각 해서는텁텁한바람이불고─하면학생들의지도가요일마다색칠 을고친다. 객지에서어쩔수없어다소곳하던지붕들이어물어물 한다. 즉이마을은바로여드름돈는계절이래서으쓱거리다잠꼬 대위에더운물을붓기도한다. 목마름─이목마름때문에견디지 못하겠다.

태고의호수바탕이던땅이짜다. 가림막을버틴기둥이젖어들어온 다. 구름이근경에오지않고오락없는공기속에서가끔편도선들 을앓는다. 화폐의스캔들─발처럼생긴손이염치없이늙은여자 의아파서괴로워하는손을잡는다.

눈에띄지않는폭군이잠입하였다는소문이있다. 아기들이번번이 애총이되고되고한다. 어디로피해야저어른구두와어른구두가

맞부딪는꼴을안볼수있으랴. 한창급한시각이면가가호호들이
한데어우러져서멀리포성과주검의반점이제법은은하다.

여기있는것들은모두가그방대한방을쓸어생긴답답한쓰레기다.
낙뢰심한그방대한방안에는어디선가질식한비둘기만한까마귀
한마리가날아들어왔다. 그러니까강하던것들이돌림병든말잡
듯픽픽쓰러지면서방은지금폭발할만큼곱고깨끗하다. 반대로
여기있는것들은통요사이의쓰레기다.
간다. '손자'도실어놓은객차가방을피하나보다. 속기를펴놓은
걸상위에알뜰한접시가있고접시위에삶은계란한개─포크로터
뜨린노른자위겨드랑에서난데없이부화하는훈장모양의조류─
푸드덕거리는바람에모눈종이가찢어지고얼음벌판위에좌표잃
은부첩떼가난무한다. 담배에피가묻고그날밤에유곽도탔다. 번
식한거짓천사들이하늘을가리고온대로건넌다. 그러나여기있는
것들은뜨뜻해지면서한꺼번에들떠든다. 방대한방은속으로곪
아서벽지가가렵다. 쓰레기가막불어난다.

* 해설 237쪽, 원문 408쪽.

산책의 가을

산보 · 가을 · 예(例)

여인 유리장 속에 가만히 넣어둔 캔 밀크, 그렇지 구멍을 뚫지 않으면 밀크는 안 나온다. 단 홍백 혹은 녹 이렇게 색색이 칠로 발라놓은 레테르의 아름다움 외에, 그리고 뜻밖에도 묵직한 포옹의 즐거움밖에는 없는 법이니 여기 가을과 공허가 있다.

*

비 오는 백화점에 적(寂)! 사람이 없고 백화(百貨)가 내 그림자나 조용히 보존하고 있는 거리에 여인은 희붉은 종아리를 걷어 추켜 연분홍 스커트 밑에 야트막이 묵직이 흔들리는 곡선! 라디오는 점원 대표 서럽게 애수를 높이 노래하는 가을 스미는 거리에 세상 것 다 버려도 좋으나 단 하나 가지가지 과일보다 훨씬 맛남 직한 복숭아꽃빛 종아리 고것만은 참 내놓기가 아깝구나.

*

윈도 안의 석고—무사는 수염이 없고 비너스는 분 안 바른 살결을 찾을 길 없고 그리고 그 장황한 자세에 단념이 없는 윈도 안의 석고다.

*

소다의 맛은 가을이 섞여서 **정맥주사**처럼 차고 유니폼 소녀들 허리에 번적번적하는 깨끗한 밴드, 물방울 낙수 지는 유니폼에 벌거벗은 팔목 피부는 포장지보다 **맑고 고은 포장지**고 그리고 유니폼은 피부보다 맑고 고은 피부다. 백화점 새 물건 포장—밴드를 끄나풀처럼 꾀어들고 바쁘게 걸어오는 상자 속에는 물건보다도 훨씬훨씬 호기심이 더 들었으리라.

*

여름은 갔는데 검둥 사진은 왜 허물을 안 벗나. 잘된 사진에 간즐간즐한 소녀 마음이 창백한 **달빛** 아래서 **감광지**에 분 바르는 생각 많은 초저녁.

*

과일 가게는 문이 닫혔다. 유리창 안쪽에 과일 **호흡**이 어려서는 살짝 바나나에 복숭아—비밀도 가렸으니 이제는 아무도 과일 사러 오지는 않으리라. 과일은 마음껏 굴려보아도 좋고 덜 익은 수박 같은 **주인** 머리에 부딪쳐 보아도 좋건만 과일은 묵묵! 복숭아에 바나나에, 복숭아에 바나나에, 복숭아에 바나나에—

*

  인쇄소 속은 죄 좌(左)다. 직공들 얼굴은 모두 거울 속에 있었다. 밥 먹을 때도 일일이 왼손이다. 아마 또 내 눈이 왼손잡이였는지 모르지만 나는 쉽사리 왼손으로 직공과 악수하였다. 나는 교묘하게 좌 된 지식으로 직공과 회화하였다. 그들 휴게와 마주 앉아―그런데 웬일인지 그들의 서술은 우(右)다. 나는 이 방대한 좌와 우의 교차에서 속 거북하게 졸도할 것 같길래 그냥 문밖으로 뛰어나갔더니 과연 한 발자국 지났을 적에 직공은 일제히 우로 돌아갔다. 그들이 한가한 사람과 대화하는 것은 똑 직장 밖에 있는 조건인 것을 알 수 있었다.

*

  청계천 헤벌어진 수채 속으로 비행기에서 광고 삐라. 향국(鄕國)의 아이는 거진 삐라같이 삐라를 주우려고 떼 지었다 헤어졌다 지저분하게 흩날린다. 마꾸닝 회충 구제(驅除). 그러나 한 아이도 그것을 읽을 줄 모른다. 향국의 아이는 죄다 회충이다. 그래서 겨우 수챗구멍에서 노느라고 배 아픈 것을 잊어버린다. 아이의 양친은 쓰레기라서 너희 아이를 내어다버렸는지는 모르지만 빼빼 마른 송사리처럼 통제 없이 왱왱거리면서 잘도 논다.

롤러스케이트장의 요란한 **풍경**, 라디오 **효과**처럼 이것은 또
계절의 웬 **계절** 위조일까. 달**빛**이 푸르니 그것은 **흡사** 교외의
음향! 그런데 롤러스케이트장은 겨울—이 땀 흘리는 겨울 앞
에 서서 찌꺼기 여름은 소름끼치며 땀 흘린다. 어떻게 저렇게
겨울인 체 잘도 하는 **복사** 얼음판 위에 너희 인간들도 **결국** 알
고 보면 **인간 모형**인지 누가 아느냐.

* 해설 254쪽, 원문 411쪽.

명경

여기 한페이지 거울이있으니
잊은계절에서는
엎은머리가 **폭포**처럼내리우고

울어도 젖지않고
맞대고 웃어도 휘지 않고
장미처럼 착착 접힌
귀
들여다보아도 들여다보아도
조용한 세상이 맑기만 하고
코로는 **피로**한 향기가 오지 않는다.

만적 만적하는대로 수심(愁心)이**평행**하는
부러 그러는것같은 **거절**
오른쪽으로 옮겨앉은 심장일망정 고동이
없으란법 없으니

설마 그러랴? 어디촉진(觸診)……
하고 손이갈때 지문이지문을 가로막으며
선뜩하는 **차단**뿐이다.

오월이면 하루 한번이고
열번이고 외출하고 싶어하더니
나갔던길에 안돌아오는수도있는법

거울이 책장 같으면 한장 넘겨서
맞섰던 계절을 만나련만
여기 있는 한페이지
거울은 페이지의 그냥표지—

* 해설 262쪽, 원문 414쪽.

역단

그이는백지위에다연필로한사람의운명을흐릿하게초를잡아놓
았다. 이렇게홀홀한가. 돈과과거를거기다가놓아두고어수선함
속으로몸을써넣어본다. 그러나거기는타인과약속된악수가있
을뿐, 다행히빈칸을입어보면높이와넓이도맞지않고안들인다.
어떤빈터전을찾아가서실컷잠자코있어본다. 배가아파들어온
다. 괴로운발음들다삼켜버린까닭이다. 간사한문서를때려주고
또먹살을잡고끌고와보면그이도돈도없어지고피곤한과거가멀
거니앉아있다. 여기다좌석을두어서는안된다고그사람은이리
로위치를파헤쳐놓는다. 비켜서는힘악한것들에허망과복수를느
낀다. 그이는앉은자리에서그사람이평생을살아보는것을보고
는살짝달아나버렸다.

* 해선 271쪽, 원문 416쪽.

역단

화로

방거죽에극한이와닿았다. 극한이방속을넘본다. 방안은견딘다.
나는독서의뜻과함께힘이든다. 화로를꽉쥐고집의집중을잡아
당기면유리창이움폭해지면서극한이혹처럼방을누른다. 참다
못하여화로는식고차갑기때문에나는적당스러운방안에서쩔쩔
맨다. 어느바다에밀물이드나보다. 잘다져진방바닥에서어머니
가생기고어머니는내아픈데에서화로를떼어가지고부엌으로나
가신다. 나는겨우폭동을기억하는데내게서는억지로가지가돋
는다. 두팔을벌리고유리창을가로막으면빨래방망이가내등의
더러운옷을두들긴다. 극한을걸머메는어머니—기적이다. 기침
약처럼따끈따끈한화로를한아름담아가지고내체온위에올라서
면독서는겁이나서곤두박질을친다.

* 해설 277쪽, 원문 417쪽.

역단

아침

캄캄한공기를마시면폐에해롭다. 폐벽에그을음이앉는다. 밤새
도록나는엄살을앓는다. 밤은참많기도하더라. 실어내가기도하
고실어들여오기도하고하다가잊어버리고새벽이된다. 폐에도아
침이켜진다. 밤사이에무엇이없어졌나살펴본다. 습관이도로와
있다. 다만내치사한책이여러장찢겼다. 초췌한결론위에아침햇
살이자세히적힌다. 영원히그코없는밤은오지않을듯이.

* 해설 280쪽, 원문 418쪽.

가정

문을암만잡아당겨도안열리는것은안에생활이모자라는까닭이다. 밤이사나운꾸지람으로나를조른다. 나는우리집내문패앞에서여간성가신게아니다. 나는밤속에들어서서제웅처럼자꾸만줄어든다. 식구야막아놓은창문어디라도한구석터놓아다오내가거두어져들어가야하지않나. 지붕에서리가내리고뾰족한데는바늘처럼달빛이묻었다. 우리집이앓나보다그러고누가힘에겨운도장을찍나보다. 수명을헐어서전당잡히나보다. 나는그냥문고리에쇠사슬늘어지듯매어달렸다. 문을열려고안열리는문을열려고.

* 해설 283쪽, 원문 419쪽.

역단

행로

기침이난다. 공기속에공기를힘들여배알아놓는다. 답답하게걸
어가는길이내스토리요기침해서찍는구두점을심심한공기가주
물러서삭여버린다. 나는한장이나걸어서철로를건너지를적에
그때누가내경로를디디는이가있다. 아픈것이예리한칼날에베
어지면서철로와十자로어울린다. 나는무너지느라고기침을떨
어뜨린다. 웃음소리가요란하게나더니자조하는표정위에독한잉
크가끼얹힌다. 기침은사념위에그냥주저앉아서떠든다. 기가탁
막힌다.

* 해설 285쪽, 원문 420쪽.

지비

내키는커서다리는길고왼다리아프고아내키는작아서다리는짧
고바른다리가아프니내바른다리와아내왼다리와성한다리끼리
한사람처럼걸어가면아아이부부는부축할수없는절름발이가되
어버린다무사한세상이병원이고꼭치료를기다리는무병이끝끝
내있다

지비

—어디갔는지모르는아내

○ 지비 1

아내는 아침이면 외출한다 그날에 해당한 한남자를 속이려
가는것이다 순서야 바뀌어도 하루에한남자이상은 대우하지않
는다고 아내는 말한다 오늘이야말로 정말돌아오지않으려나보
다하고 내가 완전히 절망하고나면 화장은있고 인상은없는얼굴
로 아내는 그런모습처럼 간단히돌아온다 나는 물어보면 아내
는 모두솔직히 이야기한다 나는 아내의일기에 만일 아내가나
를 속이려들었을때 함직한속기를남편된자격밖에서 민첩하게
대서한다

○ 지비 2

아내는 정말 조류였던가보다 아내가 그렇게 수척하고 거벼
워졌는데도 날지못한것은 그손가락에 끼웠던 반지때문이다
오후에는 늘 분을바를때 벽한겹걸러서 나는 새장을 느낀다 얼
마안가서 없어질때까지 그 파르스레한주둥이로 한번도 쌀알
을 쪼으려들지않았다 또 가끔 미닫이를열고 푸른하늘을 처다
보면서도 고운목소리로 지저귀려들지않았다 아내는 날줄과

죽을줄이나 알았지 지상에 발자국을 남기지않았다 비밀한발
은 늘버선신고 남에게 안보이다가 어느날 정말 아내는 없어졌
다 그제야 처음방안에 새똥냄새가 풍기고 날개퍼덕이던 상처
가 도배위에 은근하다 헤뜨러진 깃부스러기를 쓸어모으면서
나는 세상에도 이상스러운것을얻었다 퍼져흩어진총탄 아아아
내는 조류이면서 그렇게 닻과같은쇠를삼켰더라그리고 주저앉
았었더라 흩어진총탄은 녹슬었고 솜털냄새도 나고 천근무게
더라 아아

○ 지비 3

이방에는 문패가없다 개는이번에는 저쪽을 향하여짖는다
비웃음같이 아내의벗어놓은 버선이 나같은빈속의표정을보이
면서 곧걸어갈것같다 나는 이방을 첩첩이닫고 외출한다 그제
야 개는 이쪽을향하여 마지막으로 슬프게 짖는다

* 해설 291쪽, 원문 422쪽.

보통기념

시가에 전화가일어나기전
역시나는 '뉴튼'이 가르치는 물리학에는 픽무지하였다

나는 거리를 걸었고 가게앞에 쌓은사과의 산을보면은매일같
이 물리학에 낙제하는 뇌수에피가묻은것처럼자그만하다

계집을 신용치않는나를 계집은 절대로 신용하려들지 않는다
나의말이 계집에게 낙체운동으로 영향되는일이없었다

계집은 늘내말을 눈으로들었다 내말한마디가 계집의눈자위
에 떨어져 본적이없다

기어코 시가에는 전화가일어났다 나는 오래 계집을잊었었다
내가나를 버렸던까닭이었다

주제도 더러웠다 때낀 손톱은길었다
하는 일없는나날을 피난소에서 이런일 저런일
'우라까에시'(뒤집기) 재봉에 골몰하였더니라

종이로 만든 푸른솔잎가지에 또한 종이로 만든횐학의몸체한

개가 서있다 쓸쓸하다

화롯가햇볕같이 밝은데는 **열대의** 봄처럼 부드럽다 그한구석
에서 나는지구의 공전일주를 **기념**할줄을 다알았더라

* 해설 297쪽, 원문 424쪽.

금제

내가기르던개는튼튼하대서모조리실험동물로바쳐지고그중에
서비타민E를지닌개는학문연구에알맞지않음과생물다운질투로
해서박사에게흠씬얻어맞는다하고싶은말을개짖듯뱉아놓던세
월은숨었다. 의과대학허전한마당에우뚝서서나는죽을힘을다
해금제를앓는다. 논문에출석한억울한머리뼈에는영원히이름이
없는법이다.

* 해설 301쪽, 원문 426쪽.

절벽

꽃이보이지않는다. 꽃이향기롭다. 향기가피어난다. 나는거기
묘혈을판다. 묘혈도보이지않는다. 보이지않는묘혈속에나는들
어앉는다. 나는눕는다. 또꽃이향기롭다. 꽃은보이지않는다.
향기가피어난다. 나는잊어버리고다시**또**거기묘혈을판다. 묘혈
은보이지않는다. 보이지않는묘혈로나는꽃을깜빡잊어버리고
들어간다. 나는정말눕는다. 아아. 꽃이또향기롭다. 보이지도
않는꽃이―보이지도않는꽃이.

* 해설 305쪽, 원문 427쪽.

봄을 사다(매춘)

기억을맡아보는신체기관이불같은하늘아래생선처럼상해들
어가기시작한다. 조삼모사의싸이폰작용. 감정의숨가뿐휩
쓸림.

나를넘어뜨릴피로는오는족족피해야겠지만이런때는대담하게
나서서혼자서도넉넉히어느누구보다다른것이어야겠다.

빠져나가는몸. 신발을벗어버린발이빈하늘에서발을헛디딘다.

* 해설 311쪽, 원문 428쪽.

생애

내두통위에신부의장갑이머릿돌되면서내려앉는다. 써늘한무게때문에내두통이비켜설기력도없다. 나는견디면서여왕벌처럼수동적인맵시를꾸며보인다. 나는어차피주춧돌밑에서평생이원한이거니와신부의생애를침식하는내무성한어둠의손찌거미를불개아미와함께잊어버리지는않는다. 그래서신부는그날그날까무러치거나수컷벌처럼죽고죽고한다. 두통은영원히비켜서는수가없다.

* 해설 315쪽, 원문 429쪽.

침몰

죽고싶은마음이칼을찾는다. 칼은날이접혀서퍼지지않으니날
을부르짖는초조가절벽에그치려든다. 억지로이것을안에떠밀
어놓고또간곡히참으면어느결에날이어디를건드렸나보다. 내부
의출혈이빽빽해온다. 그러나피부에상채기를얻을길이없으니악
령나갈문이없다. 갇힌자수로하여체중은점점무겁다.

* 해설 318쪽, 원문 430쪽.

내부

입안에짠맛이돈다. 혈관으로흥건한묵흔이몰려들어왔나보
다. 참회로벗어놓은내구긴피부는백지로도로오고붓지나간
자리에피가멍울져맺혔다. 방대한묵흔의거센흐름은온갖합음이
리니분간할길이없고다문입안에그득찬서언이캄캄하다. 생
각하는무력이이윽고입을벌려젖히지못하니심판받으려야진
술할길이없고애정에빠져잠기면번져서형태가사라져버린옛전
례만이죄업이되어이생리속에영원히기절하려나보다.

* 해설 322쪽, 원문 431쪽.

자상

여기는어느나라의데드마스크다. 데드마스크는도둑맞았다는
소문도있다. 풀이북쪽끝에서팔팔하지않던이수염은절망을알
아차리고자라나지않는다. 아주먼옛날로푸른하늘이허방빠져있
는함정에유언이돌비석처럼은근히침몰되어있다. 그러면이곁을
낯선손짓발짓의신호가지나가면서무사히스스러워한다. 점잖던
내용이이래저래구기기시작이다.

* 해설 326쪽, 원문 432쪽.

위독

백화

내두루마기깃에달린정조배지를내어보였더니들어가도좋다고
그런다. 들어가도좋다던여인이바로제게좀선명한정조가있으
니어떠냔다. 나더러세상에서얼마짜리화폐노릇을하는셈이냐
는뜻이다. 나는일부러다홍헝겊을흔들었더니요조하다던정조
가성을낸다. 그러고는칠면조처럼쩔쩔맨다.

* 해설 332쪽, 원문 433쪽.

추구

아내를즐겁게할조건들이침입하지못하도록나는창과문를닫고
밤낮으로꿈자리가사나워서나는가위를눌린다어둠속에서무
슨냄새의꼬리를체포하여단서로내집내발길이미치지않은흔적
을추구한다. 아내는외출에서돌아오면방에들어서기전에세수를
한다. 닦아온여러벌표정을벗어버리는추행이다. 나는드디어한
조각독한비누를발견하고그것을내허위뒤에다살짝감춰버렸다.
그리고이번꿈자리를생각하며기다린다.

* 해설 337쪽, 원문 434쪽.

위치

중요한위치에서한성격의심술이비극을연역하고있을즈음범위
에는타인이없었던가. 한그루―화분에심은외국어의관목이막돌
아서서나가버리려는동기요화물의방법이와있는의자가주저앉
아서귀먹은체할때마침내가구두점처럼고사이에끼기어들어섰
으니나는내책임의맵시를어떻게해보여야하나. 슬픈이야기가주
석을달게됨을따라나는슬퍼할준비라도하노라면나는못견뎌모
자를쓰고밖으로나가버렸는데웬사람하나가여기남아내분신제
출할것을잊어버리고있다.

* 해설 340쪽, 원문 435쪽.

위독

문벌

묘지에계신백골까지가내게혈청의원가상환을세차게요청하고있
다. 천하에달이밝아서나는오들오들떨면서여러곳에서들킨다.
당신의인감이이미효력을잃은지오랜줄은꿈에도생각하지않으
시나요—하고나는의젓이대꾸를해야겠는데나는이렇게싫은결
산의함수를내몸에지닌내도장처럼쉽사리풀어버릴수가참없다.

* 해설 342쪽, 원문 436쪽.

위독

육친

크리스트를닮은남루한사나이가있으니이이는그의종생과목숨
까지도내게떠맡기려는사나운마음씨다. 내시시각각에늘어서
서한시대나눌변인트집으로나를위협한다. 은혜와사랑―나의
착실한경영이늘새파랗게질린다. 나는이육중한크리스트의별
신을암살하지않고는내문벌과내음모를약탈당할까참걱정이다.
그러나내신선한도망이 그끈적끈적한청각을벗어버릴수가없다.

* 해설 343쪽, 원문 437쪽.

정식

정식 I

해저에가라앉는한개닻처럼작은칼이그몸통속으로형체가사라
져버리더라완전히닳아없어졌을때완전히사망한한개작은칼이
위치에내버려져있더라

정식 II

나와그알지못할험상궂은사람과나란히앉아뒤를보고있으면기
상은다몰수되어없고선조가느끼던시사의증거가최후의철의성
질로두사람의교제를금하고있고가졌던농담의마지막순서를내
어버리는이캄캄한암흑가운데의분발은참비밀이다그러나오직
그알지못할험상궂은사람은나의이런노력의기색을어떻게살펴
알았는지그때문에그사람이아무것도모른다하여도나는또그
때문에억지로근심하여야하고지상맨끝정리인데도깨끗이마음
놓기참어렵다.

정식 Ⅲ

웃을수있는시간을가진표본두개골에근육이없다

정식 Ⅳ

너는누구냐그러나문밖에와서문을두드리며문을열라고외치니
나를찾는일심이아니고또내가너를도무지모른다고한들나는차
마그대로내어버려둘수는없어서문을열어주려하나문은안으로
만고리가걸린것이아니라밖으로도너는모르게잠겨있으니안에
서만열어주면무엇을하느냐너는누구기에구태여닫힌문앞에탄
생하였느냐

정식 Ⅴ

키가크고유쾌한수목이키작은자식을낳았다레일이평평하게기
운곳에풍매식물의씨가떨어지지만냉담한배척이한결같이관목
은풀잎으로쇠약하고풀잎은아래로향하고그밑에서푸른뱀은점

점여위어가고땀이흐르고머지않은곳에서수은이흔들리고숨어
흐르는수맥에말뚝박는소리가들렸다

정식 Ⅵ

시계가뻐꾸기처럼뻐꾹그러길래쳐다보니나무로만든뻐꾸기하
나가와서모로앉는다그럼저게울었을리도없고제법울까싶지도
못하고그럼아까운뻐꾸기는날아갔나

* 해설 346쪽, 원문 438쪽.

파첩

1

우아한여적이 내뒤를밟는다고 상상하라

내문 빗장을 내가지르는소리는내마음속의얼어붙는녹음이거
나 그'겹'이거나……

―무정하구나―

등불이 침침하니까 여적 흰젖빛의나체가 참 매력있는더러
움―아니면깨끗함이다

2

시가전이끝난도시 보도에'마'가어지럽다 당도의명을받들고달
빛이 이'마'어지러운위에 먹을 지르리라

(색이여 보호색이거라) 나는 이런일을흉내내어 껄껄 껄

3

인민이 픽죽은모양인데거의유골을남기지 않았다 처참한포화
가 은근히 습기를부른다 그런다음에는세상것이싹뜨지않는다
그러고어둔밤이어둔밤에계속된다

원숭이는 드디어 깊은수면에빠졌다 공기는흰젖빛으로화장하고
나는?

사람의시체를밟고집으로돌아오는길에 피부면에털이솟았다

멀리 내뒤에서 내독서소리가들려왔다

4
이 수도의폐허에 왜체신이있나
응? (조용합시다 할머니의하문입니다)

5
시트위에 내희박한윤곽이찍혔다 이런두개골에는해부도가참가
하지않는다
내앞쪽은가을이다 단풍근방에투명한홍수가가라앉는다
잠뒤에는손가락끝이짙은황색의소변으로 차갑더니 기어이 방
울이져서떨어졌다

6
건너다보이는2층에서대륙계집들창을닫아버린다 닫기전에 침
을뱉았다
마치 내게사격하듯이……
실내에전개될생각하고 나는질투한다 상기한팔다리를벽에기
대어 그 침을 들여다보면 음란한
외국어가하고많은세

균처럼 꿈틀거린다

나는 홀로 규방에병신을기른다 병신은가끔질식하고 혈액순환
이여기저기서망설거린다

7

단추를감춘다 남보는데서 '싸인'을하지말고··········어디 어
디 암살이 부엉이처럼 드새는지─누구든지모른다

8

··········보도 '마이크로폰'은 마지막 발전을 마쳤다
어둔밤을발굴하는달빛─
사체는 잃어버린체온보다훨씬차다 타고남은재위에 서리가내
렸건만······

별안간 파상철판이넘어졌다 완고한음향에는여운도없다
그밑에서 늙은 의원과 늙은 교수가 번차례로강연한다
'무엇이 무엇과 와야만되느냐'
이들의상판은 개개 이들의선배상판을닮았다
다사라진 역 안쪽에화물차가 우뚝하다 향하고있다

9

애도의표식을붙인암호인가 전류위에올라앉아서 사멸의'가
나안'을 가리킨다
도시의무너짐은 아―떠도는소문보다빠르다

10

시청은법전을감추고 어지럽게흩어지는 처분을거절하였다
'콘크리트' 전원에는 초근목피도없다 물체의음영에생리가없다
―고독한기술사'카인'은도시관문에서인력거를내리고 늘 이거
리를천천히걸으리라

실낙원

소녀

소녀는 확실히 누구의 사진인가 보다. 언제든지 잠자코 있다.

소녀는 때때로 복통이 난다. 누가 연필로 장난을 한 까닭이다. 연필은 유독하다. 그럴 때마다 소녀는 탄환을 삼킨 사람처럼 창백하고는 한다.

소녀는 또 때때로 각혈한다. 그것은 부상당한 나비가 와서 앉는 까닭이다. 그 거미줄 같은 나뭇가지는 나비의 체중에도 견디지 못한다. 나뭇가지는 부러지고 만다.

소녀는 작은 배 가운데 있었다―군중과 나비를 피하여. 냉각된 수압이―냉각된 유리의 기압이 소녀에게 시각(視覺)만을 남겨 주었다. 그리고 허다한 독서가 시작된다. 덮은 책 속에 혹은 서재 어떤 틈에 곧잘 한 장의 '얇다란 것'이 되어버려서는 숨고 한다. 내 활자에 소녀의 살결 냄새가 섞여 있다. 내 제본에 소녀의 인두 자죽이 남아 있다. 이것만은 어떤 강렬한 향수로도 헷갈리게 하는 수는 없을―

사람들은 그 소녀를 내 아내라고 해서 비난하였다. 듣기 싫다. 거짓말이다. 정말 이 소녀를 본 놈은 하나도 없다.

그러나 소녀는 누구든지의 아내가 아니면 안 된다. 내 자궁 가운데 소녀는 무엇인지를 낳아놓았으니—그러나 나는 아직 그것을 분만하지는 않았다. 이런 소름 끼치는 지식을 내어버리지 않고야—그렇다는 것이—체내에 먹어 들어오는 납으로 된 탄환처럼 나를 부식시켜 버리고야 말 것이다.

나는 이 소녀를 화장(火葬)해 버리고 그만두었다. 내 코로 종이 탈 때 나는 그런 냄새가 어느 때까지라도 낮게 떠돌면서 사라지려 들지 않았다.

육친의 장(章)

기독(基督)에 매우 흡사한 한 사람의 남루한 사나이가 있었다. 다만 기독에 비하여 눌변이요 어지간히 무지한 것만이 틀린다면 틀렸다.

나이 오십하고 하나.

나는 이 모조 기독을 암살하지 아니하면 안 된다. 그렇지

아니하면 내 일생을 압수하려는 기색이 바야흐로 농후하다.

한 다리를 절름거리는 여인—이 한 사람이 언제든지 돌아선 자세로 내게 육박한다. 내 근육과 골편(骨片)과 또 약소한 입방(立方)의 맑은 피와의 원가 상환을 청구하는 모양이다. 그러나—내게 그만 한 금전이 있을까. 나는 소설을 써야 서푼도 안 된다. 이런 흉장의 배상금을—도리어—물어내라 그러고 싶다. 그러나—

어쩌면 저렇게 심술궂은 여인일까. 나는 이 추악한 여인으로부터도 도망하지 아니하면 안 된다.

단 한 개의 상아 스틱. 단 한 개의 풍선.

묘혈에 계신 백골까지가 내게 무엇인가를 강하게 요구하고 있다. 그 인감(印鑑)은 이미 실효된 지 오랜 줄은 꿈에도 생각하지 않고.

(그 대상(代償)으로 나는 내 지능의 전부를 포기하리라.)

칠 년이 지나면 인간 전신의 세포가 최후의 하나까지 교체된다고 한다. 칠 년 동안 나는 이 육친들과 관계없는 식사를 하리라. 그리고 당신네들을 위하는 것도 아니고 또 칠 년 동안은 나를 위하는 것도 아닌 새로운 혈통을 얻어보겠다―하는 생각을 하여서는 안 되나.

돌려보내라고 하느냐. 칠 년 동안 금붕어처럼 개흙만을 토하고 지내면 된다. 아니―메기처럼.

실낙원

천사는 아무데도 없다. '파라다이스'는 빈터다.

나는 때때로 2, 3인의 천사를 만나는 수가 있다. 제각각 다 쉽사리 내게 '키스'하여 준다. 그러나 홀연히 그 당장에서 죽어버린다. 마치 수컷 벌처럼―

천사는 천사끼리 싸움을 하였다는 소문도 있다.

나는 B군에게 내가 향유하고 있는 천사의 시체를 처분하여 버릴 취지를 이야기할 작정이다. 여러 사람을 웃길 수도 있을 것이다. 사실 S군 같은 사람은 깔깔 웃을 것이다. 그것은 S군은 5척이나 넘는 훌륭한 천사의 시체를 10년 동안이나 충실하게 보관하여 온 경험이 있는 사람이니까―

천사를 다시 불러서 돌아오게 하는 응원기 같은 깃발은 없을까.

천사는 왜 그렇게 지옥을 좋아하는지 모르겠다. 지옥의 매력이 천사에게도 차차 알려진 것도 같다.

천사의 '키스'에는 색색이 독이 들어 있다. '키스'를 당한 사람은 꼭 무슨 병이든지 앓다가 그만 죽어버리는 것이 예사이다.

면경(面鏡)

철필 달린 펜 축(軸)이 하나, 잉크병. 글자가 적혀 있는 종이 조각. (모두가 한 사람치.)
부근에는 아무도 없는 것 같다. 그리고 그것은 읽을 수 없는 학문인가 싶다. 남아 있는 체취를 유리의 '냉담한 것'이 덕(德)하지 아니하니 그 비장한 최후의 학자는 어떤 사람이었는지 조사할 길이 없다. 이 간단한 장치의 정물(靜物)은 '투탕카멘'처럼 적적하고 기쁨을 보이지 않는다.

피만 있으면 최후의 혈구 하나가 죽지만 않았으면 생명은 어떻게라도 보존되어 있을 것이다.

피가 있을까. 혈흔을 본 사람이 있나. 그러나 그 난해한 문학의 끄트머리에 '사인'이 없다. 그 사람은—만일 그 사람이라는 사람은 그 사람이라는 사람이라면—아마 돌아오리라.

죽지는 않았을까—최후의 한 사람의 병사의—공을 평가하는 것조차 행하지 않을—영예를 일신에 지고. 지리하다. 그는 필시 돌아올 것인가. 그래서는 지친 몸에 가늘어진 손가락을 놀려서는 저 정물을 운전할 것인가.

그러면서도 결코 기뻐하는 기색을 보이지는 아니하리라. 지껄이지도 않을 것이다. 문학이 되어버리는 잉크에 냉담하리라. 그러나 지금은 한없는 고요이다. 기뻐하는 것을 거절하는 투박한 정물이다.

정물은 부득부득 피곤하리라. 유리는 창백하다. 정물은 골편까지도 노출한다.

시계는 좌향으로 움직이고 있다. 그것은 무엇을 계산하는 '미터'일까. 그러나 그 사람이라는 사람은 피곤하였을 것도 같다. 저 '칼로리'의 삭감—모든 기구는 연한(年限)이다. 거진거진—잔인한 정물이다. 그 굳세고 강해서 굽히지 않는 시인은 왜 돌아오지 아니할까. 과연 전사(戰死)하였을까.

정물 가운데 정물이 정물 가운데 정물을 저며내고 있다. 잔인하지 아니하냐.

초침을 포위하는 유리 덩어리에 남긴 지문은 소생하지 아니하면 안 될 것이다—그 비장한 학자의 주의를 환기하기 위하여.

자화상(습작)

여기는 도무지 어느 나라인지 분간을 할 수 없다. 거기는 태고(太古)와 전승(傳承)하는 판도(版圖)가 있을 뿐이다. 여기는 폐허다. '피라미드'와 같은 코가 있다. 그 구멍으로는 '유구한 것'이 드나들고 있다. 공기는 퇴색되지 않는다. 그것은 선조가 혹은 내 전신(前身)이 호흡하던 바로 그것이다. 동공에는 창공이 응고하여 있으니 태고의 영상의 약도다. 여기는 아무 기억도 유언(遺言)되어 있지는 않다. 문자가 닳아 없어진 석비처럼

문명의 '잡답(雜踏)한 것'이 귀를 그냥 지나갈 뿐이다. 누구는
이것이 '데스마스크'라고 그랬다. 또 누구는 '데스마스크'는
도적맞았다고도 그랬다.

주검은 서리와 같이 내려 있다. 풀이 말라버리듯이 수염은
자라지 않는 채 거칠어갈 뿐이다. 그리고 천기(天氣) 모양에
따라서 입은 커다란 소리로 외우친다─물 흐름처럼.

달의 상처(月傷)

그 수염 난 사람은 시계를 꺼내어 보았다. 나도 시계를 꺼내
어 보았다. 늦었다고 그랬다. 늦었다고 그랬다.

한 주일 밤이나 늦어서 달은 떴다. 그러나 그것은 너무나 심
통(心痛)한 차림차림이었다. 만신창이─아마 혈우병인가도 싶
었다.

지상에는 금시 코를 찌를 악취가 널리 퍼졌다. 나는 달이 있
는 반대 방향으로 걷기 시작하였다. 나는 걱정하였다─어떻게
달이 저렇게 비참한가 하는─

어제의 일을 생각하였다—그 암흑을—그리고 내일의 일도—
그 암흑을

달은 더디게도 행진하지 않는다. 나의 그 겨우 있는 그림자
가 상하(上下)하였다. 달은 제 체중에 견디기 어려운 것 같았
다. 그리고 내일의 암흑의 불길을 징후하였다. 나는 이제는 다
른 말을 찾아내지 않으면 안 되게 되었다.

나는 추운 겨울과 같은 천문(天文)과 싸워야 한다. 빙하와
설산 가운데 동결하지 않으면 안 된다. 그리고 나는 달에 대
한 일은 모두 잊어버려야만 한다—새로운 달을 발견하기 위하
여—

금시로 나는 도도한 대음향을 들으리라. 달은 추락할 것이
다. 지구는 피투성이가 되리라.

사람들은 전율하리라. 다친 달의 악혈(惡血)가운데 유영하
면서 드디어 결빙하여 버리고 말 것이다.

이상한 귀기(鬼氣)가 내 골수에 침입하여 들어오는가 싶다.
태양은 단념한 지상 최후의 비극을 나만이 예감할 수가 있을
것 같다.

드디어 나는 내 전방에 질주하는 내 그림자를 추격하여 앞설

수 있었다. 내 뒤에 꼬리를 이끌며 내 그림자가 나를 쫓는다.

　내 앞에 달이 있다. 새로운―새로운―불과 같은―혹은 화
려한 홍수 같은

* 해설 360쪽, 원문 444쪽.

최저낙원

1

공연(空然)한 아궁이에 침을 뱉는 기이한 버릇—연기로 하여 늘 내운 방향—머무르려는 성미—끌어가려 드는 성미—불현듯이 머무르려드는 성미, 색색이 황홀하고 아예 기억 못하게 하는 질서로소이다.

구역(嘔疫)을 헐값에 팔고 정가를 은익하는 가게 모퉁이를 돌아가야 혼탁한 탄산 가스에 젖은 말뚝을 만날 수 있고 흙 묻은 꽃밭 틈으로 막다른 하수구를 뚫는데 기실 뚫렸고 기실 막다른 어른의 골목이로소이다. 꼭 한 번 '데림프스'를 만져 본 일이 있는 손이 '리졸'에 가라앉아서 불안에 흠씬 끈적끈적한 백색 법낭질을 어루만지는 배꼽만도 못한 전등 아래—군마(軍馬)가 세류(細流)를 건너는 소리—산골짜기를 답사하던 습관으로는 수색(搜索) 뒤에 오히려 있는지 없는지 의심만 나는 깜빡 잊어버린 사기(詐欺)로소이다. 금단(禁斷)의 허방이 있고 법규 세척하는 흰 젖빛의 '석탄산수'요 내내 실낙원을 구련(驅練)하는 수염난 호령(號令)이로소이다. 오월이 되면 그 뒷간에 잔디가 태만(怠慢)하고 나날이 거뿐해 가는 체중을 가져다 놓고 따로 묵직해 가는 윗도리만이 고달프게 향수(鄕愁)하는 남만도 못한 인조 비단 깨끼저고리로소이다.

2

방문을 닫고 죽은 꿩 털이 아깝듯이 네 허전한 쪽을 후후 불어본다. 소리가 나거라. 바람이 불거라. 흡사(恰似)하거라. 고향이거라. 정사(情死)거라. 매 저녁의 꿈이거라. 단심(丹心)이거라. 펄펄 끓거라. 백지 위에 납작 업디거라. 그러나 네 끈에는 연화(鉛華)가 있고 너의 속으로는 소독(消毒)이 순회하고 하고 나면 도회의 설경(雪景)같이 지저분한 지문(指紋)이 어우러져서 싸우고 그냥 있다. 다시 방문을 열랴. 아스랴. 주저치 말랴. 어림없지 말랴. 견디지 말랴. 어디를 건드려야 건드려야 너는 열리느냐. 어디가 열려야 네 어저께가 들여다보이느냐. 마분지로 만든 임시 네 세간—은박지로 빚어놓은 수척한 학이 두 마리다. 그럼 천후(天候)도 없구나. 그럼 앞도 없구나. 그렇다고 네 뒤꼍은 어디를 디디며 찾아가야 가느냐. 너는 아마 네 길을 실없이 걷나 보다. 점잖은 개 잔등이를 하나 넘고 셋 넘고 넷 넘고—무수히 넘고 얼마든지 겪어 제치는 것이—해내는 용(龍)인가 오냐 네 행진이더구나. 그게 바로 도착이더구나. 그게 절차더구나. 그렇게 똑똑하더구나. 점잖은 개—가 떼—달빛이 은화(銀貨) 같고 은화가 달빛 같은데 멍멍 짖으면 너는 그럴테냐. 너는 저럴테냐. 네가 좋아하는 소나무 숲이 풍금처럼 밝아지면 목매 죽은 동무와 연기 속에 정조대 채워 금(禁)해 둔 산아제한의 독살스러운 항변을 홧김에 토해 놓는다.

3

　연기로 하여 늘 내운 방향—걸어가려 드는 성미—머무르려
드는 성미—색색이 황홀하고 아예 기억 못하게 하는 길이로소
이다. 안전을 헐값에 파는 가게 모퉁이를 돌아가야 최저낙원
의 부랑(浮浪)한 막다른 골목이요 기실 뚫린 골목이요 기실은
막다른 골목이로소이다.

　에나멜을 깨끗이 훔치는 리졸물 튀기는 산골짜기 소리 찾아
보아도 없는지 있는지 의심나는 머리끝까지의 사기로소이다.
금단의 허방이 있고 법규를 세척하는 흰 젖빛의 '석탄산'이요
또 실낙원의 호령이로소이다. 오월이 되면 그 뒷산에 잔디가
게으른 대로 나날이 거벼워가는 체중을 그 위에 내던지고 나
날이 무거워가는 마음이 혼곤히 향수하는 겹저고리로소이다.
혹 달이 은화 같거나 은화가 달 같거나 도무지 풍성한 삼경(三
更)에 졸리면 오늘 낮에 목 매달아 죽은 동무를 울고 나서—
연기 속에 망설거리는 B·C의 항변을 홧김에 방 안 그득히 토
해 놓는 것이로소이다.

4

방문을 닫고 죽은 꿩털을 아깝듯이 네 뚫린 쪽을 후후 불어본다. 소리 나거라. 바람이 불거라. 흡사하거라. 고향이거라. 죽고 싶은 사랑이거라. 매 저녁의 꿈이거라. 단심(丹心)이거라. 그러나 너의 곁에는 화장(化粧) 있고 너의 안에도 리졸이 있고 있고 나면 도회의 설경같이 지저분한 지문이 쩔쩔 난무할 뿐이다. 겹겹이 중문(中門)일 뿐이다. 다시 방문을 열까. 아슬까. 망설이지 말까. 어림없지 말까. 어디를 건드려야 너는 열리느냐 어디가 열려야 네 어저께가 보이느냐.

마분지로 만든 임시 네 세간─은박지로 빚어놓은 수척한 학두루미. 그럼 천기(天氣)가 없구나. 그럼 앞도 없구나. 그렇다고 뒤통수도 없구나. 너는 아마 네 길을 실없이 걷나 보다. 점잖은 개 잔등이를 하나 넘고 둘 넘고 셋 넘고 넷 넘고─무수히 넘고─얼마든지 해내는 것이 꺾어 제치는 것이 그게 행진이구나. 그게 도착이구나. 그게 순서로구나. 그렇게 똑똑하구나. 점잖은 개─멍멍 짖으면 너도 그럴테냐. 너는 저럴테냐. 마음 놓고 열어제치고 이대로 생긴 대로 후후 부는 대로 짓밟아라. 춤추어라. 깔깔 웃어버려라.

* 해설 366쪽, 원문 453쪽.

무제 1

내 마음에 크기는 한개 궐련 길이만하다고 그렇게 보고,
속마음은 숫제 성냥을 그어 궐련을 붙여서는
차라리 내게 자살을 권유하는도다.
내 마음은 과연 바지작 바지작 타들어가고 타는대로 작아가고,
한개 궐련 불이 손가락에 옮겨 붙으렬 적에
과연 나는 내 마음의 빈자리에 마지막 재가 떨어지는 부드러운
음향을 들었더니라.

속마음은 재떨이를 버리듯이 대문 밖으로 나를 쫓고,
완전한 공허를 시험하듯이 한마디 노크를 내 옷깃에남기고
그리고 조인이 끝난듯이 빗장을 미끄러뜨리는 소리
여러 번 굽은 골목이 담장이 좌우 못 보는 내 아픈 마음에
부딪혀
달은 밝은데
그때부터 가까운 길을 일부러 멀리 걷는 버릇을 배웠더니라.

* 해설 371쪽, 원문 457쪽.

무제 2

선행하는분주함을싣고 전차의앞창은
내투사를막는데
출분한아내의 귀가를알리는 '레리오드'의 대단원이었다.

너는어찌하여 네소행을 지도에없는 지리에두고
꽃잎떨어진 줄기 모양으로향료와 암호만을 휴대하고돌아왔
음이냐.

시계를보면 아무리하여도 일치하는 시일을 유인할수없고
내것 아닌지문이 그득한네육체가 무슨 조문을 내게구형하겠
느냐

그러나 이곳에출구와 입구가늘개방된 네사사로운 휴게실이
있으니 내가분주함중에라도 네거짓말을 적은편지를 '데스크'
위에놓아라.

* 해설 371쪽, 원문 458쪽.

90

1933, 6, 1

천칭위에서 삼십년동안이나 살아온사람 (어떤과학자) 삼십
만개나넘는 별을 다헤어놓고만 사람 (또한) 인간칠십 아니이
십사년동안이나 뻔뻔히살아온 사람 (나)

나는 그날 나의자서전에 자필의부고를 삽입하였다 이후나의
육신은 그런고향에는있지않았다. 나는 자신나의시가 차압당
하는꼴을 목도하기는 차마 어려웠기때문에.

* 해설 373쪽, 원문 459쪽.

2부

모형 심장과 동적 시노그래피

박상순

꽃나무

《가톨릭청년》(1933년 7월)에 발표했다. 이 잡지 편찬위원으로 시인 정지용, 서양화가 장발, 해방 이후 국무총리를 지낸 저술가이자 번역가 장면이 관여했다. 이상이 자신의 작품을 들고 정지용을 찾아갔고, 정지용의 결정으로 시를 발표하게 되었다. 정지용 또한 이 잡지에 다수의 작품을 발표했다.

일본어로 발행하던 건축잡지 《조선과 건축》에 1931년 일본어로 쓴 시를 본명 김해경으로 발표했었지만, 「꽃나무」는 이상(李箱)이라는 필명으로 발표한 한글시 3편(「꽃나무」, 「이런 시」, 「1933. 6. 1」) 가운데 맨앞에 놓인 시이다. 《조선과 건축》은 총독부 일본인 건축가들이 만든 단체(조선건축회)의 기관지였고, 단체의 회장은 총독부 관리, 명예회원은 이완용 등 3인의 대표적인 친일반역자였다. 《가톨릭청년》은 천주교 서울교구에서 1933년 6월 창간한 국한문 혼용 잡지로, 1934년 말부터는 한글만으로 발행했지만 1936년 폐간되었다. 따라서 「꽃나무」는, 마침내 한국 문단에 등장한 시인 이상의 첫 작품이다. 이후에는 오직 한글로만 시를 발표했다. 이 시에는 일본어 습작에서 나타나는 과장된 논리나 산술 기호 같은 것은 드러나지 않는다. 감정을 배제하고, 자연의 풍경에서 벗어나 독자적 형상성으로 나아갔고, '말하는 주체' 중심의 시적 진술이 있다.

벌판한복판에 꽃나무하나가있소

이상은 한복판이라는 말을 자주 사용한다. '시가지나 대도시, 하늘 한복판, 손수건 한복판, 밭, 뜰, 벌판의 한복판, 망각이나 발열의 한복판'으로 중앙 지점 이외의 뜻으로는 사용하

지 않았다. 하지만 벌판은 자연의 장소이기도 하고 망각의 벌
판처럼 추상적인 공간이기도 하다. 자연의 공간을 가리키는
용례가 더 많다. 꽃나무는 자연의 꽃나무에서 비롯된 상상이
지만 산문에서 배꽃, 작약꽃, 석류나무, 답싸리나무 등으로 쓴
것과는 다르게 꽃나무들의 총체를 막연하게 가리킨다. 꽃나
무라는 말은 소설(「지주회시」)에서만 한 번 '아직도 덜 진 꽃나
무'로 등장했다. 내용 전개상 이 시에서 굳이 어떤 꽃을 특정
할 필요는 없지만 이 꽃나무는 자연의 꽃나무인 동시에 말뿐
인 꽃나무(언어 기호로서의)이다. 벌판 또한 자연의 공간이면서
도 망각의 벌판처럼 추상적 공간이다. 결국 이 나무는 가상공
간의 꽃나무이다. 이런 시지각적 무대는 이상의 시에서 중요
하다. 이상의 시에는 인공적 무대가 존재한다.

근처에는 꽃나무가하나도없소

근처는 가까운 곳이다. 이상이 다른 뜻으로는 사용하지 않
았다. 이상에게는 '한복판'의 경우처럼 공간과 좌표에 대한 인
식이 뚜렷하다. 이 꽃나무는 고립되었거나 독립적인 꽃나무이
다. '하나도'는 이상의 글 곳곳에 많이 등장한다. 산문은 물론
소설 「지도의 암실」, 「휴업과 사정」, 「지팡이 역사」, 「날개」에도
등장한다. 일상생활에서도 이 말을 자주 썼을 것이다. 따라서
'하나도'는 시적 어휘로 특별히 조율된 것이 아니라 말하는 주
체의 진술성이 자연스럽게 드러난 결과이다.

꽃나무는제가생각하는꽃나무를 열심으로생각하는것처럼

이상의 소설에서 '생각'도 매우 많이 등장한다. 단편소설 한
페이지에서 일곱 번 쓰기도 한다. 온통 생각이 넘친다. 시에서

도 「꽃나무」, 「이런 시」, 「위독-내부」, 「위독-추구」 등에 등장한다. '생각'에는 기억, 판단, 예측, 상상, 의도, 느낌의 다양한 뜻이 있으니 이 꽃나무는 그런 생각에 열심이다.

열심으로꽃을피워가지고섰소

열심히 꽃을 피우고 서 있다. 여기에서 '서 있다'는 단순한 표현처럼 보이지만 '생각'보다 중요하다. 이상의 시에는 상태, 이동, 변화에 대한 어휘가 압도적으로 많기 때문이다. 그의 의식을 대변한다.

꽃나무는제가생각하는꽃나무에게갈수없소

이상의 글에서 생각은 좋은 것, 나쁜 것, 자살까지도 포함된다. 열심히 꽃을 피우니 어느 쪽이든 꽃나무가 바라는 방향이다. 근처에 다른 나무는 없으니 생각 속의 꽃나무이고, 생각의 실현은 불가능하다. 그렇지만 불가능함을 절망이나 결여라고 밀어붙일 근거는 이 시의 내부는 물론 이 세상 어디에도 없다.

나는막달아났소.

이상은 소설에서 '달아나다'를 달려 나가다, 도망치다(벗어나다), 사라지다의 뜻으로 사용했다. '마루창 한복판에 큰 구멍이 뚫려서 기차가 달아나는 대로 철로 바탕이 들여다보이는', '지팡이가 구멍으로 빠져 달아났으니'(「지팡이 역사」), '악착한 끄나풀을 끌러 던지고 훨훨 줄달음박질을 쳐서 달아나 버리고 싶었다.'(「지주회시」), '아내가 달아났다는 궁상'(「환시기」)으로 등장하는데, 부정적인 상태에서 도망친다는 뜻도 있지만 그저 달려 나가거나 벗어나는 이동성만을 가리키기도 한다.

한꽃나무를위하여 그러는것처럼

앞에서 꽃나무는 서 있는(고정된) 존재이기 때문에 움직일
수 없다. 꽃나무를 대신해 벗어나거나 달아난다.

나는참그런이상스러운흉내를내었소.

내가 꽃나무를 흉내내는 행위이다.

먼저 꽃나무를 제시했다. 제시 또는 암시(suggestion)는 19세
기에서 20세기로 넘어가는 시문학사의 중요한 방식으로 대안
적 의미, 함축 의미, 간접성, 애매성, 아이러니, 패러독스, 정서
적 언어를 동반한다. 암시가 되어 상징으로 나가기도 하고, 상
징으로 나가는 걸음을 첫 단계에서 멈추기도 한다. 상징주의
와 모더니즘의 차이이다. 이상은 걸음을 떼다가 곧 멈추었다.
이렇게 겨우 한두 걸음만 떼는 현실적 방식(제시, presented)이
모더니즘이다. 시적 표명(겉으로 드러내기)의 방식이다. 시적 언
어가 자신의 내부에 의미를 품고 있던 포장지에서 벗어나는
순간이 된다.

근처에 다른 나무는 없다는 진술은 독립적인 시적 오브제
를 드러내는 단절과 고립의 과정이다. '꽃나무'는 언어로서의
꽃나무지만 실재하는 자연도 끌어당긴다.

이상이 대학을 졸업한 1929년부터 1943년까지 일본 언어학
자 고바야시 히데오(小林英夫)는 경성제국대학에서 언어학을
강의했다. 그는 동양 최초의 소쉬르 번역자로 1928년 『일반언
어학 강의』 번역서를 출간했다. 언어에 대한 구조주의적 탐색
의 시기였다. 이상의 시에도 관계적 동일성과 개별적 동일성을
드러내면서도 달아나는 해체와 유동이 있다.

생각하는 꽃나무는 이상 자신의 심정이 투영되어 있는 꽃나무이다. 실현의 불가능함은 불행이나 절망이 아니다. 문학과 예술은 바로 그곳에서 출발한다. 꽃나무를 즐겨 그렸던 화가 빈센트 반 고흐는 살아 있는 동안에는 별에 갈 수 없고 죽음의 기차를 타야만 갈 수 있다고 말했지만, 별이 빛나는 밤하늘을 끊임없이 그렸다. 꽃나무와 별을 흉내냈다. 그의 꽃나무와 별빛도 자연에서 나왔지만 자연은 결코 아닌 이상스러운 별빛과 꽃나무이다.

흉내내기(mimicking)는 종속이나 동화를 가장한 의미의 교란이다. 중심을 흔들며 분산시키는 행위는 이상 시의 핵심 요소이다. 흉내내기가 발전하면 언어, 형식, 의식의 혼종화로 이어진다. 외부와 충돌(지배/피지배)하면서 나타난 세계적인 문화 현상이기도 하다.

영국 시인 예이츠는, '춤추는 여학생과 춤'을 분리할 수 없다는 시를 썼다. 이상은 그런 혼돈이나 일체화에 이르지는 않는다. 예이츠는 플라톤의 이데아를 말하다가 그것과 분리될 수 없는 춤으로 시를 끝냈다. 이 시에서 꽃나무의 생각 끝에는 어떤 이데아나 대단한 무엇은 없고, 불가능함을 확정한 흉내뿐이다. 그래서 이 꽃나무는 고립적 형상이고 즉물적이기도 하다.

그런 꽃나무를 가상의 무대에 자연처럼 세워 놓고, 자신을 투사하고, 꽃나무를 대신해 달려 나간다. 달아나고 달려 나가는 꽃나무 흉내를 낸다. 언어는 자연을 흉내내고, 인간은 꽃나무를 흉내내는 고립의 공간뿐이다. 그래서 이 시는 이데아로서의 스토리가 없는 이미지만의 영상, 페노메논(phenomenon, 현상)의 출현이기도 하다.

'꽃나무는 제가 생각하는 꽃나무에게 갈 수 없다'는 문장은 이상이 남긴 메모(月原橙一郎, 쓰키하라 도이치로)에 유사한 내용이 있다. "돌은 좋아하는 돌에게 갈 수가 없다"는 일본 시인의 글이다. 이상이 한 줄 가져와서 변형했다. 이상의 시에는 일본을 통해 받아들인 영국 모더니즘, 프랑스 초현실주의 등 다양한 정보의 조각들이 들어 있다. 문화 혼종화가 일어나는 그 시대의 모습이다. 하지만 이상은 자신에게 내재된 회화적 역량을 바탕으로 문학적으로 전환해 자기화했다.

이상의 시를 설명하면서 20세기 초반 여러 나라의 시와 미술을 비교할 것이지만, 이상이 그것들을 완전하게 이해해 실현했다고 볼 수는 없다. 큐비즘, 다다, 초현실주의, 러시아 아방가르드 등과 이상 시의 관계는 그것의 수용이나 반영으로만 볼 수 없다. 반영도 있지만 보편적인 회화적 시선과 핵심 조형 요소들이 문학을 통해 주체적 전환점을 만든 것으로 보아야 한다.

이상의 시에는 회화적 시선이 중심을 차지한다. 이 책에서 회화(繪畵)라는 용어는 평면 조형예술인 그림을 동서양화의 구분 없이 가리킨다. 수묵화, 유화, 수채화, 드로잉, 판화, 콜라주를 모두 포함한다. 이것은 물질, 형상, 공간을 다루는 기본적인 조형예술로 이상의 시에 물질성, 형상성, 공간성, 환영성(이미지, 일루전, 시뮬라크라), 개념(추상성, 수행성)으로 작용한다. 특정한 미술 경향 또한 보편적 회화성이 그것의 바탕이다.

형태나 형상의 제시는 시각화, 시지각적 인식이다. 동양에서도 형(形)은 견(見, 보다)의 대상(장즙, 『광아(廣雅)』 「석고(釋詁)」 3)이다. 형상은 시지각적 이미지로, 형상화는 문학으로서의 회화성 전개이다. 평면에서 입체와 공간을 다루는 회화는 의미의 장소(topos)를 조직한다. 미술에서의 회화성은 문학성과 같은 말이다. 이상에게는 시각(눈)을 넘어서는 회화성이 존재한다. 그것은 곧 '개념'과 '구조'이다.

하이데거는 반 고흐의 그림과 함께 존재와 존재자를, 베르그송은 세잔과 함께 지각의 현상학을, 푸코는 벨라스케스, 마네, 마그리트를 통해 에피스테메와 헤테로토피아를, 들뢰즈는 베이컨과 함께 기관 없는 신체를, 리오타르는 바넷 뉴먼의 그림과 함께 포스트모던의 숭고를 이야기했다. 회화성은 물질적 표면에서 감각과 인식, 시대정신과 미적 개념을 생산한다.

미적 실체의 생산은 선, 면, 형태, 빛, 색채, 명암 등의 다양한 조형 요소들의 이합집산으로 이루어진다. 그것의 구성 방식에 따라 어떤 경향이나 특정한 양식이 된다. 그런 운용을 미적으로 결정하고 실현하는 의식 또한 회화성이다.

「꽃나무」는 띄어쓰기를 군데군데 무시하면서도 띄어 놓았다. 띄어쓰기 위반은 전근대성과 현대성의 혼용이다. 원래 과거 한글에도 띄어쓰기가 없었으니 새로운 것은 아니고, 일본어나 한문도 띄어쓰기는 마침표 근처에나 있다. 따라서 과도기적 혼용과 형식 실험의 복합적 형태이다. 이 시에는 마침표도 두 군데만 있다. 실험의 의도는 분명하다. 그것은 정형적 운율(제도적인 리듬)과 서정(낭만주의적 감정 분출)의 파기에 있다.

이 책에서는 이상이 발표 당시 한자로 쓴 단어는 다른 서체로 표시했지만 「꽃나무」 원문에서 한자로 쓴 '근처, 열심, 위하여'는 변별성을 부여할 정도는 아니어서 구분하지 않았다. 이상의 시에서 글쓰기는 전통 문예로써의 쓰기(시서화 삼절, 詩書畫 三絶, visual literacy)나 현대적인 에크리튀르(écriture)의 특징도 있다.

거울

「꽃나무」 이후 석 달 뒤 다시 《가톨릭청년》(1933년 10월)에
발표했다. 이 거울에는 낭만주의적 축축함이나 감상은 없다.
영국 시인 토머스 흄(T. E. Hume)은 「낭만주의와 모더니즘」
(1912년)에서 딱딱함과 건조함을 강조했었다. 그것이 곧 모더
니즘과 이미지즘의 특징이다. 이상의 「거울」은 감정 표현은 물
론 매개하는 것의 재질도 딱딱하고 건조하다. 거울은 유리 뒷
면에 수은이나 알루미늄 등을 발라서 빛을 반사한다. 거울은
상을 비추는 표면이면서 인식이나 영역을 제한하는 건조한 틀
(프레임)이다.

그런 유리에 대해 정지용의 시 「유리창 1」은 "유리에 차고
슬픈 것이 어른거린다. 열없이 붙어 서서 입김을 흐리우니"라
고 썼다. 딱딱하고 건조한 재질인 유리에서 축축함(입김)과 개
인의 감정(슬픔)으로 나아가는 낭만주의적 표현이다. 그러나
이상의 유리는 건조한 표면에서 이미지와 대립한다.

거울을 통해 환영을 본다. 현실의 재질인 유리는 사라지고
환영에 빠진다. 환영으로서의 귀이니 청각은 물론 언어도 없
다. 만질 수 없는 '거울 속의 나'의 환영은 회화의 용어로는 '일
루전(illusion)'이다. 이상에게 거울은 일루전의 장치이다. 일루
전과의 대면이나 해체는 근대예술의 핵심이다.

'외로된 사업'은 '외따로 떨어진/왼쪽이 된(오른손 중심인 일반
적 상황, 바른 쪽에서 벗어난)'이라는 이중적 의미가 있다. 꽤 닮
았지만 근심하고 진찰할 수 없으니 섭섭하다고 말한다. 유사
성과 이질성의 대비이다. 환영과 실재의 혼돈(유사성)에 빠져
풍차와도 결투를 벌이는 돈키호테로 변할 수도 있는 상황이

다. 누군가 이 거울에서 주체나 정체성을 먼저 생각한다면, 그는 이미 유사성의 혼돈에 빠진 것이다. 근심은 동화(일체화, 동질감 형성)지만 진찰은 분리(객체화, 해부, 해체)이다. 섭섭하다는 말은 기대한 것을 이루지 못해 아쉽다는 말이니, 기대는 여전히 남아 있다.

정지용의 「유리창 1」이 "아아, 너는 산새처럼 날아갔구나!"로 감정을 형상화해서 마감한 것과는 다르다. '거울 속의 나'는 대상화된 이미지로 변했고, 진술 방식은 띄어쓰기를 무시하면서 양식화를 꾀했다. 내용과 함께 표현 형식도 강조했다.

기호 ◇는 질서를 만드는 장식이다. 시각적인 이것이 질서를 만들고 통제한다. 이상에게는 시각 독재화를 통한 통제의식 또한 강하다. 일반적으로 시각은 다른 감각을 통제한다.

이상이 일본어로 쓴 시(「삼차각설계도」)에 다음 문장이 있다. "시각의이름을가지는것은계획의효시이다. 시각의이름을발표하라./ □ 나의이름/ △ 나의아내의이름(이미오래된과거에있어서 나의 AMOUREUSE는이와같이도총명하니라)/ 시각의이름의통로는설치하라" 어수선하지만 시각 중심적인 생각이 두드러진다. 자신의 이름을 네모꼴(□, 상자)이라고 했고, 시각의 이름으로 통로를 설치하겠다고 선언했다. 그러나 이런 단순 시각에 집착하면 시각은 독재만 강조하기 때문에 화화성이나 문학성으로 나아가지 못한다.

이상의 시는 시각 중심이다. 그렇지만 「거울」에서 기호 ◇는 예술적인 몫을 하기보다는 연을 구분하는 단순 기호 수준이다. □, △ 수준으로는 시각의 예술성을 실현하기 어렵다. 시각은 환영과 실재, 유사성과 이질성 등 더 복잡한 문제를 다루면서 회화성을 실현한다. 거울과의 대면이 곧 회화성으로서의 시각의 문제이다. 단순 시각의 일본어 습작이 비로소 거울을 통해 시각의 본질과 대면하고 있다.

거울이미지(mirror-image)는 물리적인 환영으로 두 개의 '내'가 생겨난 것이 아닌, 거울에 비친 허상, 뒤집힌 이미지일 뿐이다. 신화의 구조를 분석했던 질베르 뒤랑(Gilbert Durand)은 자기 도취의 나르시스 거울, 인간의 내면을 드러내는 피그말리온 거울, 현실을 그대로 반영한 제욱시스 거울, 세 가지로 상징적인 거울 이미지를 설명했다.

그리스 신화에서 피그말리온은 자신이 만든 여인 조각상을 사랑했는데, 아프로디테가 조각상에 생명을 불어넣었다는 이야기다. 제욱시스는 사실적인 그림을 그렸더니 새들이 그것을 먹으려다가 벽에 부딪힐 정도였다는 이야기이다. 이상의 거울에도 이런 특징들이 들어 있다. 모두 유사성 중심의 오래된 인식 틀이다. 이백의 시 「추포가(秋浦歌)」에도 "거울 속의 너, 어디서 그렇게 서리 맞았는가"라며 유사성의 거울이 나오니, 거울 보기는 신선한 소재이기보다는 과거형 모티브이다.

하지만 이미 알고 있다. 그것은 그저 거울이미지일 뿐이다. 그리고 과학적으로는 좌우가 바뀐 것이 아니라 앞뒤가 뒤집힌 상으로, 내가 등뒤에서 내 앞쪽을 투시한 것과 같으니 두 형상(actual self-image/mirror self-image) 사이의 경계는 과학의 논리에서는 자신의 몸이다. 도장(반전된 문자)을 찍어서 나온 문자는 종이가 요술을 부린 것이 아니라 이미 도장에 내장된 반전성 때문이다. 거울 장치(프레임, 시스템)는 유사성을 내보일 뿐이다. 장치가 제공하는 전근대적 주체의 유사성이다. 늘 현재적인 시적 주체가 되려면 몸에서도 빠져나와 숨어 있는 반전성과 장치라는 틀을 발견해야 한다.

이 거울 시는 아직 과거의 인식 장치에 머물고 있다. 그러나 이미지와의 직접적 교섭 의도(진찰)는 분석적이니 현대적이다. 근대적 유사성과 현대적 이질성 사이에 있다. 동일성과 차이이다. 과거의 구조 관점에서 차이는 '배제'이다. 다른 것은 제거해야 할 대상이다. 그러나 제거할 수 없다. 배제의 다른 측면인 차이의 '발견'으로 나아가야 한다. 제거 대상은 유사성에 빠져 그것으로 정체성을 확립하려는 근대적 주체이다.

실재 이미지(actual self-image)와 거울이미지(mirror self-image)의 통합체인 자신의 몸을 '폭로(이질성 발현)'하고 '위조(상사성, 시뮬라크라 발현)'하는 쪽, '의식의 경계면'으로 행위나 시선을 옮겨 갈 수밖에 없다. 이런 과정을 품고 있기 때문에 이상의 거울은 '거울 장치'라고 불러야 한다.

일루전, 유사성과 이질성

이 시 「거울」은 거울이라는 장치와 그 장치가 만든 환영(일루전), 유사성과 이질성이라는 내용을 담고 있다. 이상의 거울은 장치의 파기, 환영의 파기, 유사성(ressemblance)에 따른 근대적 주체의 파기, 이질성(heterogeneity)과 상사성(similitude, 원본 없는 복제 이미지)의 발견을 향한 자리이다. 발견은 시뮬라크라 따위의 문제가 아니다. 원본과 복제는 예술 창작에는 무능력한 관점일 뿐이다. 시와 예술은 그것들 사이의 유동적 공간에 있다.

미셸 푸코는 『말과 사물』에서 이렇게 말했다. "우리는 동일성과 유사성과 유비성의 어떤 여과 작용을 거쳐 그 많은 상이하고 유사한 사물들을 분리해 왔는가?"

이 세상 누구에게도 거울은 자신과 닮은 일루전을 발견만

하는 장소가 아니라, 자신을 감각적으로 연출하여 변신하는 장소이다. 일차적으로 거울은 외양의 일부를 확인, 점검하는 도구이다. 사회적 관습 장치로 작동하면 관습의 유니폼으로 옷을 갈아입게 만드는 종속이나 타협의 장소이기도 하다. 거울의 능동적 활용, 곧 이질화, 감각적 위조, 연출적 발견으로서의 거울 공간은 「오감도 15호」에서 만날 수 있다.

거울은 주체의 발견 공간이 아니라 고정된 주체의 파기 공간이며 허상과 실재의 대비를 통해 독립적 이미지를 탐색하는 공간이다. 그러나 거울은 주체를 고정하고 포박하는 장치(틀)이기도 하다. 그래서 이상의 거울에는 포박당한 시대의 일루전이 들어 있다. 아울러 주체의 파기 공간으로서의 거울에는 시지각적 근대성, 손과 진찰의 촉지성, 대상의 표면성, 인공성, 물질성에 대한 인식이 있다. 이 문제는 「명경」에서 러시아 구축주의와 '팍투라'로 다시 설명하겠다.

이런 시

역사(役事, construction)는 토목, 건축 등의 공사를 말한다. 한글로 쓰면 역사(history)와 혼동되지만 원문에서는 한자로 썼기 때문에 과거에는 명확하게 구별되는 용어이다. 『조선왕조실록』에서도 이미 세종 때부터 건설 공사를 가리키는 말로 쓰였다. 그리고 이 말은 일제강점기부터 한국 근현대사를 대변한다. 지금도 역사(歷史)보다는 역사(役事)의 시대라고 볼 수 있다. 일제강점기의 시가지 계획부터 한국전쟁 후 고속도로, 새마을운동, 산업공단, 아파트와 신도시 건설은 물론 사회문화 전반에 걸쳐 재건축의 재건축, 역사(construction)로써 역사(history)를 만들어 왔다. 이상의 시 또한 근대와 주체, 구축을 위한 역사(construction)가 내용과 형식의 중심을 이룬다.

일꾼(원문에서는 목도)은 2인이 짝을 지어 짐을 나르는 건설 현장의 일꾼들이다. "그렇게 사랑하던 그대여"는 원문에서는 "그다지 사랑하던 그대여"로 어색하게 표기했다. '그다지'는 '그다지 ~않다(못하다)'처럼 부정형에, '그다지도'는 의문형에 쓰인다. 이상은 소설(「지도의 암실」, 「휴업과 사정」)과 산문에서는 '그다지'를 부정문에, 소설 「종생기」에서는 '그다지도'를 의문문에 알맞게 사용했다. 그런데 「최저낙원」에서는 2연에서 "그다지 똑똑하구나"라고 썼다가 4연에서는 "그러케 똑똑하구나"로 변형하면서 같은 내용을 표현했다. 따라서 '그렇게' 또는 '그토록'의 뜻이므로 이 책에서는 '그렇게'로 바꾸었다.

이 시는 현실의 사건(땅파기)을 평범하게 서술하고 있다. 일반 진술의 성격이다. 그래서 내부에서 한 차례 글짓기를 한다. 작문은 앞뒤의 서술보다는 시적인 것처럼 보인다. 상황(토목공사)이나 사건(돌 나르기)보다는 감정(사랑, 그리움)을 드러냈기 때문이다. 변괴(이상야릇한 사건)가 있는 진술과 "사랑하던 그대여"라고 말하는 감정 섞인 진술 가운데 찢어 버릴 만한 시적 진술을 선택할 필요는 없다. 두 가지를 다 엮어 작품의 표면 구조를 구축하려는 의도이다. 부정합적 조합이다.

시적 진술은 설명이나 서술을 사용하면서도 주관적 성향이 강하다. 시적 언어는 암시적이고 함축적인 힘, 고대 미학에서 말하는 드바니(dhvani, '의미 소리'의 울림)를 지닌다. 그것은 문자의 소리와 함축 의미를 동시에 촉발하는 울림이다. 말하는 주체를 강조하는 진술시는 드바니 같은 형식에는 무심하다. 시지각적 이미지를 강조하면 주관적인 미적 감정인 라사(rasa)에도 무심해진다. 이런 것들을 중요하게 생각하지 않는다. 이상의 시는 '말하는 주체'와 이미지 중심이다. 이미지는 사물의 직접적 운용에서 비롯된 감각과 개념의 복합체이다.

시의 텍스트 외부를 지향하는 감정적인 인물인 서정적 주체(낭만주의적 주체)와 말하는 주체는 성격이 다르다. 말하는 주체는 텍스트 내부에만 있는 허구의 주체(페르소나)와도 다르지만 그것들을 유동적으로 혼합하면서 텍스트 내외부에 동시에 있다.

'드바니'는 시의 역사에서 중요한 개념이지만 천년 전의 것이다. 옛것이라고 해서 모두 폐기 대상은 아니지만 현대에는 의미가 더 개방되었다. 드바니와 라사가 없는 진술시가 등장했다. 과거 방식의 서정시 관점에서는 「이런 시」가 이상할 수도 있다. 그러나 공사판 땅파기에서 튀어나와 버려진 돌까지도 시적 대상으로 삼아 관심을 투사한 점은 미적 태도의 확장이다. 대상을 보여 주고, 돌의 관점에서 쓴 이별의 작문은 낭만적이니 전체는 일반 진술-시적 진술-서정시의 3개 층위를 만든다. 미적 관점 및 층위의 변화가 시적 진술의 새로운 가능성을 만든다. 맨 앞의 「꽃나무」는 '드바니와 라사'가 없는 방식의 대표적인 사례이다. 이런 시들에는 '사물시'라는 특징도 있지만, 사물의 표면 묘사보다는 말하는 주체의 진술성을 강조한다.

말하는 주체는 다시 사물이나 객체, 그 어떤 것도 필요치 않으며 오직 그것뿐인 자기성(selfhood)을 통해 시적 주체가 된다. 프리드리히 셸링의 말처럼 "모든 비아(非我)를 근원적으로 배제하면서 자신의 존재를 자기 자신 안에 가진다는 것, 다시 말해 자기 자신을 산출한다."(『철학의 원리로서의 자아』에서.)

현대적인 시적 주체는 언어 또는 시의 형식이라는 구조를 만나 대립, 충돌, 해체, 와해로 나타난다. 주체와 구조의 대립, 지속적인 일탈이나 긴장으로서의 생명력이 시를 만든다. 내용적으로 이상의 시에서 자아나 정체성을 따지는 것은 시 외부의 일에 머물기 쉽다. 근대적 단일 자아가 다면적인 시적 주체로 변하는 과정에 이상의 시가 있다.

이 시에서 공사는 평화로운 건설 현장이 아니다. 자연 풍광 속에서 성장한 사람이 아닌 도시형 인간인 이상의 대상에는 즉물적 현실이 반영된다. 그가 조선총독부 건설과의 일원이었다는 이력을 더하지 않더라도, 이상이 살던 시대의 공사는 식민제국주의의 침탈 과정이 대부분이다. 여기에서 돌을 나르는 인부들은 건강한 노동인이 아니라 강제 동원되었거나, 현실의 무거운 짐을 나르는 사람들이다.

드러난 돌, 어디론가 사라진 돌에게 한평생 잊을 수 없다는 감정적인 글을 쓸 수 있다는 것은 그 돌의 의미가 특별하다는 것인데, 그런 심정을 마치 공상이나 장난처럼 읊조렸다. 그 돌이 물끄러미 자신을 쳐다보는 듯하다. 그 돌은 분명 1930년대 어수선한 한반도 공사판의 돌, 뿌리 뽑힌 역사의 돌이다.

이상은 가난한 소시민 출신이어서 다른 문학예술인들처럼 일본 유학도 가지 못했고, 화가가 되고 싶었지만 큰아버지의 반대와 집안 형편상 건축과에 입학했다. 혁신적 모더니스트로 새로운 표현을 시도했지만, 그가 이룩한 실험적 언어 뒷편에는 소시민의 눈으로 본 역사적 현실이 있다. 시각적이며 즉물적 인식 때문에 나타난 자연스러운 결과이다. 모더니즘의 시적 주체는 세계를 분석하여 주관적, 분산적, 파편적으로 산출한다. 시각은 주관적이지만 분산적 결과에는 객관이 들어 있다.

이상의 한글시 대부분에서 그 의미를 부여할 건축적 특징은 구조기능적 측면이다. 그러나 건축에서 멀어지는, 반건축적 시선이 강하다. 회화와 연결해서 보면, 「꽃나무」는 후기 인상주의의 주요 소재(특히 빈센트 반 고흐)이고 시선 또한 분산적 순간 지각이며, 내용도 관습적 상징의미에서 벗어나 물질적이고, 꽃나무의 생각과 정체도 주관적이다. 인상주의 이후 미술의 시선이다. 「이런 시」도 소재는 공사판에서 가져왔지만 일상의 사물을 주목하는 서양화의 시선이다. 물론 그림에 한정된 것만은 아닌 주관적 시선이다.

바라보고, 감각하고, 위조(중심 해체)하고, 통상적 의미로는 불가해한 물질(언어)적 표면으로 제시되는 시각적 이미지는 상징이나 비유의 수사학을 주로 사용하는 문학과는 결정적인 차이로서 동서양 회화의 오랜 본질이다. 따라서 이상이 구사하는 감각적이지만 불가해한 언어의 실험성은 유럽 문화를 수용한 점도 있지만, 다른 시인들에 비해 성취도가 높은 이유는 이미 어린 시절부터 연마한 회화적 역량 때문이었다고 볼 수 있다.

이상의 문장은 불명료한 반건축적 문체, 겉모양 또한 발 들
여놓을 틈도 없는 시멘트 덩어리이지만 축조를 지향한다. 질
료에도 돌, 유리, 철 등 근대건축적 특징이 있고, 소재나 용어
도 가끔은 건축 분야에서 가져온다.

각각의 대상들은 충돌하며 움직인다. 비대칭적 평형 또는
부정합 중심의 조형적, 회화적 구성이다. 시간이나 장소의 상
대성과 일상성은 인상주의, 자기 표현성은 후기 인상주의나
표현주의, 물질적, 기하학적, 다중적 혼종은 세잔이나 큐비즘,
구축주의, 반체제성과 수행성은 다다, 아방가르드. 절대성이나
언어의 독립성은 추상회화의 관점이다. 하지만 그것에 버금가
는 동양 전통의 정서와 문예성 또한 작동한다.

촉지적 근접 지각을 강화하고, 과거의 전형성을 거부하고
자연이나 사물의 표현 및 구조 재편성 방식은 근대 이후 회화
의 주된 관심거리였다. 이런 회화적 특징이 이상 시의 바탕 또
는 구성 방식으로 작용했다. 1900년대 유럽에서 등장한 이미
지즘, 초현실주의 시 또한 회화적 이미지, 시각 중심이다. 청각
이나 감정, 관습적 의미에서 이미지와 시각적 표현으로 시의
중심이 이동했다.

오감도, 시 제1호

　1934년 《조선중앙일보》에 발표한 연작시이다. 건축물의 모습을 입체적으로 보여 주는 그림인 '조감도'의 '조(鳥, 새)' 자를 '오(烏, 까마귀)'로 바꾸었다. 비슷한 한자여서, 바꿨다기보다는 한 획을 지운 글자이다. 상형문자인 한자를 만들면서 이렇게 지운 부분을 새의 눈이라고 한다. 온통 검은 새여서 눈이 잘 보이지 않아 그렇게 한 획(눈)을 지웠다는 이야기도 있다. 길조니 흉조니 하는 해석도 있겠지만, 단정하기에 앞서 '눈을 지운 새', '검은 새' 정도의 중도적 관점에서 볼 필요가 있다.

　내가 이상이었다면 새의 의미를 바꾸려고 기러기, 오리 등을 궁리하기보다는 슬쩍, 한 획을 지우면서 의미를 역전시키는 쉽고도 영리한 방법을 택했을 것이다. 이상은 1931년 일본어로 쓴 시 「조감도」 이후 2년 뒤 제목을 고쳐 「오감도」를 발표했다. 쉽게 지웠든, 온갖 새들을 궁리한 끝에 까마귀를 선택했든, 이상에게 까마귀 인상은 복합적이다. 이상의 작품 전체에 등장한 까마귀들을 다 불러모으면 다음과 같다.

　어둠 속에서 검게 위장한 까마귀(소설 「지도의 암실」), 자신을 욕하며 꾸짖는 눈먼 떼까마귀(소설 「종생기」), 간수처럼 지켜보는 까마귀(수필 「서망율도」), 죽음과 까마귀밥(수필 「동생 옥희 보아라」), 수명이 궁금한 산까마귀(1933년 단상), 무엇인가 토한다는 이유로 자신과 동질감을 느끼는 까마귀(1933년 단상), 북망산을 감도는 까마귀(소설 「12월 12일」), 그저 하늘을 나는 까마귀(「12월 12일」), 공작처럼 화려하게 비상하는 까마귀(일본어 시 「조감도」).

　간수 같은 까마귀, 죽음의 까마귀부터 동질감을 느끼는 까마귀, 공작처럼 화려한 까마귀까지 이상이 가진 까마귀에 대한 인상은 다양하다. 일본어 시 「조감도」의 까마귀는, 「오감도」의 예고편이어서 이런 사태를 더 복잡하게 만든다. 아마도 이상은 이 가운데 어떤 인상을 마음속으로 그려 보았을 것이다. 우리 토속신앙에서 까마귀는 고구려의 상징인 삼족오나 마을마다 솟대 위에 올리는 신성한 상징물이었다.

'오감도'라는 말이 평면 설계도의 입체적 재현인 '조감도'에서 착상, 발전한 것이지만, 말 그대로 어떤 까마귀 시선에서 본 엉뚱한 그림이다. 전혀 다른 그림으로 변해서 「몽유도원도」나 '혜원 풍속도' 같은 독립적 표현이 되었다.

'아해(兒孩)'는 어린아이를 가리키는 말이다. 아해는 시적 주체 자신이기도 하고 타자이기도 하다. 13인의 아이가 거리를 질주한다는 상황(설정)을 통해 가상적인 이 사건은 예술적으로 실재화한다. 그러나 아이 모티브가 나타난 경험에는 「산책의 가을」에 나오는 그 무렵 청계천의 거지 아이도 분명 존재할 것이다.

시각 피라미드와 삼원법

조감도는 1점 소실 원근법으로 그린 설명적 그림이다. 유럽의 1점 소실 선원근법(시각 피라미드)은 그럴듯한 현실을 만든다. 르네상스 시대의 시인, 화가, 건축가인 알베르티(Alberti)와 건축가 브루넬레스키에서 비롯되었다.

동양에는 이미 시점을 다르게 하는 다시점 방식인 삼원법(三遠法)이 있었다. 두루마리 그림에서는 여러 날에 걸친 사건들도 한 화면으로 통합했다. 삼원법은 서양 르네상스 시대보다 300년쯤 전부터 구사해 온 원근법이다. 앞에서 뒤쪽도 넘거 보고, 아래에서 올려다본 것과 평지에서 본 먼 것을 모두 한 화면에 그렸다. 더 크게 보는 역원근법도 적용했다. 중국 북송시대 화가이며 이론가 곽희(郭熙)는 『임천고치(林泉高致)』(1117년경)에서 가까이 그리고 멀리서도 보는 질적 관찰과 풍경과 정서의 결합을 강조하면서 삼원법을 정리했다. 특히 그가 제시한 원(遠)은 현실의 거리가 아니라, 시공간을 포괄하는 심미적 개념으로서의 거리였다. 아래서 높은 산을 올려다보는 앙시(仰視)의 고원(高遠), 산 앞에서 산 뒤를 굽어보는 부감시(俯瞰視)의 심원(深遠), 가까운 산에서 먼 산을 바라보는 수평시(水平視)의 평원(平遠), 이렇게 세 가지 방식이다. 안개, 구름의 연운(煙雲)을 이용한 대기원근법도 구현했다. 다시점 투시, 미적으로 독립한 조형공간이 이미 동양 산수화에 존재했다.

미술사학의 도상해석학자로 불리는 파노프스키는 『상징형식으로서의 원근법』(1927년)에서 역사적 시기마다 각기 다른 원근법을 사용했다면서 원근법을 상징의 한 형식으로 보았다. 서양화의 원근법은 관점(perspective)을 번역한 용어이다.

서양화에서는 1880년대에 프랑스 화가 세잔(Paul Cezanne) 등이 르네상스 시대부터 이어져 온 원근법에서 벗어났다. 과거 원근법의 소실점은 실재보다 작게 대상을 왜곡한다. 사실이 아니라 사실처럼 가장한 3차원적 환영이다. 그래서 3차원적으로 보이도록 그린 이미지를 일루전(illusion)이라고 한다. 세잔 이후 인상주의, 큐비즘 등 근현대 미술은 1점 소실 원근법을 이용한 3차원적 일루전보다는 조형적 구성, 시지각과 촉각성 통합, 시공간 융합이라는 전혀 다른 관점을 선택했다.

조감도는 1점 소실 원근법을 사용한 단순 모방의 그림이지만 「오감도」는 과거 원근법의 그림이 아니면서, 동시에 독자적인 예술적 구성물이 된다.

과거 원근법을 따른 그림이라고 해도, 그것이 사실의 모방만은 아니다. 미적 대상은 독자적으로 발현된다. 예술의 역사 어느 시대에도 단순 모방은 없다. 구석기 시대 동굴벽화나 암각화의 들소, 사냥꾼, 고래 그림도 주체적인 발현과 표명이다.

「오감도」는 조감도가 아니니, 다른 관점으로 모더니티를 드러낸다. 까마귀를 통해 독자적 형상성을 호출한다. 이상은 소설(「종생기」)에서 자신의 '풍경에 대한 오만한 처신법'을 '풍경의 근원, 중심, 초점'으로 설명했다. 뉴턴의 사과만큼 유명한 세잔의 사과 그림은 묘사를 무시하고 재해석한 평면적 조형이었다. 그는 대상을 원통, 원뿔, 구형으로 재해석해 새로운 시대를 열었다.

도로의 정치 축과 막다른 골목의 퀴드삭

이 시에서는 '도로'와 '골목'이라는 도시공간의 의미도 살펴야 한다. 도로는 계획적인 것으로 지점과 지점을 잇는 수학적 선분이다. 역사적으로 이것은 중앙집권적, 군주적 배경을 지닌다. 이 시에서도 질주가 가능하니 오솔길은 아닌 계획형 노선이다. 골목은 로마제국 시대의 로마, 중국 원나라 시대의 베이징에서와 같이 도로에서 이어진 서민형 주택 사이의 점진적 형성물로 대부분 미로형이다. 도시나 환경 조경의 역사를 알면 쉽게 이해할 수 있는 개념이다.

이상은 이미 「오감도」에 앞서 1932년 소설 「지도의 암실」에, 중국 원나라 시대부터 베이징의 좁은 골목을 가리키는 몽골어에서 나온 말 '호동(胡同, 후퉁)'을 사용하면서 막힌 골목과 이어진 골목을 다루었다. 막힌 골목을 사호동(死胡同)이라고

하는데 「오감도 8호」에도 나온다. '죽은 골목'이라는 표현은 영어에서도 같아 '데드엔드(dead end)'라고 한다.

서양에서 도로는 궁전이나 성당 등을 이으며 과시형의 광장을 내세운다. 서양의 골목은 미로처럼 이어지다가 소규모 공터와 우물가를 만든다. 동양에서도 우물가에서 공터를 만든다. 상수도 시설이 일부 있었지만, 1930년대 서울에서도 대부분 우물을 이용했고, 우물가는 여성들의 커뮤니케이션 영역이었다. 베이징의 골목을 가리키는 '호동'도 몽골어의 뜻은 우물이다. 유럽의 우물가 작은 광장은 독일 쾰른 등 로마시대에 건설된 여러 도시에 여전히 남아 있다.

이 시는 우물가 공터로 이어지는 대신 막힌 골목을 선택해 집중했고, 도로가 나왔다가 골목으로 이동한다. 우물가를 우회하거나 피하니 따로 노는 남성 취향이다. 중요한 점은 질주의 중앙집권적, 거시적, 공공적, 집단적, 계획건축적 공간과, 무서운 미시적, 민중적, 소수적, 반건축적(조경적), 개인적 공간의 대비이다. 그래서 건축 과시형 독재 시선의 '조감도'와는 성격이 다를 수밖에 없다. 조감도는 큰 건물만 과시할 뿐 골목 따윈 관심 없다.

역사적으로 도시는 정치적인 축(axis)을 지닌다. 방사형의 프랑스 파리나, 광화문에서 남대문까지의 직선형 조선처럼 도로는 정치적인 축의 핵심이다. 파리는 나폴레옹의 조카가 집권하면서 나폴레옹의 개선문을 중심으로 방사형 도로를 만들어 재구성했다. 미국 워싱턴은 백악관과 국회의사당, 두 개의 정치축으로 구성된 도시이다.

김소월의 시(「기억」)에서 서울 '막다른 골목'의 주인공은 전등(불빛)이었고 김기림의 시 「옥상정원」의 골목도 정치축의 종

속형인 상업적 근대문물이나 정경의 묘사나 서술이었다면, 이
상은 이런 중심축에서 벗어난 골목도 선택해 풍경이나 정경의
묘사가 아닌 주관적인 형상들을 제시했다.

이상의 소설(「단발」)에서는 골목 밖으로 자동차가 지난다.
골목 안은 일본 경찰이 칼을 차고 순시한다. 다른 소설(「12월
12일」)에서는 골목에 앵두와 자두를 파는 행상이 지난다. 도
로와 골목, 전혀 다른 개념을 동시에 사용한 시인의 심리적 배
경이다.

'무섭다고 그러오'는 원문에서는 옛 서울의 토박이말 방식
으로 '그리오'라고 썼다. 이상이 소설(「12월 12일」)에서 '왜 그리
오?'라고 쓴 것처럼. '그러하다'는 뜻이다. '무섭다'는 아이가 반
복되었다. 각자는 첫 번째나 두 번째로 다르지만 구조적으로
는 같은 아이이다. 같음과 다름이 층을 만든다. 에드거 앨런
포는 「종」에서 Bells, Bells, Bells, Bells를 반복하면서 신음소리
처럼 표현했다. 반복은 무서움의 연속이기도 하지만 종말에
대한 지연이며 거부이기도 하다.

'무섭다고 그러오'의 반복을 언어만의 격정적 엑스터시를 지
향하는 표현주의적 경향으로 볼 수도 있겠지만, 주관적 격정
보다는 기계적 연속, 기하학적 구성이기 때문에 객관적 구조
로 전환된 냉정한 그림이다. 표현적이기보다는 인공적이다.

이 시는 같은 것과 다른 것, 연속(동일성)과 종말(차이)의 층
위를 보여 준다. 사건이나 상황의 설정(막다른 길. 뚫린 길, 아니
하여도 좋소)도 뒤집는다. 이 골목은 막혔든 뚫렸든 상관없다.
또 하나의 층위이다.

막힌 길은 도로나 길의 절망, 미래가 없거나 맹목적인 것이
틀림없다. 그러나 뚫렸다 해도 달라질 것은 없다. 도시 공간에

서 열린 골목은 또다시 도로와 이어진다. 이상의 시 전반에서 막힌 골목은 절망과 동시에 현실과 주체를 수렴하여 확산하는 새로운 영상을 만들며 요동한다.

관습적으로만 보면 '데드엔드'는 무의미하고 무모한 절망이다. 그러나 막다른 골목은 프랑스어 퀴드삭(Cul de Sac)이라는 말로 대체되어 다른 의미를 강조하기도 한다. 르네상스 시대의 시인, 화가, 건축가, 예술이론가였던 알베르티는 고대의 막다른 골목을 외부 침입자를 막는 용도라고 설명했었다. 막다른 길은 교통을 제한한 내부 안전지대와도 같다. 불행하게도 이상의 시대에는 신작로 만들기 우선이었지만 현대에 와서는 이런 막힌 곳(퀴드삭) 또한 중요한 대상이 되었다.

막혔든 열렸든 골목은 불규칙한 틈새 공간을 만든다. 과거 서양 건축에서는 벽면을 오목하게 파서 등잔이나 장식용 조각을 놓는 틈새 공간을 벽감(壁龕, niche)이라고 했다. 이런 퀴드삭 공간이 이상의 시적 대상들이 요동치는 공간이다.

1점 소실 원근법의 조감도가 다른 방식의 그림인 '오감도'로 바뀌면서 눈높이(eye level)가 달라졌다. 여기에서 까마귀는 1에서 13까지 점진적인 소실점을 가진 듯하지만 아니하여도 좋다면서 최초 설정도 되돌리는 장면 이중화의 허망함이 있다.

이런 그림(오감도)의 평면은 원근(거리)이 아닌 층(layer)과 면(plane)이다. 1에서 10까지는 선형적 전개지만 11부터는 또 다른 층이다. 그러면서 시각적 선(line)이 이어지다가 다음엔 촉지적(tactile perception) 면이 나타난다. 동일성과 차이의 선형적, 점진적 전개의 원거리 시점은 '그중의 1인, 2인'을 지목하며 근접 지각으로 변화한다. 이처럼 다르게 개념화하는 방식을 통해 평면적 구성은 입체적으로 집적되는 구축이 된다. 회화

는 평면에서 개념, 시지각, 물질의 입체적 구축을 꾀하는 예술
이다. 이상은 이런 특징을 구사한다.

반복되는 '무섭다'는 원인이 불분명하기 때문에 미정형의 배
경 정서를 지닌 즉시적 상황을 강조한다. '하오, 그리오, 좋소'
등은 소리의 운율도 작동시킨다. '배경 정서'는 현대의 뇌신경
과학자 안토니오 다마치오(Antonio Damasio)의 용어로 개념화
이전의 감정, 직감적 정서를 말한다.

건축설계의 부수물인 조감도는 2차원의 설계도면을 3차원
으로만 바꾸는 원근법에 인식을 한정한다. 실용적인 것이고
설계도면 없이는 존재할 수도 없다. 그러나 「오감도」는 스스로
존재하는 그림이다. 불길한 까마귀 그림이 아니라, 입체와 평
면, 인간과 시간이 혼재하고, 실체의 움직임을 강조하고, 왕(설
계도면) 없이도 존재하는 그림, 늘 현재인 그림이다.

사건의 즉시적인 촉발 가능성

반복, 전개, 집적을 통해 드러나는 즉시적 상황을 주목할 필
요가 있다. 불특정 대상을 향한 높임 어투(하오, 좋소) 역시 한
편으로 수용자를 상정하면서도 혼잣말로 계속 되돌아가며 자
기동일적 상태와 자기에 대한 타자 예측간에 '비근원적 동선'
을 그린다. 유일한 소실점으로 모든 것이 귀결되는 그림이 아
니다. 이런 것들은 이미 고착화한 무엇이 아닌, 어떤 사건의 즉
시적인 촉발 가능성(사건성)을 품는다.

1인부터 13인까지 아이들은 순진함이나 순수함을 환기시
키지도 않는다. 도로나 골목은 텅 비어 있다. 이 아이들에게는
구체적인 표식이나 표정도 없다. 귀나 두 팔이 없을 수도 있는,
그저 아이라는 지시어뿐인 형상이다. 무섭거나 무서워하는 아

이들이 있다지만, 이 골목에서는 무섭다는 말마저도 공허하다. 공허함이 반복되면서 창백한(표정이나 형상이 없는) 실체를 강조한다. 표정 없이 번호나 순서로만 존재하는 모형 인간 같은 아이들이 미스터리를 증폭시킨다.

반복은 의미소리의 울림이라는 낭만적인 심리도 꾸며낸다. 13까지만의 제시 또한 사실은 무의미하지만 예언적 성격을 가장한다. 무엇인가를 가장한 헛된 것들이 가득하다. 관습적 신화에 사로잡힌 인간은 까마귀, 13인의 아이, 골목에서 온갖 불길함을 헤아릴 것이다. 하지만 누군가는 기존 취미의 판단 중지, 미적 불쾌 또는 어떤 초감각적 투명성의 내부에 놓일 수밖에 없다. 불쾌(displeasure)와 초감각적 능력(supersensible faculty)을 객체화하는 현대적인(비자연적) 숭고의 모습이다.

좌표 없는 속도와 속력

이 시에서 예술적 표현의 핵심은 고정된 공간과 반복이 아니라 대기와 속력(speed, 방향은 없는 이동거리, 빠르기) 또는 속도(velocity, 방향이 있는 이동변위, 빠르기)이다. 현대시에는 변화의 좌표보다는 빠르기를 뜻하는 속력이 있다. 물론 대부분 현대시가 이런 수준에 도달하지는 못한다. 13인의 아이들은 대기 속에서 질주한다. 이 시에서는 방향도 없다. 예를 들어, 시속 100킬로미터라는 속력에서 출발점이나 목표점은 무의미하다. 관습적인 낭만적 서정시에서 대상을 표현하는 시간은 겨우 밤과 낮뿐이거나 장소에 밀려 지루할 정도로 느리지만, 즉물적 대상을 시적으로 설정하는 모더니즘 계열의 현대시에서는 의식의 속력이 훨씬 더 중요하다. 속력은 합일이나 초월의 좌표성 은유나 의미가 아닌 미적 부정성으로서의 모더니티나 현재성을 역동적으로 드러내기 때문이다.

이상은 일본어 시 「삼차각설계도-선에관한 각서 6」에서 좌표와 속도를 다루었는데 문학적 구현에는 실패했다. 이 시에는 속력이 있다. 그것은 '좌표 없는 속력'이다. 그것은 곧 무서움의 속력으로 이 무서움에서 키에르케고어의 '공포와 전율' 같은 실존을 떠올릴 수도 있다. 키에르케고어와는 다르게 종교(신)를 배경으로 하지 않지만 개별자의 실존 자각이 될 수는 있다. 암울한 역사적 현실, 골목과 도로, 질주의 무서움은 13인의 아이들에게 본능적, 육체적인 것이다.

속력은 또 육안으로는 쉽게 볼 수 없는, 정서적, 구조적 기제이다. 이 기제가 시적 어휘의 역사성으로 도로와 골목의 역사, 정치적 인식을 드러낸다. 다른 한편으로 이상은 시적 언어가 만드는 예술적이며 물리적인 입자들의 구성체를 「오감도」라는 무대에 올려놓았다. 현실 거리의 정경이기보다는 마치 무대 세트처럼, 시적 언어로 구성한 독립적인 장면이다. 사실의 재현이 아니라 내적으로 허구화한 또 다른 실체이고 역사를 재구성한 무대에서 펼쳐지는 사건이다. 이 시의 무대는 중층적이고 역동적인 시노그래피(scenography, 극적인 무대 구성도, 장면 시각화)와 같은 시각적 언어이다. 그래서 '오감도'라는 그림은 일종의 시노그래피이다.

돌진 원근법과 시노그래피

유사한 회화 작품으로 이 시의 시노그래피를 설명하자면, 다시점으로 초현실적 형상을 냉정하게 연출한 조르지오 데 키리코(Giorgio de Chirico)의 「거리의 미스터리와 멜랑콜리」 등 1910년대에 그린 도시 정경을 들 수 있다. 이상의 불안이나 속력은 충동이나 격정에 휘말리지 않는다. 주로 배경 정서로 작동하기 때문에 객관적, 개념적이고, 표현 대상들의 이질적 혼합이나 중첩은 의미를 교란하지만 물질적, 형태적이다. 이런 특징은 키리코의 그림에서도 나타난다.

키리코는 메타피지컬아트라고 불리는 초현실주의 화가이다. 시인 아폴리네르, 앙드레 브르통, 폴 엘뤼아르 등과 어울렸다. 화가로만 알려져 있지만 키리코는 초현실주의 그룹이 파리에서 발행한 《초현실주의 혁명》(5호, 1925년)에도 시를 발표했고 백여 편의 시를 남긴 시인이기도 하다.

1920년 앙드레 브르통은 '시공간 재구성, 마네킹(모형 인간)'이라는 표현으로 키리코의 그림을 설명했고, 시인 장 콕토도 키리코에 관해 『세속의 미스터리』(1928년)라는 80쪽짜리 에세이를 냈는데, '원근법 몰락, 정지된 속력, 인형' 등으로 키리코의 그림을 설명했다. 키리코에 대한 콕토의 글은 1929년 3월과 4월 일본의 문학잡지 《시와 시론》, 《오르페온》에도 잇달아 번역 소개되었다.

키리코의 도시 정경 그림에는 정적 속의 속도감이 있다. 원근법을 교묘하게 파괴한 모순적 공간이다. 키리코 그림의 공간을 '멜랑콜리 시노그래피'라는 별칭으로도 부른다. 미스터리한 도로에 아이도 등장한다. 키리코에게는 초현실주의와 고전주의가 뒤섞인 미스터리가 있고, 그가 변형한 원근 구성은 질주하는 돌진 원근법(rushing perspective)이다. 이상에게도 질주하는 '13인의 시노그래피'가 있다. 특히 브르통과 콕토가 말한 모형 인간의 모습은 이상의 시 여러 편에 등장한다. 13인의 아이에게도 모형 인간의 모습이 있다.

초현실주의와 마네킹, 모형 인간에 대해서는 「I WED A

TOY BRIDE」, 「산책의 가을」에서 다시 설명하겠다.

이상은 도로와 골목이라는 대립적 공간에 아이들을 올려 놓아 대비시켰고, 아이들의 등장과 질주에 물질성과 역사성으로써의 속도를 표현했다. 현재적인 물리적 대기(atmospheric river), 동적 시노그래피로 독자적 형상성을 제시했다.

개별자의 시선, 이미지의 독자적 형상성, 층위의 구성, 반독재적 공간, 비근원적 동선, 사건성(역사적 촉발성), 출구 없는 전략, 기계적 신체, 물질적 속력이, 이 시(「오감도, 시 제1호」)를 한국 모더니즘 시의 역사 가운데 가장 미스터리한 고전으로 만드는 신화를 창조했다.

오감도, 시 제2호

프랑스어 지옥(l'averne)을 역순으로 바꿔 자신의 필명으로 삼았던 시인 네르발(Nerval)의 『오렐리아』(1853~1854년)에 이 시와 비슷한 문장이 있다. "나는 마리아와 같고, 네 어머니와 같고, 네가 온갖 모습으로 언제나 사랑한 사람과 같다." 잠결에 여신이 나타나서 자신에게 말했다는 내용이다.

네르발은 다른 글(「칼리프 하켐 이야기」)에서 "나는 이미 더 이상 어느 것이 꿈이고 어느 것이 실제인지 구분할 수가 없다."고 썼다. 그는 실제로 "전생을 파악한 순간부터 나는 힘들이지 않고 왕자, 왕, 마법사, 정령 그리고 심지어 신이 되었고, 시간의 사슬이 끊어져, 시간들을 분으로 나타내게 되었다."고 자신의 상태를 이야기했다. 꿈과 현실, 착란의 분신들이 뒤섞이는 글을 썼다.

이상의 시는 네르발의 환상과는 거리가 있다. 자기 중심적 시선, 분신적 존재, 환영은 있지만 객관적이다. 네르발의 분신체들이 꿈과 현실이 뒤섞인 시공간에 있다면, 이 시에는 객관적 시공간을 논리적으로 거슬러 올라가는 주관적 시간이 있다. 심리적 시간을 동원하면서 시적 대상이 새로운 시공간 속에서 재탄생한다.

띄어쓰기는 1877년 영국 선교사가 만든 조선어 문법서에서 영어 표기 방식을 한글에 적용하면서 가로쓰기와 함께 나타났고, 《독립신문》을 거쳐 1933년 조선어학회가 확정했다. 그래서 이상의 띄어쓰기 위반을 혁신적 반역이나 파격적 실험으로 볼 수 없다. 과거의 틀을 가져와서 효과적으로 변용한 것이다.

이 시는 띄어쓰기 위반 때문에 큰 혼란이 일어나지는 않는다. 그럭저럭 판독 가능하다. 영문자는 옆으로만 늘어서지만 한글은 초성, 종성 등 구성요소를 위아래로 쌓은 뒤에 늘어선다. 이런 늘어서기 또는 줄서기는 언어의 선조성(lineairty)으로 청각적인 기호가 시간의 연쇄선상에 놓이는 것이다. 이 시는 시간의 순차적인 연쇄선을 따르기는 하지한 모든 것을 한 묶음으로 묶어 버렸다. 판독에는 분절이 문제다. 자음과 모음을 조합해 낱소리를 확인하면서 각각의 묶음(주어, 용언 등)을 찾아 나누고 연결하여 선조성을 따라가야 한다. 그런데 아버지들이 한꺼번에 한 덩어리로 축조된다. 분별의 묶음인 '아버지'는 의미를 지닌 '상징'이고 반칙과 축조로 뒤엉킨 음소나 낱소리들은 단순 '기호'로서 하나의 묶음을 계속 뒤흔든다. 체제에 대한 이런 위반은 '침입'과 '경계'를 통해 육체와 주체를 재편하는 동작이다. 재편성의 결과는 유비관계 속에서의 불협관계를 강화한다.

의미의 강제성과 아버지들의 연쇄로 자신을 통제하는 상황이 띄어쓰기 위반을 통해서도 효과를 발휘한다. 따라서 띄어쓰기 위반은 과거의 것도 아니며 실험적 상표도 아닌 오직 이 시의 예술적 실재가 된다. 그런데 이런 실재는 결국 주체인 나의 독립이 아니라 하나의 사건이라는 문학적 표면에 주체가 종속되어 있음을 확인하는 결과가 된다. 아버지의 어버지 노릇을 한꺼번에 할 수밖에 없다.

주체나 주관성은 객체화를 통해 복수적(다수적)인 것들로 나타나지만, 주체는 아버지의 복제품일 뿐이고 또 하나의 아버지로 이어질 것이다. 아버지는 잠시 졸고 있고, 자신은 깨어 있지만 그런 분절이 잠시 있을 뿐이다. 결국 자의식보다는 주체의 복수성, 주체에 대한 구조의 반영이다.

데카르트적 주체는 구조를 인식해, 앞으로 다가올 데리다 식의 흔적이나 산재(산종) 같은 요소를 예감하면서 구조에 둘러싸여 있다. 하지만 아직 과도기이다. 이상은 산문(권태)에서 "현대인의 특질이요 질환인 자의식 과잉은 이런 권태치 않을 수 없는 권태 계급의 철저한 권태로 말미암음이다."라고 했다. 이상의 자의식에는 자족적 주체과잉이 아니라 행동으로 나아가지 못하는 상황 인식이 들어 있다.

이 시에서 자아나 자의식만 강조한다면, 붙여 쓴 것들을 떼어 놓고, 행을 가르고, 페이지까지도 나누는 것과 같다. 가르거나 나누지 않아도 힘이 작동한다. 힘은 물리학적으로 크기와 방향을 지닌다. 신체적인 힘, 분절적인 힘이다. 같은 모양의 컵(아버지)을 위로 계속 쌓아 올리는(아버지 되기) 힘과 같다. 쌓아 올려도, 떼어 놓아도 컵의 속성은 바뀌지 않지만 그것은 절망이 아니라 구조와 개체 사이의 역동적 접촉이다. 이상 시의 회화성이나 문학성은 역동적 접촉과 기하학적 구축에 있다.

띄어쓰기 위반은 숨 쉴 틈 없는 폐쇄공간, 감옥이기도 하다. 자유를 향한 부정성의 혁명일 것 같지만 사실은 스스로 만든 성벽이다. 그러나 이상은 그런 공간을 오히려 강하게 인식하는 동시에 그런 공간 때문에 요동치면서 '불행한 의식'(헤겔, 『정신현상학』)과도 대면한다. 닫힌 공간과 구조 내에서 자신과 역할, 짐, 한계에 직면하고, 대면하며, 유동을 향한 주체의 폭로와 몰락으로서의 변신, 주체의 객체화, 문제화에 이른다.

오감도, 시 제3호

나름대로 논리를 펼치는 중이지만 복잡하다. 성실하게 읽다 보면 여기가 산인지 바다인지 헷갈린다. 논리를 따라가지 못 해서가 아니라 질적 차이가 없기 때문이다. 등장인물이 몇 사람인지 분별하기도 어렵고 몰개성적이니 사실은 사람이 아닌 허깨비이다. 앞의 아버지의 아버지에 비하면 친연관계도 없어서 더 기계적이다.

빠르게 훑어보면 싸움, 사람 등 한두 개의 최소 단어만 읽힌다. 결국 최소 단위(싸움, 사람, 구경)가 뒤섞여 복잡(합)성을 만든다. '~이고/~든지'와 같은 어투에는 문제 해결보다는 모순이나 혼돈을 유발하는 형식논리만 있다. 이 논리에 휩쓸려 굳이 진위를 따질 만한 가치는 없다. 상대적 시공간이라는 관점과 '싸움/사람/이고/아니고'의 최소 단위만 또렷하다.

물리학자 아인슈타인은 1922년 노벨상 수상 후 일본을 방문해 여러 차례 강연을 했다. 그래서 그의 상대성이론은 문학에서도 주관과 객관에 대한 새로운 접근을 시도하는 분위기를 더욱 조성했다. 이 시는 그런 상대성을 표현했다. 절대적이지 않은 객관, 유동적인 주관에 대한 인식이다. 그러나 최소단위 측면에서의 언어의 운용을 살피는 것이 더 중요하다.

최소 단위와 운동성, 이미지의 중첩과 병치

영국 시인 에즈라 파운드는 이미지즘에 이어서 1914년에 미래주의의 변형이면서 큐비즘의 요소를 지니는 보티시즘(Vorticism, 소용돌이주의)을 표명했다. 그는 『고디에 브르제스카의 회고』(1916년)에 "소용돌이(vortex)는 에너지의 최극점"이라고 쓰면서 이미지와 소용돌이에 대해 설명했다.

"이미지는 개념(idea)이 아니다. 그것은 방사형 마디 또는 무리이다. 그것은 내가 소용돌이라고 부를 수 있고, 불러야 하는 것으로서, 그것으로부터 그리고 그것을 통해서 그리고 그 속으로 개념들이 끊임없이 돌진하는 것이다."

책명으로 쓰인 고디에 브르제스카는 파운드와 함께 보티시즘 그룹에 속했던 화가이자 조각가의 이름이다. 파운드는 이책에서 이미지와 미술을 비교하며 시를 설명했다. "모든 개념, 모든 감정은 생생한 의식에 어떤 기본 형태로 나타난다. 그것은 이런 형태의 예술에 속한다. 소리라면 음악에, 구성된 언어라면 문학에, 이미지라면 시에, 모양이라면 디자인에, 적절한 위치의 색이라면 회화에, 3차원적 면의 형태나 디자인이라면 조각에, 움직임이라면 춤에 또는 음악이나 운문의 리듬에 속한다." 1914년 영국의 보티시즘 문예잡지 《블라스트(Blast, 폭발)》 창간호에 발표했던 자신의 문장을 이 책에서 다시 언급한다며 기본형태를 특히 강조했다.

그가 책에서 말한 것은, 시의 기본 형태(primary form)는 이미지이고 여러 방향으로 일시에 뻗어 나가고, 역동적이며 구조적이라는 점이다. 보티시즘은 단일 시점보다는 복합 시점과 다면성을 지니는 큐비즘에 미래주의가 강조했던 운동성을 추가했다. 기본 형태 강조는 세잔의 그림에서 시작해 큐비즘과 추상회화, 절대주의 회화로 이어지는 조형요소의 미적 독립 현상이었다.

원근법을 파기하면서 나타난 세잔의 기본형과 큐비즘, 미래주의 이전의 인상주의를 이해할 필요가 있다. 기본형이 하나의 평면에 어슷하게 겹치는 중첩성과 기하학적인 기본형들의 역동성 사이에는 시간과 장소에 대한 상대주의적 관점이 있다. 인상주의는 시시각각 변하는 시간과 장소의 표현이었다.

인상주의는 어떤 절대적 시공간 속에 놓인 그리스 고전주의의 전형적 형상이 아닌 아침, 저녁으로 변하는 햇빛과 풍경을 다루었다. 이런 상대적 시공간, 다른 관점이 큐비즘에서 하나로 통합되면서 기본형으로 대상을 해체했다. 상대적 시공간의 병치, 최소 단위로 재해석한 다면적 형상의 그림이 되었다.

1917년, 앨빈 랭던 코번(Alvin Langdon Coburn)은 작은 거울 세 개를 삼각형으로 이어붙인 뒤 카메라 렌즈 앞에 부착해 피사체가 중첩된 사진을 만들어 냈다. 파운드는 그 사진에 보티시즘 사진이라는 뜻으로 보토그래프(Vortograph)라는 이름을 붙였다. 이미지에 또 하나의 이미지가 오버랩된 최초의 추상 사진이었다.

에즈라 파운드는 『고디에 브르제스카의 회고』에서 시와 이미지의 구조로 유클리드, 데카르트, $a2 + b2 = c2$, $3 \times 3 + 4 \times 4 = 5 \times 5$, $(x\,a)\,2 + (y\,b)z = r2$ 같은 등식도 언급했다.

이상이 일본어로 쓴 시 「조감도-운동」은 "일층우에있는이층우에있는삼층우에있는옥상정원에올라서남쪽을보아도아무것도없고북쪽을보아도아무것도없고"로 시작한다. 「오감도 2호」, 「오감도 3호」와 같은 구성이다. 이 세 편은 모두 최소 단위의 기본형(아버지, 싸움하는 사람, 층)의 상대적 시공간을 수학적, 기하학적 구조로 집적(중첩성)한 구성(입체성)이다. 특히 일본어로 쓴 시의 부제가 운동이라는 점은 여기에 운동성을 더해 이런 특징을 이상 스스로 분명하게 밝힌 것이다. 굳이 부제를 쓰지 않아도 아버지의 아버지나 싸움하는 사람들에게도 시공간적 이동이나 운동성은 최소 단위의 반복을 통해 잘 드러난다.

　그렇다면, 프랑스 큐비즘, 러시아 절대주의, 영국 보티시즘이 추구했던 공통적인 특징이 곧 이상이 쓴 시 세 편의 표현 방식이 된다. 이런 방법은 굳이 에즈라 파운드의 책을 읽지 않아도 기본적인 미술 실습을 거치고 세잔이나 피카소 시대까지만 알아도 되는 일이다. (당연히 문학과 미술을 넘나드는 재능과 감각이 있는 경우이다.)

　서양화는 '점-선-면-형태-형상(dot, line, plane, form, figure)'의 표현 과정이다. 마지막인 형상은 비너스나 장미꽃 같은 대상이다. 그 단계까지 가지 않고(형상을 그리지 않고) 면이나 형태까지만 그리면 기하학적 추상화가 된다. 면은 형상이든 추상이든 형태의 기본 구성요소이다. 서양화에서는 비너스 상의 둥그스름한 젖가슴도 아주 잘게 나눈 최소 평면들을 이어서 표현한다. 그런 표현법을 익히려고 비너스 석고상을 그린다. 그것(최소 평면)만을 반복하거나 배열하면 이상이 쓴 시처럼 된다. 현대의 미니멀리즘도 같은 방법이다. 선이나 점으로 형식이나 개념을 더 후퇴하면 미니멀리즘이다.

　파운드는 화가, 조각가들과 가깝게 지내면서 면의 관계성을 발견했다. 그는 같은 책에서 "어떤 경우든 아름다움은, 형식의 아름다움이라는 범위에서는, 관계를 갖는 면(planes in relation)의 결과이다. 다양한 면이 어떤 방식으로 중첩되기 때문이다." 라고 썼고, 이런 발견을 통해 자신의 시적 이미지를 병치에서 중첩(오버랩)으로 발전시켰다. 그림에서의 최소 평면은 색, 명암, 질감 등으로 계속 중첩된다. 관계면이나 중첩면(overlapping planes)은 외적 요인인 다시점(multiple viewpoint)보다 중요하다. 작품 내부에서 표현의 실체를 구성하기 때문이다.

이상의 시는 파운드의 시보다 간략하다. 파운드가 말한 수학공식의 일반 감각에 더 가깝다. 파운드는 이런저런 이미지를 바꾸어 넣었는데, 이상은 아버지, 싸움하는 사람만 가지고 수학공식처럼 배열했다.

이 시에 군이 의미를 덧붙이고 싶다면 최소화해야 할 것이다. '싸움, 사람, 이고, 아니고'의 시대이고 현실이며, 자신이고 타자이며, 구조 속에 놓인 최소 단위들의 시공간적 위치와 배치에 관한 인식이다. 그러나 「오감도 3호」는 최소 단위와 배치의 의미를 흐려 놓는 불필요한 논리가 앞섰다. 분산적으로 나열하면서 상대성이라는 과학 논리를 지웠다면 다다 이후 신조형주의(데 스틸) 양식의 시가 되었을 것이다.

에즈라 파운드는 기본형으로 이미지를 이야기하면서 '이미지가 곧 시'라는 입장이었다. 그것이 이미지즘이었고, 보티시즘은 그것에 이탈리아 미래주의의 운동성을 더한 것이다.

이상의 시는 시각 중심이니, 거의 모든 시에서 이미지를 표현한다. 이미지는 시각, 촉각, 후각, 미각, 청각을 드러내는 어휘로 표현된다. 여기에 인체나 사물의 움직임, 목마름이나 피로 같은 육체적, 정서적 반응도 포함된다. 관념이나 추상적인 어휘는 이미지 형성에 기여하지 못하지만 현실의 구체적 경험과 결합하면 변화를 일으키기도 한다. 이상의 시에는 이런 이미지들이 병치되고 중첩된다.

세잔, 큐비즘과 중첩적 관계면은 「역단-역단」에서, 큐비즘 시의 특징은 「오감도 8호, 해부」에서 다시 설명하겠다.

오감도, 시 제4호

용태(容態)는 얼굴 모양과 몸맵시 또는 병의 상태나 모양을
뜻한다. 이 시를 그림으로만 보면 단순하다. 조형적 요소를 따
져 보면, 숫자 사이의 검은색 원형(점), 숫자들이 뒤집혀서 문
자기호의 특성을 상실한 것, 숫자들의 집합으로 이루어진 영
역인 가상의 큰 사각형과 두 개의 삼각형(점을 기준으로 나뉜
숫자들의 영역), 그나마 그림이라고 불 수 있는 것은 이런 것들
에 불과하다.

게슈탈트와 타이포그래피

뒤집힌 숫자들이 모여 만드는 가상의 사각형은 지각심리적
클로저(closure) 때문이다. 실재하지 않지만 인간의 지각이 능
동적으로 완성하는 형태심리적(Gestalt) 폐쇄완결 영역이다. 조
형적으로 보면 뒤집힌 숫자판 그림은 선(line)과 형(shape)에 불
과한 미미한 수준이다. 시각예술은 형에서 형태(form)나 형상
성(the formative)을 향해 색상, 질감, 무게감 등을 더한다. 하지
만 여기서는 사각형, 원형 정도의 기본적인 도형(shape)에 머
물고 있다. 이런 대단치 않은 그림이 문학 속으로 들어왔다. 그
러면 위상이 달라진다. 반대로 이 시를 아주 큰 캔버스에 그대
로 옮겨 전시장에 걸면 또 달라질 것이다. 그렇지만 도형의 표
현 자체는 정말 별것 아니라는 평가를 냉정하게 유지하면서
위상의 변화를 따져야 한다.

순차성을 지닌 숫자들은 더 이상 움직이지 않고 상하좌우
로 클로저를 만들면서 고정되었다. 전체의 사각형 클로저는
안정적이다. 점들은 숫자들을 삼각형으로 묶어 낸다(유사성 및

시지각적 대칭화). 사선으로 이어지는 점은 숫자보다 더 강한 시각적 방향성을 지닌다. 지각은 같은 형태인 점들을 연결해(그룹화) 화살표처럼 이 점들을 끌고 간다(경로 생성). 특히 이 점들의 크기는 조금만 달라져도 강한 변화가 만들어진다. 흔적에 불과한 점과 내부 영역을 가진 형(shape)은 그 이름부터 다르다. 더 커지면 형태(form)로 변한다. 서로 연결해 뻗어 나가면서 스스로를 드러내는 풍부한 잠재성은 물론 손으로 동그랗게 정확히 그려 내기는 쉽지 않은 섬세한 조형요소이다.

미술의 관점으로 보면 동그라미들의 사선 구조에 비해, 숫자들은 후퇴(원경화)한다. 작은 동그라미들은 앞쪽(전경화)으로 나와 보인다. 단계적 안정화이다. 이것은 작은 동그라미가 가진 검은색의 힘으로, 각각의 숫자는 선(line)에 불과하지만 검은 동그라미는 색상과 명도까지 지닌 형태(form)가 되었기 때문이다. 매우 굵은 숫자를 사용하고, 점을 작게 만들면 점은 후퇴하고 숫자들은 클로저 상태로 사각형을 이룰 것이다.

1934년 발표 당시 지면에서, 숫자에 비해 동그라미의 크기는 현재 이 책에서 보이는 것과 비슷하다. 그런데 이상의 자필 원고로 추정되는 문서를 보면 뒤집힌 숫자판의 동그라미는 소수점 같은 작은 점에 불과하다. 그렇다면 점이 후퇴하고 숫자들이 전진한다. 그것이 자필 원고가 틀림없다면, 점의 크기 변화는 신문사 내부에서 활자를 고르는 사람(문선공)의 작업이다. 특히 같은 지면에 유사한 크기의 동그라미가 사용된 것으로 볼 때 이미 쓰던 것을 사용해서, 원래 원고의 점을 임의로 크게 바꾸어 조판했을 가능성이 크다. 점이나 숫자의 크기에 대한 이상의 요구가 있었다 해도 부정확하고, 발행 시각을 다투는 신문이기 때문에 교정쇄로 확인할 상황도 아니었을 것이

133

분명하다. 숫자나 점의 미세한 간격은 직접 하지 않는다면 처음부터 불가능하다.

1913년 시인 에즈라 파운드는 그의 대표작 「지하철 정거장에서」의 원고를 보내면서 단어 사이의 간격을 자신의 타자기로 친 견본처럼 해달라고 편집자에 부탁했다. 그의 부탁대로 간격을 적용하면 다음과 비슷하다.

The apparition   of these faces   in the crowd :

하지만 인쇄용 활자로 다시 조판하면, 낱자 사이의 간격(자간)과 띄어쓰기 공백은 겉으로는 유사할지라도 엄밀하게는 다르다. 무엇이 어떻게 다른지, 활자의 모양, 크기, 행간, 한 페이지 내에서 배치를 따지는 것이 타이포그래피이고 그것은 곧 활자 인쇄술을 가리키는 용어이다.

활자와 인쇄에 관한 작업이 더 없었다면 이상 자신의 타이포그래피는 아니다. 직접 문자(letter)를 쓰고 그리거나, 활자(type, 인쇄용 글자)를 만들거나 조정하지 않았다면, 지면 구성에 관계하지도, 인쇄판을 만들고 잉크를 묻혀 인쇄기를 조작해 찍지도 않았다면, 타인의 작업이다. 이상의 시를 판단하려고 타이포그래피라는 용어에 집착하지 말자는 뜻이다. 이 시의 타이포그래피 주체는《조선중앙일보》이다. 조판 인쇄 담당자와의 공동 결과물이다. 김소월의 초판본 『진달래 꽃』에도 타이포그래피는 있다. 그것도 멋지게 있다.

상업디자인 등장 이후 타이포그래피 대부분은 대량 소비의 포장 도구가 되었다. 시와 예술의 영역으로 문자나 타이포그래피의 정체가 바뀌어야만 그것의 주체가 시인이 될 수 있다. 이미 1910년부터 러시아 시인, 화가들은 시와 예술로서의 책을 직접 만들어 냈다. 그렇게 새로운 시대의 시와 그림이 탄생했다. 허름한 종이나 싸구려 벽지 뒷장에 찍었지만 아름답다. 내용과 형식, 문학과 예술의 정신과 행위가 함께 있기 때문이다.

미래주의와 다다

시각시나 형태시 또는 구체시(visual poetry, shape poetry, concrete poetry)는 시적 표현을 목적으로 언어에 시각적, 형태적, 청각적 효과를 더한 것으로 조형적 결과물로 나타난다.

미래주의(Futurism)의 선언자인 이탈리아 시인 마리네티의 시집 『창툼툼(Zang Tumb Tumb)』(1914년)의 시들은 형용사를 없애고 오직 명사만으로 순수한 색채를 드러낸다는 원칙을 적용했다. 문자들은 자유롭게 배치했다. 읽을 수 있는 단어가 중심을 이루지만 'ZANG-ZANG-tuuumb tatatatatatatata'처럼 소리가 더해졌다. 시각시이며 소리시(sound poetry)이다.

『창툼툼』은 활자(type)를 이용하지 않은 이미지로서의 글자들이다. 회화적 이미지(콜라주)였기 때문에 활판인쇄가 아닌 사진 동판(photo engraving)으로 찍었다. 기존 타이포그래피에 대한 거부나 파괴 행위였다. 20세기 내내 타이포그래피는 실용적인 전달 기능을 강조했다. 투명한 유리잔(crystal goblet) 같아야 한다고 말해 왔다.

「다다 선언문」(1918년)을 쓴 트리스탕 차라(Tristan Tzara)의 시도 읽을 수 있지만 소리와 시각성을 강조했다. 또 한 사람의 다다이즘 선언자인 독일 시인 휴고 발(Hugo Ball)이 1916년 취리히의 '카페 볼테르'에서 발표한 시 「카라반」도 소리시인 동시에 시각시로 제목 외엔 뜻 모를 알파벳뿐이다.

독일 화가이며 시인, 쿠르트 슈비터스(Kurt Schwitters)의 다다이즘 시 「안나 꽃」(1919년)은 "안나 꽃, 붉은 안나 꽃, (……) 아…ㄴ…ㄴ…아 꽃, 나는 그대의 이름을 방울방울 떨어뜨린다. (…) 쇠고기 기름이 떨어져 내 등을 만진다, 안나 꽃, 그대는 방울져 떨어지는 동물"이라고 쓴 것처럼 의미는 모호하지만 읽을 수 있다. 슈비터스는 직접 인쇄용 활자를 만들기도 했다. '아키타이프 슈비터스'라는 영문 서체이다.

화가 피카비아의 전시회(1920년 12월, 파리) 갤러리에서 트리스탕 차라가 발표한 「허약한 사랑과 씁쓸한 사랑에 관한 다다 선언」에 있는 「다다이스트 시 만들기」는 다음과 같다. 시로 발표했다가 선언문에 포함시킨 글이다.

> 신문을 가져오라./ 가위를 잡아라./ 신문에서 시를 만들고 싶은 분량의 기사를 선택하라./ 기사를 잘라내라. 기사에서는 단어들을 오려내 모두 가방(sac)에 넣어라./ 부드럽게 흔들어라./ 잘라냈던 것들을 차례대로 꺼내라./ 가방에서 꺼낸 순서 그대로 베껴 써라./ 그 시는 당신을 닮을 것이다./ 저속한 사람은 알지 못해도 당신은 매력적인 감성의 원작자이다.

다다의 우연이나 언어의 유희를 그대로 따르지는 않았지만 이상에게는 모순이나 역설, 부정성을 품은 다다의 특징이 있다. 시각시를 시도했기 때문이다. 차라의 선언문 마지막 시는 무의미한 낱말의 시각적 배열이었다.

urle urle urle urle urle urle urle urle

urle urle urle urle urle urle urle

urle urle urle urle urle urle urle

urle urle urle urle urle urle urle

urle urle urle urle

(······)

피카비아 전시회 행사에는 3인조 재즈 밴드도 있었다. 밴드의 드럼 연주자는 시인 장 콕토였다. 피카비아, 차라, 콕토가 함께한 1920년 파리 다다의 겨울과 비교하면 이상의 실험은 식민지 조선에서 홀로 외로운 자리에 있다. 다다는 군국주의와 전쟁을 반대하는 예술운동이기도 했다.

프랑스 시인 아폴리네르의 시집 『칼리그램』(1918년)도 읽을 수 있다. 문장이나 단어들의 배치로 사람 얼굴이나 에펠탑 같은 형상을 구성했을 뿐이다.

러시아 아방가르드와 시각시

러시아 아방가르드 시인 바실리 카멘스키(Vasily Kamensky)의 시집 『암소들과의 탱고―강철, 시멘트의 시』(1914년)에는 직선, 사선, 곡선, 때로는 기호나 그림도 있지만 읽을 수 있다. 소리의 표현을 강조한 시각시이다. 이 책은 화가 블라디미르 부를류크(Vladimir Burliuk)가 그의 형 다비드 부를류크와 함께 만들었는데, 꽃무늬가 있는 노란 벽지 뒷면에 인쇄했다. 고급 취향을 거부하려고 싸구려 벽지를 선택했는데 오히려 아름답다. 왼쪽 면에는 꽃무늬, 오른쪽 면에는 시와 부를류크의 간단한 흑백 그림이 있는 오각형의 책이다.

오래전에 나는 러시아 아방가르드의 출판물 대다수의 원본을 직접 확인했다. 활자를 이용한 것도 있지만 손글씨나 그림이 많다. 화가와 시인들이 함께 만든, 모두 예술적인 책들이다.

화가 엘 리시츠키(El Lissitzky)가 만든 마야콥스키의 시집 『목소리를 위하여』(1923년)는 부분적으로 활자를 크게 썼지만 읽을 수 있다.

러시아 아방가르드(1910년~1930년)는 절대주의, 큐보미래주의(Cubo Futurism), 광선주의, 구축주의를 가리킨다. 큐보미래주의는 큐비즘을 지닌 미래주의로 브를류크, 카멘스키, 마야콥스키 등이 주도했다.

구체 예술과 두스뷔르흐

구체시(concrete poetry)라는 용어는 이상의 시대에는 등장하지 않았다. 이 용어는 네덜란드 출신의 화가, 시인, 건축가, 테오 반 두스뷔르흐(Theo van Doesburg)가 1930년 프랑스 파리에서 발행한 추상미술 그룹의 잡지 《구체예술(Art Concret)》(창간호이자 마지막 호)에 발표한 선언문 「구체 회화의 기초」에서 시작되었다. 평면과 직선 등 기하학적 조형을 강조한 미술 개념으로, 단순 평면이나 색보다 더 구체적이고 실재적인 것은 없다는 뜻이다. 추상(abstract)이라는 용어를 거부하고 실재성을 강조한 용어였다. 그는 본세트(I. K. Bonset)라는 필명으로 1916년부터 시를 발표했고, 몬드리안과 함께 신조형주의(데 스틸)의 선구자였다.

두스뷔르흐의 개념을 문학적으로 전환해 스웨덴 시인이며 화가 오이빈트 팔슈트룀(Öyvind Fahlström)이 「구체시 선언문」(1953년)을 발표했다. 팔슈트룀은 이 선언문에서 독일 화가이며 시인 슈비터스도 원조 중 하나로 꼽았다.

두스뷔르흐의 개념(구체성)은 스위스 화가, 조각가인 막스 빌(Max Bill)에게 이어졌다. 파리를 오가던 막스 빌이 1936년 전시회를 열면서 "구체는 추상의 반대이다."라는 두스뷔르흐의 말을 그대로 이용했다. 나중에 그가 브라질 상파울루 비엔날레(1951년)의 수상자가 되어 브라질을 오가면서 '구체'라는 용어가 브라질에 전해졌다. 1956년에는 브라질 시인과 화가들의 구체예술(미술과 시각시) 전시회도 열렸다.

스위스 시인 오이겐 곰링거(Eugen Gomringer)는 미술사를 전공해서 막스 빌의 조수로 일했는데, 막스 빌의 영향으로 구체시 시집 『별자리』(1953년)를 냈다. 별자리처럼 문자의 배치, 배열이 중심인 시이다. 1958년 브라질에서도 「구체시 선언」이 나왔다. 브라질 구체시의 대표 시인 가운데 하나인 데시우 피그나타리(Décio Pignatari)가 스위스에서 곰링거와 만나면서 교류도 시작되었다.(구체시는 문자의 단순한 배열에 불과하다.)

피그나타리의 구체시 가운데 이상의 숫자판 구성과 비슷한 시가 있다. 1956년에 발표한 시로 알파벳 배열이 사각형을 이루면서 대각선으로 공백을 만들어서 이상의 숫자판과 비슷하다. 오직 문자를 가지고 이리저리 사각형 내에서 배열을 바꾸다 보면 결국 그 경우의 수는 많지 않기 때문에 발생한 우연이다. 독일 구체시인들의 시를 보면 피그나타리와 비슷한 시도 많다. 피그나타리의 시는 문자를 뒤집지는 않았다. 그래서 그것은 음성기호 문자(언어)의 운용이지만 이상의 뒤집힌 숫자판은 '그림(시각적 오브제)'이다.

뒤집은 숫자는 활판 인쇄 공정에서의 지형(紙型)을 이용해 사진 동판으로 찍은 것이다. 기술적으로 볼 때에도 뒤집힌 숫자는 활자가 아니라 사진이나 그림의 인쇄 방식이니, 시각적 오브제가 된다.

시각시의 맥락에서 그림을 이용한 이상의 시는 큐비즘, 다다, 추상회화, 러시아 아방가르드의 전개 과정에서 나타난 비언어적인 조형적 특징을 지닌다. 특히 이상의 시각시는 활자의 단순 변화나 망막적(optical) 효과만으로 보아서는 안 된다.

이상의 뒤집힌 숫자판은 그림이 되면서 시각적(조형적) 효과만을 취한다. 하지만 환자의 용태나 진단 등의 진술은 기존의 언어로 물러선 이중적 태도를 보인다. 그렇지만 「오감도 4호」의 숫자판은 비언어적 표현이므로 기존 언어의 의미 지향은 우선 제거해야 한다. 조형적 요소를 포함한 이상의 시는 비언어적 표현과 일반적인 시가 결합된 시각시이다.

앞서 설명한 대다수 시인들이 화가이면서도 시인인 것처럼 이상의 시도 조형과 언어의 이중구조이다. 다다나 큐보미래주의와는 가깝지만 나중에 등장한 문자 배열뿐인 썰렁한 구체시와는 다르다. 다다이즘 시대의 시에 더 가깝다. 이상의 친구 문종혁의 회고에 따르면 이상은 다다의 문학도 알고 있었다.

그림과 시, 러시아 미래주의의 일본 및 한반도 유입

카멘스키의 시집 『암소들과의 탱고』를 만든 블라디미르 부를류크 4남매는 시인이나 화가였는데, 그들 중 다비드 부를류크(David Burliuk)는 러시아혁명 직후 혼란을 피해 1920년부터 1922년까지 일본에 있었다.(이후 미국 이주)

일본에서는 마리네티의 「미래주의 선언」(1909년)이 발표 3개월 뒤 문학잡지 《묘(昴)》에 소개되었으나 반응은 미미했다. 그런데 부를류크가 등장해 전시회, 강연 등으로 미래주의를 소개하면서 일본 미래파 미술협회도 생겼다. 시인 히라토 렌키치(平戶廉吉)는 마리네티 선언문과 내용이 유사한 「일본미래파선언문」(1921년)도 발표했다.

부를류크는 미술학교를 나온 화가이자 시인으로, 마야콥스키, 카멘스키 등과 함께 러시아 미래주의 선언문 「대중의 취향에 따귀를 때려라」(1912년)를 주도한 핵심 인물이다. 미술학교 학생이던 마야콥스키도 그를 만나면서 시인이 되었다. 부를류크의 그림은 표현주의적 형상을 지닌 큐비즘 스타일이었다. 부를류크가 주도했던 것이 큐보미래주의이다.

이렇게 러시아 미래주의가 일본을 거쳐 이상에게 알려졌을 것이다. 러시아 미래주의는 도스토옙스키, 톨스토이, 고리키도 내던져 버리라고 선언했다. 이상 또한 소설 「날개」에 "19세기는 될 수 있거든 봉쇄하여 버리오. 도스토옙스키 정신이란 자칫하면 낭비인 것 같소."라고 썼다. 이상의 작업은 혁신적이지만 과격한 파괴의 운동성보다는 균형을 지향했고, 선동적인 목소리나 사회주의를 강조한 점은 없다.

결론적으로 첫째, 이상의 시는 파괴적 운동성을 강조하면서 파시즘에 동조한 이탈리아 미래주의와 무관하다. 둘째, 추상화를 시도한 러시아의 초기 아방가르드(절대주의, 큐보미래주의, 구축주의)와는 프랑스 큐비즘이 내포되었기에 친연적이다. 셋째, 다다나 미래주의 일부 시 및 구체시는 문장이나 낱말을 파괴하는 어학적 문학(linguistic literature)의 특징이 있지만 이상에게는 과격한 어학적 변형은 없다. 넷째, 스탈린 체제가 등장하면서 정치 세력과 결합한 생산주의 및 프롤레타리아 예술과 이상의 시는 관계없다. 다섯째 타이포그래피를 끌어들이는 설명은 매우 제한적이어야 한다. 소설가 박태원이 회고한 「제비」(1939년)에 따르면, 신문사 내부의 타이포그래피 실무 작업자들은 이상을 만난 적도 없다.

뒤집어 엎은 숫자판의 혁명성

이상의 뒤집힌 숫자판을 다시 기존 체제인 문학 속에 들여놓아 보자. 문학은 문자 해독이 우선이니 동그라미를 점으로 생각해 배제한다. 조형의 세계에서는 당당했던 것이 언어의 세계에서는 한 점이나 작은 동그라미에 불과하다. 그래서 언어의 세계에서는, 수학 부호 등을 사용한 이상의 과거 취향을 강조해 뒤집힌 숫자들을 바로 세우면서 이 수들은 등비수열로서 결국 다 0(죽음)이 된다는 뜻으로 해독하려고 할 것이다. 구식 언어체제의 방식이다.

동양의 숫자판이든 서양식 수학이든, 뒤집혔다면 2도 3도, 숫자도 아니지만 억지로 바로 세우려 한다. 관례적인 기호로 환원하려는 보수적, 교조적 태도이다. 거울까지 가져와서 그것에 비친 것이라며, 바로 세운 본래 숫자를 말하려고 한다. 바로 세운 숫자만으로 이 시의 정체성을 한정하려고 한다. 시각시, 시각적 오브제, 물질성에 대한 이해가 부족한 탓이지만, 아무튼 구체제의 방식이다. 이상이 이미 일본어로 발표한 유사한 시가 있지만, '뒤집어 엎은' 이 숫자판은 과거의 방식이나 구체제와는 전혀 다른 차원에 있다.

동그라미의 양태가 조금 변했지만 숫자 바로 세우기에 집착하지 않는다면 여전히 강하다. 결론은 '진단 0·1'이다. 가운데 한 점이 꽤 크게 찍혀 있다. 가운뎃점 편집 부호로 대립이나 분리가 아니라 분절적 연결이다.

이렇게 이 시는 조형적(비언어적)/언어적/부호적인 세계를 공유한다. 하지만 근대 문학은 경험에 비추어 뒤집힌 것도 강제로 세워 과거의 규칙으로 해석하려고 한다. 시지각은 유사나 대칭을 만들지만 생성과 변화로 나아간다. 이런저런 관점이 흩어지니 분산적이다. 따라서 뒤집어 엎은 것마저도 바로 세워 구식 해답을 요구하는 구체제의 폭력에 휩쓸릴 필요는 없다.

시지각적 안정화를 우선시하는 형태지각 과정에도 집착할 필요가 없다. 그것은 망막과 지각(인지)의 관계에서 나타나는 주도권 다툼에 불과하다. 주로 안정화를 지향하지만, 대칭, 그룹화, 전후경화, 산발, 운동 등은 주목도에 따라 주인공이 바뀐다. 보려고 작정하는 것이 주인공이 된다. 이런 다툼의 관계를 완전히 지우기 어렵다. 주종관계가 확정되지 않는다. 시에서도 마찬가지다. 의도적인 불확정적 애매성이 존재한다. 형태심리학적으로 숫자판은 기계적, 도식적 배열이다. 전체를 지배하는 힘은 기계적 조형성이다.

진단, 책임의사라는 표현과 더불어 뒤집힌 숫자판은 균형이나 평형을 가늠하는 증빙관계로 전환된다. 저울 위에 올려진 비정형적 덩어리와 같다. 이상의 시는 평면적 대칭도 아니다. 3차원의 비대칭적 평형을 노린다. 비대칭적 평형은 시 「보통기념」과 「위독-절벽」에서 설명하겠다.

시각시의 관점으로 보자면 언어의 시각화, 비언어적 기호의 전개이고, 테오 반 두스뷔르흐가 주창했던 것처럼 어떤 관념이 아닌 실체, 그 자체인 시각적 대상으로서의 조형물이다.

"감성에 반대하고, 신비주의에 반대한다. 해석도, 삽화도, 상징도 아니다. 자연의 전이도, 추상도 아니다. 서술적인 문학이 아니라 음악에 가깝다. 인공적이다." 이것이 두스뷔르흐의 「구체미술 선언문」 주요 내용이다. 반자연적, 인공적, 기계적 구성은 미래주의의 특징이기도 하다. 미래주의는 여기에 파괴적인 역동성을 강조했다.

뒤집힌 숫자판은 겨우 형태심리적 단순 과정만 연출하고, 20세기 미술의 특징 중 하나인 기계적, 인공적 조형성을 드러내는 동시에 비언어적이고 반독해적이어서, 정상과학의 위기를 말하려고 한다. 그것은 정상과학으로 풀릴 문제가 아니다. 무의미하다. 20세기 초의 예술 전반에 걸친 현상이었다.

그래서 별것도 아닌 조형 요소, 이상의 시 속에 들어 있는 마르셀 뒤샹의 변기 같은 것의 실체는 '보는 방법'의 문제를 안고 있다. '보는 방법'은 미적, 사회적 위상이다. 과학사의 관점에서 보면 그동안의 정상적인 과학 속에 있는 문제가 아니라, 정상과학의 위기, 패러다임의 문제이다.

새로운 패러다임은 과거의 독해 방식, 지배 체제를 부정하며 충돌한다. 그런 패러다임 속으로 이렇게 가지런한 숫자판을 들고 온 이상은, 소변기를 내놓은 뒤샹 같은 서양의 전위작가들에 비하면 소박하고 얌전하다. 뒤샹의 소변기 「샘(Fountain)」은 이상이 초등학교에 입학했던 1917년 작품이니 이상에 비하면 역사적으로도 훨씬 파격적이다.

그러나 이런 패러다임의 현장에 구체제의 것들은 없다. 이상의 뒤집힌 숫자판도 그렇다. 그에게는, 온갖 시험 끝에 비로소 뒤집은 물렁물렁한(구체제 및 지각의 주도권 다툼이 벌어지는) 숫자판이다. 그러니 바로 세울 수 없다. 뒤집힌 숫자판은 뒤샹의 「샘」처럼 오직 새로운 위상의 시각적 오브제(object)이다.

뒤집어 엎은 이 숫자판은, 뒤샹의 「샘」에 버금가는 사건이다. 아폴리네르의 『칼리그램』, 마리네티의 『창툼툼』, 마야콥스키의 『목소리를 위하여』에도 뒤집어 엎은 활자는 없다. 트리스탕 차라가 펴낸 스위스 취리히 시절의 《다다》 기관지에도, 베를린 다다가 발행한 《다다》, 하노버 다다 잡지 《메르츠》에도 없다. 슈비터스의 숫자 시나 카멘스키의 『암소들과의 탱고』에 숫자가 나오지만 뒤집힌 것은 없다. 두스뷔르흐(본세트)의 시각시집(1921년), 곰링거의 1952년 시집, 1972년 세계 17인 구체시인들의 작품집에도 뒤집힌 활자는 없다.

러시아 화가 라리오노프(Larionov)가 그림을 그리고 손글씨로 써서 석판화(lithograph)로 찍은 『미르스콘차(Mirskontsa)』(1912년)에, 흘레브니코프(Khlebnikov)의 두 줄짜리 시 한 편이 거울을 보듯 뒤집혔을 뿐이다. 바로 세워 번역하면 '양배추 머리통은 매우 걱정스럽고, 날카로운 칼은 매우 날카롭다'지만 무의미하다. 문자와 소리의 효과를 다룬 시(자움시)였다.

뒤집어 엎은 이상의 숫자판은 세계문학사에 내놓을 만하다. 바로 세운 숫자의 수학이나, 게슈탈트, 타이포그래피 수준으로 얼버무릴 수는 없다. 현대 타이포그래피에서도 반전(reversing type)은 검은 바탕에 흰 글씨를 가리킬 뿐이다. 19세기적 의미를 동결하고 20세기를 여는 새로운 문학예술의 숫자판이다. 다만 유럽 각국에서 벌어진 큐비즘, 다다, 추상미술, 미래주의, 데 스틸의 출현 연대가 1910~1920년대 초반이기 때문에 1930년대 중반 이상의 시도에는 15~20년쯤 뒤늦은 시차가 있을 뿐이다. 뒤집어 엎은 이 숫자판은 '위독한 운명에 대한 절망적인 반역의 그림'이며 '기계적으로 금지되고 통제된 시대를 향한 혁명의 도표'이다.

숫자판은 정상과학이나 체제에 대하여, 현실의 장(field)에서의 차별적 대면과 실현이기 때문에 '책임의사'라는 주체와 '환자의 용태(현실)'라는 표식이 필요하다. 의사도 환자도 이상 자신이며 그의 시대이다. 퍼포먼스에는 이처럼 수행자가 중요하지만 수행은 수행자를 넘어서는 상황에 이른다. 환자의 상태는 괴이한 상황이다.

시적 언어로 변형된 수식 기호와 숫자

마리네티는 「기하학적 화려함과 숫자의 감각」(1914년)이라는 글도 발표하면서 숫자 위주의 시각시도 시도했지만 뒤집지는 않았다. 『창툼툼』에는 숫자를 확대하거나 "수평선 = 태양 일부 + 5개 삼각형 그림자(1킬로미터의 1면) + 장밋빛 다이아몬드 모양 3 + 언덕 5 + 연기 기둥 30 + 불꽃 23개"라고 쓴 시도 있다. 『창툼툼』은 숫자와 문자의 시각적 콜라주였다. 이탈리아 화가이며 미래주의 시인인 소피치(Soffici)의 『BIF§ZF+18』(1915년)도 숫자와 낱말을 섞은 콜라주 형식이었다.

독일 화가이며 시인인 슈비터스는 숫자만 있는 시를 쓰기도 했다. 1921년 《데 스틸》에 발표한 「시 69」과 「시 62」는 "하나, 둘, 셋, 넷,다섯(...)넷,셋, 둘, 하나" 같은 표현과 숫자가 전부였고, 시집 『새로운 안나 꽃』(1922년)에 실린 「시 25」도 아라비아 숫자들뿐이다. 프랑스 초현실주의 시인 벵자맹 페레(Benjamin Péret)는 시집 『위대한 놀이』(1928년)의 「분명하게 26개」에서 자신의 생일 등을 수학의 복잡한 방정식으로 표현하면서 "나는 b - a이다."라고 썼다. 그는 숫자 대신 알파벳을 방정식에 넣었지만 수학 공식을 이용해 초현실적 분위기를 만들어 냈다.

「대중의 취향에 따귀를 때려라」의 공동선언자인 러시아 시인 흘레브니코프도 수를 이용해 새로운 의미를 만들었지만 뒤집지는 않았다. 그는 산문 「스키타이인의 머리 장식(Scythian headdress)」(1916년)에서 루트 기호와 수식을 사용했고, 시론 형식의 글인 「지구별 대통령의 과제」(1922년)에서는 "내 영혼의 공식: 나는 태어났다. 시월 28, $1885+3^8+3^8=$ 십일월"이라고 썼다. 이상이 숫자판 아래에 쓴 것과 비슷한 숫자 언어이다. 이상의 숫자 언어는 비가시적인 것의 시각화, 예술적으로 독립한 시적 언어의 표면장력으로 현실을 재구성한다.

이런 표현들은 기존 의미의 무의미화, 숫자 이미지를 통한 현실 진단, 새로운 감각화이다. 이상의 숫자는 의미의 재현이 아니라 의미의 확대, 곧 문제화이다. 동시에 숫자는 시각적으로는 확정적인 조형(이미지)이 된다. 확정과 불확정, 현실과 초현실, 논리와 감각의 이중구조이다. 「오감도 4호」의 뒤집힌 숫자판 아래의 숫자들은, 숫자 이미지(imaginary number)로서 진단의 비극적 상황을 확정한다. 시에서 수학 공식이나 숫자가 사용되었을지라도 그것은 수학으로는 결코 풀 수 없는 오직 문학만의 문제이다.

1931년 10월 26일이라는 날짜는 이상 개인에게 폐결핵 진단을 받은 날일 수도 있다. 시에서 밝히지 않았다면 익명의 날짜일 뿐이다.

이 시는 새로운 패러다임, 즉 시적 표현과 의미에 관한 문학의 위상(status)을 다시 생각하게 만든다. 구체제의 거부, 인공적 기계성, 시각화를 통한 언어의 현상학, 언어의 물질성이라는 위상과 함께 진단 대상으로서의 신체와 주체를 만나게 한다. 스스로 괴상한 진단서를 공표했으니 이 모든 사태와 문제를 풀어야 할 사람은 이상 자신이다. 그의 시들은 이런 사태와 문제를 풀어 나가는 과정이라고 볼 수 있다.

오감도, 시 제5호

1932년 일본어로 쓴 시(「건축무한육면각체」)를 2년 뒤 한글 시로 수정했다. '전후좌우'를 '모후(某後)좌우'로 바꾸었다. 누 군가 뒤에서 또는 어떤 뒤라는 뜻으로 이해할 수도 있지만 무 의미를 지향한 표현이다.

'날개가 커도 날지 못함 눈이 커도 보지 못함'은 『장자(莊 子)』에 나오는 '익은불서(翼殷不逝) 목대불도(目大不覩)'로, 일본 어 시에서는 날개가 '부러져'라고 썼다가 여기서는 원전을 따 랐는데, 『장자』를 분명히 드러냈기 때문에 자신의 것이 되었다.

'뚱뚱하고 키 작은'은 반왜소형(胖矮小形)을 옮긴 것이다. '쓰 러져 다쳤던 일'은 고사(故事)이니 전해 오는 이야기이다.

'내장'은 장부(臟腑, 오장육부)이다. 오장육부라는 말은 고대 중국의 의학서 『황제내경』에서 5장(간장, 심장, 비장, 폐장, 신장) 과 6부(대장, 소장, 위장, 담낭, 방광, 삼초)로 정의한 말이다. 그런 데 이 시에서 장부가 열한 가지를 통칭하는지, 위장이나 폐, 또는 무엇만을 가리키는지는 불확실하다.

이상은 '장부'라는 말을 산문(「권태」)에서도 사용했는데 소 화기관인 '위장'만을 가리켰다. 배가 고파져서 뱃속에서 소리 가 나는 장면이니 위장이라고 말하면 어색한 경우이다. 그의 글 전체의 용례를 살펴보면 '심장, 폐, 간장'은 특정하여 썼다. 다른 산문(「첫 번째 방랑」)에서는 창자나 방광 부위를 제외하 여 가리키는 오장(五臟)이라는 말을 썼다. 따라서 장부라는 표 현은, 일상적으로도 분명하게 지칭하는 심장, 폐, 간장, 위장, 대장의 생리 현상이나 질병과는 거리가 있다. 결국 장기, 내장, 속, 뱃속이라고도 바꿔 쓸 수 있는 표현이다. 이런 애매한 뱃속이 불에 타는 상황이다.

'축사(畜舍)'는 가축을 키우는 공간이다. 당시 홍수 피해가 잦았고 1960~1970년대에도 서울 한강변의 집들은 지붕까지 물에 잠겼으니 침수된 축사는 자연스러운 연상이다. 가축에 대한 이상의 용례로 볼 때, 어떤 동물을 특정한 경우는 없기 때문에 막연한 가축이다. 이상에게는 축생에 개도 포함되니 개집도 될 수 있다. 과거 생활사로 보면 소, 돼지, 닭 가운데 특히 소를 키우는 곳을 축사라고 했다. 소설(「동해」)에서는 자기 의지가 없는 사람을 암시하면서 가축에 비유했으니 그런 사람의 집일 수도 있다. 도시인 이상에게 축사는 보잘것없는 건축물이다.

사정이 이러하니 뚱뚱하고 키 작은 신의 정체도, 구체적인 정도를 가늠하기 어려운 관념적 존재일 가능성이 크다. 상상의 대상은 처음부터 없거나, 여러 가지 경험이 압축되어 나타난 형상이거나, 압축 경험의 형상도 뒤엎어 '관계 없음'에 도달한 상황이다. 다만 산문(「병상이후」)에, 하느님 같은 의사가 준약을 먹지 않았더니 목이 타고 혼수상태에 빠졌다는 개인적인 기록이 있다. 내장이 타고, 축사가 물에 빠진 것, 신(하느님)과 연결해 볼 수 있는 단서는 될 것이다.

데포르마시옹과 신여물유

예술에서 현실 경험은 변형된다. 문학예술에서 말하는 서양식 상상력(imagenation)이나 동양의 신사(神思, intuitive thinking)는 그런 변형을 뜻한다. 그러나 이것은 현실의 문제가 아니라 표현의 문제이다. 상상력과 신사는 같은 과정을 수행한다. 데포르마시옹(déformation, 변형, 다르게 만들기), 신여물유(神與物遊)를 통해 의상(意象)에 도달한다. 단순 변형이 아니라 현실의 상(象)을 넘어 도(道)에 이르는 의경(意景)이나 심미적 추상(abstract)을 드러내는 과정이다. 가공이 아니라 생산이 핵심이다.

새로운 형상을 통해 신선한 의상이나 이미지를 낳지 못하면, 문학이 아니다. 문학예술은 변화를 통해 세계에 관한 인식을 확장한다. 이상의 특징을 현실의 대체나 변형 정도로 간주한다면 문학이나 예술을 너무 좁게 보는 것이다. 예술적 변형왜곡인 데포르마시옹은 부분적인 장식 테크닉이기도 하지만 작품 구성요소의 혁신이나 변형이다. 현실 대상과 자리바꾸기가 아니라, 현실과는 무관한 미적인 표현에서 또 다른 표현으로 미적 상태를 변경하는 것이다. 시인이나 화가에게는 이미 표현 행위나 표현 대상이 전제되어 있기 때문에 표현의 재구성이지만, 창작과 무관한 사람에게는 표현 행위의 시작점이라고 잘못 생각할 수 있다. 현실과의 관계가 아니다. 신여물유, 형상과 더불어 유희하는 질적 변환 기술이다. 따라서 이상의 시에서는 결과적인 형상이나 언어의 상태를 먼저 보아야 한다.

데포르마시옹은 서양화에서 변형을 가리키는 용어로 쓰인다. 한국 서양미술은 프랑스 미술아카데미 교육법을 바탕으로 시작되었기 때문에 데생, 에스키스 등 대부분의 용어는 프랑스어이다. 데포르마시옹은 1980년대에 미술대학을 다닌 나 또한 대학 초년생 무렵에 자주 썼던 말이다. 대학 초년생이라는 내 말을 염두에 둘 필요가 있다.

장자의 화살

이 시는 장자의 인용, 도상, 자신의 발언 등 각기 다른 영역에서 가져온 것들을 조합하고, 크기나 배치도 다르게 한 입체적 구성이다. 이것은 비록 2차원이지만 심리적으로는 3차원적 효과가 들어 있다. 시각적인 모양으로만 콜라주나 아상블라주를 보면 그것은 예술이 아니다. 타이포그래피나 디자인적 시선은 실용과 커뮤니케이션 중심이지만 예술은 그런 것이 아니기에 시각적 형태나 커뮤니케이션 이상의 예술적 패러다임에 대한 인식이 필요하다. 콜라주나 아상블라주는 부정의 방식인 동시에 구조주의적 대립을 넘어서는 다층적, 다발적 사고의 출현으로 발전한다.

이상은 소설(「실화」)에 이런 말을 쓴 적이 있다.

"나는 형해(形骸)다. '나'라는 정체(正體)는 누가 잉크 지우는 약으로 지워 버렸다. 나는 오직 내 흔적일 따름이다."

그는 '나'라는 정체의 발명자이면서 지우는 자이다. 흔적은 자신이 지운 정체의 흔적이다. 정체는 주체인 동시에 하나의 모양(형태, 체제)이다.

『장자』에 나오는, 잘 보지 못하고 날개만 큰 새는 이상한 까치이다. 날개는 크지만 어설프게 날다가 장자의 이마에 부딪힌다. 장자는 화살로 그 새를 쏘려고 집중한다. 뚱뚱하고 키 작은 신은 장자와 같은 존재이며, 이상한 새 같은 자신을 옛이야기에 겹쳐 놓았다.

옛이야기에서 장자는 화살을 쏘지는 않는다. 쏘려고 몰두할 뿐이다. 장자는 새를 노리고, 사마귀는 매미를 노리고, 까치는 사마귀를 잡으려고 하는 이야기이다. 결국 자신의 상대를 없애려고 집중하다 보니, 형체가 사라진 존재는 자기 자신이라는 것을 깨닫는다. 화살표는 흔적을 지우려는 행위이며 지워지는 중인 자신의 흔적이다. 불에 타는 내장도 물에 빠진 축사도 소멸 중인 자신이다.

솔리드와 보이드

시각적 표현에서 추상화는 솔리드(solid, 채움)와 보이드 (void, 비움)의 관계이다. 예술에서는 '보이드'를 '허공, 공허'라고 읽지 않는다. 동양에서는 더욱 그렇다. 이상은 주체, 정체, 신체, '솔리드'가 문제인 모더니스트이기 때문에 정직한 선분을 그려 놓았다.

이 그림은 하나의 추상화지만 사실 그림이라고 부를 수준은 아닌, 수학적 선분에 불과하다. 무엇을 그린 것이 아니라 무엇을 가리키는 정도의, 기계적으로 꾸며낸 직선과 빈 공간의 대비가 만든 단순 도형이다. 다른 것들(선이나 모양)과의 차이 또한 기계적인 수준이어서 특별한 모양도 아니니 다른 정보를 분명하게 동반하지도 않는다. 정보시각화의 다이어그램 (diagram)으로 보기도 어렵다. 다이어그램이나 인포그래픽은 더 명확하고 쉽게 알려 주기 위한 방법이다. 결국 무엇을 가리키지도 못하는 처지에 놓인 자족적 선분이다. 다만 내부로 꺾여 들어간 선형은 장부, 축사 같은 정보와 간접적 상상으로 연결되고, 화살표 때문에 방향성과 운동성을 지닌다.

'강'이라는 글자에서 'ㄱ'만 있는 꼴과 같으니 'ㄱ'만 가지고 '가을'이나 '강' 따위를 무한정 상상하기보다는 솔리드와 보이드 사이의 차이만 시각적으로 인지하는 것이 현명하다. 시각적으로 남은 것은, '솔리드—기하학적, 매우 가는(얇은) 선, 예각(모서리), 내부, 방향, 운동, 열림과 닫힘, 상자(box), 흔적—보이드'. 이런 것들이다. 무의미한 물질성이다. 직선은 원, 파형 (물결 모양)과 같은 계열의 기하학적 도형이다. 자연의 유기적 (organic) 선과는 달라서 미술사에서도 양분하여 평가한다.

이상의 선은 기하학적 선이다. 근대 미학에서는 기하학적 형태를 자연과 인간과의 불화를 새로운 방향으로 표현한 것으로 보았지만, 이 시에서의 선을 그렇게까지 높이 평가하면 과장이 될 것이다. 다만 유기적인 선은 아니니 반자연적 인공적 성격이다. 인공성과 기계성의 의미를 과장해서 절대화하면 그 결과는 이탈리아 미래주의처럼 사회정치적 폭력으로 작동할 수 있다.

이런 시각적 대상이 무슨 원칙처럼 문자의 세계에 들어와서 위압적으로 작동한다. 강인지 가을인지 맞혀 보라고 "메롱?!" 하고 있는 셈이다. 하지만 이것의 놀림수에 당할 필요는 없다. 이것의 역할은 문자의 세계에 끼어들어 의미를 교란하고, 의미를 과장하고, '의미로 몸부림치다가' 끝내 아무것도 아님을 스스로 입증하고 선언하는 흔적일 뿐이다. 스스로도 보는 이도 모두 '예외 상태'로 전락하게 만든다. 예외 상태로 전락하는 것은 기존의 의미만 앞세우려고 덤비는 구체제이다.

이 시의 도형은 추상표현으로서의 구체적 실체이고, 형식적으로 보면 언어와 조형의 이중구조이다. 이상은 기하학적 추상을 이용했지만 프랑스 화가 프란시스 피카비아(Francis Picabia)는 유기적 형태의 선을 이용해서 조형과 언어의 이중구조의 시를 발표했었다. 피카비아의 시집 『어머니 없이 태어난 소녀에 대한 시와 드로잉』(1918년)은 단순하지만 곡선적, 자연적인 선과 손글씨가 자유롭게 어울어진 시각시였다. 활자의 배열만 가로세로 기계적으로 바꾼 낱말 배열식 구체시와는 다른, 회화적 조형성을 지닌 시였다.

무의미의 언어와 시각시

"날개커도 날지못함 눈이커도 보지못함"은 크게 표기해 시각적 효과를 꾀했다.

1923년에 러시아 시인 마야콥스키의 시집 『목소리를 위하여』가 출판되었다. 62쪽짜리 컬러 인쇄물로 화가 엘 리시츠키가 디자인한 파격적인 책이다. 마야콥스키도 미술을 전공해서 이상처럼 화가를 꿈꾸었고 책 디자인도 했다. 이상이 사용한 기계적인 단순 선분에 비하면 마야콥스키의 시집은 색깔을 가진 멋진 추상화이다. 다채로운 문자가 들어 있다. 언어(문자와 소리) 그 자체를 강조한 러시아 시인들의 시를 '자움(Zaum, Заумь)시'라고 하는데, 무의미한 새로운 낱말, 무의미한 소리를 뜻한다. 자움시는 소리를 과장해 글자 크기를 부풀리거나, 문장 속에서 낱자를 끄집어내 독립시키기도 한다.

미술학교 출신의 화가들이자 시인들인 크루체니흐(Kruchenykh), 다비드 브를류크, 마야콥스키와 함께 수학과 과학을 전공한 흘레브니코프가 어울리면서 자움시를 개척했다. 회화의 '팍투라(물질적 텍스추어)'를 언어에 적용한 시였다. 시각시이면서 소리시의 특징이 있다. 기존의 지시 의미를 배반하는 새로운 성격의 언어시이다. 이 자움시인들의 이력을 합치면 수학이나 과학적 사고에 친숙하고, 그림도 그렸던 이상의 특징도 된다.

「오감도 5호」는 시각시에 속한다. 독립적인(무의미한) 낱말을 찾는다면 '어떤 뒤와 좌우'가 바로 다다 스타일, 러시아 자움시의 스타일이다. 여기서 이상이 사용한 기하학적 도상에 과격한 운동성은 없다. 조형적 표현의 환경도 미흡했다. 자신이 만든 활자로, 자신이 직접 출판했던 네덜란드의 두스뷔르흐나 독일의 슈비터스 또는 화가들과 공동 작업을 펼친 러시아 아방가르드와 달리 이상에게는 조형적 역량이 있음에도 불구하고 식민지 환경에서 홀로 고독했다.

질서의 감각

이상의 도상은 온건하고 안정적이다. 질서를 중심으로 그려질 수밖에 없다. 이상이 장식적 표현의 질서를 체득했기 때문이다. 질서는 특히 단순 도형 처리에서는 효과적이다.

도형이나 숫자들을 일정한 영역에 배열하면, 그 요소들은 이미 질서를 지향한다. 연속된 좌표를 통해 기하학적 리듬을 생성하지만, 좌표나 리듬의 생성은 질서의 결과이다. 다른 무엇을 얻으려 해도 질서를 만나게 된다. 이 시에 그려진 선형도 어떤 표현이나 묘사 가능성은 사라졌다. 그리는 순간, 이미 조형적 질서가 모든 것을 압도한다. 압도한 결과가 아니면 버려질 대상이다. 버리지 않았으니, 처음부터 압도하려던 질서 의식의 결과물이다.

이런 것을 질서의 감각(sence of order)이라고 한다. 배열이나 반복의 장식적 패턴을 구성하는 조형적 원리이다. 도형이나 숫자가 등장하는 시뿐만이 아니라, 이상 시의 심층과 표면, 시적 주체와 시적 언어 모두에 나타나는 구조적 특징 가운데 하나이다. 질서에는 통제와 조율이 있지만 그만큼 중요한 다른 특징으로 운동성, 리듬을 전제로 한다. 운동이나 리듬이 없다면 조형에서의 질서 감각이 될 수 없다.

변화를 품은 질서의 감각을 실현하면서 글자의 일부를 바꿔 놓거나 모호하게 만들어서 충돌 지향의 반칙을 시도했다.

오감도, 시 제6호

'앵무 2필(匹)'이라고 한자로 썼다. 필(匹)은 원앙새처럼 암수 사이가 좋은 짝이나 사람의 배필(配匹)을 가리키는 말이다. 그러므로 '앵무 2필'은 암수 한 쌍이다. 하지만 배필은 기혼(부부)의 관점이 아니라 좋은 짝, 한 쌍의 의미이다.

정확하게 따지면 '필(couple)'이 지닌 뜻에서 결혼 유무는 별개이다. 대개는 부부관계이지만, 앞으로 부부가 되면 좋을 짝, 또는 그저 어울리는 한 쌍으로만 남을 수도 있다. 여자는 '그저 짝이라고만 생각'하는데(속으로는 아닐 수도 있겠지만), 남자는 '짝은 곧 부부라고 생각'하게 만드는 복잡한 어휘이다.

이 시에서 앵무와 2필의 관계는 다음과 같다.

앵무 * 2필 - 앵무새 암수 한 쌍 - 2마리

　　　　2필 - 인간의 남녀 한 쌍 - 2사람(결혼 유무 별도)

앵무가 함께 있으면 앵무 2마리(암수)이고, 앵무 없이 '2필' 만 있으면 2사람(짝이 된 남녀)으로 이해해야 한다. 불필요하게 2필을 반복한 것이 아니다. 필이라는 말을 통해서 동일성과 차이를 함께 드러냈다.

앵무는 조류인데 사람처럼 말하고 노래도 할 수 있는 포유류라고 말했다. A(앵무 한 쌍)는 B(남녀 한 쌍)와 같고, B(남녀)는 C(포유류)이니, A는 곧 C라는 논리로 억지를 부렸다. 옛스러운 어투(느니라)로 '이다, 아니다'를 대신했다. 이런 억지가 당연하다고 말하려는 강조의 표현이다. 이 시에 앞서 발표했던 소설(「지도의 암실」)에 유사한 내용이 있다.

CETTE DAME EST-ELLE LA FEMME DE

MONSIEUR LICHAN? 앵무새 당신은 이렇게 지껄이면 좋을 것을 그때에 나는 OUI!라고 그러면 좋지 않겠습니까 그렇게 그는 생각한다. 원숭이와 절교한다. 원숭이는 그를 흉내 내이고 그는 원숭이를 흉내 내이고

프랑스어 문장의 뜻은 '저 여인이 신사 이상의 부인입니까?', '예'이다. 사람, 원숭이, 앵무새가 서로 흉내 냄을 가리키는 뜻이다. 이런 논리에서는 '사람 = 원숭이 = 조류(앵무새)'이다.

앵무는 기호로 강조되었다. 발표 당시 원문에는 8장 꽃잎 모양의 부드러운 기호를 사용했다. 이것은 딩벳(dingbet)이라고 부르는 장식용 기호로 표준화된 기성품이다. 앵무를 강조한다. '아알지(알지)'라는 표현은 소설 「지도의 암실」에서도 사용했다.

'젊은여인'은 '小姐'(소저, 아가씨)를 옮겼다. '나의몸체는중심축의끝을잃고'는 '體軀(체구)는中軸(중축)을喪尖(상첨)하고'를 옮긴 것이다. 첨(尖)은 뾰족한 끝 또는 도형의 꼭짓점을 가리킨다. 자신의 몸을 팽이 같은 물체로 사물화했다. 상실(喪失)의 오자일 가능성도 있지만 「오감도 8호」에서도 첨단(尖端)이라고 끝 부분에 관한 의식이 두드러지니 그대로 수용할 필요가 있다. 꼭짓점이나 건축에서의 첨두 같은 용어에 익숙한 까닭일 수도 있다. 중심축(기준점)의 상실을 뜻한다.

'물론'(勿論, 말할 것 없이, 마땅히)이라는 말을 세 번이나 불필요할 정도로 많이 썼다. 감정을 강하게 드러냈다. 아내가 나타나면 이상의 시는 감정적이다.

'함뿍 젖어서'는 '함/뿍'으로 행을 바꾸면서 변화를 주었다. 함뿍은 함빡의 사투리로 흠뻑과 같다. 이상은 서울 한복판

출신이지만 표준어 규정 이전의 서울말을 쓰고, 북한 지역 사투리를 구사하기도 했다. 산문 「아름다운 조선말」에서 이렇게 썼다.

"걸핏하면 성천에를 가구가구 했습니다. 거기서 서도인(西道人) 말이 얼마나 아름답다는 것을 깨쳤습니다."

서도는 황해도, 평안도를 가리키는데, 성천은 평안남도이다.

예술적 눈속임과 베타적 정체성

강조한 앵무는 표현기법상 일종의 예술적 눈속임(trompe l'œil, 트릭)이다. 어떤 것을 실재처럼 보이게 하는 유도 장치로. 서양화에서 아주 사실적인 그림의 특징을 설명하는 말이다. 고대 석조건축에서 기둥(파르테논 신전)은 각각의 돌을 쌓아 올리면서 한 개로 이어져 보이도록 세로로 홈을 만들었다. 세로줄 때문에 길게 이어져 하나의 돌기둥처럼 보인다. 이때 홈이 바로 그런 눈속임 장치이다. 상징 장식도 그런 속성이 있다.

유도 장치는 어떤 탁자에 숟가락을 놓으면 식탁, 책을 펼쳐 놓으면 책상으로 기능하듯 환경을 제어한다. 말하기(앵무새의 속성), 여자와 남자(두 마리), 사람(포유류)의 관계가 밀접한 것처럼 유도한다. 이 시에서는 앵무를 몇 번 등장시켰다가 증발시켰는데 또렷하게 기억난다. 결국, 아는데 잘은 모르는 것이 되었다. 이런 장치(상징 장식)는 근대 이전 건축물에서는 신전, 성당, 궁전 등에서 주로 사용해 '배타적 정체성'을 강조했지만 현대에 와서는 의미를 집약하면서도 분산시킨다.

앵무가 있는 시공간의 배타적 정체성은 수용(축복)이나 거부(추방), 두 가지를 포함한다. 앵무는 모방하거나 말을 옮기는 스캔들에 상징적으로 기여하지만 장식적이다. 이상의 글에는 까마귀든 앵무든 새들이 나온다. 심리적 유도 장치로, 기존 언어와 세계가 지닌 정체성을 배타적으로 강조하면서도 의미를 분산시킨다.

사람의 말을 흉내 내기로 유명한 앵무는 일본말로 잉꼬(いんこ)라고 부르는 '사랑앵무'이다. 짝을 이룰 경우 사이가 좋아서 '잉꼬부부'라는 표현과 함께 한국에서도 익숙한 애완용 앵무새의 하나이다. 그래서 앵무가 시적 주체와 여인을 가리키는 것처럼 보인다. 이런 눈속임 효과의 배타적 정체성은 관계를 전제로 하기 때문에 앵무 2마리는 부부관계와 말하기(커뮤니케이션)라는 사회관계에 대한 추측까지 끌어들인다.

그러나 한 지역에 우뚝 솟은 성채 같은 것으로, 영역은 같지만 배타적인 것이다. 앵무는 시적 주체나 여인과 동일한 영역을 구성하지만 배타적인, 이중성을 지닌다. 이상은 원숭이나 앵무 등 흉내 내는 동물을 데려와서 인간이 동물을, 동물이 인간을 서로 흉내 내는 상황까지 연출한다. 이중성을 잘 활용한다. 이 동물들은 '흉내 내기'를 통해서도 종속을 가장한 중심 흔들기에 기여한다.

회화의 용어로 설명했으니 음악 용어로 전환해 다시 보겠다. 작곡의 구성에 음형(figure)과 모티브(motive)라는 요소가 있다. 음형은 작곡의 최소 단위로, 발전적 진행의 바탕이지만 때로는 반주나 삽입구를 위해 쓰인다. 음형이 모여 모티브를 만들면서 악곡 전체를 끌고 가기도 하고, 반주나 삽입 효과로 등장하기도 한다. 모티브의 관점으로 보면 앵무와 사람(여인, 시적 주체)은 서로 이어지면서 하나의 모티브를 만드는 음형(보통은 2개의 음표로 구성)이다. 모티브는 주제화되면서 반복 변주된다. 그러나 독립적 음형의 관점으로 보면 앵무는 모티브로 나아가지 않는 반주나 삽입이기도 하다.

음악에서의 이런 어울림을 문학은 충돌이나 파편이라고 말할 수 있다. 그러나 이상은 이런 예술적 장치들을 감각적으로 체득해 분산적 어울림을 만들었다. 소문자에서 대문자로 바뀌는 sCANDAL도 이런 효과의 하나이다. 소문자 s는 대문자를 통해서 배타적 정체성을 발휘한다. 이 시의 음형들은 '너지', '너다' 같은 말들의 쏟아짐을 통해 아르페지오 분산화음(broken chord) 수준까지 나아가지만, 언어나 사회관계는 단일성 중심이다. 앵무새 또한 서로 어울리는 짝을 만날 경우에만 사이가 좋다.

소문자에서 대문자로 바뀌는 sCANDAL의 경우는 활자의 변화를 통한 시각적 표현으로, 스캔들이 커진 듯 보인다. 언어의 선조성으로 보면 소문자에서 대문자로의 진행이지만, 공간적으로 보면 대문자 그룹 내에서 축소된 소문자가 된다. 소문이 커지는 것으로 해석할 수도 있지만 작아진 s의 존재감도 있다. 앞에 인용한 소설 「지도의 암실」에서의 프랑스어 표기처럼, 이상의 알파벳 표기는 대문자 중심이기 때문에 sCANDAL의 경우, 확대 의미보다는 축소 의미이다. 영문 대문자를 한글보다 더 크게 쓴 것도 아니니, 대문자는 그대로인 상태에서 s만 작아졌다. 추문의 점진적 확대가 아니라 추문은 변형, 왜곡된 말이라는 뜻이다.

프랑스 시인 말라르메의 『주사위 던지기』(1897년), 아폴리네르의 『칼리그램』(1918년)은 더 많은 활자의 형태 변화를 시도했다. 말라르메는 문장을 끊어 행을 나누고 좌우로 각각 다르게 배치하는 방식이었지만 아폴리네르는 활자 배치를 통해 그림까지 만들었다. 지나치게 그림 만들기에 치중해서 단조롭다.

오히려 살짝 부분적인 변화만 준 이상의 sCANDAL이 조형적으로도 문학적으로도 더 좋은 결과(정체성의 이중구조)를 얻어냈다.

아폴리네르의 시를 형상시라고 부르는데, 아폴리네르 시의 형상성(figurativité, 구상성)은 회화적 형상성에 이르지 못했다. 도상성(iconicité)이나 조형성(plasticité) 정도로 보아야 한다. 모양이나 선, 면, 그런 것들의 기초적인 변화운용 단계이다. sCANDAL 또한 그런 조형적 성질의 변화운용을 통해 '읽기와 보기'의 교차적인 상상력을 발휘한 경우이다. 맨 앞에서 사용한 장식기호 또한 반복하지 않았기에 제도적인 느낌이 덜하다. 앵무가 나올 때마다 장식기호가 따라다녔다면 제복(유니폼)을 입고 한 줄로 늘어선 수동적 존재가 되었을 것이다.

이 시의 배경인 젊은 여인(부인)은 '금홍'이라는 이름의 여인으로, 이상이 아내라고 부르지만 정식으로 결혼한 사이는 아니고, 2년쯤 함께 살았다. 그녀의 이미지는 이상의 소설이나 시에서 중요한 모티브이다. 자신을 붕괴시키면서도 강화하는 핵심적인 상상력으로 작동한다.

오감도, 시 제7호

연쇄작용으로 이어진다. 띄어쓰기는 무시했지만 한자(서체 강조 부분)를 많이 사용해서 구별은 비교적 용이하다. 가운뎃점 기호를 통해 몽타주 기법의 영화처럼 문장을 이어 간다.

아주 먼 **귀양살이**(구원적거, 久遠謫居)의 땅—나뭇가지—**밝은 꽃**(현화, 顯花라고 썼으니 드러남, 나타남, 밝음의 뜻으로 달을 가리킨다.) — **4월의 화초**(양력 4월에는 음력 절기상으로 하늘이 점차 밝아진다는 청명이 있어 농사준비를 했다. 청명은 오늘날 식목일 전후이다. 이상은 꽃을 화초라고 말하는 경우가 많다. 꽃과 화초를 같은 뜻으로 혼용한다.)—

30송이(원문에서는 한자로 쓴 '륜(輪)'이다. '수레바퀴, 둘레, 꽃송이, 둥근 것'의 뜻이 있다. 다륜화(多輪花)는 식물 육종학에서 한 줄기에서 여러 개의 꽃이 피는 화초를 가리킨다. 월륜(둥근 달), 일륜(둥근 해)으로도 쓰인다. 이 시에서는 달덩이와 꽃송이, 날짜를 암시하는 바퀴(차례, 윤회)의 뜻이 함께 있다. 앞의 꽃을 가리키는 꽃송이로 옮겼다. 화륜이라고 쓰면 꽃 목걸이나 화환이 된다.) —**30송이 둘레 전후**(한자로 '륜'이라고만 썼지만 여기서는 꽃송이와 함께 30일 전후의 날짜를 가리키는 이중적 의미이다. 둘레(둥글게 돌기, 윤회)의 뜻이 강하다. 30전후는 달의 삭망 주기 29.5일을 가리킨다. 30바퀴는 아니다. 30바퀴라고 쓰면 30곱하기 29.5일이 된다. 1바퀴를 도는 달의 공전으로 30송이 꽃으로 만든 1개의 화환 모양이다.) — **양쪽의 거울**(달의 삭과 망, 태양 빛을 거울처럼 되비추어 빛을 내는 달을 가리킨다. 두 개의 달이 동시에 나올 수는 없지만 공전 궤도에서 삭과 망(보름달)은 반대편 위치이다.) — **싹**(새로 뜨는 달) — **땅**(지평, 편평한 땅, 지평선) — 보름달(만월, 음력 15일)—

맑은 시냇물(청간(淸澗), 산골짜기 맑은 냇물) — 기운(기(氣))

코를 베이는 형벌(하현달, 그믐달로 변화. 코를 베이는 형벌은 의형(劓刑)이다. 춘추전국시대 중국의 다섯 가지 형벌 가운데 하나로, 살갗에 먹물을 넣어 죄명 새기기, 발뒤꿈치 베기, 사형, 남녀의 생식기 절단 및 훼손이 있었다.) — 혼돈(삭으로 변한 캄캄한 모습, 음력 1일) — 편지 — 근근히(僅僅히, 가까스로, 간신히) — 달의 싹(음력 2~3일의 초승달) — 대기권(지구를 둘러싼 대기권) — 4월의 빈 골짜기 — 별자리 — 막다른 골목(원나라 시대 몽골어에서 나온 말, 사호동(死胡同)을 옮긴 것이다. 호동은 중국 베이징에 남아 있는 좁은 골목 지구로 골목을 뜻하는 일반적인 말이 되었다.)

눈바람(한자인 풍설(風雪)로 썼기 때문에 자연의 바람만은 아닌 '삶의 시련'이라는 관용적인 뜻이 있다.) — 흙먼지(눈바람이 골목을 긁어 허빈 결과물. 원문의 강매(降霾)는 '황사, 스모그, 휘날리는 먼지'를 가리킨다. 먹구름에서 내리는 비가 아니라, 바람이 일으켜 하늘에 날리는 것을 뜻한다.) — 암염(돌소금, 암염 가루는 앞의 흙을 가리키면서도 붉은 별(화성)과도 겹친다. 눈바람과 흙먼지도 은하수나 별빛일 수 있다. 이미 달의 공전주기 29.5일처럼 추상적 개념을 다루기 때문에 눈바람이나 시냇물도 자연을 그대로 묘사한 것으로는 볼 수 없다. 복합적이다.) — 피뢰침 — 유골 — 나무 — 새벽

이 흐름은 앞뒤의 것들이 연관성을 지녀 서로 밀고 당기는 힘을 만들어 낸다. 대기권, 별자리까지 나아갔다가 핏빛 암염, 유골 등 거칠고 섬뜩한 것들로 이어져 땅으로 흘러내리는데, 의식의 유동적 포물선이 섬뜩한 요소들을 부드러운 동선으로 묶어 준다. 대부분 명사로 끝나는 각 문장은 흐름을 일시적으

로 정지시키면서 긴장과 미완의 여운을 만든다. 막막하고 괴로운 절망이 보이지만 흐름의 동선에 놓인 것들이 빚어내는 감각적인 아름다움이 있다. 이미지의 연쇄는, 앞의 것을 다시 설명하며 확장된다.

이상의 어휘에서 '사월'은 꽃 피는 봄이다. '절망에게 미생물 같은 희망을 플러스'한다고도 썼다. 달과 맑은 거울은, 만월(보름달)을 명경(맑은 거울)에 비유한 두보(杜甫)의 시(「八月十五夜月」)의 연상과 같다. 달의 시인 이백(李白)의 시(「渡荊門送別」)에 거울의 등장(月下飛天鏡)은 당연하고, 음력을 가진 민족에게 달은 문화적으로 친숙하다. 수레바퀴(輪)와 달에 관한 표현은 이백의 시 「아미산월가(峨眉山月歌)」에도 '반달의 가을(月半輪秋)'로 등장한다.

고려 말의 시인 한수(韓脩)도 시에서 달에 비친 반달(半輪江月)을 '륜'으로 썼다. 한수의 『유항시집』과 『동문선』에 나온다.

이 시는 동양 전통의 정서로 출발한다. 자연 풍경을 먼저 그리고 감정을 뒤에 놓는 전통 한시의 선경후정(先景後情) 구조이다. 홀로 느끼는 감정을 표현하는 자아서정(自我抒情), 전통 문예의 문아성(文雅性)도 얼핏 보인다. 경물(景物, 풍경과 사물)에 감정을 불어넣고 있지만 슬픔 같은 직접적인 어휘가 아닌 동세(움직임)로 전환해 자아서정을 대체했다.

'맑은 시냇물(청간)의 기운(기)'이라면서 동양 형이상학인 기(氣)도 언급했다. 주자(朱子)는 "기(氣)의 응집(음양오행)으로 질(質)을 이루어 형(形)을 얻는다"고 했다. 음양이 만드는 기의 속성으로 동정(動靜), 청탁(淸濁), 경중(輕重), 열냉(熱冷)을 꼽았다. 주희는 이것을 인간의 도덕적 상태로 전환했다. 하지만 이상의 시는 윤리적 측면이 아닌 물질 변화에 집중한 것이기에 내용적으로는 다르다. 성리학에도 물질에 대한 기본 이해는 있었지만 윤리적 비유로 전환했기에 분석적인 과학으로는 더 나아가지 못했다. 온통 한자를 동원한 이 시는 전통적 개념에 물질적 측면을 강조해서 패러다임의 변화를 드러낸다.

주희의 윤리적인 측면에 앞서 전통문예의 '기'는, 중국 위나라 시대 문학론인 조비(曹丕)의 『전론(典論)』에서 "글은 기를 위주로 한다(文以氣爲主)"고 했다. 『문심조룡』에서도 "기는 쇠나 돌도 변화시킨다(氣變金石)"고 했다. 화가이자 이론가인 사혁(謝赫)이 그림의 여섯 가지 원칙 가운데 첫째로 기운생동(氣運生動)을 꼽으면서, 기는 표현 형식과 정신적 가치를 아우르는 예술적 원칙이 되었다. 내적 기운과 외적인 형(形)이 어우러지는 전통 방식은 이 시의 흐름과 표현 대상에서도 느낄 수 있다. 『주역』의 「계사 상전(繫辭上傳)」 4장에서는 "정기가 사물을 만든다(精氣爲物)"고 했다. 원문에서의 '기'는 '기운'으로 옮겼다.

핏빛 빨강(혈홍, 血紅)은 고려 시대 시인 이규보의 시 「낙동강을 지나며(行過洛東江)」에도 있고 추사 김정희의 「석노시(石砮詩)」에도 있는 색이다. 이것을 암염(돌소금)에 채색하고, 근대 발명품인 피뢰침을 가져오면서 유골(망해, 亡骸)과 연결했다. 암염은 1913년부터 독일에서 수입했다는 기록이 있다. 죽음에 관한 표현은 이미 도연명(陶淵明)이 제삿상을 받는 유령의 시점으로 쓴 시(挽歌詩)도 있었다.

현실적 표현인 고달픔(곤비, 困憊)은 과거 시인들과는 조금 다른 선택이다. 이백의 시에는 고독한 이미지가 있지만 자신이 고독하다는 말은 직접적으로는 단 한 번도 쓰지 않았다. 고독한 달, 고독한 구름 등으로 자신의 감정을 대상에 부여했다. 이상은 현실의 고단함을 말하지만 '거대한'이라는 말을 덧붙여 물리적으로 변환했다. 이백이 심정을 부여했다면, 이상은 그에 비해 형태적, 현실적이다. 이백은 수많은 달을 말했지만, 감정에 더 가깝다.

이상은 소설 「종생기」에서 이렇게 쓴 적이 있다. "나는 이태백을 닮기도 해야 한다. 그렇기 위하여 오언절구 한 줄에서도 한 자 가량의 태연자약한 실수를 범해야만 한다."

전통을 이으면서도 벗어나는 혁신자의 모습이다. 아방가르드의 관점에서 보면 이상은 고전적 특징이 훨씬 많다. 고전적 혁신자의 모습이다.

뇌는 피뢰침이 되고, 두개골은 가라앉는다. 단단함을 유체처럼 표현했다. 붉은색을 띤 소금도 있지만, 핏빛 암염은 상상의 가공물이다. 그것들로 대상의 물질성을 표현했다.

유골을 가져와 추함의 미학도 더했다. 독일 미학자 칼 로젠크란츠(Karl Rosenkranz)의 개념으로 추함의 미학(aesthetic of ugliness)을 설명하면, '아름답고 순수한 이미지의 제시가 아닌 어두운 배경(background/foil)을 갖는 것'으로, 건강하지 않은 병리학적 배경이 아름다움을 에워싼다. 무형, 부정확, 기형이 추함의 특징인데, 이상의 시는 최소한의 정도만 드러낸다. 추함이 아름다움을 완전히 포위하여 제압하지 않는다. 추함을 이용한 충격적인 해체나 전복보다는 그것의 원인에 대한 인식이 앞서기 때문이다.

선경후정, 유아지경, 만물제동

「오감도 7호」는 전통 문예의 정서를 가지고 있고 현실을 육체적으로 대면한 모습을 그린 작품이다. 달과 흙먼지, 핏빛 암염 등의 움직임에서, 포박된 자신으로 전개되는 상황은 유아지경(有我之境)과 무아지경(無我之境)을 오간다. 19세기 중국 문예이론가 왕국유(王國維)의 경계(境界) 논점으로 보면, 이 시는 나로써 사물을 바라보기(以我觀物)도 하고, 나 없이 사물을 바라보기(以物觀物)도 한다. 탑 속에 갇힌 나를 드러내면서, 전통적으로 동양의 많은 시인들이 구사했던 유아지경(有我之境)의 비장미로 마감했다.

이상의 시에는 근현대적 물질성을 지니고 있는 동시에 전통 문예의 의식도 있다. 그래서 이상의 시를 서양식의 자아나 주체, 정체성에 관한 의지만으로는 이해할 수 없다. 유아지경은 자아나 자기 정체성의 주장이 아니라 무아지경 또는 '만물제동(萬物齊同)'(도(道)의 관점으로 보면 모든 것이 다 같음), 장자의 물화(物化)를 배후에 품은 연계적 표현의식이기 때문이다. 유아지경은 오로지 자기 드러내기가 아니다.

'귀양살이의 땅에 가지 하나'는, 원문에서 '구원적거(久遠謫居)의 지(地)의 일지(一枝)'라고 한자로 썼다. 거울은 명경(明鏡), '넋을 잃는'은 낙백(落魄), '맑은 시냇물'은 청간(淸澗), '절름거림'은 반산(蹩散), '아래로 가라앉는'은 침하반과(沈下搬過), '광채(밝은 빛) 젖은 유골'은 광채임리(光彩淋漓)한 망해(亡骸), '새벽'은 천량(天亮)을 옮긴 것이다.

오감도, 시 제8호 해부

수은을 바른 평면경은 평면 거울이다. 이 시에는 세 가지 관점이 필요하다. 하나는 시험보고서 같은 것을 가져온 콜라주와 사진기술, 다른 하나는 해부와 시험, 그리고 입체와 평면에 관한 조형적인, 큐비즘의 측면이다.

카메라 옵스큐라

이 시는 사진 촬영술을 변형한 내용이다. 카메라는 르네상스 시대 화가들이 사용하던 '카메라 옵스큐라(Camera obscura)'라는 장치에서 나왔다. 이 장치에 화상을 저장할 수 있는 은판이나 유리판이 추가되면서 다게레오 타입, 유리건판 사진, 필름을 거쳐 현재의 디지털 사진기로 진화했다. 처음에는 은판이나 은박을 입힌 동판으로 사진을 찍어서 수은 증기를 이용해 화상을 남긴 뒤 종이에 인화했고, 이후에는 유제(은과 브롬의 화합물과 젤라틴)를 바른 유리판을 카메라에 넣어서 사진을 찍었다. 책 한 권 두께의 나무상자인 카트리지 앞뒤에 유리판을 한 장씩 넣고, 카트리지를 카메라에 장착해 셔터를 눌러 빛에 노출시키면 사진이 촬영된다. 이 시에서 유리판을 넣고, 빼고, 무엇인가를 바르고, 화상을 수정하는 과정은 곧 유리 건판식 촬영, 감광 등의 변형이다.

근대 역사 자료로 남아 있는 1900년대 초반의 사진들은 모두 유리판을 이용한 것으로 유리 건판(glass dry plate) 방식이라고 부른다. 유리 건판은 1930년대 이후 셀룰로이드 필름이 개발되면서 사라지기 시작했다. 현대의 휴대폰 카메라도 렌즈와 화면이라는 두 개의 유리면에 화상을 통과시키는 방식이지만, 후퇴나 전진은 줌(zoom), 표면 처리한 유리판은 디지털 (JPG, TIFF 파일 등)로 바뀌었다. 유리판의 형태 처리는 포토샵 같은 프로그램의 몫이 되었다.

1912~1914년 무렵 화가 피카소와 브라크는 신문, 잡지 등을 찢어서 캔버스에 붙이는 파피에콜레를 통해 표현 방식을 입체화했다. 그것이 기존의 일상에서 가져온 오브제였다면, 이상은 일종의 보고서 양식을 차용해 해부 시험의 내용을 꾸며냈다.

해부도와 백과전서

'해부'는 문학예술은 물론 사회정치적 혁명의 계몽적 기틀이다. 화가 레오나르도 다빈치는 시신을 직접 해부하여 인체를 분석한 해부도를 그렸다. 인체 내부의 장기부터 근육, 뼈의 구조, 심지어 태아의 형상까지도 살핀 그의 해부도는 종이 조각이나 허수아비 같았던 중세 인간 그림에 마침표를 찍어 근육과 혈관을 가진, 숨 쉬며 움직이는 인간의 존재를 화면에 드러내는 혁명의 바탕이 되었다. (해부학적 뼈대나 기본적인 근육 용어들은 서양화나 서양 조각에서는 필수적으로 익혀야 하는 대상이다. 미술해부학이라고 부른다.)

1751년부터 3000장에 가까운 세밀화를 수록한 서른다섯 권짜리 『백과전서 혹은 과학, 예술, 기술에 관한 체계적인 사전』이 프랑스에서 출간되었다. 흔히 디드로의 『백과전서』라고 부르는 이 책에 실린 해부도에는 인체는 물론 온갖 시설, 장치, 도구의 기능과 구조를 분해한 그림과 루소, 몽테스키외, 볼테르는 물론 수학자의 글도 실렸다. 잡다하고 괴상한 것에 불과했던 이 책은 광신과 억압의 시대를 밀어내는 프랑스 혁명의 촉발에 기여했다.

해부는 세상을 다시 보는 인식의 바탕이다. 이상은 유리(거울)를 이용한다. 조선 개항 이후 인천에 성냥 공장과 함께 유리, 거울 공장이 처음 생겼다. 수은은, 고대에는 불로의 명약이라고 생각했고, 부적이나 벽화는 수은이 들어간 '진사'라는 광물에서 채취한 붉은색으로 그린다. 김유정은 소설 「산골 나그네」에서 "수은빛 같은 물방울을 품으며 물결은 산 벽에 부닥뜨린다."며 아름다운 사랑을 그리는 데 수은을 이용했다. 김기림도 시 「어린 공화국」에서 "수은처럼 떨리던 샘물"이라고 썼고, 정지용도 「아침」에서 수은을 등장시켰다. 전근대적 상상력이다.

수은을 이용한 이상의 해부는 수은 중독에 도달할 것이다. 수은은 실온에서 은백색을 내는 유일한 액체금속이지만 치명적인 독극물이다. 초창기 사진기술은 수은 증기(습식)를 사용했지만 건식 유리판 기술로 바뀌었다. 현재의 거울은 알루미늄 같은 금속을 얇게 입힌다.

입체라는 말은 이상의 시, 소설, 산문 전체에서 이 시와 일본어로 쓴 미발표 유작 산문 「첫 번째 방랑」에만 등장한다. 산문에 "산도 풀과 나무를 짊어진 채 삼켜져 버렸다. 그리고 공기도. 보아하니 그것은 평면처럼 얄팍한 것 같기도 하다. 그것은 입체가 없기 때문이다."라고 쓰면서 평면과 대비했다. 이 시에서 "입체를 위한 입체"는 하나의 입체를 품은 공간이다.

'펜 한 자루'는 일축철필(一軸鐵筆)을 옮긴 것이다. 과거에 철필은 펜이다. 펜으로 그린 그림을 철필화라고도 했다. 1924년 서울에서 결성한 신문기자 단체명은 '철필구락부'였다. 백지(흰종이)와 함께 있으니 단순히 펜을 가리키지만 특히 철(쇠)과 백지는 이상이 즐겨 쓰는 질료이다. 철에 대단한 의미를 부여했다기보다는 근대 건축에서 철은 시멘트와 유리보다 더 중요하다. 철근을 이용하면 다른 벽(구조벽) 없이도 무게를 지탱할 수 있다. 기둥만으로 구조물을 쌓아 올릴 수 있다. 튼튼하고 단단한 신소재이다.

이 시에서 '해부'는 영상을 통한 해부이다. 그런데 인체의 해부인지, 도구 조작 과정의 해부인지 목적은 분산되었고, 수은 바르거나 평면경 조작, 마취된 인체의 부분만 번잡하게 등장한다. 파편화한 인체, 도구, 과학을 위장한 시험의 중요성만 부각된다. 그러면서 포옹, 공전, 자전 등 또 다른 계통의 용어들도 이질적인 충돌이나 산만한 정도를 가중시킨다.

산만한 이 시험은 사이비과학 또는 과학을 가장한 사기극이다. '야외의 진실'을 이 시의 내용과 어울리지 않는 오자로 보고 '진공'이라고 생각한다면, 이 사이비과학은 많은 광신도를 거느릴 수도 있다. 어차피 사이비과학이니 수은을 몇 번 사용하든 진공이든 아니든 상관없지만, 가짜 과학이라고 판단한다면 '진실'이라는 말은 적절하다. 과학을 가장하여 기존 체제를 교란하려는 반예술적 행위이다. 비록 사이비과학이지만 반예술적 행위는 비인간적 행태나 기계적 질서에 대한 부정이된다. 따라서 이 시는 사이비과학(현실, 실용성)을 역설적 언어의 콜라주로 재구성한 비판적 해부도이다.

이 시에서 보이는 파편적인 것들은 결국 물질이다. 세계는 끊임없이 변화하는 이질적인 물질의 일시적인 조합이라는 인식이 들어 있다. 물질에 대한 이러한 인식은 언어, 형식, 현실의 불명료함과 불확정성을 통해 오히려 사실적인 문학이 된다. 온갖 해부도를 담은 『백과전서』 편집자로 『운명론자 자크』 같

은 소설을 쓴 작가이기도 했던 디드로가 문학에서 드러낸 태
도 또한 그것이었다.

비가시적 공간, 벨라스케스와 푸코

「오감도 8호」는 환영과 재현 장치를 다루면서 거울(환영) 모
티브와도 연결된다. 번잡한 과정을 반복하는 이 해부 장치는
결국 '카메라 옵스큐라'이다. 르네상스 시대의 화가들은 이것
을 원근법에 이용했다. 원근법 개발자의 한 사람인 화가, 시인,
건축가 알베르티(Alberti)는 『회화론』(1450년)에 이렇게 썼다.

> 재현 대상을 마치 피라미드를 통과하는 투명한 유리
> 판을 통해서 보는 것처럼 표현해야 한다. 대상과의 거
> 리, 빛, 시선의 위치를 확정해 대상이 놓일 자리를 찾아
> 야 한다.

인간의 시선이 중심인 능동적인 지각론이었지만, 눈의 위치
를 고정했고 기하학적 피라미드로 대상을 고정했다. 그러나 이
런 고정된 원근법적 재현 공간은 곧 변화하기 시작했다. 프랑
스 철학자 미셸 푸코의 『말과 사물』은 화가 벨라스케스가 그
린 「시녀들(Las Meninas)」(1656년)을 소개하면서 시작한다.

> 벨라스케스의 이 그림에는 고전주의 시대의 표현 방
> 식인 재현과 그것이 열어 놓은 공간이 존재하는 것 같
> 다. (……) 그러나 재현이 펼쳐 놓은 이 분산 속에는 모
> 든 방향에서 불가피하게 지시된 본질적 공백이 존재한
> 다. 재현의 근거인 대상(단지 유사한 인물들, 재현은 그저

유사성에 불과하다고 생각하는 화가)의 필연적인 소멸이 존재한다. 바로 이 주체(동시에 주제)가 생략되었다. 결국 이 구속 관계에서 자유로운 재현만이 순수한 재현으로 자신을 제시할 수 있다.

푸코는 재현의 원근법이 지배적인 장치가 된 이유를 그 시대의 권력과 지식체계였다고 해석했다. 벨라스케스의 그림에는 공주, 왕과 왕비, 시녀, 집시 등이 등장하고 그림을 그리고 있는 화가 자신과 캔버스, 등장인물을 비추는 거울도 있다. 유한의 재현 공간에 비가시적인 공간이 들어 있어 유사성이나 동일성만으로는 설명이 불가능하다.

「시녀들」은 스페인 마드리드, 프라도미술관에 있다. 화가 피카소는 이 작품을 계속 다시 그렸는데 쉰여덟 점이나 된다. 「피카소의 시녀들」이라고 부르는 연작이다.

이상의 이 시가 벨라스케스의 작품을 옮겨 그린 것도 아니고 푸코의 에피스테메나 권력에 관한 책을 다룬 것도 아니지만, 거울의 환영과 대면하고, 결투를 벌이고, 환영의 재현장치까지 해부하려는 이상의 시도는 벨라스케스와 같은 회화적 시선이다. 그 시선은 새로운 표현, 유사성과 동일성을 넘어서 장치를 조정하고, 이질적 공간을 찾아내려는 탐색이다. 그러나 이상의 이 시를 쉰여덟 편쯤 다시 쓸 시인이 있을지는 의문이다.

입체와 평면

이 시에서 보이는 입체와 평면의 해부는 서양미술사 관점에서는, 순간 광학적 현실 표현인 인상주의를 거치면서 현실 대상에 대한 평면적인 입체 해부를 시도한 후기인상주의 화가 세잔의 방식이다. 특히 평면에서 입체를 재분해하는 행위는 세잔과 동일하며, 이것은 피카소와 브라크가 이어받은 큐비즘 으로 입체주의, 입체파라고 부르는 1910년대 서양미술의 실험 이다. 현실 입체의 허상(일루전)에서 이미지의 재구성(분해)이 라는 독자적 조형(추상화)으로 나아갔다. 근대 서양화에서 현 실 입체의 반영은 무의미하다. 이것은 변형이나 데포르마시옹 정도로 설명할 수준을 넘어서는 새로운 시공간의 탄생과 같 다. 그래서 평면경이 입체보다 중요하다.

이 시의 2부는 기압을 왜곡하지 않은 상황(야외의 진실)에서 의 시험이다. 서양의 인상주의는 작업실에서 들판으로 나갔 고, 조선 후기의 화가들 또한 관념적 산수화에 실제 풍경을 그 리는 실경산수화를 시도했다.

수은을 벗겨 냈는데도 유리를 통과한 상이 있다는 가설을 설정했다. 이 설정은 주관적 행위이다. 주관적인 허상의 증식 으로 현실을 대체한다. 단순 재현으로서의 허상, 허상의 실현 체인 거울을 분해하면서 이질적인 물질의 일시적 조합 상태와 증식되는 영상(이미지)을 살피고 있다. 형태 지우기 등은 대상 의 해체와 순수조형적 재구성이라는 큐비즘의 방식이다.

영상은 인공적이고 전체를 통제하는 힘은 기계적이다. 자전 이나 공전 같은 천체물리학 용어가 동원되었지만, 사실은 절 단이나 후퇴 등의 수공업적 이동성을 넘어서지 못하는 상황 이다. 그렇지만 이런 기계적 근대성의 이면에 물질성이 작동한 다. 수은, 기압, 온도, 유리, 마취, 진공 등 이 시에 사용한 어휘 들은 화학적, 물질적이다. 수은은 삼국시대부터 사용한 물질 이었다. 시의 원문에서 유리는 초자(硝子)라고 썼는데, 1930년대 신문기사에 흔히 등장한 말이었다. 유리창 같은 일정한 형태를 가리키는 경우도 있지만 기본 성질을 강조할 때는 초자라고 썼다. 이상의 시에는 형태를 드러내는 시각적 이미지들(형태적 상상력)과 함께 이런 물질성(물질적 상상력)이 작동한다.

'ETC'는 라틴어 'et cetera'의 준말로 기타등등, 이하미상(以下未詳)은 자세한 내용을 생략한다는 뜻이다. 이상은 큐비즘의 인식과 방법을 동원하면서 해부를 통해 새로운 시대정신을 펼쳐 보이려고 한다.

오감도, 시 제9호 총구

'거센 바람'은 원문에서는 열풍(列風)이다. 원래는 열풍음우
(列風淫雨, 폭풍과 폭우)로 쓰는 말이다. 중국 문예이론서 『문심
조룡』에서 유협은 『제왕세기』에 있는 표현인 '열풍음우'를 예
로 들면서 글자 일부를 바꿔서 새로운 분위기를 만드는 효과
를 설명했다. 모양이 비슷한 글자로 별풍회유(別風淮雨)라고
바꿔 쓴 경우인 『상서대전』을 소개했다. 그래서 '열풍음우'라
는 말은 오자처럼 바꿔 쓰는 표현을 가리키기도 한다. 그동안
은 이 시에서의 열풍(列風)을 오자라고 생각해 열풍(烈風)으
로 바꿔 놓기도 했다. 열국(列國), 열차(列車)가 동시에 늘어선
여럿을 가리키듯 한꺼번에 몰려오는 바람이다.

　허리에 큼지막한 손이 와 닿았으니 어떤 감각을 느낄 것이
다. 촉각이라면 손은 넓거나 묵직한 느낌일 수도 있다. 그런 감
각이 전해진 골짜기에 후각인 땀내가 스며들고 소화기관도 촉
각과 시각을 드러내고, 입 또한 매끈매끈한 촉각적 감각을 느
낀다. 특히 촉지적 감각이 두드러지는 시이다. 감각은 몸에서
몸속으로 이동하고 총신, 총구, 총 쏘기, 총탄으로 총의 계열
체적 변화를 보여 주면서 무엇을 토하는 상황이다.

　'배앝었드냐'는 '뱉었더냐'가 바른 표기지만 원문에서 '배앗
헛드냐'로 쓴 과거 서울 사투리의 어감을 살려서 옮겼다.

힐데브란트의 촉지적 이동 감각

　미술에서의 촉각성이나 촉지성은 이동시점, 근접시점, 클로
즈업(close-up)과 관련되는데, 이것을 촉지적 이동 감각(tactual-
kinesthetic sense)이라고 한다. 1893년 독일 조각가이며 미학이

론가 아돌프 폰 힐데브란트(Adolf von Hildebrand)가 『조형예술의 형식』에서 처음 정리한 조형예술론으로 시각과 촉각은 촉지성과 이동시점을 지니면서 통합된다.

미술에서의 시각에는 눈만 있다고 잘못 생각할 수 있다. 다른 감각(특히 촉각)은 물론 위치나 시공간 변화도 포괄한다. 촉지적 동적감각으로서의 시각은 손으로 어루만지듯이, 가까이 다가가서 눈으로 여기저기를 훑으면서 느끼는 감각 행위를 말한다. '눈으로 만지기'는 누구나 쉽게 행하는 감각행위이다. 눈만 자극하는 시각적(망막적)인 요소도 있지만, 미술은 눈 중심으로 다른 감각을 포괄한다. 눈으로 여러 가지를 인지하고 느낀다.

이 시에서 지문은 그런 촉지성(촉각적 시각)의 표현이다.

힐데브란트의 촉지적 이동 감각으로서의 근접 시지각은 미술사학자 알로이스 리글 등을 거쳐 발터 벤야민으로 이어졌다. 개념 제시는 힐데브란트가 했지만, 벤야민이 이것을 가져가서 '지각 방식' 변화를 통한 기술복제 시대의 특징을 설명하는 핵심 개념으로 활용했다. 마셜 맥루언도 뉴미디어 특성을 힐데브란트의 개념으로 설명했다.

"넓은 벌 동쪽 끝으로 옛이야기 지줄대는 실개천"(정지용)이나 "산에 피는 꽃은 저만치 혼자서 피어 있네."(김소월)의 막연한 원거리 시각과는 다른 현대적인 근접 시각이다. 특히 김소월의 '저만치'라는 거리는 오랫동안 감정 지향의 한국 시에서 중심을 차지했다. 매우 불분명한 거리이다.

이 시에서 근접 시각은 입과 몸속으로도 이동한다. 최근접 시각을 느낄 수 있는 곳까지 다가간다. 몸속에서는 총신, 총구, 총탄으로 계열체를 만나면서 최근접 시각을 더 보여 주지는 않는다. 그래서 근대적이지만, 분명 막연한 원거리 시점과는 다른, 시지각적 표현의 문학적 변화를 보여 준다. 대부분의 시는 시선(view)을 언어로 완전하게 처리하지 못한다. 시점의 일부분만 떼어내 '요약'하기 때문이다.

이상 또한 지각 방식의 변화만 잠깐 드러내면서 언어의 고향에 머물렀다. 요약하기 쉽지 않은, 더 큰 화면을 다루는 화가로서의 노동에 진입하기 직전에 이상이 그림을 멈춘 것이 이유가 될 수도 있다. 피카소가 27세 무렵에 그린 큐비즘의 대표작 「아비뇽의 아가씨들」은 가로와 세로가 약 2미터 50센티미터 크기이다. 하지만 지각(perception)은 시각만이 아닌 자각이며 통찰이고 개념이기도 하니 요약 또한 의미는 있을 것이다.

'총'은 이상의 글에 종종 등장한다. 대부분은 사냥용 공기총이다. 군사용 총은 수필에 한 번 나온다. 대학 시절에 이상은 매주 군복에 총을 들고 군사훈련을 받았다. 총은 당대의 현실을 보여 주는 극단적인 대결 수단이다. 소설 「휴업과 사정」에서는 총살이라는 말까지도 나오지만 시에서는 자신을 향하거나, 자신의 몸이 된다. 역시 극단적이지만 야생동물 사냥이 일반적이었던 시대, 극단적 상황에 처한 과거사의 반영이다.

엑스터시

이상은 '황홀한'이라는 단어를 곳곳에서 사용했는데, 일상적인 것을 넘어선 어떤 상태를 황홀, 황홀경으로 묘사했다. 이상 자신이 좋아하는 시라고 말했던 정지용의 「유리창 1」에서도 "황홀한 심사이어니"라는 표현이 등장한다. 김기림은 「포에지와 모더니티」라는 글에서 "시는 엑스타시 같은 발전체"라고 했었다.

헤밍웨이가 자신의 소설 제목으로 가져다 쓴 "누구를 위하여 종은 울리나"라는 말을 남긴, 17세기 영국 시인 존 던(John Donne)을 비롯하여 빅토르 위고까지 황홀(ecstasy)은 그들 시의 제목으로도 등장한다. 존 던은 성직자이기도 했는데 사랑 시로도 유명한 「황홀」에서 파격적으로 섹스라는 말도 쓰면서 영혼과 육체의 관계를 그렸다. "사랑의 신비는 영혼 속에서 자라난다. 그러나 여전히 몸은 사랑의 책이다."라는 시이다. 위고의 시 「황홀」은 자연에서 경험한 영적인 순간이었다.

특히 낭만주의를 대표하는 화가이며 시인인 윌리엄 블레이크의 시와 그림에서 '엑스터시'는 공포스러운 경외감과 함께 핵심적인 것이었다. 감정에 취한 황홀경은 '부정성'을 드러내는 것으로 이어지지 않지만 공포스러운 경외감을 동반하면 에드거 앨런 포, 보들레르, 로트레아몽, 초현실주의로도 이어진다. 이상의 '황홀'은 감정의 경계에서 현대 쪽으로 아주 조금만 넘어온 황홀이다. 상징주의 선언문에 해당하는 글을 발표한 시인 장 모레아(Jean Moréas)의 상징주의 용어를 따르면 이상의 황홀은 신비(mystère), 랭보의 순수한 환상(fantastique pure)에 가까운 지문 골짜기이다.

이상은 그의 소설, 산문 등 여러 곳에서 '황홀, 황홀경, 엑스터시'라는 말을 사용했다. 그중 일부는 햇빛의 분광(담황색 태양광)이 만드는 시각적 현상이기도 하지만 공포의 변신술에 대한 전율에 비유하거나 뜨거운 불길 앞에서 잠시 취한 듯한 상태라는 뜻으로 사용했다.

1920년대에 독일 신학자 폴 틸리히(Paul Tillich)는 "성스러운 존재의 형태를 관통하는(break through) 성스러운 황홀, 의미를 위협하고 파괴하는 악마적 황홀"의 두 가지로 황홀을 설명했다. 윌리엄 블레이크 또한 종교적 신념을 바탕으로 공허 속에서 개인의 구원이나 사회적 변혁을 상상했다. 이상에게는 어떤 신앙도 없었지만, 황홀이라는 말에서는 낭만주의나 상징주의의 속성을 느낄 수 있다. 그러나 이상은 자아나 감동에 빠져 머물기보다는 몸을 통해 벗어난다.

이상은 그의 장편소설 「12월 12일」에서 황홀을 담황색 태양광에 비유하면서 '시적 정조'라고도 했다. 시와 예술에서, 신비주의든 순수한 환상이든 그것이 근대성과 현대성으로 나아가는 방법은 영혼에만 머물지 않아야 한다. 존 던의 시처럼 육체가 필요하다. 특히 핵심은 신학자 틸리히의 표현처럼 '뚫고 나가기'에 있다. 신기하게도 우연이겠지만 '총구와 총탄'이 이 시에 있다. 이상의 총구가 혹시 파괴의 황홀일지도 모르지만, 시인은 이처럼 본능적인 육체의 길을 통해 세계를 관통한다.

오감도, 시 제10호 나비

찢어진 벽지에서 나비의 날개를 연상하여 썼다. 어느 날 다시 자신의 수염에서 나비의 형상을 또 본다. 찢어진 벽지와 수염에서 본 나비는 모두 환영이다. 언어를 통해 '나비의 형상을 본다'가 '나비를 본다'로 비약했다. 이상은 회화의 여러 가지 속성 중에서도 특히 형상(사람, 사물)이나 형태를 집중해서 보는 경향이 짙다.

나비 환영(망막적 착시, 시지각적 유사성을 통한 형태 변형, 연상)을 언어로 바꾸면서 착시나 변형 및 연상의 과정은 생략했다. 생략하면 실재의 나비를 본 것처럼 된다. 나비는 다시 죽음을 말하는 통화구(입)가 된다. 하지만 새로운 형상(나비)이 생겨났다고 해서 과거의 형상(벽지, 수염)이 사라지지도 않는다. 환영의 지각이 현실을 점령하면서 환영, 실체, 관념이 현실 속에서 한 장면을 이룬다.

유계(幽界)는 저세상, 죽음의 세계이다. 저승, 명부(冥府), 명계(冥界), 명토(冥土), 유명(幽冥), 유도(幽都), 황천(黃泉), 타계(他界) 등으로도 불린다. 유교, 도교, 불교 등의 기원을 가지고 있다. 유교에는 주로 유명, 황천이라고 했다. 유계는 현계(顯界)와 대비되는 불교 용어지만 불교적 인식이라고 단정할 수는 없다. 김시습은 『금오신화』에서 「만복사저포기」는 유(幽), 「이생규장전」은 명(冥), 황(黃)으로 저승을 가리켰다. 옛날에는 초봄에 흰 나비를 먼저 보면 초상를 치른다는 속설이 있었기에 민간전설에서도 나비는 저승과 관련된다. (반면 호랑나비는 좋은 징조로 여겼다.)

'오가는'은 낙역(絡繹)을 옮긴 것으로 잦은 왕래를 뜻한다.

나비는 이상의 소설 「봉별기」의 "기른 수염을 면도칼로 다듬어 코밑에 다만 나비만큼 남겨가지고"에 나오고, 「종생기」의 "내 감상(感傷)의 꿀방구리 속에 청산(靑山) 가던 나비처럼 마취혼사(痲醉昏死)하기 자칫 쉬운"에서도 등장한다.

이상의 소설에 등장하는 '청산 가는 나비'는 『청구영언』에서 소개한 시조로 조선 후기 시인이며 화가인 신위(申緯)가 「호접청산거(蝴蝶靑山去)」로 옮기기도 한 나비이다. 신위의 나비는 청산(이상향)으로 향하는 상징적인 나비지만, 이상의 나비는 시지각적 상상(찢어진 벽지)에서 탄생한 나비로 죽음의 경계에 있다. 이 나비는 등장하는 순간부터 죽어 가고 있다.

이상은 산문 「권태」에서 이렇게 말했다.

> 내게는 별이 천문학의 대상이 될 수 없다. 그렇다고 시상(詩想)의 대상도 아니다. 그것은 다만 향기도 촉감도 없는, 절대 권태의 도달할 수 없는 영원한 피안(彼岸)이다. 별조차 이렇게 싱겁다.

따라서 이상에게, 별은 물론 청산이나 영원한 피안은 중요한 시적 대상이 아니다. 그의 시 곳곳에서 죽음이 보이지만, 그의 죽음은 벽지나 거울 같은 현실 속에 있다. 그래서 벽지에서 보이는 나비는 죽음을 말하는 입이고, 콧수염의 나비는 겨우 살기 위해 먹는 자신의 입 쪽에 있다. 입을 틀어막으면 나비도 사라진다.

삶이 끝나면 죽음도 사라진다. 누구나 사는 동안에는 죽음과 함께 있다. 이상의 죽음도 삶과 현실 속에 있다. 저승과 이어지는 나비는 마취 상태가 되어 죽는 나비이다. 이런 나비는 나타난 순간부터 이미 잘못 본 나비, 환각(halluciantion, 정신 병리적)이다. 이런 것을 이상은 '마취혼사'라고 했으니, 환각은 죽음과 같고 지워야 할 대상이다. 이상에게는 신위의 청산도 죽음과 다르지 않다. 하지만 이런 말이 밖으로 새 나가지 않게 한다는 것의 의미는, 외부로 말만 숨기는 것이니 내부적으로는 일시 정지된 대면 상태이다. 환각이든, 죽음이든 청산이든, 소멸이든 자연적 결론 지향이 아닌 현상학적 판단 중지이다. 어느 길에서든 종결되지 않은 연속의 불연속, 불연속의 연속이다.

시에서 어떤 의미 부여는 내용(content)에 관한 것이다. 문학 예술 작품은 '소재-작품-주제'로 이루어진다. 이 시에서 소재는 나비나 벽지 같은 것이고, 주제는 하나의 장면이나 사건이다. 주제를 무엇에 관한 모방이나 재현이라고 후퇴해서 보는 해석이 바로 '내용'으로, 나비를 본 장면(주제)을 어떤 의미의 재현이라고 해석하는 것이다. 그래서 현대의 시인이나 화가는 상징이나 재현의 목적성이나 환원성을 거부하며 '소재-작품-주제'만을 강조하지만, 해설자나 분석자는 목적이나 목표를 지닌 재현이나 상징으로서의 의미를 강조하려고 애쓴다. 그래서 덧붙이는 사람마다 마구 불어나기도 하고 다르게 작성되기도 한다. 온갖 사실이나 철학도 데려와서 자꾸 불어난다. 이런 내용이 불필요하다는 말은 아니지만 일반적인 것으로의 환원이나 대체임은 분명하다. (넓은 의미의 미적 가치는 순수한 미적 가치와 비미적 가치(내용)의 총합이기도 하다.)

「오감도 10호」에서 나비는 흔적의 착시(optical illusion)에서 발생한 순간이 존재했을 수도 있지만 작품(시적 언어)으로 선택한 것이기 때문에 현실에서의 착각이 아니라 시적 언어로 재구성한 예술적 이미지(일루전)이다. 따라서 이런 일루전을 심리적 병리현상 용어(환각)로 해석한다면, 예술도 작품도 작가도 없이 망상, 증상, 환자만 남는다.

그렇게만 본다면, 공식 미술공모전의 입상 경력을 지닌 이상의 특징을 소홀히 하는 것이 된다. 공상(fancy), 환각(halluciantion), 환상만을 앞세운다면 보티첼리의 「비너스의 탄생」이나 미켈란젤로의 시스틴성당 천장화 「천지창조」 등을 환각이라고 말하는 것으로 환각에 사로잡힌 자의 심리진단밖에는 남는 게 없다. 예술은 조직된 환영(일루전)을 만든다. 환상의 성격을 지니지만 예술적 환영은 「비너스의 탄생」이나 「천지창조」처럼 실재하는 이미지이다.

이상의 시에는 회화적 환영(표현된 일루전)이 들어 있다. 현대에는 이미지라는 말로 일루전을 대체하여 통합한다. 이제 그리스 신화나 『구약성서』 이야기의 재현이나 표현도 넘어서는 시대이기 때문이다. 사실 과거 화가들도 재현이나 모방처럼 보이는 화면에 자신만의 표현을 깔아 놓았다. 완전한 재현인 적도 없었다.

이상의 모든 시는 기괴한 무엇이 등장해도 그것은 오직 작품으로서의 이미지(일루전)이다. 종종 사진은 이런 일루전을 드러낼 수 없기 때문에 비예술적이라는 평가도 받고, 현상 인화 방식을 왜곡하거나 카메라의 기계적인 눈을 벗어나는 시도를 통해 일루전도 구사한다. 보도사진이나 기록사진은 카메라의 눈을 기계적으로만 이용한다. 사람들은 그런 기계의 눈을 '정상'으로 너무 쉽게 단정한다.

「오감도 10호」에는 이미지나 일루전이 넘친다. 벽지, 통화구(찢어진 구멍), 수염, 거울, 이슬, 손바닥은 시각 이미지(눈으로 본 이미지)로 만져 볼 수도 있다. 나비는 지각 이미지(생각으로 떠올린 이미지)인데 이것과도 접촉을 시도한다. 사실은 이미지들이 오히려 주체를 생산하고 감각까지도 생산한다고 말할 수 있는 수준이다. 유계, 가난, 죽음은 보거나 만질 수 없다. 개념은 저세상에 있고 이미지는 가까이 있으니 서로의 거리는 양극단이다. 벽지, 수염 등의 가시적 이미지들은 상징이나 의미로서 개념과도 무관하다. 이미지와 일루전이 주인 행세를 한다.

"말이 새 나가지 않게 한다."고 주체가 다시 주인으로 나타나지만 그 말은, 무엇인가 벌어졌고(이미지들의 난동, 개념과의 거리), 무엇인가 벌어질 것이라는 어떤 미래의 잠재성만 선언할 뿐이다. 이미지가 시적 주체와 개념 사이에서 인식론적 난동을 부리면서 흔적으로서의 나비는 일시 정지되었다. 결국 이미지는 최종적 내용이나 개념에 의문을 제기하는 불멸의 미적 주체가 된다. 그것은 고정된 형상이 아니라 몸과 지각의 변형이며 유동이다. 본다. 먹는다. 막는다. 일어선다. 앉는다. 날아간다. 말한다. 이런 현상의 인식으로 지각과 몸, 근대적 주체에 관한 개념 변화가 시작되었다.

오감도, 시 제11호

이상의 시에는 해골이 자주 등장한다. 해골, 머리뼈(촉루), 두개골, 망해(유골)까지 표현도 다양하다. 이상은 산문 「공포의 기록」에 이렇게 썼다.

나는 이 속에서 전부를 살아 버릴 작정이다. 이 속에서는 아픈 것도 거북한 것도 동에 닿지 않는 것도 아무 것도 없다. 그냥 쏟아지는 것 같은 기쁨이 즐거워할 뿐이다.

해골은 정지용의 시 「은혜」에서도 등장한다. 서양미술사에서는 이런 것(해골을 그린 그림)을 바니타스(Vanitas)라고 하는데, 죽음을 기억하라(memento mori)는 뜻이 있었다. 초기에는 몸체가 모두 뼈뿐인 해골 유령들이 창칼을 들고 날뛰는 그림이었다가 르네상스를 지나면서 일상의 정물화 속으로 이동했다. 시들어 버린 꽃과 화려한 보석을 해골과 함께 그린 정물화이다. 사치심을 경계하고 삶의 덧없음을 표현한 사실적인 그림인데, 과거 죽음의 유령에서 팔, 다리, 갈비뼈 등의 뼈대는 사라지고 두개골뿐인 정물로 바뀌었다.

르네상스 시대 화가 한스 홀바인은 「대사들」이라는 그림에서 해골 모양을 일그러뜨려 인물 사이에 불쑥 삽입했다. 셰익스피어는 「햄릿」에서 해골과 대화를 시도했다. 작곡가 슈만은 피아노와 첼로로 새로운 '바니타스'를 그렸다. 1600년대 화가 스베르츠(Sweerts)의 자화상부터 풍경을 주로 그렸던 세잔(해골 정물화)이나 반 고흐(담배를 물고 있는 해골), 현대 화가들의 그림에도 등장한다.

　과거의 해골은 기이하고 공상적이거나 원시적 야만성에 관한 취향으로 문명의 억압에 대한 반작용이었다. 하지만 이제 이런 것에 끌리던 시대는 지났고, 해적들의 깃발로 쓰던 해골 표식(Jolly Roger)도 일반인의 티셔츠 그림으로 들어온 시대가 되었다. 어두운 낭만주의에서 초현실주의로 이어진 섬뜩하고 기이한 이미지, 두려운 낯설음, 언캐니(uncanny)의 해골 그림은 이제 죽음의 공포에서 벗어난 소재가 되었다.

무의식과 홍수

　이 시에서 해골은 '어두운 낭만주의'의 그로테스크를 잠깐 내비치지만 그런 어둠 속으로는 들어가지 않는다. 하나의 정물로 쓰이는 그림까지만 다가간다. 이것은 죽음이나 몽환의 세계가 아닌 사실의 세계에 있다는 뜻이며, 현대적으로는 해골이 꼭 죽음을 뜻하지는 않는다는 말과 같다. 죽음을 확대하지 않았기에 이 해골의 특질을 죽음으로 일반화할 수 없다. 정물화의 꽃이 꼭 삶을 의미하지는 않는 것처럼.

　해골은 언캐니(기이함)를 만든다. 언캐니는 무의식과도 연결되는 용어지만, 초현실주의 표현으로 보면 '지시 대상이 없는 이미지', 그것 자체로서의 독립된 이미지의 성격도 있다.

　이 시에서 홍수는 어떤 혼란이나 재난이다. 특히 1925년 대홍수는 한강변 전역은 물론 서울 남대문 앞까지 물에 잠겼다. 그 무렵에는 매년 수해를 입었다. 바로 이 시가 발표된 1934년 여름에는 삼남 지역, 낙동강, 영산강, 금강 유역의 대홍수로 5만여 명의 수재민이 발생했다. 홍수는 7월 24일부터 약 일주일 동안의 재해였고, 이 시는 홍수 직후인 8월 4일 발표되었다.

물론 이 시에서의 홍수가 1934년 홍수를 직접 가리키지는 않는다. 하지만 홍수 이후 《동아일보》(1934. 10. 19.)는 「고향산천아 잘 있거라」라는 눈물겨운 장문의 기사를 실었다. 총독부가 제공한 임시 열차에 몸을 실은 낙동강 유역 수재민 1080명이 굶주림에서 벗어나려고, 그날 서울역을 지나서 황량한 만주벌판으로 떠난다는 암울한 내용이다. 이런 난리통에 이 시의 '홍수'를 잠재적 무의식으로 볼 수 없다. 현실이 개입되었으며 그것에서 시적 표현으로 독립한, 병치된 이미지로 보는 것이 옳다. 소설 「지주회시」에서도 "방은 밤마다 홍수가 나고."라고 썼는데 홍수는 현실 자연의 이미지이다.

썩은 당나귀와 이중 이미지

시인 김기림은 같은 해 7월, 홍수 직전에 발표한 「현대시의 발전」이라는 글에서 앙드레 브르통의 초현실주의를 소개했다. 브르통은 「초현실주의 선언」(1924년)에 이렇게 썼다.

> 말이나 글, 또는 그밖의 방식으로 사유의 실제 작용을 표현하려는 순수한 심리적 자동기술. 모든 미학적이고 윤리적인 고려 없이, 그 어떤 이성에 의한 통제가 없는 사유의 받아쓰기. (……) 초현실주의는 지금까지 소홀하게 취급된 연상 형식의 보다 한 차원 높은 실제에 대한 믿음, 꿈의 전지전능한 힘, 목적으로부터 자유로운 사유의 유희에 대한 믿음에 기초한다. 여타의 모든 심리적 기구들을 결정적으로 붕괴시키고, 그것들을 대신하여 삶의 중요한 문제들을 해결하려는 경향이 있다.

브르통이 자동기술법을 말했지만, 저절로 창작이 되는 것은 아니니 그것은 문제가 있었다. 그리고 브르통의 초현실주의에 프로이트의 무의식이 연루된 것은 맞지만, 무의식을 창조적 근원으로 받아들인 브르통의 초현실주의와는 다르게 프로이트, 라캉의 무의식은 분열 현상 자체에 가깝다. 정신분석의 무의식이 비정상을 찾으려는 환원적 용어라면 초현실주의 무의식은 억압적인 체제를 뒤집으려는 능동적인 힘이다. 브르통은 빅토르 위고를 초현실주의의 선구자로 꼽기도 했다. 초현실주의는 사회주의적 입장으로, 또는 파시즘과 교조적 스탈린주의에 대항하는 힘으로 작동하기도 했다.

스페인 화가 살바도르 달리(Salvador Dalí)는 1920년대 중반부터 초현실주의의 관한 글을 발표했다. 1930년에는 「썩은 당나귀」라는 독특한 제목의 에세이를 초현실주의 그룹이 파리에서 발행한 잡지 《혁명에 기여하는 초현실주의》(1호)에 발표했다. 이 글에서 달리는 브르통의 자동기술법을 넘어서는 능동적인 '망상적-비판적 기법(Paranoic-Critical method)'을 제시했다. '파라노이아'는 불안에 따른 편집증, 망상인데 여기에 '비판적'이라는 말을 동등한 위치로 결합한 용어이다. 달리는 '분명한 육체를 기교적으로 표현한 새롭고 위협적인 시뮬라크라(simulacra)', '자잘한 형상이나 해부학적 변형이 없는 대상과, 전혀 다른 변형 없는 대상을 동시에 표현하는 이중 이미지(double image)'를 통해 초현실적 효과와 표현 방식을 구체적으로 정의했다. 달리는 시를 발표하기도 했으며 대학 시절부터 시인 로르카와 매우 가까운 사이였다.

달리의 이 글은 자크 라캉에게 영향을 미쳤고, 이후에 라캉은 망상적 정신병에 관한 박사논문(1932년)을 썼다. 달리가 직관적으로 제시한 망상이 라캉 방식으로 이론화되었다.

달리의 이미지는 꿈이 아니라, 적극적으로 해석한 이미지이다. 시뮬라크라는 억압된 욕망을 조직하고 객관화한 체제이다. 달리에게 망상은 '각성된 해석적 망상'으로 불쑥 솟아난 연상이지만 작품을 통해 조율된 이미지이다.

이상의 이 시에서, 해골과 사기컵은 이중 이미지는 아니다. 돋아난 팔은 이중적이지만 황소의 머리나 암소의 뒷다리가 자연스럽게 인간의 몸과 이어져, 한몸이 된 것이 달리가 말한 이중 이미지이다. 가지 났던 '팔이 배암(뱀)처럼' 기어든다는 표현에서 '뱀'이 비유가 아니라 직접 나타났다면 이중 이미지가 되었을 것이다. 그래서 이상의 시에는 달리와 같은 무의식은 조직되지 않았다. 상상의 발단인 해골을 편집망상적(paranoic)이라고 말하기도 어렵다. 일제강점기에 1934년 대홍수까지 덮친 사정이라면 한반도는 유골이나 해골 같은 처지이다. 시뮬라크라는 있지만, 달리 방식을 기준으로 보면 망상적 이중 이미지는 없으니 무의식을 앞세워 설명하는 것은 부적절하다. 키리코, 마그리트의 초현실적 표현에 더 가깝다.

현실과의 이질적 병치, 이상의 데페이즈망

초현실주의 화가 르네 마그리트(René Magritte)는 이질적인 것을 섞어서 하나로 만들기보다는 부분을 잘라내서 현실적인 공간에 이질적으로 놓아 두는 방식을 취했다. 그는 키리코의 그림에서 영향을 받았다. 마그리트의 표현 방법을 흔히 데페이즈망(dépaysement, 자리 바꾸기)이라고 부른다.

마그리트는 초현실주의 그룹이 발행한 《초현실주의 혁명》(12호, 1929년))에 「말과 이미지」라는 제목으로 그림과 글이 섞인 짧은 글을 발표했는데, "대상은 그 이름과 그다지 관련이 없으므로, 그것과 더 어울리는 다른 이름을 찾아 줄 수 있다."며 언어와 이미지의 관계에 주목했다. 이런 생각이 그의 작품 「이미지의 배반」(1929년)에 들어 있다. "이것은 파이프가 아니다."라는 문장을 써넣고 파이프를 그린 그림이다. 대상의 기이한 왜곡보다는 의미 관계를 다루었다. 이상은 현실과의 관계에서 마그리트처럼 이질성을 연출했다. 그러나 "이것은 파이프가 아니다."의 경우처럼 지시 대상이나 의미의 문제 제기는 아닌 현실과의 낯선 병치이다. 초현실주의의 전복성을 취했다.

이상의 글에 백지(흰 종이)가 가끔 등장한다. 소설 두 편(「날개」, 「지도의 암실」)에, 시 다섯 편(「오감도 8호」, 「오감도 15호」, 「역단-역단」, 「위독-내부」, 「최저낙원」)에 나온다. 산문까지 살펴보면 백지는 '희고, 얇고, 글쓰기나 그림 그리기를 위해 넓게 비어 있는 것'이라는 물리적 속성을 지닌다. 구겨진 듯한 백지는 있어도 쉽게 찢어질 듯한 부실한 백지 또는 찢어진 백지는 등장하지 않는다.

특히 산문과 소설에서 '창백한'이라는 표현을 자주 사용했는데 백지와 관련된 것은 전혀 없다. 창백하다는 말은 백지에 비해 압도적으로 많다. 결국 백지와 창백함은 관계가 없다. 일본어 시에서도 창백함과 백지는 따로 등장한다. 구식의 은유나 심리보다는 형태 중심적이고 현실적인 이상의 특징이다.

사후에 발견된 이상의 원고나 습작도 백지에 쓴 묶음이었다는 점으로 볼 때 비록 얇지만 정신을 밀고 들어오는 어떤 재난(홍수)은 막을 정도는 될 대상이다. 어떤 하찮은 것도 사람과 장소, 때에 따라 의미가 달라지기 때문이다. 그러하니 백지는 불쑥 솟아난 영상이지만, 비판적으로 조절해, 현실적으로 표현한 이미지이다.

'메어부딪는다'는 들어 올려 거세게 내부딪는다는 뜻이다. '목숨 걸고 지키고 있으니'는 사수(死守)하다를 옮긴 것으로, 원문에서는 끝에 나오는 사수하다를 앞에서도 반복했지만 앞부분만 옮겼다. 운율의 효과는 없으나 이미 뜻을 풀었고 끝에서는 급격한 마감이 어울리기 때문에 풀어 옮기지 않았다.

사기컵을 무엇으로 환원해 작품 밖으로 내보내고, 해골도 정신분석자들의 무의식적 미궁에 밀어 넣을 수도 있다. 하지만 유골은 서양의 그림뿐만 아니라 이미 여러 시, 당나라 시대 두보의 시에도 평범하게 등장한다. 작품으로서의 이 시는 조율된 일루전의 결과인 시뮬라크라이다. 내용적으로는 시에 등장하는 '손'이 일루전의 작가이다. 강박이나 긴장일 수도 있는 손이 사기컵을 사수한다. 이 손은 환상적이지만 비판적 환영, 곧 능동적인 힘이다. 미술은 보는 것, 시각만이 아니다. 시각의 내부에 들어 있는 감각적 촉지성도 있지만, 작품의 안팎을 오가는 '손'이 존재한다. 시적 주체와 같다. 이상의 시뮬라크라에도 작동한다.

초현실주의가 현대시에 기여한 특징 중 하나는 관습언어의 의미 구속에서 벗어나려고 이미지를 강화한 것이다. 특히 눈, 시각을 강조했다. 이미지 중심적인 이상의 시지각이 초현실적 속성을 시에 녹여 내서, 무의식의 환원적 노예가 아닌, 사기컵을 들고 있다. "상징적 의미를 찾는 사람들은 이미지만의 미스터리를 깨닫지 못한다." 초현실주의를 함께했던 화가 마그리트의 말이다.

골조로서의 신체

이상은, 골조(뼈, 팔다리) 같은 '신체'에 관심이 많다. 구조기능적이다. 단편소설에서는 '살'의 사용 빈도가 '뼈'에 비해서 압도적이지만, 수필과 장편소설에서는 대등한 편이다. 시에서는 '해골'보다 '손'이 압도적으로 많이 등장한다. '팔'보다 훨씬 더 많다. 접촉 및 도구적, 능동적 경향이다.

이상 시에서 나타나는 기침과 같은 질병 현상은 순환기 이상징후로, 건축으로 보면 배선(기관) 구조와 같다. 이상이 다루는 몸은 근대건축으로서의 골조와 배선 구조의 신체이다. 회화나 조각에서의 미술해부학은 구조역학체로서의 뼈는 물론 근육 조직과 피부에 비치는 혈관과 살을 탐구해 육체의 표정을 중시한다. 그런데 뼈대나 순환기 중심인 이상의 시에서 몸은 육체의 탄생에 이르지 못하는 건축적 신체(골조와 배선의 텅 빈 구조)이다.

하지만 그런 건축물과 도로의 질병, 붕괴, 오염을 통해 기능적 한계, 기능주의를 넘어서려는 반건축적 태도를 드러낸다. 1930년대의 예술 현실과 사회역사가 육체의 탄생을 가로막고 있지만, 신체의 기능 건축은 붕괴한다. 일부 신체의 해체는 자아의 분열이 아니라 고답적 가치, 식민지 현실, 익명의 군중으로서의 개인, 구조기능적 신체라는 건축물의 폭파해체 작업의 전조이다.

'나'라는 주체는 허상이다. 실체는 손과 팔다리와 살이다. 이상의 시는 사물에 자신이라는 허상을 투사한다. 외부나 사물을 자신에게 종속시켜 무엇을 주장하고 설명하기보다는 각각의 실체나 사물들과 더불어 고장난 신체를 통해 주체를 보여준다. 눈(시각)은 이상 시의 신체어휘 중 사용 빈도수가 가장

높다. 시각적 언어는 현실을 재구성한 이미지를 생산한다. 대상을 해체하고 다시 연결하는 과정을 통해 '나'라는 주체를 파기해 지각(perception)이 아닌 감각(sensation)을 드러낸다.

들뢰즈는 화가 프랜시스 베이컨의 그림을 분석한 『감각의 논리』에서 이렇게 말했다. "무엇인가가 감각 속에서 일어난다. 하나가 다른 것에 의해, 하나가 다른 것 속에서 일어난다. 결국은 동일한 신체가 감각을 주고 다시 그 감각을 받는다. 이 신체는 대상인 동시에 주체이다."

이상의 회화적 시선, 육체적인 눈은 주체와 동시에 물질적 신체를 본다. 획일적 단일주체에서 다양체로 나아가는 출발점이다.

오감도, 시 제12호

빨래에서 비둘기로 이어진 상상이 전쟁과 평화라는 생각
으로 이어졌다. 흰 비둘기와 평화의 상징적 연결은, 노아의 방
주로 희망의 올리브 잎을 물고 온 비둘기(『구약 성서』)에서 온
것이지만, 고려시대 이규보의 서사시 『동국이상국집』(「동명왕
편」)에도 주몽의 어머니(유화)가 비둘기를 통해 쫓겨간 주몽에
게 보리 씨앗을 전해 준 이야기가 있으니 서양의 것만은 아니
다. 관용적이지만 당대의 현실을 생각하면 역사성도 엿보인
다. 일상의 빨래를 통해 평화를 때려죽이는 불결한 전쟁으로
내용을 확장했다.

이상은 색깔만을 강조할 경우 '흰'을 사용한다. 가장 많이
등장하는 어휘이다. 순수성을 강조하는 경향이 있다.

'손바닥만 한'이라는 말은 보잘것없거나 작은 크기를 이르는
관용적 표현인데, 이상은 소설이나 수필 전체에서 아내의 이
마, 유리창, 덕수궁 연못, 집 마당, 모두 네 차례만 사용했다. 보
잘것없는 크기지만 적절한 물리적 크기가 있는 것들이다. 그런
데 하늘의 크기를 이 정도로 표현한 것은 보잘것없음의 심리
적인 정도가 다른 것에 비해 조금 더 크다. 이것의 심리적 크
기의 표현에는 아쉬움이 있다. 비둘기, 빨래도 더 어렵게 표현
해서 사람들이 머리를 싸매도록 했다면 더 좋았을 것이다. 아
무튼 이 하늘은 보잘것없다는 심리적 크기가 조금 강화된 하
늘이다.

이상의 「오감도」는 사실 손바닥만 한 것들이 많다. 숫자판,
도형, 백지, 사기컵, 찢어진 벽지, 권총 등이다. 그의 이름처럼
그저 상자만 한 크기이다. 그 상자는 아무리 커도 집채보다 크

지는 않다. 그래서 당대의 일상이 보인다. '일상성'은 존재론적이면서도 사회적인 것이다. 손은 특히 일상의 잡동사니와 밀접하다. 따라서 하늘은 일상의 심리적 크기에 대한 인식이 강화된 하늘이니, 당대의 사회적 사정을 드러낸다.

'손바닥만 한'이라는 관용적 표현의 심리적 크기에는 현실인식이 들어 있다. 그렇지만 이 크기가 개인의 심리적 크기여서 인식의 정도를 쉽게 가늠할 수는 없다. 그렇기 때문에 전쟁과 평화 또한 개인의 언어 인식에 대한 질적 차이가 있다.

이상은 전쟁이라는 말을 세 편의 시에서 사용했다. 사전적으로 전쟁은 국가간의 교전 또는 극심한 경쟁이나 혼란을 뜻하는 말이다. 산문, 단편소설에서는 등장하지 않는다. 장편소설에서만 한 번 등장하는데 "서늘한 바람이 한번 휙 불어 스치더니 지구를 싸고 있는 대기는 별안간 완연 전쟁을 일으킨 것 같았다."라며 자연 현상의 비유로 사용했다. 그러나 시에서는 직접적이다. 「보통기념」에 쓰인 전화(戰火, 전쟁), 「파첩」에서의 시가전 모두 대결 국면을 강하게 드러낸다. 시는 그렇게 어휘를 통해 강력한 대결성을 품는다.

이 시의 발표 한 해 전(1933년), 일본이 중국을 침략한 상하이 사변이 일어났고, 그해 4월 일본군의 전승기념 행사장을 향해 윤봉길 의사가 의거(義擧)의 폭탄을 던졌다. 1933년부터 일제는 쌀 통제법을 실시해 한반도의 쌀을 일본으로 가져가고, 한국인은 만주에서 수입한 잡곡을 먹게 했다.

'불결한 전쟁'이라는 말은 빨래를 한다는 소박한 뜻도 있다. 따라서 전쟁은 '빨래-혼란-전쟁' 사이를 오간다. 전쟁이라는 단어만 크게 확대해서 한나절쯤 들여다보거나 열 번이나 스무 번쯤 소리내다 보면 의미의 위치는 여전히 좌우를 오갈 것이지만 쉽게 단정할 수 없는 어떤 자리에, 이 낱말이 아닌 바로 자기 자신이 놓인다는 사실을 발견할 것이다. 시적 언어는 사전에 없다. 시인이나 우리가 서 있는 그곳에 있을 뿐이다.

이 시에서 배경은 빨래터의 두 영역이다. 비둘기가 날아오고 빨래하는, 그곳의 하늘은 손바닥만 하니, 초라한 영역이다. 빨랫감이 비둘기가 되면서 구조적 동일체인 비둘기는 흰/때 묻은 비둘기의 개별성도 지니지만 해체되어 유동한다.

전체 공간은 허공처럼 보인다. 빨래터에 대한 최소한의 정보는 없다. 연극이나 영화로 바꿔 말하면 자잘한 미장센(mise en scène)이 없다. 마치 허공에 손바닥만 한 크기의 사물들이 떠 있는 형국이다. 굳이 그런 무대가 필요 없는 매체인 시에서 특히 많이 나타나는 현상으로 말하는 주체의 독백만 허공에 떠다니는 경우가 많다. 실재하는 대상보다 강조하려는 의도가 앞서기 때문이다.

그런 허공에 이상은 어떤 독백을 띄워 놓거나 손바닥만 한 사물을 띄워 놓았다. 그것에 집중한다. 집중하기 때문에 연극이나 영화의 무대 소품들은 사라졌다. 집중은 시각적으로 초점을 맞추는 것과 다르다. 집중은 의식적 행위로, 하나의 관념이 다른 관념을 불러일으키면서 마음속의 그림을 만든다. 이것은 '출현'이 된다. 「오감도 4호」를 설명하면서 인용한 이미지즘의 대표작인 에즈라 파운드 시 「지하철 정거장에서」의 첫 단어 'The apparition'과 같다. 그런데 파운드의 논리에서 이것은 수학의 등식(equation)도 끌어오는 중첩으로 이어진다.

습작 시기의 이상이 즐겨 쓰고 좋아했던 수학이다. 에즈라 파운드는 이미지의 구조를 설명하면서 $(x-a)^2 + (y-b)^2 = r^2$ 같은 등식을 열거하기도 했다.

손바닥만 한 하늘은 사실 막연한 크기이지만 형태중심적 관점으로 본다면, 에즈라 파운드가 꺼낸 수학 등식에서의 r이다. 반지름이나 원둘레의 값을 구할 수 있다. 출현이나 중첩은 형태중심적이고 형태는 매스(mass, 덩어리)이다. 비둘기, 빨랫감 같은 덩어리, 전쟁, 평화 같은 개념 중심이다. 이 시의 덩어리들은 이성적인 집중과 중첩이어서 덩어리들끼리의 대체(substitution)와 순환이 일어난다. 유동과 순환이 없다면 단순한 그림이다. 이 시에서 덩어리들은 특히 더 드러난다. 허공 때문이다. 배경의 간략화를 통해, 덩어리들의 집중, 유동, 순환으로 이어진다.

오감도, 시 제13호

앞의 「오감도 12호」에 비해 상대적으로 배경적인 정서를 더 강화한 기법을 보여 준다. 자세히 본다. 팔의 표정에 집중했다. 덩어리(점유적)에서 텍스추어(texture, 시각적 질감)로 초점이 변화했다. 앞의 시와는 조금 다른 방식이다. 배경 요인, 배경화를 가능케 하는 텍스추어(탈점유적) 표현은 던져진 그림자, 무의식적 시각, 미시적, 비은유적 장치가 필요하다. 몸의 인식에 있어서 '고정된 몸-주체'의 단일한 덩어리에서 '고정되지 않은 몸-주체'로 바뀌는 비독점적 분리 가능성 때문이다. 이상의 몸은 그렇게 비독점적 또는 반독점적으로 분리된다.

'화초분'은 화초를 심은 화분이다.

덩어리와 결(매스와 텍스추어)

이 시는 개념이나 형태가 출현하지만 앞의 형태에 연상을 중첩시키기보다는 뒤의 정황으로 나아가며 불가해한 심리적 그림자, 불확정성을 만들었다. 이것은 어떤 상징이나 개념의 덩어리들로 자리바꿈(치환)하면서 벌어진 틈, 결여된 것을 끌어모으는 일이다. 사실 이것은 미정의 상태가 아닌 미세하고 미시적인 판단이다. 덩어리나 개념의 관점에서는 미확정적이지만 텍스추어의 측면에서는 분명한 판단이다. 판단이 없다면 미완성에 불과하다.

이 시는 시작부터 현실적이지 않고 벌어지는 일도 괴이하다. 그래서 방안, 최소한의 무대, 무대와 형태와 의식 사이의 결(texture)이 더 드러났다. 중첩의 이미지즘보다는 혼성적, 이질적인 초현실주의 경향이다. 관습적인 은유나 상징의 덩어리

만들기에서 소외되었던 것들, 결여된 것들의 등장이다.

의미를 덧붙인다면, 내가 '나'를 본 것이다. 랭보의 "나는 타자이다.(Je est un Autre.)"라는 말이다. 자기 자신을 시적 대상으로 삼는 객체화는 이상 시의 중요한 특징이다. 팔 없이 몸통만 남은 내가, 위협 때문에 놀란 듯 새파랗고 죽은 두 팔의 나를 세워 놓았다. 내가 자른 것인지 누구에게 잘린 팔인지는 밝힐 수 없다. 위협이나 두려움의 정체도 숨겨야만 하는 의식이 나를 위조해 떼어 놓은 팔을 만들었다.

초현실주의와 절단된 신체

이상의 글에서 팔이 떨어져 나간 상황은 미발표 유작 원고에서도 나타난다. "양팔을 자르고 나의 직무를 회피한다"(일본어 유작 산문 「회환의 장」), "주먹을 쥔 채 잘려 떨어진 한 개의 팔"(일본어 유작 「황의 기」), "미래의 끝남은 면도칼을 쥔 채 잘려 떨어진 나의 팔에 있다 이것은 시작됨인 미래의 끝남이다"(일본어 유작 「작품 제3번」), "나의 바른팔에 면도칼을 얹었다? 잘라낸 것처럼"(일본어 유작 「1932년 무제」).

스스로 잘라내서 쓸모 없음을 내보이는 반항도 있지만 잘려 나간 타인의 팔도 있다. 자신의 일부가 잘려 나간 사정은, 자신의 과거, 현재, 미래가 잘려 나간 것이다. 주체나 자아라는 말도 할 수 있겠지만, 자신에게 잘못을 저지른 대상이 자신의 눈에 띄게 되어 겁에 질리거나 예의를 차린 경우도 가능하다. 이런 정황들 모두가 이상의 글에 편재되어 있다. 그렇다면 겁에 질리거나 예의를 차린다는 뜻을 이해할 수 있다. 반항, 억압, 두려움, 상실을 모두 제 안에 품고 있다.

끊어진 팔은 초현실주의에서는 자연스러운 표현 대상이다.

초현실주의에서 신체는 마네킹 같은 몸체를 상상의 배경으로 삼기 때문에 기형적이거나 잘린 팔다리는 흔하다. 화가 막스 에른스트(Max Ernst)가 출간한 『100개의 머리를 가진 여자』(1929년)에는 잘린 팔을 가방에 장식처럼 묶어서 들고 다니는 그림도 있다. 이미 서양 조각에서 머리와 팔다리 없이 몸통만 있는 토르소(torso)는 낯설지 않은 대상이었다. 뇌나 폐 등의 장기도 분리 해체했다. 프랑스 시인 로베르 데스노스(Robert Desnos)의 시 「새들의 시장」에는 '두개골 절단, 뇌 해부, 내장 분할'이 나온다. 그의 시에서 육체는 마구 절단된다.

이상의 신체는 몸(육체)이라고 보기 어렵다. 그것은 초현실주의 그림에서 나타나는 왜곡, 분리, 이질조합의 몸체(물체화된 몸)이다. 1920~1930년대 화가 르네 마그리트, 막스 에른스트 등의 그림에서 나타나는 이상한 신체들이다. 마그리트의 분리된 신체는 분리, 왜곡되었지만 현실과 연결되어 있다. 이상의 잘린 팔 또한 현실 공간에 있다. 무의식적 대상에 마구 휩쓸리기보다는 현실적 경계나 인식의 틀을 드러내는 방식이다.

가짜 인간, 모형 인간은 초현실주의의 잘린 신체와 마네킹(mannequin) 모티브이다. 초현실주의 이래로 문학과 미술이 즐겨 이용하는 반체제 의식을 담은 오브제이다. 모형 심장, 모형 인간과 함께 분리, 해체한 몸체를 이용하는 이상의 시는 마네킹(몸체) 모티브를 다룬 것이다.

한국 문화에서 초현실주의는 낯설고 이상 또한 도발적인 초현실주의자도 아니어서 이상의 신체가 일반적인 육체나 자신의 병든 몸으로만 보일 수도 있다. 하지만 이상에게 몸은 그저 몸뚱이 수준의 신체, 또는 인공적 모형이면서 인간의 몸뚱이를 가진 마네킹, 이렇게 두 가지이다. 이것들이 서로 사람 흉내를 내었다가 모형 흉내를 내었다가 하면서 오락가락한다. 거울 속의 허상 또한 유사한 맥락이다. 개인이면서도 개인을 넘어서는 시대의 진실성으로 드러난 팔다리와 몸뚱이다.

이런 모티브는 막연한 심리의 발로가 아니라 현실의 직접 묘사나 설명을 배제하면서 나타난다. 그래서 그것은 위조이거나 거짓말이 된다. 그렇기 때문에 시적 위조는 역설적으로 시적 진실을 품는다.

거짓말과 모순된 것들의 연합

"내 피가 잉크가 되었다. (……) 내 뼈에 독이 있다. (……) 나는 늘 진실을 말하는 거짓말쟁이다."라는 프랑스 시인 장 콕토의 시 「붉은 봉투(Le paquet rouge)」가 있다. "시인은 늘 거짓말을 한다."는 인용구로 알려진 시이다.

사실, 시인은 진실을 말하지 않고 진실을 살아간다. 진실을 살아가면서 시인은 거짓말쟁이로 변모한다. 오래된 '거짓말쟁이의 역설'처럼, 패러독스는 한편으로 시의 정확성이기도 하고, 지어낸 진실, 꾸며낸 현실(이미지)이기도 하다.

시인 콕토는 이상의 소설과 산문에 여러 차례 등장한다. 어쩌면 이상의 위조 방식에 콕토의 '거짓말'이 영향을 주었을 수도 있다. 피카소, 모딜리아니 등과 어울리며 그림도 그렸던 콕토이니, 이상과는 감각적 공통점이 있다.

이 시에서는 한 문장 내에서 부분적으로 띄어쓰기를 했다. 그 이유는 첫째, 나와 내 팔의 분리 때문이다. 즉 '내팔이면도 칼=내 지각/내 행위/내 생각', '든채로끊어떨어졌다=팔'로 각각 나뉜다. 마지막 문장은 '나'이기 때문에 띄어 쓸 수 없다. 또 다른 하나는 비현실적 구성 때문이다. 초현실적 방법은 온통 환상으로만 이루어지는 것이 아니라, 현실에서 환상을 구사한다. '나'의 공간은 현실적이고 '팔'의 공간은 환상적이다.

이 시에서는 현실을 더 초현실적으로 확장하기보다는 직전의 초현실성을 배반한다. '사랑스레 여긴다'는 초현실의 확장이 아닌 현실적 의식이다. 그래도 이 시에서는 결여된 것(잘려 나간 팔)을 향한 시각적/육체적인 초점이 또렷하다.

초현실주의는 모순이기도 하다. 1930년대에 초현실주의에도 참여한 적이 있는 프랑스 시인 르네 샤르는 시에서 모순적인 것들의 연합(alliance des contraire)을 강조했다. 초현실적인 시는 앙드레 브르통의 말처럼 '마술적인 예술'이다. 일상적인 인과관계를 넘어선다. 브르통의 『초현실주의 선언문』(1924년)에 등장하는 "해부대 위의 재봉틀과 우산의 만남"(로트레아몽,『말도로르의 노래』)처럼 낯선 것, 이질적인 것들이 한자리에 놓인다. 현실적 단서는 처음부터 없고 잠재적인 가능성, 우연적이고 자의적인 것이 넘친다. 마술 판타지로 향하는 것이 아니라 현실 속에서 기이함을 드러낸다.

그로테스크

두 개의 팔을 세워 놓은 방은 기이하다. 그로테스크와 유사한 분위기도 있다. 본래 그로테스크에는 두려움과 더불어 우스꽝스러움도 동반하지만 이상은 진지한 쪽이다. 정확하게 말하자면 그로테스크가 아니라 초현실적 기이함(언캐니)이다.

빅토르 위고는 『크롬웰』(1827년)의 서문에서 "그로테스크는 무한한 역할을 한다. 그는 도처에 존재한다. 기형과 무서움을 만들고 다른 한편으로는 희극과 광대짓을 만들어 낸다."고 했다. 서로 다른 것의 결합과 병치라는 점에서 보면 그로테스크는 초현실주의의 조상이기도 하다.

건축론과 회화론를 통해 그로테스크의 개념을 정리한 존 러스킨(John Ruskin)은 인간적인 조건의 근본으로 끔찍한 것을 설명했고, 『근대 회화론』(1843년)에서 "훌륭한 그로테스크는 대담하고 두려움 없는 일련의 상징들이 오랜 시간을 거쳐 순간적으로 드러난 진실의 동사적(verbal way) 표현"이라면서, 상상력이 서둘러 덮어 놓았거나 남겨 놓은 틈을 연결해야 하는 필요성을 강조했다. 그렇기 때문에 시인은 먼저 주목해야 한다. 육체적 주목이 필요하다. 현실적 대상을 보는 형식적인 감각을 무너뜨리는 연상, 끊임없이 객체와 주체를 오가는 자기 이중화(self-duplication)의 상상력을 빠른 속도로 통과해야만 한다. 이것이 모든 시의 핵심이다.

장식과 기능주의

이 시에 '장식'이라는 말이 있다. 이상의 다른 글에도 등장하는데 미술이나 건축 용어이다.

"이 방에는 가을이 이렇게 짙었건만 국화 한 송이 장식이었다."(소설 「실화」)처럼 사라진 것 옆에 놓인 것이거나 무엇에 더해진 것이다. 미술사에서 장식은 근대와 현대를 가르는 중요한 개념이다. 특히 건축에서는 이것 하나를 놓고 근대냐 아니냐가 판가름난다. 문학적으로 전환해서 생각해도 거의 유사한 개념이 된다.

장식(ornament)은 건축물에서 궁전 지붕 처마의 상징 조각 같은 것을 두루 포함하여 가리키는 말이다. 유럽의 성당이나 궁전 건축에서 석상이나 부조를 가진 벽면, 정교한 장식들이다. 1896년 미국 건축가 루이스 설리반은 근대식 고층빌딩의 예술성을 주장하면서 형태보다는 기능을 강조했고, 편협한 문화주의와 인종적 편견까지 가진 오스트리아 건축가 아돌프 로스는 "장식은 죄악이다."라고도 했다.

과거의 건축가는 브루넬레스키, 알베르티, 미켈란젤로처럼 화가이면서 시인, 공예가, 조각가였다. 과거에는 건축이 예술적 장인들과 함께했지만 이후에는 시멘트와 철근만으로, 자본가와 실용 건축기술자들이 함께 만든 단순 사각형으로 바뀌었다. 스페인 건축가 가우디는 과거의 상징을 그대로 따르지는 않았지만 장식을 파기하지 않고 예술적으로 살려내 오늘날까지도 관심을 불러일으킨다.

과거의 장식이 종교나 신화를 품고 있어서 사라진 점도 있지만 상징 의미를 지우고, 돌과 나무의 공예 대신 철과 시멘트의 구조와 기능을 강조한 결과가 1900년대 이후의 건축이다. 장식이 없으니 뼈대, 당시 최신 재료였던 철골에 집중한다. 철골 기둥은 구조벽으로 무게를 지탱하지 않아도 되는 역학적 능력을 발휘했다. 이상은 대학에서 건축사, 건축설계, 건축장식을 배웠다. 그렇지만 총독부 시절에 현장감독을 잠시 한 일 외에는 건축가로서의 활동은 없었다.

장식은 본체를 강조하는 부속물이면서도 독립적으로 자기를 드러낸다. 이 시에서 촛대처럼 세운 팔은 장식이다. 주인공처럼 등장했는데 사실은 부속물이다. 본체와 장식의 관계가 애매하듯, 이 시에서도 주종관계는 유동적이다. 그러나 과거의 장식이 상징과 위용을 과시했다면, 이상의 장식은 고독한 개인의 기념비이다.

장식은 경계면에서 내면을 외화하고 외면을 내화한다. 경계면은 '몸-주체' 변화와 접촉의 필드이다. 덩어리(mass)에 대한 형태적, 개념적 시선과 텍스추어를 포착하는 시각은 시적 표현의 두 갈래를 형성한다.

내팔이면도칼을 든채로끊어져떨어졌다 [형태적 판단/점유]

위협당하는것처럼새파랗다 [텍스추어 판단/탈점유]

촛대세움 [형태와 텍스추어가 결합된 장식]

겁을내는것만같다 [텍스추어 판단]

사랑스레여긴다 [변화/접촉]

'촛대세움'은 원문에서는 '세음'으로 '셈(형편, 결과)'이다. 소설에서도 이상이 종종 사용하는 어휘지만 '촛대셈' 대신 '촛대세움(세우다)'으로 바꾸어 옮겼다. 참고로 〈위독-백화〉의 '화폐 노릇을 하는 세음'에서는 '셈'으로 옮겼다.

오감도, 시 제14호

과거에 모자는 정장 차림의 격식에 해당하는 것이다. 그것을 풀밭에 벗어 놓고 성 위로 올라간다. 자기 모자를 놓고 가니 수상하다. 새로운 시작, 막연한 집중의 꾸밈새이다. 이 장면에서 독자는 모자에 정신이 팔릴 것이다. 여기까지의 모자는 그저 모자일 뿐 더 이상은 아무것도 아니지만 중요하다. 그래서 행이 바뀌고 연이 달라진다. 처음부터 그럴듯한 의미를 뽐내려 한다면 모더니즘이 아니다. 다음 장면부터는 방심한 시선을 놀라게 만들어야 한다. 연이 달라지면서 모자와 옛성(원문에서는 고성(古城))은 사물이나 장소를 가리키는 것에서 중층적 의미로 변화한다.

모자에 대해 이상은 이렇게 쓴 적이 있다. "나의 질상(疾床, 병상)을 감시하고 있는 모자. 나의 사상의 레터, 나의 사상의 흔적 (……) 나의 사상을 엄호해 주려무나."

이상에게 모자는 자신을 감시하고 보호해 주는 대상이다. 옛성은 실재하는 성이기도 하지만 '조상들의 유산'이기도 하다. 이 말을 소설 「종생기」에서 그렇게 사용했다. 이상에게 옛성(고성)이라는 어휘는 유산이며 몰락의 장소이다.

이상은 성(城)을 다룬 산문 「공포의 성채」에 이렇게 썼다.

한때는 민족마저 의심했다. 어쩌면 이렇게도 번쩍임도 여유도 없는 빈상스런 전통일까 하고. 하지만 결코 그렇지는 않았다. 가족을 미워하는 것부터 시작해서 그는 또 민족을 얼마나 미워했는가. 그러나 그것은 어찌 보면 '대중'의 근사치였나 보다. 사람들을 미워하

고 — 반대로 민족을 그리워하라, 동경하라고 말하고자
한다.

'걸인(乞人)'은 거지이다. 조선총독부 자료에 따르면 1934년
한반도의 걸인은 총 5만 1000여 명이었다. 《동아일보》(1936. 7.
1.)는 전국에 걸인이 4만 5000여 명으로 전남과 경남 지역이
가장 많다고 보도했다. 이 시에서 거지는 유산으로서의 거지
인 동시에 식민지배로 파탄에 이른 한반도의 상황이다.

개인이 사용하는 낱말은 공통의 언어지만 사람마다 글씨(필
체)가 다르듯 각자는 조금씩 다른 느낌으로 낱말들을 사용한
다. 이상의 어휘는 은유적인 것도 있지만 사실 그 자체인 것이
많다. 이런 특성을 '시적 어휘의 인격성'이라고 불러도 좋을 것
이다. 그래서 보통 사람들 사이에서도 같은 말을 사용하면서
도 오해가 생기고, 같은 옷이라도 누가 걸치느냐에 따라 다르
다. 처음부터 각자 다른 느낌으로 받아들였기에 다르게 연출
한다. 다수를 향한 커뮤니케이션을 중시하는 글이 아닌 시는
특히 시적 어휘의 인격성을 통해서도 개성을 드러낸다. 이상에
게 거지는 타자이면서 자신의 일부이다.

이 시에서는 '돌'의 역할도 중요하다. 스쳐 지나가는 듯한 일
반적인 성격의 돌은 걸인의 손을 통해 또 등장한다. 무겁다는
말 외에는 어떤 성격이나 기능도 없는 돌이다. 이상은 이미 「이
런 시」에서도 무거운 돌을 클로즈업했다. 이상의 글에서는, 바
둑돌이나 화석, 비석, 벽돌 같은 기능이 분명한 돌들이 나오는
데 소설에서 돌의 등장 빈도는 거의 없다고 말할 정도로 희박
하다. 그런데 시에서는 「흰 꽃을 위한 시」의 벽돌처럼 불쑥 등
장한다. 특히 「이런 시」와 「오감도 14호」의 돌은 정체불명의 돌

이다. 이상의 시에서는 이런 정체불명의 이미지나 대상들이 시적 긴장을 주도하기도 한다. 그런 예외적인 것들이 절대화하려는 의미의 체제를 뒤흔든다.

기억에 무거운 것을 매달아 던지는 행위나 포물선을 거슬러서 들리는 역사의 울음소리는 시각적이면서도 진지하다. 걸인(거지)의 등장, 역사의 망령인 걸인은 시대의 풍경을 압축하는 통찰적 표현이다. 절박한 하늘을 부르는 모자의 깊이는 감정을 객체화한다. 심장이 두개골 속으로 옮겨 간다는 진술은 피가 머리끝까지 솟구쳐 오르는 듯한 상태의 표현이겠지만 내면의 충격적인 사정을 시각적 이미지로 드러냈다. 누구의 손인지 모르지만 불쑥 등장한 싸늘한 손이 이마에 만든 흔적은, 그 손의 주체마저도 무화시키는 총체적인 것을 담은 영상처럼 정지되었다가 불멸의 영상이 되어 의식 속으로 흐른다.

인간적인 조건이 붕괴하는 시대가 보인다. 간단해 보이지만 모자와 돌, 거지, 시적 주체, 옛성의 위와 아래(풀밭), 공중, 던지기, 보기, 듣기, 부르기, 서기, 기절하기, 옮겨 가기, 절박함, 싸늘함 등 사물과 인물을 중심으로 무대를 구성하면서 움직임과 감정, 감각까지 동원했기 때문에 역사, 포물선, 종합, 지도, 낙인까지의 관념이나 개념적인 어휘도 인상적으로 기여한다.

이상의 시는 명사가 앞서지만 동사가 문장마다 반복되면서 동세(역동성)라는 세력이 전체의 균형을 조율한다. 회화나 조각에서 동세는 매우 중요한 표현 기술이다. 대상(명사적인 것)보다 더 중요하다. 이것이 이상의 시에서 시각적 효과를 만든다.

문학에서 심상(imagery)을 만드는 방식에는 관습적인 개념도 있지만 그것이 문학적인 것이 되려면 감각을 지녀야 한다. 감각은 촉각, 시각, 청각, 후각, 미각, 신체 동작, 체내의 반응감각으로 생동감을 확보한다. 이 시에서 명사들은 주로 구체적, 물질적이기 때문에 감각을 지닌다.

감각만이 최고라는 말은 아니다. 언어나 문자는 감각화나 시각화, 곧 지속적인 개념화이다. 시적 언어는 개념인 동시에 감각이다. 문학에는 오직 언어만의 세계가 있다. 특히 시는 언어의 정점이다. 놀라운 개념이며 움직이는 실재이다. 그러나 그것을 다시 뒤흔드는 움직임이 없다면 그저 관습적인 개념, 비유, 상징으로 전락한다.

비지속의 지속

1932년 앙리 카르티에 브레송(Henri Cartier-Bresson)이라는 프랑스 사진작가는 물웅덩이를 살짝 뛰어넘는 사람의 사진을 찍었다. 순간의 움직임이 들어 있다. 이 시 「오감도 14호」에도 돌을 던지는 가상의 포물선이나 신체적 동세(movement)가 있다. 브레송의 사진이 움직임을 순간적으로 정지시킨 포착이었다면, 이상 시의 시간은 그것에 비해서는 연속적, 지속적이다. 그렇지만 띄어쓰기로 구분된 문장과 문장은, 형식적으로는 서로 다른 시각적 장면이다.(브레송은 파리의 미술학교에서 큐비즘 경향의 회화를 배웠고, 영국에서는 미술과 문학을 전공했다.)

에즈라 파운드는 T. S. 엘리엇의 등장에 결정적인 역할을 했다. 파운드는 『황무지』의 원고에 수정 의견도 제시했는데 엘리엇은 그의 의견을 부분적으로 수용해 원고를 다듬었다. 파운드가 수정을 제안한 사례의 하나는 "비현실적인 도시, (무서운 도시, 나는 가끔 보았고, 본다. 너의) 겨울날 새벽 안개 속으로, 군중이 런던 다리 위로 흘러간다."에서 괄호 안의 문장으로, 엘리엇이 마침내 삭제했다. 주관이 개입한 부분이다. 파운드의 이미지즘이나 모더니즘은 엘리엇으로 이어졌다. 엘리엇은 '정서를 환기시키는 대상과 상황과 사건들'을 객관적 상관물이라면서 감정과 개성으로부터의 도피가 필요하다고 했다. 몰개성(impersonality)이다. 이것은 곧 회화적 표현 방식, 장면이나 사물의 객관적 시각화와 같다. 이상의 시 또한 같은 성격이다.

모더니즘 시는 이미지 중심의 회화적 표현으로의 적극적인 의식 전환이었다. 엘리엇의 『황무지』(1922년)는 시간의 공간화, 시각적 장면을 통해 대상을 표현한 작품이다. 각각의 시각적 장면은 내용적인 연속성이 없는 불연속적 장면들이고, 이런 불연속적인 것들을 이어 나가는 방식, 비지속적인 것들의 지속(continuity of non-continuity)이었다.

이상의 시에서도 각각의 시각적 장면들이 나누어지는데, 각 장면들의 연결에서 비지속성을 강화한 충돌이나 반발, 단절감을 통한 지속은 곧 시각적 효과이다. 사진기의 렌즈는 하나의 초점뿐이지만 그림에서는 관람자의 시선이 향하는 곳에 모두 초점을 부여할 수 있다. 의도적으로 일부는 흐려 놓기도 하지만 각각의 부분들을 차별적으로 조절한다. 충돌이나 반발, 대비를 통해 비지속의 지속을 유도한다. 각각의 면들은 그렇게 이어져 관계면이 된다. 시적으로 이것은 문장과 문장의 연결점에서부터 문장 내부의 낱말 결합에도 적용된다. 불연속성을 드러내지 않는다면 선명한 이미지를 만들기 어렵다.

오감도, 시 제15호

「오감도」 연작은 '미시적 사물 이미지-변동-거시적 개념 언어'가 연결되는 특징이 있다. 운동(변동)은 화학적(변화, 융합)이기보다는 물리적(변동, 충돌)이다. 앵무새-포유류, 보름달-대기권, 평면경-해부, 총탄-소화기관, 나비-유계, 비둘기-전쟁, 칼-위협 등이 대비 효과를 드러낸다. '음모'도 같은 경향이다. 이상이 이용하는 거시적인 것들은 객관적(과학적) 사고, 일반적인 전통 개념, 시대적 사건이다. 이렇게 분류하면 '음모'는 시대적 상황에 가깝다.

1930년대 신문을 보면 경제문제(사기), 독립운동, 반일운동이 음모라는 용어에 해당한다. 사기극이거나 반일운동이다. 일본어로 시를 쓰던 초기에 이상은 음모라는 말을 쓰지 않았다. 두 편의 시(「오감도 15호」, 「육친」)에 음모가 등장한다. 모두 자신이 꾸미는 음모이다. 소설에서는 아내의 음모(「날개」), 남녀 사이의 음모(「단발」), 문학을 교란시키려는 자신의 음모(「종생기」)의 뜻이다. 시에서의 음모는 위장이며 반란이다. 반란은 실상을 들추지만 칼은 자신에게 향한다.

죄를 품고 잤다는 말에서 '죄'는, 개인적, 인간적, 사회역사적인 것이다. 개인적인 절망, 인간의 고통, 역사라는 무거운 짐이다. 그리고 미안한 것이 된다. 늘 미안하다. 자신의 죄이다.

이 시에 쓰인 말들은 일반적인 것들이지만, 권총, 방탄금속 등은 예외적이다. '침상'도 보통의 이부자리는 아니다. 이상의 모든 글 전체에서 침상은 단 한 번, 병원 침대로 등장했다. 그런데 이것이 군용장화가 주변에 있다. 일제강점기였으니 일본군의 것, 사병들은 장화가 아닌 단화에 각반이라는 천으로 종아리를 묶었기 때문에 장교용이다. 의족은 장애인용 보조기구이니 의족의 주체는 '비정상적인 권력자'이다. 뒷부분의 방탄금속에서는 미쓰비시 중공업이 1931년부터 생산한 일본군의 '89전차'를 상상할 수도 있다. 당시 일제 권총은 일본에서는 일반인도 구입이 가능했지만 매우 비싼 가격이었다. 독립군은 독일제 권총을 사용했다. 이상의 시가 사회성이 아닌 문학성을 강하게 지향하지만 시대와 현실은 언어의 배후에 남아 억압적 권위에 눌린 시대를 환기시킨다.

이상은 지각이란 말을 종종 사용한다. 시계나 시간, 참여를 강제했던 시대의 모습이다. 당시 중등학교의 경우 품행이나 출석이 불량할 경우 퇴학당했는데, 세부 규정은 모호하여 학교장의 권한이 절대적이었다. 불사조(不死鳥)는 서양에서 온 피닉스(phoenix)이다. 동양 신화에서는 봉황이나 주작이다. 이집트 신화에서 나온 피닉스는 죽지 않는 새이다. 심훈, 정지용은 제목으로도 사용했는데, 근대 이후 오랫동안 대중적으로도 유행한 어휘이다. 극형(極刑)은 사형이다.

한옥에서 들창은 위로 들어 올려 여는 빛 들이기 창문으로 벽의 위쪽에 만든다. 전망 용도가 아니라 통풍이나 밝은 빛을 조금 들이려는 용도여서 밖을 내다보기에는 불편하다.

모형 심장은, 그의 글 전반에서 자주 드러나는 모조품 모티브이다. 인생 모형(소설 「날개」), 태양 모형, 자궁 확대 모형(산문 「얼마 안 되는 변해」), 인간 모형(「산책의 가을」), 모조 기독(「실낙원」), 모조 맹장(산문 「1931년」) 등 자연, 인체, 심지어 인생 자체도 모조품으로 쓰인다.

식민 자본주의나 근대 과학의 틀로 빚어진 결과물이지만 결국 이런 모조품의 발견자는 자기 자신이니 해체나 폐기, 진품으로의 교체도 자신의 몫이다. 이상의 목소리는 고발자보다는 피해자, 저항자의 모습이다. 앵무나 꽃나무에 등장한 '흉내 내기' 또한 모방과 모조의 맥락이다. 식민제국주의의 지배 아래서 서양이나 강한 자를 흉내 내면서도 그것에서 독립하려는, 종속을 가장한 중심 교란이라는, 과거 전 세계 피지배 민족의 문화에서 일어난 공통적인 현상이기도 하다.

거울의 경계면과 보들레르의 고양이

「오감도」 연작들은 언어의 표면에서 만들어진, 새로운 '사건'의 출현이다. 이런 테크닉은 시적인 의식이나 패러다임과 결합해 차원의 변화를 일으킨다. 근대적 방식으로 설명한다면, 시적인 의식(esprit)은 "내 머릿속을 제 집인 듯 돌아다니는" 보들레르의 고양이(「고양이」, 『악의 꽃』에서)와 같다. 그런 고양이가 시를 만든다. 그래서 거울이 없는 곳인데도 거울 속의 내가 존재해 음모를 꾸민다. 이 시는 1934년 8월에 발표했는데, 앞서 1933년 10월에 발표한 「거울」보다는 이런 고양이가 자기 집인 듯 돌아다녀서 더 시적이다. 단순한 서술을 넘어서니 거울 속의 나도, 거울 밖의 나도 돌아다닌다. 몰래 들어가고, 권총을 발사하기도 한다.

보들레르의 고양이(시적 에스프리)는 이항대립하지 않는다. 통합 아니면 분열을 놓고 누군가를 추방하지 않는다. '나'와 '거울 속의 나'는 거울 때문에 대립하거나 분열된 것처럼 보이지만 상호작용이나 감응의 관계이다. 이것을 대립하게 만들면 루소의 자아(amour de soi, 천성적인 자기애 / amour-propre, 사회적 관계 속의 이기심)를 양편으로 갈라 결투를 벌이는 일뿐이다. 그럼 고양이는 죽는다. 고양이가 죽으면 에스프리도 죽는다. 내 꿈에도 결석, 지각하지만 그래도 참석은 한다. 꿈속에서조차 소외된 나를 볼 수도 있지만 내 꿈의 지배자가 다른 사람일 뿐이다. 그러니 심장이 왼편에 있었다 해도 '거울 속의 나'는 죽지 않는다.

자화상을 그릴 경우 화가는 거울을 보지만 결국 새로운 표면(화면)에 자신을 그린다. 시는 나와 거울 속의 나를 그린 '또다른 표면'에 있다. 두 가지(거울 속/화면 속) 모두 위조된 것이지만 그게 바로 '나'이다. 대다수는 더 예쁘고 멋진 그림(사진) 속의 나를 원한다. 이상의 거울은 자기 도취의 거울이 아닌 갈등의 거울이다. 하지만 함께 갇혀 있고 혼자서는 자살에 이르지도 못한다. 두 개체 사이를 봉쇄한 죄는 구속이지만 그것은 시적인 의식, '나'의 발명품으로 스스로 닫아 놓은 창문이다.

"열린 창문을 통해 바라보는 자는, 결코 닫힌 창문을 바라보는 자만큼 보지 못한다."(보들레르, 『파리의 우울』) 그래서 죄는 고양이가 돌아다니는 공간을 완성한다. 거울 없는 실내에서는 '거울 속의 나'가 음모를 꾸미고, 거울이 있는 실내에서는 '내'가 더 고독을 갈망하지만 각각의 활동성은 결국 모형 심장에서 붉은 피가 쏟아지거나 악수할 수 없는 활동을 감응해 닫힌 창 안의 세계를 확장한다.

「꽃나무」바로 뒤에 발표한 시 「거울」을 설명하면서 "두 형상(actual self-image/mirror self-image) 사이의 경계는 과학의 논리에서는 자신의 몸이다."라고 설명했었다. 마침내 이 시(「오감도 15호」)에서 위조한 나와 실재의 나의 관계는, 다른 한몸이라는 문제에 도달했다. 누구든 자신에 대해 글을 쓴다면 자신을 타자화한다. 의식의 경계면만 있다.

소설 「날개」에서 이상은 이렇게 말했다. "그대 자신을 위조하는 것도 할 만한 일이오. 그대의 작품은 한번도 본 일이 없는 기성품에 의하여 차라리 경편(輕便)하고 고매(高邁)하리다."
위조를 통한 문학적 기교를 설명하면서, 두 형상(나/위조된 나)의 동일성과 이질성을 말한 것이다.

1580년대에 영국 시인 필립 시드니(Philip Sidney)는 『시를 위한 변론』에서 '은유적으로 말하기, 말하는 그림'으로 시를 설명했었다. 시드니는 그 문장에서 아리스토텔레스의 미메시스(mimesis)를 강조했다. 그것(모방)이 시였다. 그런 모방은 원본에 종속되는 15세기적 발상이다. 이미 오래전에 흘러가 버린 것이니 생각할 필요조차 없다.

결론적으로 이상의 거울은 재현이나 정체와는 무관하다. 18세기를 끝내면서 새로 등장한 관계면, 경계면이다. 거울 속의 나는 환영(일루전)으로서의 기성품(레디메이드)이다. 그것과의 경계면(현실의 거울 안팎)에서 관계면(예술적 공간)을 구성하는 일만 남았다.

여기에서 현대 예술은 '포코 피우, 포코 메모(poco piu, poco memo, 조금 더 많이, 조금 더 적게)'가 필요하다. 너무 많이 벗어나면 설명적, 관습적이거나 은유뿐인 낡은 거울이 된다. 조금만 움직여야 한다. 거울과 현실 사이의 경계 공간에 시적 언어, 보들레르의 고양이를 세워 놓아야 한다.

'포코 피우, 포코 메모'의 경계면 정도는 이상의 거울 관련 시 세 편(「거울」, 「오감도 15번 거울」, 「명경」)을 비교하면서, 보들레르의 고양이를 풀어 놓고 보면 쉽게 알 수 있다. 그런 경계면에서 의식과 행위의 침입과 탈주가 일어나기 때문에 이상의 거울 시 가운데 「오감도 15호」가 가장 뛰어나다. 환영과의 대면과 결투를 오간다. 이 결투를 구식으로 설명하면 미메시스와의 대결이 되겠지만, 근대적으로 설명하면 초현실적 공간이고, 거울 장치가 만든 레디메이드로서의 인간 마네킹과의 대결이다.

이런 공간인 경계면은 시적 언어가 혁명적으로 탄생하는 에너지의 소용돌이, 카오스가 생성운동을 전개하는 터전, 줄리아 크리스티바가 말하는 코라(chora)와도 같다. 이 공간은 또 앞에서 소개한 벨라스케스의 그림 「시녀들」이 지닌 비가시적인 이질성의 공간이기도 하다. 결국 이상의 거울 공간은 주류 공간에 맞서는 반공간(contre-espaces), 푸코의 헤테로토피아가 된다.

이 시 발표 당시의 지면에서 숫자는 본문의 글자보다 크고 굵다. 숫자와 본문 사이의 공백도 없기 때문에 각 연을 나타내는 부호로 보기도 어려운 상태이다. 숫자를 하나의 독립된 부호로 강조한 것처럼 보인다. 발표 당시의 세로쓰기 조판에서는 숫자의 독립성이 더 강하다. 수직과 수평은 전혀 다른 시각적 조형성을 드러내기 때문에 이런 점을 다 고려한다면, 이상의 모든 작품은 그것의 크기까지도 그대로 재현하는 것을 넘어서서 마치 화가의 그림을 대하듯 원본 발표 당시의 지면을 촬영한 사진(영인본)으로만 구경해야 하고, 그것 또한 원본은 아니니, 원본성의 무한한 미로에 빠지게 된다. 이상이 구사한 부호나 일부 도형들은 조형예술처럼 원작 개념으로 묶을 만한 것은 아니다. 그가 사용한 기성품인 과거식 한자 어휘나 활자에 대해서도 원본성만을 주장해 족쇄를 채운다면, 문학은 그 족쇄만 한 크기로 전락할 것이다.

이상은 에스프리에 대해 산문 「얼마 안 되는 변해」에서 이렇게 썼다.

그는 '죽어도 떨어지고 싶지 않은' 그 무엇을 찾으려고 죽자 하고 애를 썼다. 하지만 그에게 있어서의 '그것'은 시 이외의 무엇에서도 있을 수 없었다. 그의 에스프리를 낙서할 수 있는 비좁은 벽면을 관통(棺桶) 속에 설계하는 것을 승인했다. 벗이여! 이것은 그라는 풋내기의 최후의 연기(演技)이다.

오늘의 관점에서 보면 이런 생각은 문학적 공간에서 벌어지는 반영, 변형, 반복, 이의제기와 같다. 보들레르의 고양이를 풀어 넣는 또 하나의 공간으로, 시적 주체가 드러나는 언어 공간이다. 촉지적 이미지나 영상의 경계면에서 본원적 감각, 개념적 전이가 일어난다.

*

「오감도」 연작은 속도를 가진 시적 에스프리(시적 주체)가 권력의 제도적 공간을 가르고 분해한 근대 주체의 파편이며, 즉 시적인 촉발의 늘 현재인 미래를 품은, 한 사람이 모두이고, 모든 것이 한 사람인 역사의 그림이다. 그리고 이것은 문학예술적으로도 강요된 의미와 체제 종속에서의 독립과 해방이다. 시적 언어의 자유공간, 구체적이고 물질적인 관계면의 탄생 공간이다.

사물과 자유 공간, 큐비즘으로서의 시
서양미술에서 세잔이나 큐비즘은 조형 요소들이 독립하는 계기가 되어 반예술적 개념이나 추상미술의 등장으로 이어졌다. 문학의 관점으로 전환해서 보면 비유의 수사법을 파기한 것과 같다. 언어와 이미지만의 형식이 예술성이나 문학성으로 독립한 것이다. 의미나 상징으로터의 독립과 해방이다. 구식 문학에서는 이미지를 하나의 은유로 보려고 하지만, 큐비즘 스타일의 문학은 그런 비유에서 벗어난다. 비유는 현실 환원적이기 때문이다.

프랑스에서 시작된 큐비즘은 1913년 뉴욕의 육군 병기창고 건물에서 열린 전시회를 통해 미국에 상륙했다. '병기창 전시회(Armory Show)'라고도 부른다. 대중에게는 낯설었지만 이 무렵부터 화가 마르셀 뒤샹, 피카비아가 미국으로 건너가 뉴욕 아방가르드를 촉발했다.

이런 분위기와 함께 회화적 특성을 시와 결합한 미국 시인 윌리엄 칼로스 윌리엄스(William Carlos Williams)의 큐비즘 시가 등장했다. 그의 어머니가 화가여서 그 또한 화가를 꿈꾸기도 했었다. 그는 『봄과 모든 것』(1923년)에서 "세잔-. 예술의 유일한 리얼리즘은 이미지네이션(imagination)이다. 오직 그것으로 작품은 자연을 모방하는 표절에서 벗어나 새로운 형식을 지닌 창조가 된다."고 썼다. 이 책에서 그는 과거 미술에서의 원근법이나 일루전을 파기한 큐비즘 미술을 문학에 도입했다. 『봄과 모든 것』은 설명적인 산문과 운문적인 시를 큐비즘 방식(다면성, 동시성, 중층성)으로 결합한 연작 시집이다. 그는 "창조는 독립적인 사물(오브제)을 만드는 것"이라며 이 문장을 모두 알파벳 대문자로 써서 강조했다.

그는 또 『겨울의 비탈』(1928년)에서 "시는 오직 사물 자체의 생생함을 다루어야 한다. 실현은 아무것도 닮지 않은 내적인 발화(fire)에 있다. 직유는 잘못된 것"이라고 했다. 그는 큐비즘 미술을 정확하게 이해하면서 사물을 큐비즘 방식으로 표현했다. 그는 다른 글 「날씨에 맞서기」(1939년)에서 "이미지네이션은 돌연변이적 변환자(transmuter), 변경자(changer)"라고 했다. 이미지네이션의 새로운 평면(new imaginative plane)으로 시를 설명했다. 윌리엄스의 이미지네이션은, 상상력이라고 옮길 수도 있지만 그렇게 옮기면 회화적 특성에서 비롯된 본래 의도가 흐려지면서 낭만주의적 영감(인스퍼레이션)에 기울 수도 있기 때문에 시지각화(이미지화), 시지각적 상상력의 뜻을 간직한 이미지네이션으로 이해할 필요가 있다.

그는 현실 환원적인 이미지를 넘어서려고 했다. 큐비즘 시는 언어와 이미지의 독립적 표현, 개념이 아닌 사물(no ideas but in things)을 강조한다. 그러나 큐비즘 이전의 후기 인상주의를 더 많이 간직한 '조선 사람'인 이상의 시에는 최대 약 49퍼센트의 현실과의 닮음이 존재한다. 이 부분은 닮은꼴이나 오래된 은유의 수사학으로 다룰 수도 있다. 그러나 나머지 약 51퍼센트는 새로운 평면으로, 그 무엇과도 닮지 않은(like nothing, 윌리엄스의 표현이다.) 시적 언어의 구조물이다. 시인 윌리엄스가 정확히 이해했듯이 화가들이 오직 물감이나 어떤 형태만으로 구성한, 절대의 시간조차 사라진, 관습적 의미와 관점을 추방한 물질의 영역이다.

I WED A TOY BRIDE

'나는 장난감 신부와 결혼한다'는 뜻으로 이상이 생전에 발표한 마지막 시이다. 국내 최초의 초현실주의 문학동인지 《삼사문학(三四文學)》(5호, 1936년 10월)에 실렸다. 1934년에 출발했기에 34문학이라고 했다. 생의 마지막 시기에 이상은 일본 도쿄에 머물면서 삼사문학 그룹과 어울렸고 이 시를 발표하면서 사실상 삼사문학의 동인으로 합류했다. 이 동인지 5호는 일본 도쿄에서 편집했고, 표지는 프랑스어로 'La littérature des TROIS QUATRE'라고 표기했다. 그런 분위기 때문인지 이 시의 제목을 영어로 썼다.

밀감은 감귤 또는 귤이다. 우유는 1908년 전후 서양의 젖소를 들여오면서 판매되기 시작했다. 서울역 외곽에 스무 마리의 젖소로 목장을 조성했다고 한다. 우유 냄새는 장난감 신부의 살내음이다. 굶주림과 가난의 시대에 우유는 고급 식품이었다. '장난감 신부'는 제 몸에서 솟아나는 것이 아니라 목장에서 묻어온 것이라고 말하지만 스스로 우유 냄새를 생산하는 존재이다.

장난감 신부는 여러 가지 색깔의 풍경을 외워 가지고 온다. 이상은 소설 「동해」에서 "나는 울창한 삼림 속을 진종일 헤매고 끝끝내 한 나무의 인상(印象)을 훔쳐 오지 못한 환각의 사람이다. 무수한 표정의 말뚝이 공동묘지처럼 내게는 똑같아 보이기만 하니"라고 썼다. 그런데 장난감 신부는 무수한 표정의 세계를 본다.

장난감 신부이니, 그녀가 뾰족한 가시로 찌른다 해도 심하게 아프지는 않을 듯하다. 이상의 시에서 거친 분위기와 어둠은 혼탁한 시대의 역사이다. 개인의 질병이나 어둠이 아니다. 이상의 큰아버지 집에 하숙하면서 18세 무렵부터 이상과 함께 지냈던 친구인 화가 문종혁은 이상에 관해 이렇게 말했다.

스무 살에 접어들자 상은 입버릇처럼 말하기 시작했다. "나는 문학을 해야 할까 봐." 이 말은 화가를 꿈꾸던 그의 내부에 결정적인 변화가 생긴 것을 의미했다. (……) 그는 우울해 있고 고독했다. 그러나 내가 보기에 그의 우울은 밀도가 그다지 짙지 않았고, 오히려 우수 또는 애수라는 어휘가 더 적당해 보인다. 10년 교우 동안 나는 상이 남과 언성을 높여 다투거나 눈에 노기를 띠는 것을 본 일이 없다. 파리 한 마리 때려 죽이거나 돌멩이 하나 발길로 차는 모습도 못 보았다.

　　　　　　　　　　　　　　──『이상시 전작집』(1978년)에서

이상은 소설 「동해」에 「I WED A TOY BRIDE」와 같은 소재를 다음과 같이 썼다.

임이가 돌아오니까 몸에서 우유 내가 난다. 나는 서서히 내 활력을 정리하여 가면서 임이에게 주의한다. 똑 갓난아기 같아서 썩 좋다. '목장까지 갔다 왔지요.' '그래서?' 카스텔라와 산양유(山羊乳)를 책보에 싸 가지고 왔다. 집시족(族) 아침 같다.

소설을 읽으면 이야기의 전개(사건)나 인물(성격)이 분명하게 보이지만 시로 읽는 것과는 차이가 있다. 시적으로 드러난 대상은 문제 해결의 실마리나 어떤 대단한 목적 같은 것은 없는 일상 사진과도 같다.

소설에서는 '귤'에 대해서도 묘사를 더했다. 귤을 칼로 깎는 장면이 나오는데, 귤보다 크고 향이 진한 하귤(여름 귤)이다. 시에서는 귤을 무심코 던져 놓은 듯 어둠 속에 놓았다. 소설과는 달리 이상은 시의 특성을 분명히 살려 압축했다. 시에서 바늘로 찌르는 장면은 소설에는 없다. 그래서 장난감 신부, 밀감, 바늘 등 소소한 것들은 개별적 효과를 더 드러내는 롤랑 바르트의 푼크툼(punctum)이 되면서 읽는 이의 시선을 찌른다.

달력, 시계, 시집을 찌르는 바늘은 비현실적이지만 서서히 이어진 산문적인 전개 때문에 과장처럼 보이지 않는다. 점진적 변화를 통해 일상의 자리에 놓인다. 일상의 영역으로 전환되어 사실성을 확보한다. 그래서 푼크툼의 효과는 예리하다. 푼크툼은 의도적인 계획이나 작위성을 벗어난 곳에 있기 때문이다.

고급 사치품이었던 시계는 1930년대 전후에 보급되었다. 신문에 시계 광고가 늘어났고 공공장소에도 설치되었다. 일상품인 동시에 느슨했던 과거 시간에서 한 점 시각으로의 세분화이다. 그 옆에 우연히 시집이 있다. 정지용의 시 「무서운 시계」의 시계 소리는 때로 무섭지만 이 시에서 시계는 그저 만만한 일상품이다. 반지는 결혼의 징표이고 구속이지만 바늘처럼 느껴지니 불일치이다. 그러나 새로운 형식의 결합이기도 하다. 「지비」의 반지가 징표나 구속이라면, 이 시의 반지는 '인간의 한계를 결합시키는 감각'의 바늘이다.

같은 소재를 활용한 소설이, 목적성이 강한 기호인 스투디움(studium)을 가진 서술적인 근대를 보여 준다면, 시는 일상

환경을 동반하고 자유의 공간으로 건너온다. 장난감 신부는 자유롭다. 그녀의 산책에는 캐물어야 할 이유도 없다. 산책은 루소의 말처럼 "고독한 몽상의 시간, 내가 완전히 나 자신이 되는 유일한 시간"이다.

여성을 장난감으로 비하했다고 오해하면 곤란하다. 이상이 자신의 인생 최후의 무대에 올린 발레극의 멋진 발레리나라고 생각하자. 장난을 하찮은 것으로 여기던 옛사람들의 근엄한 생각을 지우고 놀이하는 인간(homo ludens)의 모습이라고 생각하면 다르게 보일 것이다. 놀이하는 인간이 비록 사회문화적으로도 게임을 만들어 권력도 놀이화하면서 권력 때문에 함몰되더라도, 장난감 신부는 가시 돋우며 삶의 율동을 찾을 것이다. 세상을 향한 바늘과 율동을 함께 간직할 것이다.

소설 「12월 12일」에서 이상은, 운명이 자신의 앞길에 놓은 장난감, 운명의 장난(시련)이라는 뜻으로도 썼고, 산문에서는 장난감 없는 아이들을 보면서 '살 길 없는 죽음', 곧 '유희'가 없다는 것은 죽음이라고 썼다. 그렇게 본다면, 이 시의 장난감 신부는 시련인 동시에 삶의 율동이다.

바늘은 쥐어 준 것이니 수동적인 면도 있다. 하지만 그것은 신부(bride)라는 19세기적 관습 때문이다. 이런 신부라면 스스로, 그리고 함께, 과거의 역할도 새롭게 바꿀 것이다.

장난감 신부는, 긍정적 욕망인 에로스(eros)지만 천사는 아니다. 향기를 지녔지만 상처를 줄 것이고, 경계심을 갖게 할 것이다. 그래서 그녀의 자유는 특별하다. 아무것이나 막 찌르듯이 그녀는 가시 돋친 자유의 보행 동선(walking line)을 가지고 있다. 그녀의 동선은 계획이나 설계로 통제하는 폭력적 건축 공간의 동선이 아니다. 기능이라는 이름으로 인간을 모듈화하여 집은 '삶을 위한 기계'라며 그 기계 속에 인간을 마구 때려 넣은 폭력적인 건축가 르 코르뷔지에에게는 그녀가 진짜 장난감 인형에 불과할 것이다.

아파트라는 기계를 맨 처음 만든 르 코르뷔지에의 주상복합아파트 같은 폭력적 공간은 장난감 신부의 동선이 아니다. 르 코르뷔지에는 프랑스 식민지 알제리를 제국주의 권력으로 획일화하는 도시계획도 수행했다. 조선총독부가 조선의 역사를 밀어 버리면서 제국주의적 편의성으로 서울을 개조한 시가지 계획과 같다. 근대성을 이식했지만 기계적 보편화, 획일화의 그늘이 있다.

그렇게 설계된 건축은 폭력이다. 근대의 원리적 구조를 생각하는 이상의 소설에는, 계획적 설계 공간과의 피할 수 없는 불화가 있다. 미로처럼 얼기설기 이어지는 뒷골목, 어쩌다가 생긴 작은 공터가 장난감 신부의 동선일 것이다. 어쩌면 이제 그녀의 동선에도 아파트가 들어섰을지도 모른다. 그래도 장난감 신부는 '어둠을 커튼 열듯' 자유의 동선을 다시 열 것이다.

피지스, '살결'과 '살'이라는 말이 등장한 유일한 시

이상은 최후의 작품으로 장난감 신부를 남겼다. 이 시에서 시간은 밤의 연속이지만, 그녀가 이상의 대표작들을 데리고 20세기를 건너왔다. 「I WED A TOY BRIDE」는 이상이 발표한 모든 시 가운데, 몸을 감싸는 것에 불과한 '피부'라는 건축적 외피가 아닌 보다 육체적인 '살결'과 '살'이라는 낱말이 시에서 등장한 유일한 작품이다. (소설을 제외하면, 비슷한 모티브를 다룬 미발표 원고인 「실낙원」, 수필로 발표했던 「산책의 가을」에만 있다.) 「이런 시」, 「오감도 14호」에 등장하는 '돌'이 마침내 육체를 가진 것과 같다.

생전에 이상은 시집을 출간하지도 못했다. 소설과 수필을 포함한 그의 문학 작품 전체에서 '시집'이라는 말도 이 시에서만 등장한다. 장난감 신부 앞에 놓았다.

그리고 이런 것들에 대해 '모른 체'한다. 기능주의에서 벗어나고 근대의 몽상적 산책에서도 벗어난다. 고독한 그 말(모른 체)을 통해 이 시는 마침내 현재화한다. 장난감 신부는 기계적 이성주의가 숨겨 버린 '스스로 피어나는, 피지스(physis)'이다. 근대의 통제 권력인 달력이나 시계를 넘어서고, '존재의 집(언어)'인 시집까지도 찌른다. 장난감 신부와의 결혼은 '세상을 세상화'하는 춤, 존재론적 공간의 거울놀이(하이데거)이다. 이상은 피지스를 묶어 두려고, 장난감, 신부, 아내라는 이름의 가건물을 설계하고 바늘도 내어주는 듯하지만, 바늘은 피지스가 스스로 만들 수도 있음을 알고 있다. 이상은 거울놀이에 머물고 피지스는 스스로, 안팎으로 피어난다. 그래서 가시에 찔리는 접촉만으로도 충분하다.

이 시에서 밤은 이성적인 시각이나 공간 구조도 허물며 모든 감각들이 살아나는 접촉, 결혼의 시간이다.

초현실주의와 마네킹

「I WED A TOY BRIDE」의 장난감은 초현실주의 모티브로서의 마네킹의 일종이다. 움직이는 태엽인형(automate, hand-rolled doll)을 바탕으로 한다. 피노키오 같은 나무인형이나 솜을 넣은 헝겊인형이 근대에 오면서 기계적 변화를 일으켜 태엽인형이 등장했고 19세기에 유행했다.

이상은 산문 「슬픈 이야기」에서 이렇게 썼다.

나는 사람이 불현듯 그리워지나 봅니다. 내 곁에는 내 여인이 그저 벙어리처럼 서 있는 채입니다. 나는 가만히 여인의 얼굴을 쳐다보면 참 희고도 애처롭습니다. 이렇게 어둠침침한 밤에 몸시계처럼 맑고도 깨끗합니다. 여인은 그전에 월광 아래 오래오래 놀던 세월이 있었나 봅니다. 아, 저런 얼굴에. 그러나 입 맞출 자리가 하나도 없습니다. 입 맞출 자리란 말하자면 얼굴 중에도 정히 아무것도 아닌 자그마한 빈 터전이어야만 합니다. 그렇건만 이 여인의 얼굴에는 나는 이 **태엽을 감아도 소리 안 나는 여인**을 가만히 가져다가 내 마음에다 놓아두는 중입니다. (……) 이 여인은 내 마음의 잃어버린 제목입니다. (……) 내 마음 잠깐 걸어 두는 한 개 못입니다.

태엽 감는 인형을 사람처럼 표현한 글이다.

초현실주의(surréalisme)라는 용어의 발명자는 시인 아폴리네르이다. 그는 또 시에서의 마네킹 모티브 발명자이기도 하다. 마네킹은 아폴리네르의 시집 『알코올』(1913년)에 실린 「랜더로드의 이민」과 「죽음의 집」 2편에서 처음 등장했다. 시집으로는 나중에 나왔지만 1902~1905년에 이 시들을 썼다. 처음에는 옷가게의 마네킹이었다가 시집 『칼리그램』(1918년)의 「생 메리의 악사」에서 '눈도 코도 귀도 없는 사람'이면서 거리의 플루트 연주자로 변신해 초현실적 모티브가 되었다.

초현실주의 화가인 키리코 형제는 1911~1915년에 회화 작품으로 초현실적 마네킹을 처음 그렸다. 키리코의 동생 알베르토(Alberto Savinio)는 화가, 작곡가였다. 아폴리네르와 키리코

형제는 서로 영향을 주고받았다. 이어서 앙드레 브르통은 「초현실주의 선언」(1924년)에서 "경이로움은 어느 시대나 똑같은 것이 아니다. 경이로움은 막연하게 나타나는 어떤 보편적 계시로, 우리에게 도달하는 것은 단지 세부 사항뿐이다. 그것은 낭만적 폐허, 근대적 마네킹 또는 인간의 감수성을 흔들기에 적합한 상징들이다."고 마네킹을 이야기했다.

아폴리네르의 플루트 연주자처럼, 키리코 형제 그림의 마네킹도 옷가게의 마네킹은 아니다. 사람 같은 마네킹이다. 화가였던 만 레이(Man Ray)는 마르셀 뒤샹과 함께 인간의 육체가 뒤섞인 초현실적 마네킹 옷걸이를 사진으로 만들어 냈다. 「코트 걸이」(1920년)라는 작품이다. 막스 에른스트가 마네킹을 다룬 작품은 이상의 시 제목에 있는 '신부(bride)'를 가리키는 「신부의 해부학」(1921년)이었다. 인형과 인간의 육체가 뒤섞인 초현실적 마네킹은, 뒤샹, 마그리트, 달리 등의 작품에 모두 등장한다. 인간의 육체에 가깝기도 하고 인공물에 가깝기도 하면서 신체가 분리되고 뒤섞인 혼종 마네킹이다.

독일의 한스 벨머(Hans Bellmer)는 아마 섬유(flax fiber), 석고, 아교 등으로 기형적인 여성 마네킹을 제작해 사진집 『인형(Die Puppe)』(1934년)을 냈는데, 시인 엘뤼아르의 도움으로 프랑스에서도 출판되었고 나중에 엘뤼아르는 그의 마네킹 작품에 대해 시를 쓰기도 했다. 벨머의 여성 마네킹은 나치즘의 폭력에 반대하는 저항의식을 도발적으로 드러낸 작품이었다.

시인 엘뤼아르와 브르통, 화가 뒤샹의 주도로 1938년 파리에서 열린 '초현실주의 국제 전시회'에는 온갖 도발적인 마네킹들이 넘쳐났다. 평면 회화가 입체적인 설치미술로 변신했다.

「오감도 1호」의 설명에서 소개한, 키리코에 대한 장 콕토의

에세이 『세속의 미스터리』는 이상이 즐겨 읽던 일본 문학잡지 《시와 시론》(1929년 3월), 《오르페온(ORPHEON)》(1929년 4월)에 연이어 실렸다. 콕토는 그 책에서 키리코의 풍경을 설명하면서 팡탱(pantin)이라는 단어를 사용했다. 조종해서 움직이는 인형이다.('팡탱'을 번역하면 태엽인형이 된다.) 일본에서는 이미 1800년대부터 태엽인형을 만들었다. 콕토는 이상에게도 관심 대상이고 『세속의 미스터리』는 시와 그림을 넘나드는 문학적인 글이니 틀림없이 읽었을 것이다.

김기림 시에도 마네킹은 등장하지만 쇼윈도 마네킹에 불과하다. 김기림의 시 「슈르레알리스트」(193년)에는 '슬퍼하는 인형'이라는 표현도 있다. 이상의 장난감 신부는 더 진보해서 살아 있는 태엽인형처럼 등장했다. 그러나 초현실적 마네킹을 겉으로 완전하게 드러내지는 않았다. 영어로 토이(toy)라고 쓰면서 희미해졌지만 장난감 신부는 인형, 마네킹 모티브이다. 아폴리네르, 브르통 등은 마네킹(mannequin), 한스 벨머는 여자인형(poupée)이라고 했는데, 이상의 신부는 에른스트의 신부까지 더해진 이것들의 종합체로 볼 수 있다. 「산책의 가을」에서 이상은 1930년대 서울의 마네킹과 마네킹걸도 다루었다. 과거에는 패션모델을 마네킹걸이라고 했다.

초현실주의 마네킹이 반체제적이면서 도발적인 에로티시즘을 드러내는 신체였다면, 이상의 인간모형은 체제에 구속당한 신체의 반영이지만 도발적이지는 않다. 그러나 현실과의 관계에서 모형 심장이나 모형 인간, 마네킹에 육체성을 부여(사물의 신체화)하거나 인간의 몸에서 움직이는 마네킹을 발견한 현대성이 이상에게 있다. 「I WED A TOY BRIDE」가 처음 실린 《삼사문학》의 같은 호에는 유연옥의 시 「마네킹 인형」도 함께 실렸다. 두 편의 시 모두 마네킹의 모습이 도발적으로 변형되지는 않았지만, 이상이 인간에게서 마네킹의 모습을 발견했던 반면 유연옥은 그저 마네킹을 인간의 시선으로 바라본 것이어서 초현실적 마네킹은 아니었다.

인간화한 태엽인형이나 마네킹은 21세기적 오브제이다. 체제의 태엽 장치에 구속된 인간의 실상을 보기 때문이다. 초현실주의 회화에는 신체화된 사물, 가짜 신체, 가짜 자연 풍경까지 등장한다. 이런 가짜들, 예술적으로 드러난 모조성이 초현실주의에서의 패스티시(pastiche, postiche)이다.

패스티시는 다른 작품에 대한 모방을 가리키기는 뜻이 있지만, 마그리트 그림의 신체나 자연 풍경, 화가 출신의 사진작가 브라사이(Brassai)가 인간의 몸으로 표현한 「가짜 하늘」(1932년), 한스 벨머의 여자 인형 시리즈, 브르통이나 엘뤼아르 시에서의 몸, 그리고 이상 시의 모형 심장까지, 가짜를 이야기하는 진품들이다.

흰 꽃을 위한 시(소영위제)

소영위제(•素•榮•爲•題•)라는 제목의 시로 가운뎃점을 넣어 표기했다. 소영(흰 꽃)을 주제로 삼은 글이라는 뜻이다. 이상은 화초를 좋아하지는 않지만 옥잠화는 좋아한다고 산문에 쓴 적이 있다. 소설 「종생기」에도 옥잠화가 여성의 모습으로 나오지만 '소영'을 옥잠화라고 확신할 수는 없다. 어떤 여인을 가리킨다고 생각할 수도 있겠지만, 이상의 애인은 '금홍', 본명은 '연심', 시에서는 아내라고만 표현했다.

시인 굴원(屈原)의 『초사(楚辭)』에는 귤의 흰 꽃을 그린 표현으로 '소영'이 나온다. 초나라 특산품인 귤을 찬미하는 「구장-귤송(九章-橘頌)」이다. 현실 중심인 『시경』과는 달리 굴원의 『초사』는 개인적 고뇌, 비유와 운율, 섬세한 감정 묘사로 문학성이 높고, 낭만적이면서도 국가의 몰락에 대한 비통함이 담겨있다. 그래서 굴원을 중국문학사상 최초의 시인으로 꼽는다.

이후 '소영'은 흰 꽃을 뜻하는 말로 다른 시에도 두루 쓰였다. 성리학자 주희(주자)는 그의 시에서 감귤과에 속하는 유자의 흰 꽃을 소영이라고 썼다. 굴원의 「귤송」은 "다른 곳에 가지 않고 남쪽 나라에서 자랐네. (……) 녹색 잎에 흰 꽃, 무성하여 사람을 즐겁게 하고 (……) 아름답고 추하지 않네."라는 내용이다. 이상의 '소영'은 굴원의 시와 낭만적 정취, 망국의 역사를 공유하지만 굴원의 시를 이상의 시 '소영'의 배경이라고 볼 근거는 없다. 이상이 즐겨 쓰는 '여왕벌, 미망인, 옥잠화'는 모두 이상에게는 같은 의미이니, 귤꽃보다는 차라리 옥잠화가 소영에 가까울 것이다.

시각, 후각 등 감각적 표현이 돋보이는 시이다. 동백꽃밭 냄새는 알싸하면서도 향긋하다. 이지러진 형겊심장, 어항 등 애타는 마음과 슬픔에 관한 비유도 돋보인다.

그런데 이 시에도 형식 실험이 들어 있다. 세 개의 연은 띄어쓰기 없이 구성했는데, 사용한 글자의 수는 각 연이 모두 같다. 같은 크기의 게슈탈트 클로저가 있다. 각 연을 상자로 보면 상자들의 크기가 똑같다. 한 개의 연은 24자씩 4행으로 놓아서 직사각형을 구성했는데 각 연의 글자수는 96자로 동일하다. 2연에서 울음은 발표 당시 원문에서는 한자로 쓴 '곡(哭)', 3연의 차가운 물은 '냉수(冷水)'였다.

'내음새'를 '냄새'로 바꾸고, '곡/냉수'를 '울음/차가운 물'로 바꾼 이 책의 조판 상태는 1연 95자, 2연 97자, 3연 98자로 각각 다르지만 좌우가 꽉 찬 직사각형을 그대로 보여 줄 것이다. 과거의 활판식 조판에서도 수동적인 조절에 신경 쓰면 이런 상자꼴 만들기는 가능한 일이었지만, 96자를 맞추어 같은 크기의 사각형을 만들려고 했던 이상은 너무 정직하다. 96이라는 숫자의 형상에 어떤 의미를 부여했을 수도 있겠지만 텍스트 내부에 그런 근거는 없다.

외형을 규격화하여 내부 공간으로 시선을 유도한다. 시의 내용은 섬세하고, 구체적 형상들을 통해 절실한 비통함이 선명하게 드러난다. 직사각형의 안정적인 균형미를 꾀하면서 붙여 쓴 글자들로 언어의 뜻과 소리를 왜곡 변형하는 낯설게 하기의 효과를 더했다.

안정적일 수도 있지만 폐쇄 공간은 이상의 공간적 특징이다. 건축은 벽이나 지붕이 없다면 불량품이다. 공원이나 수로(canal)를 만드는 조경은 개방적이다. 건축은 폐쇄 속의 개방, 집중(집적)을 구현한다. 건축을 경험한 이상에게 보이는 특징이며 폐쇄적 현실에 관한 의식이다. 이 시에서 내용적으로는 공간이 열려 있지만, 활자의 형태는 닫힌 공간이다. 모두 세 개의 닫힌 상자(box)가 있는 셈이다.

'하늘에부어놓는내억울한술잔'에서 하늘은 '허공'일 것이다. 그런데 마치 하늘보다 높은 곳에 있는 시점을 사용했다. 위에서 세상의 공간을 제어하고 있다. 서양식으로 보면 마네, 세잔, 큐비즘의 다시점 방식이고, 동양식으로는 산점투시(散點透視)의 적용이다. 주체의 위치나 시점이 자유롭다.

청소년 시절부터 대학 시절 내내, 화가가 되기를 꿈꾸었던 이상의 회화적 역량은 문학적으로 전환되었다. 이 시에서도, 등에 묻은 거적이나 어항 같은, 시각적으로 효과를 발휘하는 변별력이 뛰어난 사물을 결합한 이미지 구성, 구체적 형상이 실재감을 더한다. 대상들은 관념적 상징이 아닌 물질적인 것 중심이다. 보고 만질 수 있는 사물들이다.

'얇은 피부'는 언어의 관념으로 속단하면 작고 초라한 정도라고 추측하겠지만, 시각적 표현으로 보면 깜깜한 어둠 속의 대상을 정면에서 조명할 경우 입체감이 사라져서 한 장의 얇은 종이처럼 보이는 실재적인 영상이다. 주변에 다른 불빛은 없는 암흑 상태라는 사정까지 담고 있다.

진흙밭을 밟고 지나는 구두 발자국의 장면 구성도 회화적 포착 기술에 가깝다. 움직임을 포착해 순간적으로 정지시키는 동적 화면 구성은 크로키(croquis, 움직이는 대상 빠르게 그리기)처럼, 사진이나 영화술 이전부터 회화가 구사했던 기본 기술이다. 언어 감각을 지닌 상태에서 회화적 기술을 구사하면 비유도 쉽다. 비유언어를 영어에서는 형상언어(figurative language)라고 부르는데, 형상의 정체를 찾아내 구상화하는 것이 구상

미술(figurative art)이다. 지칭하는 용어가 같으니, 속성이 같아서 문학적 이미지 제시에 효과적으로 이용할 수 있다.

회화적 형상화 기술은 변형에 응용하기도 쉽다. 단순 변형이나 치환은 아니다. 이 시에서 피가 아물거리는 그림자처럼, 다른 빛깔이 아물거리는 그림자는 인상주의 회화의 주요 표현 대상이었다. 회화성은 초현실적 환상을 드러내는 데도 적절히 활용된다. 예술적으로 그것은 비물질적 환상(판타지)이 아니라 실재의 물질적 환영(일루전, 이미지)이다. 지각의 퍼포먼스를 통해 현실화한다. 화가들에게 이것은 무엇을 손으로 그려 내는 재주가 아니라 세상과 사물을 유심히 관찰한 노력과 연습의 결과로 갖춰진다.

이상이 어린 시절부터 연마한 이런 시각적 표현력은 이 시에서 언어로 작동하여 변별적 이미지를 부각시킨다. 순간의 영상도 잡아내 고정한다. 이상 시에 나타나는 감각적 시선의 출발점은 회화이며 그것은 곧 물질에 대한 차별적 인식이다. 이 인식은 그저 흑과 백 정도의 구분이 아니라 미세한 모든 차이들에 대한 시각적 분석이다. 이런 회화적, 물질적 시선이 '애통한 심정'을 '어항'이라는 형상으로 가뿐하게 시각화했다.

낯설게 하기와 난이도

이 시는 읽기 쉬운 편이지만, 감각과 지각의 난이도는 매우 중요한 예술적 장치이다. 그런 장치인 '낯설게 하기'는 다르게 표현하는 테크닉이다. 러시아 비평가 빅토르 시클롭스키(Viktor Shklovsky)는 「테크닉으로서의 예술」(1917년)이라는 글에서 이렇게 말했다.

예술의 목적은 이미 알고 있는 것이 아니라, 지각한 사물의 감각을 전하는(impart) 데에 있다. 예술적 기술은 사물을 낯설게 만들고, 형식을 어렵게 만들고, 난이도를 높이고, 지각의 폭을 확장한다.

그렇게 이 시는 지각의 폭을 감각적으로 확장하면서 등에 걸친 거적, 배고파 이지러진 심장을 통해 주체의 정체를 드러낸다. 시의 주체는 거적을 둘렀고 억울하게 굶주린 거지이다. 남녀 간 사랑의 슬픔을 비유한 것으로 보기에는 지나치게 거리를 벗어난 감각화이다. 따라서 지각한 사물의 감각을 전하려는 정확한 의도는 더 황당하게 대상을 왜곡하려는 것이 아니라 '거지'를 달빛과 겹쳐 놓은 것이다. 달빛 속에 넣었기 때문에 언뜻 보면 달빛만 강조되어 보인다. 그렇지만 심장을 가진 현실의 거지가 있다. 1930년대 한반도 민중의 실제 모습이다.

문자의 수까지 맞추면서 정형화한 딱딱한 사각형은 이 시가 낭만적인 것만이 아님을 선언한다. 1연에서는 머리에 서러움을 심는다. 꽃밭이며 농토인 공간이다. 2연에서는 길이나 진흙밭에서 짓밟힌다. 3연에서는 원통하고 배고픈 존재가 자신의 비통한 심정을 닫힌 사각형의 체제 속에서 쏟아 낸다.

헝겊은 무명(면직물)이다. 거적은 짚으로 엮어 바닥에 깔거나, 빈민들 움막의 가림막 또는 거지들이 어깨에 두르던 것이었다. 결국 이 시는 일제강점기 암울한 상황에서 짓밟히고 굶주린 거지와 같은 존재의 비통함을 그린 작품이다. 어항은 사로잡힌 물고기처럼 갇힌 존재에게는 감옥이거나 절망적인 눈물의 호수지만, 누군가에게는 그저 감상용 소유물이다.

굴원의 흰 꽃이 눈 앞에서 함께하는 초나라의 꽃이라면, 이상의 흰 꽃은 이 시 안에 없다. 짓밟힌 '거지적 존재'와 외면당한 현실만 있다. 이 꽃은 이상이 훗날 소설 「종생기」에서 말한 자신의 "마른 몸의 음지에 핀 창백한 꽃"이다.

보통의 난이도에서 보면 사랑의 슬픔을 담은 낭만적인 시이다. 난이도를 조금 높여서 보면 거적때기를 걸친 식민제국주의 시대의 역사가 있다. 그리고 마지막 지점에선 벽돌을 씹어 삼키고 이지러진 심장을 가진 시적 주체의 언어가 빛난다.

거리 밖의 거리(가외가전)

정지용, 김기림, 이상, 박태원, 김유정 등 9인이 함께한 '구인회'의 동인지《시와 소설》(1936년, 창문사 발행) 창간호에 발표한 작품이다. 창간호가 마지막 호가 되었다. 구인회는 계급문학을 거부하며 문명사회를 비판하는 모더니즘 문학을 지향했다. 창문사는 어린 시절부터 이상의 친구였던 화가 구본웅이 운영하던 곳으로, 발행인은 구본웅이었다. 이상은 이곳에서 일하면서 김기림의 시집 『기상도』를 편집했고 표지 디자인도 직접 했다. 동인지 편집도 맡았다.

이 시는, 자신이 속한 문학동인지 발표작이었던 까닭인지 언어의 조직성이 돋보이는 야심적인 작품이다. 본래 제목은 가외가전(街外街傳)이다. 거리(街)는 지점과 지점만을 잇는 개념인 도로(road)가 아니라 주변에 건축 공간을 거느리는 스트리트(street)이다. 번화가, 주택가, 빈민가 같은 지역이나 지구(district, area)를 가리킨다. 한자 '가(街)' 또한 사람들이 다닌다는 뜻의 행(行)자 내부에 모서리가 있는 옥(圭, 규)과 땅을 품은 모양이다. 현재 사용하는 '종로 1가'와 같은 용어는 미군정기 1948년에 등장했지만 건축을 공부한 이상이 집합주택 지구나 부지(site), 시가지 개념을 적용한 용어이다.

따라서 가외가(街外街)는 '지역 외의 지역'이라는 뜻으로 '번화가 외곽(街外)의 거리(街, 변두리)'이다. 유별난 표현은 아니다. 당나라 시인 두보의 시에도 「가서장구(街西長句)」라는 비슷한 제목이 있다.

「거리 밖의 거리」는 식민자본주의 도시의 소음과 인간 소외를 다룬 작품이다. 첫 연에서는 계획도면(청사진)을 보여 주고,

대륙, 마을이라고 부르는 달동네 풍경 속으로 들어간다. 이런 구상의 바탕에는 세계사적 변화, 1930년대 식민자본주의와 조선총독부의 도시정비사업(시가지 계획령)에 따른 도시 빈민과 빈민굴의 실상이 있다. 특히 이상과 그의 가족이 처한 빈민굴의 비참함이 배어 있는, 자신의 체험에서 나온 작품이다.

모더니즘 문학은 도시화, 자본과 상업주의, 기술문명으로 빚어진 사회적 타자, 인간적 소외를 낳는 부정적인 모습의 모더니티를 냉정하게 주목하는 경향이기도 하다.

서울 버티고개, 1936년

총독부는 토지조사사업 이후 1936년부터 서울 변두리 지역에서도 빈민을 몰아내는 강제적인 토지정리구획사업을 실시했다. 도심은 주택지구 사업으로 정리해 식민자본주의가 차지했다. 1908년 들어온 일본 미쓰코시백화점은 1934년 건물(현재 서울 소공로 신세계백화점)을 신축해 번성했다. 1930년대, 수탈로 인한 농촌 붕괴와 도시 개발, 식민자본주의로 인한 빈민의 급속한 증가는 움막(토막)에 거주하는 빈민촌을 변두리 지역에 만들어 냈다. 총독부 산하 경성부에서는 이들을 '토막민'이라고 부르면서 "하천부지나 임야 등 관유지, 사유지를 무단 점거하여 거주하는 자"라고 정의했다.

대표적인 슬럼(slum) 지역은 서울 도심 외곽의 신당리(신당동)였다. 이상은 1936년 여동생 옥희에게 보내는 편지 형식의 산문에 이렇게 썼다.

> 신당리 버티고개 밑 오동나뭇골 빈민굴에는 송장이
> 다 되신 할머님과 자유로 기동도 못 하시는 아버지와

오십 평생을 고생으로 늙어 쭈그러진 어머니가 계시다.
네 전보를 보시고 이분들이 우시었다. 너는 날이면 날
마다 그 먼 길을 문안으로 내게 왔다. 와서 그날의 양
식(糧食)거리를 타 갔다. 이제 누가 다니겠니. 어머니는
'내가 말(馬)을 잃어버렸구나. 이거 허전해서 어디 살겠
니' 하시더라. 그날부터는 내가 다 떨어진 구두를 찍찍
끌고 말 노릇을 하는 중이다.

이 근처에는 현재 서울 지하철 버티고개역이 있다. 1980년
대까지도 서민들의 달동네였다. 1990년대 초 서울시는 이곳을
불량주택지로 규정해 무허가 주택 340여 가구를 비롯한 약
700가구를 1차로 철거했고 아파트를 세웠다. 1980년대의 산
동네 비좁은 골목, 1990년대 철거 직전 텅 빈 집들을 비추던
쓸쓸한 여름 햇빛을 나 또한 기억한다.

현실과 시적 언어

이 시는 역사적 현실을 지니면서도 그것만의 의미를 뛰어넘
는 문학적인 작품이다. 여러 갈래의 뜻을 품고 있기 때문에 어
휘를 설명할 필요가 있다. 설명은, 이상이 사용하는 언어의 인
격성을 중심으로 시대 상황을 덧붙일 것이다.

그러나 자신을 드러내면서도 시적으로 객체화한 까닭에 시
적 언어 뒤편에 놓인 것들을 지나치게 앞으로 가져오는 비문
학적 독해에 이를 수도 있으니 주의가 필요하다. 배후에 놓인
정황은 시의 본체가 아니라 또 하나의 스토리일 뿐이다. 읽은
뒤에, 원래의 시적 표현으로 되돌아가야 한다. 텍스트 밖에 있
는 의미나 사회만 앞선다면 시는 존재 이유를 잃는다.

아울러 인격성을 가진 어휘는 한 시인의 개인적, 사회적 조건을 반영하지만 그 스스로도 하나의 성격, 캐릭터이기 때문에 알쏭달쏭하더라도 원래로 돌아가야 한다. 시적 어휘의 인격 또한 존중되어야 하는 독립체이다. 시에서는 알쏭달쏭한 언어, 그것이 바로 메시지이다.

이상의 오랜 친구인 화가 문종혁은 이렇게 회고했다.

상은 예술 외의 다른 세태사에는 무관심이었다. 당시 사회주의 사상의 영향으로 프롤레타리아 문인들이 그들의 월간지까지 발간하며 갑론을박 논란을 펴고 작품 발표도 했으나 그는 거들떠보지도 않았다. 일본에서 열렸던 프롤레타리아 미술 전람회의 화집을 보았을 때 "이건 간판이지 미술이며 예술이야?" 하고 코웃음을 쳤다. 상에게서는 민족이나 국가를 운운하는 모습도 볼 수 없었다. 다만 그는 인류라는 명제를 되풀이해 말하였다.

이상은 소설 「12월 12일」에서 이렇게 썼다.

이 버러지들은 사회 전반의 계급을 망라하였으니 직업이 없는 부랑아, 샐러리맨, 학생, 노동자, 신문기자, 배우, 취한, 그러나 여러 가지 계급의 그들이나 그러한 촉감의 향락을 구하며 염가(廉價)의 헛된 사랑을 구하러 오는 데에는 다 한결같이 일치하여 버리고 마는 것일세.

이상은 문명비판적 시선으로 쓰레기, 버러지의 본질을 보려고 했다. 먼 곳이 아니라 자신의 내부에 있기 때문이다.

시끄러운 소리(훤조, 喧噪, 이상은 산문 「추등잡필」에서 길거리 소음이나 현실생활의 중압감을 가중시키는 시끄러움의 두 가지 뜻으로 사용했다. '도시의 소음, 생활의 중압감'을 모두 가리킨다.), 늙은이(노옹, 老翁, 자신을 가리킨다.), **혹독한 고문**(혹형, 酷刑, 가혹한 형벌이 아니라 고문을 가리키는 말이다. 독립운동가 김구는 『백범일지』에서 "왜놈의 심문 방법 중 첫째로 혹형(고문)"을 꼽았는데, 불에 달군 쇠막대기로 몸을 지지는 등의 여러 가지를 구체적으로 설명했다.), **주판**(산반, 셈에 쓰이는 도구. 전통적으로는 '산가지'를 이용했다. 일본 제국주의가 들어오면서 널리 보급되었다. 1920년 총독부는 '조선주산보급회'를 설립했고 1970년대 이후 전자계산기가 등장하기 전까지 경제활동의 필수품이었다. 튀어오른 알은 제자리가 아니니 계산 오류이거나 외톨이가 된다.), **천칭**(무게를 재는 저울), **육교**(陸橋, 이 시에서는 천칭처럼 흔들리는 불안한 구조물이다.)

편안한 대륙(大陸, 이상의 산문을 보면, 대륙 어딘가에 있는 자신의 어드레스(주소지)이다. 소설이나 산문을 더 비교하면 이상이 말하는 편안함에는 쉴 수 있는 시간이면서도 다른 것들과 분리된 고독한 시간이라는 인식이 들어 있다. 흔들리는 현실의 천칭에서 내려올 수 있지만 근근히 살아야 하는 반쪽 삶의 공간이다. **타인**(식민자본주의나 병마)

다리밟기(踏橋, 정월 대보름 액막이 풍속으로 청계천 광통교나 수표교에 사람들이 몰렸다. 천칭에 올려진 모습이다.), **앵두**(자연의 앵두나무가 아니다. 길에서 앵두나 자두를 파는 행상의 모습이 들어 있다. 소설 「12월 12일」에 나온다. 씨앗은 앵두만을 가리키지 않는다.

유전적 씨앗, 과거에서 비롯되는 미래이다.), **정탐**(偵探, 문제를 찾아 살피는 일. 1930년대에 들어온 추리(탐정)소설을 정탐소설이라고도 불렀다. 자신의 행위이다.)

반역(아버지나 전통에 대한 반역, 문학, 시), **계획**(이상이 원문에 쓴 기도(企圖)는 건축용어인 설계도면이다. plan, 청사진), **노릇**(이상의 글에서 빈번하게 나타나는 말이다. 작가 노릇, 사람 노릇 등 사람의 '역할'에 관한 의식의 강하다.)

몸 끝(신단, 身端, 낱자의 뜻만 보면 '몸의 끝'이지만, 꼿꼿한 상체나 몸체를 뜻한다. 이상이 서울 조계사 앞마당에 있던 동광학교를 다녔다는 사실을 모른다 해도, 부처의 모습을 설명하는 32가지 중에 신단직상(身端直相)이라는 말은 일반적이다. 『삼십이상경(三十二相經)』에 나온다. 산문 「조춘점묘」에 등장하는 뾰족한 징을 밑창에 박은 스파이크(spike) 구두나 야윈 몸, 또는 당시 유행하던 지팡이를 상상할 수 있다. 당시 지팡이는 노인의 보행 보조 도구만이 아닌 모자와 한 쌍의 남성용품이다. 이상의 글에 자주 등장하고, 지팡이를 짚고 금홍과 함께 찍은 사진도 있다. '날카롭게' 공기를 가른다는 표현을 쓴 적도 있다. 야윈 몸이라면 대학 시절 이상의 학적부 기록으로, 키 167.6센티미터, 체중 51.7킬로그램, 야윈 몸이다.)

골목(대륙으로 내려가는 통로이다. 대륙은 계단식 논처럼 층단형 구조이다. 자신의 몸속으로 시선을 가져가는 형식을 취했다. 여러 층을 가진 대륙은 자신의 내부 공간인 동시에 외부의 현실 공간이다. 자신을 '어떤 점잖은 분들의 허영심과 생활 원동력을 제공하기 위하여 꾸멀꾸멀하는 거지적(거지와 같은) 존재'로 보는 자기인식과 사회 현실 인식의 결합 구조로, 세계가 곧 자기 자신인 구조이다.)

치사(侈奢. '사치'라는 말과 비슷한 한자로, 화려하고 고급스러운 치장이나 장식이 있는 상태(luxury)를 말하는 옛날식 표현이다. 이미 다른 용례도 있으니 이상이 꾸며낸 말은 아니다.), **금니**(금으로 씌운 이. 일본에서 들어온 '잇방'이라는 영업소에서 이를 빼거나 금을 씌우는 일을 했었다. 비싼 금니는 치료 목적이 아니라 부유층의 장식용이었다. 이상의 일본어 시 「얼굴」에서는 "입에다 금니를 박은 신분"이라고 썼다. 주로 앞니에 금을 씌웠는데 이런 풍습은 1960년대까지도 일부에 남아 있었다.), **타입**(type, 유형), **깊이가 장부를 닮는다**(장부는 오장육부, 내장들을 가리킨다. 속으로 들어가면 빠져나오기 불가능한 상태, 그곳에서 벗어나기 어렵다는 뜻이다.)

— 썩은 것들이 흘러드는 세계(자신)에 썩어 가는 식민자본주의 번화가가 있다.

되새긴다(반추, 反芻. 되새김과 반복의 두 가지 뜻이 있다. 이상은 다른 글에서 이 두 가지 뜻을 각 1회씩 다르게 사용했는데, 이 말의 각기 다른 쓰임새를 알면서도 의도적으로 불확정 상태로 제시했다.), **늙은 여인**(노파, 老婆, 앞의 늙은이는 시적 주체 자신이고 여기서의 늙은 여자는 다른 사람이다. 과거의 전통이나 관습을 되새기면서 반복하는 현실의 모습이다. 하지만 세계가 곧 자신이니 완전히 분리되지는 않는다. 이상 자신의 어머니 모습도 투영되어 있다.)

평평하고 매끄러운(일반설비 등에서 쓰는 '평활(平滑)면에 ~한다'는 말에서 가져왔다.), **정체**(政體, 정치체제, 원문의 문장은 '해소된 정체를 도포한'이다. 마감이나 보수에 쓰는 용어로, 가루 상태인 분체(粉體)를 녹여(해소), 틈이나 표면에 바르는 일에서 가져온 표현이다. 이상은 건설행정과 유지 및 보수공사를 담당하는 총독부 영선계에 근무했었다. 1929년 미국에서 시작된 경제공황은 세계적 현상이 되었다. 일본에서도 하마구치 내각이 1931년 물러나면서 만주사변이 일어났고, 유럽에서는 파시즘이 등장했다. 실업자가

600만 명에 이른 독일에서는 1933년 히틀러가 집권했다. 한반도에서도 농민이 몰락하고 실업자가 급증했다. 총독부는 '궁민구제토목사업(1931~1935년)'을 실시하여 사회불만을 잠재우려고 했다. 《동아일보》(1936. 7. 1.)는 1936년에 궁민(빈민) 5만 6000여 가구, 걸인(거지) 5만 5000여 명이라고 보도했다. 1935년 조선인(한국인) 총 인구수는 2100만 명이었다. '정체'는 상위체제가 와해된 현실과 햇빛이 무너지며 유리창에 번지는 몽롱한 순간을 희석보수제 용어와 섞은 표현이다. 식민자본주의나 제국주의를 가리킨다. 산문 「조춘점묘」에서는 '상부구조'라고 표현했다.)

여러 아들(고단하고 소란스러운 현실이다. 이상은 소설 「지주회시」에서 부모를 배반한 아들을 문학이나 시에 비유했고, 삐뚤어진 젊음을 정치에 비유했다. 이런저런 현실이나 자신의 모습이다.) **바둑판**(도로와 지역을 가진 거리(街)의 모습이다. '거리'는 '무력한 고단함과 살인적인 기세'를 품고 있다. 원문은 곤비와 살기(困憊, 殺氣)라는 한자이다.)

— 썩어 가는 번화가에서 빈민가 쪽으로 시선이 이동한다.

층단(層段. 계단을 내려가는 것이 아닌 층을 내려간다는 뜻으로 '층단'은 일본식 건축용어이다. 5층 건물은 '5층 6단' 구조물이다. 허공에 두 개 층을 만들려면 세 개의 단이 필요한 것과 같다. 시선이 빈민가의 내부로 이동한다. 과거 신당동 버티고개 인근 지역은 1990년대까지도 여러 개의 층단이 이어진 달동네였다. 도심에서 가려면 언덕을 넘어야 했지만 물리적인 높낮이가 아니라 최저 상태인 현실의 바닥으로 내려가는 설정이다.), **우물**(물이 없으니 삶은 더 목마르다.), **텁텁한 바람**(날씨가 후터분한, 불쾌한 바람)

학생, 지도, 색칠(이상은, 어린 학생들은 '학동'이라고 쓰기 때문에 이 학생들의 연령대는 포괄적이다. 초등(보통)학교에는 지리 과목이 없었고, 중등학교(고등보통학교)에서는 필수과목이었다. 교육용 지도는 컬러가 아니라 적색과 녹색 인쇄 수준으로 도로는 주로 적색, 산림은 녹색, 평야지대는 노랗다. 단색으로만 된 것들이 많았는데 주로 도로나 건물이 진한 색이다. 공간 영역과 도로가 생기면 색이 바뀐다. 1930년대에 도시인구는 급증해 서울은 일본제국 내 7대 도시가 되었지만 불법 점유지인 빈민지대까지 지도에 나올 수준은 아니니 학생들의 통행 모습이나 통행로이다.), **요일**(이상이 흔히 쓰는 '날마다' 대신 '요일'이라고 썼다.)

바둑판(도로와 동네. 온갖 고단함과 살인적인 기세가 짙어진다.), **객지**(고향을 떠나 낯선 땅에 살게 된 사람들 모습), **여드름 돋는**(이상은 볼록 솟아난 돌기 같은 것을 말하면서 이 말을 썼다. 형태적 변화를 강조하는 경향이 있다.), **잠꼬대**(마구 내뱉는 헛소리), **으쓱거리면서**(이상의 산문 「약수」에서 어깨를 으쓱거리는 모양으로 한 번 사용했다. 우쭐거림의 뜻이 있다.) **더운 물**(어떤 봉변이나 이웃 간의 다툼. 여드름부터 더운 물에 이르는 문장은 이웃 간의 다툼이다.), **목마름**(갈, 渴. 가뭄의 뜻도 있지만 기갈(飢渴), 굶주림과 목마름의 뜻이다.)

태고의 호수 바탕(맨 아래 층, 최저 상태. 태고는 이상에게 무너진 과거나 전통이다. 바닥까지 내려왔다. 이 공간은 미술사적으로 기단(stylobate) 없이, 맨땅이 곧 바닥면인 원시적 형태의 구조물이다.), **땅**(지적, 地積, 일정한 땅의 면적(area)을 가리키는 토지 측량 및 건설 용어), **짜다**(호수가 다 마를 정도로 빈곤하다.) **가림막**(막. 터전을 잃고 밀려나 변두리에 땅을 파고 막을 친 토막(움막)집들이 많았다. 토막의 벽은 흙, 거적, 종이도 이용했고, 지붕은 짚, 깡통을 펴서 이은 양철, 거적이었다.), **기둥**(기단이 없기 때문에 나무 기둥에 습기가 차고, 습기가 차면 기둥이 썩는다.)

구름(이상의 한글 시에서 유일하게 등장한 구름이다. 시골 풍경을 다룬 산문에는 있지만 단편소설들에는 구름이 아예 없다. 도시 풍경에서는 무의미한 것으로 간주하는 대상인데, 시에 있다면 이 공간은 자연 풍경이 드러난 곳이다. 그것마저도 가까이 오지 않아 비도 내리지 않을 막막한 하늘이다.), **편도선**(목젖 근처의 면역기관. 유아기에는 균의 침투를 막아 준다. 편도선염은 심한 몸살, 고열이 있다.), **화폐의 스캔들**(돈 때문에 벌어지는 추악한 사건). **발처럼 생긴 손**(못생긴 손, 추악한 경제가 기둥뿌리 썩고 있는 곳에서 고통스럽게 사는 현실의 손을 부끄러움 없이 붙잡는다. 과거 예절로 보면, 손을 함부로 잡으면 연대나 교류가 아니라 스캔들이 된다.)

— 초라한 곳에 화폐라는 악당까지 등장한 상황이다.

폭군(이상은 이 말을 도로에서 거칠게 밀려오는 사람들이나 화물자동차, 거친 인상을 표현하는 데 사용했다. 이상에게는 '도로'라는 공간이 잠재되어 있는 표현으로 빈곤, 살인적 형국으로 볼 수 있다.), **애총**(아기 무덤, 과거에는 7세 미만 아이들이 홍역 등으로 많이 사망했다. 어린아이가 사망하면 관을 이용하지 않고 옹기나 단지에 넣어 땅에 묻었다. 시신을 담은 단지를 뜻하기도 한다. 1942년 도쿄대학 의학부 일본인 학생들의 '토막민의 생활과 위생' 조사에 따르면 토막민의 자녀 사망율은 31퍼센트였다.)

구두(이상의 글에는 구두가 자주 나온다. 종류도 다양하다. 부드러운 구두, 떨어진 구두, 헌 구두, 육중한 구두, 에나멜 구두, 끝이 뾰족한 구두, 발을 덮은 여자 구두, 스파이크 구두, 흰 구두, 병정 구두……. 1930년대 구두는 비싼 신발이어서 오래 신으려고 밑창에 징을 박았다. 서민이나 빈민은 고무신, 나막신, 짚신을 신었다. 구두는 은유적 표현이지만, 참고로 이 대목에서는 일본인 업자가 신당리 부지(경성부 소유)를 매입해 주택단지를 만들려고 주민을 강제 철거한 사건을 떠올릴 수 있다.《동아일보》(1933. 8. 31.)는 이렇게 전한다.

"묻어 버린 집 속에는 그대로 가구가 산산이 부서지고 가족들은 언덕으로 올라서서 인부들을 향하여 고함을 치고 울고 있다. 50여 명 가족 중 10세 미만의 어린애들이 열아홉 명이나 되는데 철모르는 어린애들은 무너진 정든 집을 내려다보면서 어른들을 따라 울어 곡성이 높아졌다.")

포성(砲聲, 대포 소리. 이상은 산문 「추석 삽화」에서 삼촌의 산소에서 '울음소리로 은은하다'고 썼고, 소설 「종생기」에서도 일생을 마감하는 대포 소리가 나온다. 1931년 만주사변, 1933년 상하이 사변이 일어난 전쟁의 시대였다.), **주검의 반점**(屍斑, 죽은 사람의 피부에 생기는 보랏빛이 도는 붉은 반점. 총독부 자료를 보면 1934년 이후 10여 종의 급성전염병 환자는 한 해 평균 2만 명, 사망자는 3400여 명이었다. 지붕들의 초라하고 비참한 형상이기도 하다.)

거대한 방(식민제국주의 시대), **낙뢰**(落雷, 벼락, 식민주의의 기세), **까마귀**(숨이 막혀 죽은 비둘기를 대체한 존재), **폭발, 곱고 깨끗하다**(까마귀가 쓰레기를 처분했지만 거대한 방의 파국을 예감한다.), **반대로 여기**(변화가 쓰레기가 빈민지대에 버려졌다. 쓰레기는 이상에게 내부적인 것이다. 근대의 제도와 양식으로부터 버려진 것이고 자신과 동류이다.)

손자(孫子, 뛰어난 전략가, 대비책), **객차**(客車, 승객용 열차, 손자도 피하는 형국이니 대책이 없다.), **속기**(速記, 빠르게 적은 부호식 기록. 근대에 시작된 방식이지만 의미를 확대하면 조선시대 역

사 기록인 사초(史草)도 이에 해당한다. 이상의 모든 글 가운에 속
기는 2회 등장하는데 「지비」에서도 기록의 주체는 자신이다. 일본어
시에서 이상은 소묘의 하나인 미술용어 에스키즈(esquisse)를 사용
했는데 속기는 에스키즈와 유사하다. 빠르게 특징을 그리는 크로키
(croquis)와 스케치의 뜻도 있으며 이런 그림은 유화의 밑그림이기도
하지만 그것만으로도 온전히 독립적인 작품이다. 속기는 사건에 관
한 암호화된 기록 또는 풍경의 에스키스이다. 암호로 전환한 글, 핵
심만을 포착해 형상화한 그림이다.)

걸상(원문에서는 상궤, 床几. 일본식 한자다. 간단한 의자로 등받
이가 없기에 탁자 대용으로 사용할 수 있다.), **모눈종이**(방안지. 회
화적인 그림에는 쓰이지 않는다. 이상의 소설 「지주회시」에서 약자
를 착취하는 자본주의적 인물의 돈벌이 관련 상황표로 나온다.)

얼음 벌판(빙원, 氷原. 이상에게 얼음은 무서운 지옥이면서 자각
과 투쟁의 장소이다. 「실낙원」에 이렇게 썼다. "나는 엄동(嚴冬)과 같
은 천문(天文)과 싸워야 한다. 빙하와 설산 가운데 동결하지 않으면
안 된다.")

부첩(符牒. 암호나 부호로 적은 문서. 액운을 막는 부적(符籍) 또
는 길흉화복의 예언을 담은 암호 문서(부참, 符讖)을 가리킨다. 조선
시대 관청의 공식 문서인 부첩(簿牒)과는 표기가 다르다. 이상의 소
설 「단발」, 「종생기」에도 부첩이 나온다. 「단발」에서는 부적이라고 썼
고, 「종생기」에서는 "부첩과 같은 검은빛 새들"이라고 썼다. 부적은
수은과 유황의 합성성분인 광석을 갈아서 얻은 붉은색을 주로 사용
하지만 팥을 태운 가루나 숯으로 그린 검은색 부적도 있다. 이상은
소설 「종생기」에 이렇게 썼다.

"나는 신바람이 난 무당처럼 어깨를 치켰다 젖혔다 하면서라도 풍
마우세(風磨雨洗)의 고행을 얼른 그렇게 쉽사리 그만두지는 않는

다.” 자신의 문학적 행위를 무속(무당)에 비유한, 모더니스트 이상에 게 나타나는 특별한 현실 전복의 요소이다.)

삶은 계란(좋은 먹잇감인 동시에 생명력을 상실한 것. 달걀은 키리코, 달리, 마그리트 등 초현실주의 그림에 자주 등장한다. 조류로 변신하는 잠재성을 가지고 있다.), **훈장 모양의 조류**(훈장형 조류, 가슴에 다는 훈장 같은 조류. 이미 지나가 버린 영예나 그런 훈장처럼 따라다니는 불가피한 것의 표식이다. 이상은 다른 글에서 훈장이라는 말을 여러 번 사용했지만 모양에 관한 언급은 없고 그것의 상징성만 주목했다. 쓸모없는 과거의 유산을 지닌 조류이다. 계산적이거나 자본주의적인 방안지, 기록, 운명에 맞서는 부적마저도 흩어지는 파국이다.) **담배**(원문에는 궐련이라고 썼는데 과거에 유행하던 파이프형 담배와 구분하는 용어였다. 요즘의 보통 담배와 같다.)

유곽(遊廓, 유카쿠. 일제가 조성한 정부 관리형 성매매 업소. 17세기 일본 에도시대 공창제에서 시작되어, 개항 이후 일본인 거주지 중심으로 한반도에 들어왔다. 태평양전쟁 시기 일본이 강제로 점령한 만주, 타이완, 마리아나, 팔라우 등의 남양군도에도 이식되었다. 일제는 1908년 서울 충무로 인근에 유곽 지구를 설치했다. 처음에는 일본의 직업여성들이었으나 극도로 빈곤한 현실 때문에 조선의 여성들이 유곽으로 떠밀려 들어갔다. 1930년대 이곳의 조선인 여성은 4800여 명, 1942년에는 7900여 명이라는 기록이 있다.)

천사(이상은 파라다이스에는 천사가 없고, 천사의 키스에는 독이 들어 있고(시 「실낙원」), 세균이고, 폐 속에서 소변을 본다고(산문 「객혈의 아침」) 썼다. 이상의 눈에 띈 천사들은 병균 같거나 독을 가진 거짓 천사들이다. 거짓 천사들이 번식해서 하늘을 가리고 있다. **들떠든다**(들끓으며 떠든다) 무속의 부적, 초현실주의적 계란, 타락한 천사까지 동원한 요란한 상황이다.)

문학예술 작품은 그저 한 개인의 가공물이 아니라 시대를 반영한다. 미술에서의 색채나 선, 음악에서의 리듬이나 악기들의 음색에도 한 시대의 특징이 담긴다. 그래서 이렇게 복잡한 퇴적층을 나열해야 하는 이 시는 사회역사성을 담고 있다.

무엇보다 이 시에는 문학적 상상력이 만든 이질적이면서도 독립적인 시적 언어로서의 공간이 있다. 그런 이질적인 공간은 저항과 전략, 감각으로서의 공간이다.

다른 시들에 비해 주체가 후퇴하고, 객체가 앞서 보이지만 이런 객체화는 사회적 현실 또한 뒤로 후퇴시킨다. 앞에서 설명한 당대의 사건들 때문에 사회적 현실이 드러났을 뿐 시선은 주관적이다. 주관적인 의도와 진술이 개입해 개별적 시선이 강하다. 그래서 객체와 주체의 충돌이 빚는 긴장이 유지된다. 개인적인 몸은 축소되었지만 시선은 문학적으로 변화했다. 사실성을 품고 있지만 결국 표현적이고, 사건을 의도적으로 재편한 것으로 보이는 지점도 많으니 그런 것들을 모두 연결한 이 구성체는 결국 주관적, 불확정적, 이질적, 언어적, 표현적이다.

감정이나 사실의 배후를 끌어다 놓기 어려운 것들이 20세기의 무대를 만든다. 그것은 미미한 그림자가 모조리 앉고, 잠꼬대 위에 물을 붓고, 기둥에 습기가 올라오고, 달라붙는 쓰레기들이 드러나는 무대이다. 싱싱한 육교, 까마귀, 삶은 계란 같은 터무니없는 것들이 근대의 기계적 공간에 생명을 부여하는 돌발적 연상이나 환기가 이 무대를 현실적, 문학적, 역동적으로 만든다.

특히 폭발에서 이어지는 파국, 이전의 것들을 무화시키는 역동은 주체 의식에도 끝장을 선고하며 불어난다. 끝장이 또

다른 끝장으로, 소란으로 되돌아간다. 한꺼번에 떠든다. 무대
는 그렇게 시적인 동시에 정치적인 현실도 되면서, 불쑥 튀어
나오는 것들이 이끄는 반란의 동선으로 어둠의 세기를 통과
한다.

포토몽타주와 초현실적 콜라주

「거리 밖의 거리」의 이미지들은 비약적, 산발적이다. 연계
와 배후 관계를 뿌리치면서도 긴장감을 지닌 한 편의 시로 결
합되어 있다. 영화감독 에이젠슈타인은 서로 다른 글자들이
결합해서 새로운 글자를 만드는 중국의 상형문자에서 힌트
를 얻어 1925년 몽타주(montage) 기법의 영화를 만들었다. 이
시에서 사용한 몽타주는 라슬로 모호이너지(László Moholy-
Nagy)의 포토몽타주에 가깝다. 그는 시인이 되기를 꿈꾸다가
화가가 된 사람이다. 영화의 몽타주가 사실적인 장면들을 낯
설게 이어 놓는다면 1920년대 중반 모호이너지의 포토몽타주
는 한 장면 내에서 얼굴이나 손이 생략, 변형되어, 주변의 또
일부가 생략된 형상과 만난다. 이상의 시는 앞뒤의 문장이 몽
타주처럼 이어지지만 생략과 변형 때문에 정체 확인이 어렵다.
　이 시에서, 여드름 돋는, 계절, 잠꼬대, 더운 물, 뿌리기 등 변
형생성된 요소들이 하나의 형상을 만들면서도 구조적으로 얽
혀 엉뚱한 분위기를 만든다. 포토몽타주는 사진을 이용하기
때문에 그나마 형상을 사실적으로 지각하게 만들지만, 이 시
는 더 복잡한 양상이 되는데 초현실적 방법을 동원했기 때문
이다.
　이 시의 전반부는 의식과 대상의 거리가 가깝고, 입체적, 진
술적이다. 중반부에 원경 구조는 묘사적이다. 대상을 원거리

에 놓아 자연적, 평면적이다. 후반부는 주관적 시각이 강한 초현실적 분위기이다.

몽타주가 사실적인 이미지들의 장면 전환이라면, 회화의 콜라주는 본래부터 이상한 것들이 연결되어 더 엉뚱한 상황을 만든다. 미술에서 콜라주는 큐비즘에서 나온 방법이지만 초현실주의 화가 막스 에른스트는 이것을 다른 방법으로 발전시켰다. 서로 다른 형상들이 이어져 하나의 사실적인 장면을 구성하는 방식이다. 큐비즘의 콜라주가 서로 다른 추상적 재질들을 접착제로 이어 붙이는 방식이라면, 에른스트의 콜라주는 오려낸 사진을 이어 붙이면서 그림을 더 그리거나 지우는 수정 작업을 하다가 나중에는 완전히 새로운 그림으로 재탄생시켰다. (암실에서 사진 인화 조작을 거치면 포토몽타주이고, 사진을 이어 붙이기만 하면 포토콜라주이다.) 그래서 그의 콜라주는 다른 것을 이어 붙였다는 사실은 사라진 초현실적 그림이 되었다.

이 시에서 마지막 장면, 계란과 조류가 이어지는 부분은 막스 에른스트 방식의 초현실적 콜라주이다. 훈장 모양의 조류는 다른 어떤 것과 이어 놓지 않아도 처음부터 기이한 초현실적인 변형체이다. 이것이 삶은 계란과 연결되니 당연히 초현실적 표현이다.

에른스트는 독일 출신의 화가로 시인 엘뤼아르와 공동으로 출간한 그림 시집 『반복』(1921년)에는 눈을 바늘로 찌르는 그림이 있다. 콜라주를 이용했지만 완전한 그림이다. 에른스트의 그림에는 변형된 새나 알이 자주 등장한다. 다른 것과 이어 놓지 않아도 이미 이상한 새들이다.

이 시는 현실이나 역사를 초현실적 분위기로 전환하면서 파국적 상황을 보여 준다. 운명(속박과 구원의 부첩)도 현실(자본과 근대문명의 방안지)도 역사(이성과 사회의 속기)도 합의 해소될 수 없는 체제이다. 불어나는 쓰레기는 스스로 보잘것없음을 통해 그것들의 보잘것없는 능력마저 박탈한다.

사전(史/傳)과 정변(正/變)

원제인 「가외가전」에서 전(傳)은 인물이나 사물을 의의화한 사실 또는 허구적인 이야기를 뜻한다. 이상은 소설의 제목을 「종생기」, 「봉별기」처럼 사건을 중시하는 기(記)라는 말을 자주 사용했다. '기'는 자신의 뜻과 심정을 객관적으로 서술한다는 의미가 강하고, '전'은 사전(史/傳) 또는 정변(正/變)이라는 주객의 두 갈래 형식을 지니므로, 이야기로 더 나아가면 서술자의 의도가 개입하여 주관적이다. 그래서 일반적으로 '전'은 허구의 이야기를 가리킨다. 이 시 「거리 밖의 거리, 가외가전」의 성격은 주관적인 뜻을 담은 변(變)과 전(傳)이지만 소설적으로 허구의 이야기를 꾸미지는 않기 때문에 정(正)과 사(史)를 가늠할 수 있다. 시에는 정(正)의 속성이 있다. 그러나 이 시에서 앞서는 것은 주관적 표현으로서의 변(變)이다.

산책의 가을

이 작품은 1934년 10월 《신동아》에 실렸다. 수필로 분류했던 글이다. 이상의 시는 자신과의 대결이 강하고, 시의 언어도 극적 긴장감이 넘친다. 반면에 「산책의 가을」은 자기와의 극적 대면이 없고 구사하는 말도 긴장감이 덜하니 산문적이다. 하지만 문장의 길이를 통한 호흡 조절, 명사로 마감하는 종지부의 긴장, 반복이나 유사한 말소리의 대비로 시적인 문체를 구현했다. 수필에 그대로 놓아 두면 단상으로만 남을 것이다. 따라서 이 작품의 위상을 이제 '시'로 바꾼다. 특히 이상 시의 주요 모티브가 잘 드러나 있다. 다른 시가 주체 중심인 데 반해 이 작품은 객체 중심이지만 글의 형식이 조금 달라져도 작가의 의식은 항상 동일하다. 곳곳에 주체적인 시각이 존재한다.

지금 여기의 시선, 모더니티와 인상주의

「산책의 가을」은 하나의 대상을 향해 시선을 고정하지 않고 훑고 지나간다. 그래서 긴장감은 덜하다. 언어의 형상화나 내적 대면보다는 풍경을 주목하지만, 사실은 순간의 인상을 드러낸 것이다. 인상주의(impressionism) 회화가 자연의 대상을 옮겨 놓은 것은 맞지만, 그것의 진실은 주관적 인상이고 객관의 시공간을 광학적 변화로 바꿔 놓은 것이었다. 그래서 대상은 부정확하고 고전적 이상도 사라진 산만한 표면뿐이라는 비난도 받았던 반체제 화가들의 외딴 작업이었다.

한편으로는 부르주아 삶의 표피를 그렸다는 비난도 있었지만 인상주의를 거치면서 예술은 주체와 대면하고 객체를 다시 보게 되었다. 인상주의 그림에서 도시는 밝음도 있지만 흐릿한

안개, 어두운 밤의 이미지도 많다. 객체가 앞서 보이지만 인상은 결국 의식의 결과이며 고정된 것에서 생성으로 나아가는 지각으로, 도시의 이면과 즉시성을 강조한다.

이상의 다른 시들, 더 주관적인 것들의 배후에는 「산책의 가을」에서 구사하는 인상주의적 시선이 있다. 문학과 예술에서 '인상의 즉시성'(지금 여기의 시간)은 불연속성, 시간 전도(time-shift), 개인성 해체, 정체성 상실로 이어진다. 이것은 미술만의 문제가 아니라 지각 중심의 형용사나 변화 중심의 동사가 더 많이 사용되는 문학에도 관련되어 시간과 현상의 철학도 개입한다. 이상은, 산문 「조춘점묘」처럼 인상주의 회화의 표현방식인 점묘법이라는 말을 제목에 사용하기도 했다. 인상주의는 즉시적 분산이 특징이다.

그저 지나간다면 신문물만 생각하는 산책자에 불과하지만 이 작품은 빛의 공간과 어둠의 수채 구멍도 등장시키며 신속하게 그린 인상주의 문학으로서의 아케이드 모더니티를 시적으로 구성한다. 이 시에 등장하는 각각의 서로 다른 장소성은 서로를 반영하고 배반하고 분산하며 한 편의 시 안에서 또 하나의 공간을 만든다. 그렇게 발휘된 공간성은 자신을 비추는 거울의 언어이다.

미술비평가이기도 했던 보들레르는 1863년 『현대적 삶의 화가』라는 미술평론에서 '모더니티'라는 말을 처음 제시했다. 풍속화가 콩스탕탱 기(Constantin Guys)의 그림을 평하면서 '현재의 재현'을 강조했고, 그 방법으로 예술행위로서의 산책, 독수리의 눈으로 재빠르게 시간의 흐름을 포착해 예술적 이미지로 전환하는 특징을 이야기했다. 대도시, 상품, 여성, 화장 등을 그대로 드러내면서, 우연성에 더해지는, 다시 드러내야 할 영원한 것을 모더니티의 표현이라고 했다. 이런 모더니티의 표현을 위해 보들레르는 산문시의 영역을 개척했다. 벤야민은 이런 보들레르를 연구하면서 아케이드(파사주), 산책자, 판타스마고리아(환등적인 영상)를 발견했다.

당시 서울과 백화점 풍경은 김기림의 시에 많이 등장하고 이상의 초기 일본어 시에도 있는 풍경이다. 일본어 시보다는 「산책의 가을」이 산문적인 태도로 쓴 글이어서 보들레르가 말한 모더니티 재현, 산책자에 어울린다.

캔 밀크는 원문에서는 일본어 간쓰메(かんづめ) 밀크라고 썼다. 간쓰메는 깡통에 들어 있는 식품류를 가리킨다. 나폴레옹 전쟁 시기 프랑스에서 유리병에 조리한 음식을 담는 방법을 개발했고, 이후 영국에서 깡통 방식을 개발했다. 1900년대에 서울에는 생우유, 연유, 분유가 모두 판매되었다. 이상이 이 작품에서 밀크라고 쓴 것은 이것이 국내에서 생산한 생우유가 아니라 미국, 유럽, 뉴질랜드 수입품으로, 깡통에 든 연유나 분유이기 때문이다. 미국산 수입품 '수리표 밀크(Eagle milk)'는 당시 광고도 많이 했고 스위스산 수입품 네슬레(Nestle's milk cream)도 판매되었다.

연유 판매가 분유보다 더 많았는데, 분유는 영유아는 물론 성인의 기호식품이었다. 프랑스 와인, 샴페인, 위스키, 치즈, 버터, 햄, 캐비어, 훈제연어까지 수입 판매되었다. 신문에서는 영유아용 분유 타는 방법도 소개했는데 '가루우유'라고 표기했다. 이상이 밀크라고 쓴 제품은 깡통에 든 미국산이나 일본산 연유이다. 일본 모리나가(森永)와 미국 이글브랜드(Eagle Brand)의 제품은 신문광고에도 '밀크'라고 표기했다. 이상이

멋을 부리려고 영어로 쓴 것은 아니다. 그 무렵 연유, 분유 등은 일본인이나 상류층만을 위한 고가의 상품이었다. 미국의 이글브랜드는 1853년 우유 보존 기한을 늘인 농축 기술을 처음 개발해 연유(condensed milk)를 생산한 게일 보든이 설립한 회사이다.

레테르(letter)는 네덜란드어로 상품명이나 회사명을 인쇄한 종이, 영어로는 라벨(label)이다. 1609년 일본 나가사키(히라도)에 무역관을 개설한 세계 최초의 주식회사, 네덜란드 동인도 회사(East India Company)는 무역을 독점했다. 일본의 무역 교류에 유일한 거래 상대였기에 네덜란드어 레테르가 유입되어 한반도에 들어왔고, 해방 이후까지도 상품 딱지를 가리키는 말로 흔히 쓰였다.

백화점은 서울 종로 보신각 사거리에 있던 화신백화점(현재 종로타워 위치)일 것이다. 1980년대 말까지 운영되었는데 새로운 백화점들이 생기면서 1970~1980년대에는 학생용품과 생활용품을 판매했다. 이상은 이 백화점 건너편 종로1가에 카페를 개업했었다. 이 시에 청계천이 등장하기 때문에 더 먼 곳에 있는 신세계백화점(과거 미쓰코시)은 아니다.

한자로 쓴 적(寂)은, 고요함과 쓸쓸함 모두이다. 이상의 어휘 사용 경향으로 볼 때 '적막, 적적, 한적, 울적' 등으로 쓰는데 의도적으로 이 글에서만 '적'이라고 썼다. 시적 애매성이다. 시적 애매성(ambiguity)은 모호함(vague)과는 다르다.

윈도 안의 석고는 마네킹의 모습이다. 1930년대 마네킹은 석고(plaster)로 제작했다. 마네킹은 패션업의 등장과 함께 프랑스에서 유행하기 시작했고 현재의 플라스틱 마네킹은 1940년대 중반에 개발되었다. 이 시에서 윈도 안의 마네킹은, 진열용 마네킹만이 아니라 앞의 연에 나온 여인의 스커트와 복숭앗빛 종아리도 가리킨다. 해골, 벽돌, 총탄, 철 같은 생명 없는 광물질 취향의 이상이 갑자기 여성의 종아리에 몽롱하게 도취된 것은 아니다. 이 무렵 백화점은 미모가 뛰어난 여성 점원을 고용해 '데파트걸(department store girl)', '숍걸(여점원)'이라고 부르면서 눈길을 유도했다. 《조선일보》(1934. 5. 14.)는 「폭로주의 상점가」라는 만평에서 현대의 유리 건축 백화점은 상품과 함께 숍걸을 유리벽 쪽에 세운다며 전시품처럼 쇼윈도 안에 놓인 여성의 상황을 비판적으로 묘사했다.

그 무렵에는 외국에서도 패션모델을 '마네킹걸'이라고 불렀다. 《중외일보》(1930. 4. 4.)는 「마네킹 여왕」이라는 기사에서 패트리샤라는 이름의 패션모델을 미국에서 제일 아름다운 여성이라며 사진과 함께 소개했고, 《매일신보》(1932. 9. 28.)도 「세계 제일의 마네킹걸」이라는 기사로 프랑스의 한 패션업체 전속 모델을 소개하며 '마네킹 세계의 넘버원'이라고 했다.

이 시의 석고에는 전시용 마네킹, 데파트걸과 함께 고전미의 전형인 미술 소묘용 석고상 이미지도 겹친다. 건축과에 다니면서도 그림에 몰두했던 이상의 모습은 미술실에서 붓을 들고 있는 사진으로도 남아 있다. 그 사진 배경에 소묘용 석고상들이 있다. 이 시에서 비너스는 고대 그리스 시대 작품 「밀로의 비너스(Venus de Milo)」를 본뜬 석고상을 상상한 것이다. 수염 없는 무사는 로마시대에 만들어진 전쟁의 여신 「아테나 (Athena of Velletri)」를 본뜬 석고상의 상상이다. 이것이 진열장

너머에 장황하게 있으니 아름다움을 가장한 상품 선전일 뿐이다. 현재는 비너스와 아테나 조각상 진품도 제자리를 잃고 프랑스 루브르박물관에 있다. 그것 또한 예술 작품일 수도, 관광 상품일 수도 있다.

소다(soda)는 탄산음료이다. 1920년대 후반부터 여러 종류의 일본제 사이다가 등장한 후 사이다라는 말이 일반화되었는데, 이상은 소다라고 썼다. 1923년 6월 《매일신보》는 서울에서 예순여덟 종의 청량음료가 판매된다고 보도했다. 1930년대 신문에서는 사이다, 레모네이드 등을 청량음료라고 했다. 이상이 가리키는 소다는 다양한 탄산음료 중 하나로 보인다.

'물방울 낙수 지는 유니폼'은 물방울 무늬, 폴카 점무늬(polka dots)로 1850년대에 처음 유럽 패션에 등장한 모더니티의 산물이다. 프랑스에서는 주사위 5점 무늬(Quinconce)라고 했다. 감광지는 사진 인화지로 달빛이 광고사진 속의 소녀를 비추는 풍경이다. 감광, 현상 인화, 사진을 주목한 것 또한 근대적 시선이다.

바나나는 원문에서 한자 향초(香蕉, 바나나)와 영어 바나나를 함께 썼다. 향초를 먼저 세 번 쓰고 마지막에 바나나를 한 번 썼다. 1933년 6월 19일 《조선중앙일보》 기사를 보면 바나나라고 표기하면서 영양 성분을 소개했는데, 이상에게는 아직 바나나가 어색했던 것으로 보인다. 1934년 5월 19일 《매일신보》는 콩, 면직물, 하귤과 함께 바나나의 물가 동향을 소개하면서 사업성이 좋은 주요 상품으로 취급했다. 그 무렵에 파인애플도 수입판매되었다.

인쇄소 속이 좌측이라는 말은 인쇄용 활자가 역전된 글자라는 뜻이다. 이상이 즐겨 쓰는 거울도 등장시켜 인쇄공들을 거울이미지로 전환했는데, 여기서 직공들은 사람이 아니라 활자이다. 중의적 표현이다. 주체와 거울이미지의 대면적 특징이 드러난다. 이 시에 등장하는 인쇄소는 종로 공평동과 청계천 쪽 관수동에 있었다. 공평동, 관수동의 인쇄소는 1920~1930년대에 사회주의 노동운동이 일어났던 곳이다. 종로 2가 일대는 1900년대 초부터 1980년대까지 수십여 개의 서점, 출판사가 모여 있던 출판문화지구였다. (이 책을 내는 민음사 또한 이곳에서 출발한 출판사이다.)

《중외일보》(1927. 2. 28.)는 공평동 대동인쇄소 칠십여 명이 파업했다고 보도했고, 《매일신보》(1926. 12. 5.)는 대동인쇄소 파업에 사회주의자들의 개입을 보도했다. 관수동에는 경성인쇄직공조합의 인쇄소가 있었다. 1937년에는 백여 명이 이곳에서 파업에 참여했다. 서울지역 노동운동의 역사적인 사건이었다. 대동인쇄소는 조선인이 경영하는 가장 큰 인쇄소였다.

이상이 '좌'라고 쓴 말에서 좌익 사회주의를 상상할 수도 있다. '교묘하게 좌 된 지식'은 거울을 내적으로 보는 행위에 익숙한 이상의 시선과 함께 프롤레타리아적 관점도 개입했다고 볼 수 있다. 마지막에 직공들이 모두 우로 돌아섰다고 썼기 때문에 역전된 활자가 종이에 인쇄된 것을 가리키는 물리적인 상태를 우선적으로 표현했지만 중의적이다.

'향국의 아이'는 고향이나 조국의 어린아이들을 뜻한다. 국권을 빼앗긴 상황이지만 고향, 고국이라는 표현으로 아이들과의 민족적 동질감을 드러냈다. 「오감도」에 나오는 '13인의 아해' 가운데 포함될 만한 아이들이다. 1930년대에는 특히 일본 제약회사의 광고가 전체 광고상품 중 압도적인 1위였다. 신문 광고, 벽보, 전단지, 네온사인, 애드벌룬은 물론 비행기를 동원해 전단지('flier'의 일본식 발음 '삐라')를 뿌리기도 했다. 마꾸닝(Macnin)은 일본제 기생충약 상표명이다.

'양친'은 아이들의 부모이다. 이상에게 쓰레기는 자신의 내부 공간에 들어 있는 것이다. 소설 「종생기」에서는 자신을 쓰레기에 비유했다. 당시 청계천은 빈민과 거지들의 주거지였다. 이상 시의 배후에 놓인 사회적 시선을 보여 준다. 총독부는 청계천을 정비해 상류를 덮고 하수구를 연결했다. 그렇게 청계천은 하수구로 전락했다.

이 무렵 서울에 처음 생긴 롤러스케이트장은 현재 파고다 공원 근처에 있었다고 한다. 계절의 위조는 마치 겨울인 듯 여름에 스케이트를 탄다는 뜻이다. 복사의 빙판 또한 겨울의 얼음판을 복사해 놓은 듯하다는 뜻이다. 여기서 인간은 석고나 모형이라는 생각을 드러낸다. '모형 또는 위조'라는 이상 시의 주요 모티브를 담고 있다. 밝고 한가한 산책처럼 보이지만 주관적 시선이 들어 있는 작품이다. 일제강점기 서울의 이미지인 동시에 해석적 산책이다.

명경

명경(明鏡)은 맑은 거울을 뜻한다. 조선일보사가 창간한 잡지 《여성》에 발표했다. 《신여성》(개벽사), 《신가정》(동아일보사)과 함께 당시 대표적인 여성잡지로 꼽는다.

수심(愁心)은 걱정이 가득한 마음이다. '만적 만적하는'은 가득 쌓인다는 뜻. 촉진(觸診)은 의사가 환자의 몸을 손으로 만져 가볍게 진단하는 것을 뜻한다. 거울은 오래전부터 있던 것이지만 1880년대 개항 이후 인천에 판유리 공장이 생기면서 면경, 체경, 경대 등이 활발하게 보급되었다. 얼굴을 비춰 보는 거울은 면경(面鏡), 전신을 비추는 큰 거울은 체경인데, 이 시에서 거울은 포괄적인 '명경'이니 물리적인 형태는 드러나지 않았다.

명경이라는 말은, 장자의 명경지수(明鏡止水, 맑은 거울과 고요히 머물러 있는 물)를 떠올리게 한다. "거울은 어떤 사건이나 사물에도 흔들리는 일이 없고 비친 것에 대한 집착도 갖지 않는다. 이는 거울이 욕심이 없기 때문이다."(『장자』, 「소요유」) 하지만 이 시는 무욕이 아닌, 떠난 여인을 그리워하는 추억의 거울이다.

이 시에서 거울에 비친 대상은 여성이다. 얹은머리는 쪽 진머리, 댕기머리와 함께 전통적인 여성의 머리 모양이다. 1930년대에 여성의 단발머리는 일부 신여성의 스타일이었고, 1933년 최초의 미용실이 종로 화신백화점에 생겨 파마, 매니큐어 등도 가능했지만 극소수 여성들이었다. 다른 글에서 이상은 얹은머리를 결혼한 여성으로 묘사했다.

'한 페이지 거울'로 시작하면서 책과 거울이 하나가 되었다.

이상 시에서 책은 자주 등장하는 모티브이다. 이 시에서의 페이지나 표지, 「역단-행로」의 구두점, 스토리, 잉크로 나타나고 「역단-화로」, 「파첩」에서는 독서, 「지비-어디 갔는지 모르는 아내」에서는 쓰기(속기, 대서)와 함께, 읽기부터 쓰기까지 범위를 확장한다. 활자인쇄술을 통해 만들어진 책은 그 속에 담은 내용과 함께 형식적으로도 특별한 문화적 오브제이다.

프랑스 시인 말라르메는 "작가 자신도 모르는 채 시도되는 유일한 책은 결국 하나밖에 없는 것 같다. 시인의 유일한 의무이며 탁월한 문학적 유희로서 지상에 대한 오르페우스적인 설명이다. 페이지 매기기에 이르기까지 비인칭적이고 살아 있는, 책의 리듬 자체가 꿈 또는 오드(Ode)의 방정식과 나란히 놓이기 때문이다."(1885년, 「베를렌에게 보낸 편지」)라고 썼다. 그것은 현실의 책을 넘어서는 위대한 책, 현실의 책의 부재에서 탄생하는 작품, 형식으로 사유되는 작품, 그리스 시대 오드(詩歌)나 꿈처럼 시적 리듬 자체인 작품, 시 속으로 들어가 시인 자신의 소멸과 대면하여 마침내 자신이 사라지는 비인칭의 작품, 지상의 한 개인을 뛰어넘는 작품으로서의 유일한 책이다.

이상은 시인 김기림의 시집 『기상도』(1936년) 등을 편집하고 표지까지 디자인했다. 자신의 소설 「날개」 등에 삽화도 그렸다. 시인, 화가, 삽화가, 편집자, 책 디자이너까지의 이력을 지닌 이상의 책은 말라르메의 표현처럼 구체적인 형식을 지니는 작품이면서도 지상의 한 개인을 뛰어넘는 유일한 책이다.

책은 이 시 「명경」의 거울처럼 내용으로서의 무엇을 담기도 하지만 손으로 만지고 넘기는 촉각과 눈으로 읽는 시각이 작동한다. 이상의 시는 거울을 통해 사물을 보고 생각하듯 시각 중심이면서도 촉각적인 접촉을 시도한다. 이런 접촉 시도는 특히 회화적 표현에서 중요하다. 이상의 시는 자신만의 거울 만들기, 회화적으로 언어 구성하기, 새로운 형식의 유일한 책 만들기라고 볼 수 있다. 거울을 보듯 시각으로 그것을 실행한다.

물질과 팍투라, 통합적 시각으로서의 접촉감

이상의 시는 회화적인 시각 중심이다. 시각에는 촉각적인 것도 포함된다. 경험을 통해 눈으로만 보아도 촉감을 느낄 수 있다. 그래서 촉지적(촉각+시지각)이다. 이상의 거울은 망막처럼 물체를 비추는 표면이다. 이 시에서는 촉각을 동원하고 지문이라는 말도 썼다. 이상의 시에서 온전한 촉각 표현은 후각(냄새)보다 낮아 보이지만, 압도적으로 시 전체에 등장하는 시각에 촉각이 포함되어 있다.

건축잡지《조선과 건축》에 이상이 썼다고 일각에서 추정하는 글에 헝가리 출신 화가 라슬로 모호이너지(László Moholy-Nagy)에 관한 내용이 있다. "감각적 훈련/ 촉각 연습/ 재료의 경험, 구조, 조직, 조성, 집합체…… 평면 편성, 콤포지션, 콘스트럭션……." 서너 줄짜리 짧은 글이다.

이 글을 이상이 썼다는 확증은 없다. 쓰지 않았어도 상관없다. 건축과는 무관한 회화 분야의 표현방식으로 서양화를 본격적으로 배우기 시작하면 깨닫는 것이다.

앞의 짧은 글은 모호이너지의 책 『질료부터 건축까지』(1929년)에서 미술의 표현법에 관한 소제목을 나열한 것이다. 모호이너지는 독일 바우하우스에서 학생들을 가르쳤다. 바우하우스는 '회화, 조각, 건축, 공예 학교'이다. 혹시 건축에 관한 책이라고 오해할 수도 있겠지만, 회화 및 예비과정 교수인 칸딘스키, 클레, 모호이너지는 모두 화가이다. 건축가가 아니다.

이후 모호이너지는 1937년 미국 시카고로 이주했고, 뉴바우하우스를 설립해 미국 디자인 분야 태동에도 기여했다.

모호이너지의 책 1장은 서론, 2장은 '질료(material, 물질)'로, 물질적 표면을 다루는 회화, 3장은 조각, 4장은 건축을 위한 조형 표현법을 다루었다. 이 책은 바우하우스가 직접 출판했고, 바우하우스의 교육 방식을 들여온 일본에서 곧 번역되었다.

원래 회화는 미술의 한 분야라기보다는 조형예술의 기초이기 때문에 회화의 표현법은 중요하다. 그래서 2장의 회화적 표현법은, 감각 훈련과 촉각 연습으로서의 물질적 표면(surface)을 설명하는 내용이다. 이런 회화적 표현법은 이상이 시지각으로 포착하는 사물이나 동작과 밀접하고 그것을 언어로 전환하는 방식과도 직결된다. 이상의 어휘는 아예 추상적 관념이거나 구체적 대상, 구체적 동작 중심이다. 그것을 시지각 중심(회화적)으로 형상화한다. 그래서 의미보다는 표면성이 강하다. 숨은 의미를 짚어 보기 힘든 이유도 이런 표면성 때문이다. 본래 회화는 이런 물질적 표면성을 강조한다. 종이나 캔버스라는 얇은 표면에서 모든 것을 다 해결해야 하기 때문이다.

칸딘스키의 추상화 등장 직후 러시아에서 화가 말레비치의 절대주의(Suprematisme), 타틀린 등의 구축주의(Constructivism)가 등장했다. 어떤 형상을 표현한 그림에서 추상적인 그림으로 바뀌었다. 물질적 표면만으로 대상성(objecthood)을 구축하는 경향이다. 물감으로 칠한 표면만 있는 추상화의 등장이다. 과거에는 형상의 표현에 종속되었던 조형 요소들이 주인공이 되었다. 그래서 '팍투라'가 특히 중요해졌다.

1922년 화가이자 사진작가인 로드첸코(Rodchenko)와 그의 아내이며 화가인 스테파노바(Stepanova) 등은 「구축주의 1차노동그룹 강령」을 발표했다. 미술의 영역을 순수에서 실용까지 확대한 미술가들이다.

이 강령에서 그들은 팍투라(Фактýра, Faktura), 텍토니카(Тектоника, Tektonika), 구축을 새로운 미술의 3개 원칙으로 확정했다. 팍투라는 물질성의 표현, 텍토니카는 공간 구축 기술과 기능, 구축은 물질의 조직화를 뜻한다. 1930년 이후 러시아의 관심은 회화의 팍투라에서 사실을 강조하는 영화나 사진 같은 팍토그래피(factography)로 바뀌었다.

팍투라는 화가 블라디미르 마르코프(Vladimir Markov)가 「조형예술의 창조 원리, 팍투라」(1912년)에서 처음 쓴 용어이다. 그는 물질적 표면으로서의 팍투라를 설명하면서 '의식적으로 감지되는 일종의 노이즈(noise)'라고 했다. 문학비평가인 시클롭스키는 「팍투라와 역부조」(1922년)라는 글에서 화가는 물론 시인에게도 중요한 표현 기법이라고 했다. '일상 사물들의 건설이나 확장을 통해 새롭게 감각되는 세계'를 목적으로 삼기 때문이라고 설명했다. 역부조(counter relief)는 1914년에 유화 대신 철판 구성물을 벽에 걸어서 전시한 화가 타틀린의 작품 「모서리 역부조」를 가리킨다.

모호이너지는 앞에서 말한 책에서 촉각을 설명하면서 터치(sence of touch, 접촉감)를 강조했고, "누르기, 찌르기, 문지르기, 통증, 온도, 진동으로 나눌 수 있다."고 했다. 그는 표면성을 설명하며 팍투르(그는 독일어 'Faktur'로 표기했다.)를 "재료를 이용한 작업으로 만들어진, 감각적인 지각적 효과를 드러낸 것"으로 정의했다.

팍투라를 텍스추어와 유사한 것으로 설명할 수도 있다. 영어로 텍스추어(texture, 질감)는 양털, 실크 등의 촉감을 시각으로 느낄 수 있게 표현한(그린) 결과로 '환영'이다. 그런데 양털, 실크처럼 보이게 만드는 질감 다음으로 대상이 없는 순수한 시각적 질감이 팍투라의 이름으로 추가되었다. 그저 거칠게, 매끈하게 등으로만 느껴지는 대상(형상) 없는 질감이다. 구축주의에서 팍투라는 물질성, 물질적 표면만을 강조한다. 그래서 모호이너지도 독일어식 표현으로 팍투르(Faktur)라고 쓰면서 텍스추어와 분리해 설명했다. 『질료부터 건축까지』의 영어판인 『New Vision』의 번역자는 팍투라 대신 표면성(surface of aspect)으로 옮겼었다. 시클롭스키의 「팍투라와 역부조」 영어 번역도 텍스추어라고 옮긴 이도 있고 팍투라로 옮긴 이도 있어 혼동할 수 있는 용어이다. 중요한 점은 '형상 없는 물질성'이다.

미술에서는 일반적으로 프랑스어 마티에르(matière)라고 말하는 재질감이라는 용어가 있다. 자연에서는 양털, 실크 같은 것의 물질적 촉감이다. 그림에서는 거친 종이, 연필, 수묵화의 화선지, 수채 같은 질료의 물질성이 시각적으로 전하는 촉감을 말한다. 매개하는 물질에 따라 그 안에 표현된 그림의 느낌이 달라진다. 팍투라는 이런 물질성을 표현 대상 없이 홀로 드러내는 시각적 촉감을 강조하는 용어이다.

팍투라는 추상회화, 러시아 구축주의, 유럽의 신조형주의, 그리고 모호이너지에게도 동시대적인 관심 대상이었다. 일본은 바우하우스를 모델로 공예학교를 만들고 1924년부터 바우하우스의 책들을 교재로 삼았다. 일본에서는 독일로 유학생을 보내 모호이너지의 직계 제자도 생겼다.

질감(텍스추어)이나 재질감(마티에르)은 모두 촉각을 시각으로 통합하는 통로이다. 피부에 느껴지는 온도도 시각으로 통합한다. 미술 전시장에 가면 '작품에 손 대지 마시오.'라고 한다. 그림에서 촉각은 눈으로 느끼는 것이다. 따라서 이상의 시에서 생체 감각인 촉각은 터치(접촉감)이다. 누르기, 찌르기, 문지르기, 통증, 온도, 진동으로 나타나면서 마구 뒤섞인다. 시각이 또 다른 '터치'(붓질, 시각화)로 모든 접촉감(현실 경험의 터치)을 통합하여 일체화하기 때문이다.

표면(surface and texture)은 변별적 이미지의 형상화에 기여하면서, 표면의 강력한 상대자인 덩어리(mass and weight)로 나타난다. 이것이 미술의 표면성이다. 시클롭스키는 형식 또는 구조를 팍투라와 함께 다루면서 시인에게도 중요하다는 점을 인식했다.

이상의 시는 완전한 표면성과 물질성에 도달하지는 않는다. 현대시에서도 시적 언어로 물질적 표면을 훌륭하게 다루는 시인을 찾기는 어렵다. 화가 칸딘스키는 러시아 구축주의자들을 이끌었지만 물질에 정신도 강조해서 그들과는 다른 길을 갔다. 이상 또한 오직 물질만 강조하지는 않는다.

이상의 시각화(감각 통합)와 팍투라

이상의 거울은 형상이 있는 유리면이다. 형상(거울에 비친 얼굴)은 일루전(환영)이다. 유리면은 딱딱하고, 차갑게 반짝이는 물질적 표면이다. 일루전이 팍투라보다 앞선다. 하지만 물질과 대면하여 물질적 표현으로서의 시각적 촉각, 감각을 통합하는 접촉적 표현(터치)을 통해 팍투라를 문학의 형식으로 구현했다. 이상의 여러 시에서 뒤죽박죽 섞인 것처럼 등장하지만 사실은 시각으로 통합된 감각들이다. 그것이 이상 시의 터치, 팍투라, 일종의 표면적 노이즈 현상이다.

팍투라와 함께 이상의 시에는 거적때기, 돌, 유리, 거울, 강철, 백지(종이)의 마티에르가 매개하는 일루전이 있다. 마티에르는 물질적이지만 매체로서의 매개성도 지닌 물질성이고 텍스추어도 형상을 시각적으로 매개할 수도 있지만, 팍투라는 형상을 매개하지 않는 물질성이다. 마티에르, 텍스추어도 촉각이나 체온 등 다른 감각을 시각으로 매개하지만, 팍투라는 흰색 캔버스 위에 흰색 사각형을 그리는 물질뿐인 감각 표현이다.

팍투라는 텍토니카(공간 구성 테크닉)와 만나 대리석 또는 강철 조각품이나 시멘트 건축물로, 물질에서 물체가 된다.

1) 이상 시의 시각화는 가시적인 것은 물론, 비가시적인 것도 가시적인 것과 결합하여 가시적으로 전환(물질화)한다.

- 내 기억에 꽤 무거운 돌을 매어달아서 (「오감도 14호」),
- 냄새의 꼬리를 체포하여 (「위독-추구」)
- 내 두통 위에 신부의 장갑이 내려앉는다 (「위독-생애」)
- 표정 위에 독한 잉크가 끼얹힌다 (「역단-행로」)

2) 접촉, 통증, 체온, 촉각, 진동의 모든 접촉감을 가시적인 것과 결합해 시각적으로 전환한다. 시각적 행위라고 느껴지지 않고 이질적인 것들을 인위적으로 결합한 것처럼 보이지만, 시각 유일체제의 회화적 표현에서는 자연스러운 결과물이다.

- 식은 침상/내 체온 위에 올라서면/잠꼬대 위에 더운 물을 붓는다/끈적끈적한 청각/빨래방망이가 내 등의 더러운 옷을 두들긴다/전류 위에 올라앉아서

3) 재질감을 통해서도 시각화한다.

- 이지러진 헝겊심장/철의 성질로 두 사람의 교제를 금하고/문 안에는 금니가 있다.

4) 팍투라는 언어의 노이즈(잡음, 불협화음)로 작용해 표현 대상을 추상화(새로운 실체화)한다. 이상의 시각 중심주의는 시 각화한 대상과 물질성이 핵심 동력이다. 시각적 형상과 운동 성이 강하게 결합한 형상의 무브먼트(동세)나 키네틱(kinetic) 이미지의 특성도 강하게 나타나 개념과 결합한다.

「흰 꽃을 위한 시」처럼 문자로 사각형으로 구축하거나 떼어 쓰기 등을 인위적으로 배반하는 방식은 기능적 구축이라는 텍토니카의 발현이다. 떼어쓰기를 없앤 것은 고대 건축에서 강 조하던 접합부(조인트) 구조물을 없앤 근대 시멘트 건축의 방 식이다. 그래서 언어에서의 조인트인 분절성이 파괴된다.

텍토니카는 공간 테크닉으로 하중(중력 및 구조물 자체의 무 게)을 조절하면서 쌓거나 연결하는 구축적 입체 작업이다. 그 저 버티고 선 구조물이 아니라 대기나 공간과의 변화나 운동 감을 지닌다. 공간의 표현에서 이상의 시는 밀고 당기거나 가 라앉은 운동성이 존재한다. 이상 시의 공간은 기하학적 상자 와 함께 천칭(저울)의 중력이나 운동성이 함께 드러나는데, 이 것이 바로 공간 테크닉인 텍토니카의 두 가지 측면이다.

러시아어로 설명했지만 그들만의 독창적 테크닉은 아니다. 오래된 회화의 기본요소들이다. 누가 어떻게 쓰느냐에 따라서 고전주의도 되고 추상회화도 되고 사회주의적 생산도 된다.

역단, 역단(명운의 정단)

「역단(易斷)」은 총 다섯 편의 연작으로《가톨닉청년》(1936년)에 발표했다. 역경(『주역(周易)』) 등을 통해 자연의 이치와 인간의 운명을 판단하는 것을 말한다. 주역, 풍수지리 등에서 정단(正斷)이나 비단(秘斷)이라고 한다.『역단(易斷)』,『역단회도(易斷繪圖)』라는 이름의 책도 있다. '정단'은, 어떤 원칙(운기, 명리, 팔괘 등)에 따라 운명의 좌표를 추출하고, 좌표를 해석해 예측한다. 사주팔자를 가지고 설명하면 사주(연월일시)와 천간(天干)과 지지(地支)가 만나는 여덟 개의 빈칸에 놓일 글자를 확정한 뒤(이 시에서는 흐릿하게 초를 잡는 것), 그것에서 나오는 관계 용어들(이 시에서는 간사한 문서)을 해석하는 과정이다.

이 시는, 연작 제목과 시 제목이 같다. 연작의 네 번째에 있었지만, 설명을 위해 맨앞으로 가져왔다. 역학은 때로 요행을 바라는 술수로도 비치지만 주체의 속성(명, 命)과 유동적인 우주 에너지(운, 運)의 관계를 살핀다. 오늘날에도 경제든 정치든 전략이든 수많은 예측과 진단을 하느라고 사람들은 여전히 분주하다. 이상은『주역』의 용어인 천문 등을 시에서 말하기 때문에 연작의 제목으로 삼을 정도의 관심이 포함된 문명사적 진단이나 투시의 의미로 '역단'을 이해할 필요가 있다.

초(草. 초안, draft), **몸을 써넣다**(사주 등을 넣어 보는 일), 어수선함(잡답(雜踏)을 옮긴 것이다. 붐빔, 혼잡의 뜻도 있다), **타인과의 악수**(정해진 기본원리와 맞추는 일), **빈 칸**(기본원리에서 자신만의 명운 좌표를 확정하는 일), **높이와 넓이**(자신과 잘 맞지 않음), **빈 터전, 발음**(자신은 여전히 허전하고 괴로움), **문서**(명운을 정단한 기록물), **그이**(명운을 정단해 준 사람), **좌석, 위치 파헤침**(현재나 미래의 길흉과 그에 때한 예방책), **험악한 것**(악식, 惡息. 악한 숨을 풀어 옮겼다. 악식은 질병 등의 원인이 되는 위험한 것을 가리키는데, 악식은 악취(惡臭, 고약한 냄새)의 뜻도 있어서 혼용하는 단어이다.)

이상은 백지, 연필, 문서 등 표정 없는 사물들을 자주 이용한다. 사소한 것들을 통해 구체성을 부여하면서 새로운 개념을 생산하고자 한다. 사물들은 의식을 냉정하게 지탱해 주면서 의미의 집착에서 벗어나는 몫을 수행한다.

종이나 연필은 과거의 문방사우(붓, 먹, 벼루, 종이)에 속하지만 전통적 의미로 쓴 것은 아니기에 근대적 정물화로 작용한다. 근대적 정물이 소리나 개념의 총체인 언어와 만나고, 높이나 넓이, 위치 같은 무표정한 어휘도 자화상으로서의 몸과 뒤엉킨다. 이렇게 언어를 통해 서로 만나서 얽히지 않는다면 시각이나 미술의 속성인 물리적 대상들은 불필요하다. 이상의 시에서 시지각적, 물질적, 형상적인 요소가 조금이라도 유의미한 까닭은 그것들이 언어를 통해 다시 조직된다는 점이다.

이 시에서, 몸은 글자로 써 넣어지기도 하고 빈칸을 입어 보기도 한다. 옛일도 의자에 앉을 수 있다. 운명의 시공간도 파헤쳐질 수 있다. 주체인 '나'는 특별한 표식도 없고 먹살을 잡는 이가 누구인지 사실은 불분명하다. '그 사람'도 정체불명이다. 얽히고설킨다. 주체가 객체화하고, 사물이 육체화하고 개념도 사물화한다. 운명의 그림을 그리던 사람도 달아나 버렸다. 뒤바뀌고 갈라지는 또 다른 '진단(역단)'의 파장이 있다. 이것은 큐비즘 방식이다.

큐비즘: 다시점, 중층성, 형상 해체와 조형언어의 독립

큐비즘(Cubism, 입체주의)은 최소 단위인 입방체(cube)를 가리키는 말이다. 불규칙한 평면들이 늘어서거나 어슷하게 놓인 그림이다. 1907년 파리 몽마르트에서 함께 작업했던 피카소와 브라크에서 시작되었다. 피카소는 시인 막스 자코브, 시인 아폴리네르를 통해 화가 브라크와 연결되었다. 몽마르트언덕에 있는 공장으로 쓰던 낡은 건물이 화가 피카소, 브라크, 모딜리아니 등의 거처였다. 시인 장 콕토도 함께 어울렸다. 이 건물은 세탁선(빨래터 배)이란 별칭으로 불렸던 곳으로 근대미술사에서 유명하다. 1907년 피카소는 「아비뇽의 아가씨들」을 이곳에서 그렸다. 1908년 브라크는 「에스타크 풍경」을 그렸다.

초기(분석적 큐비즘, 1908~1912년)에는 형상을 작은 면(큐브)으로 해체하고 뒤섞어 중층적으로 보이는 단색조의 그림이었다. 원근법을 파기해서 3차원적 일루전은 평면적 형태가 되었고 여러 개의 다른 시점을 적용했다. 이후(종합적 큐비즘, 1912~1914년) 화면에 화려한 색상과 질감을 추가하고, 신문이나 잡지 등 종이류를 오려붙이는 파피에콜레(papier collé), 종이를 비롯해 헝겊, 비닐, 나뭇가지 등 서로 다른 것들도 접착하는 콜라주(collage)도 추가해 평면(2차원)에 3차원의 물질을 더해 다시 중층화했다. 콜라주는 다다(Dada)로 이어져서 쿠르트 슈비터스 등의 작품에도 도입되었다.

마르셀 뒤샹 등 여러 화가들이 서로 다른 개성으로 큐비즘 경향을 시도했고, 이탈리아 미래주의, 러시아 절대주의와 큐보 미래주의, 네덜란드의 데 스틸(De Stijl), 그리고 추상미술의 탄생으로 이어졌다. 건축가 르 코르뷔지에까지도 큐비즘에 뛰어들었다. 그래서 시멘트 조각만 이어 붙인 입방체 건물이 나타났다.

큐비즘은 1920년대에 일본에 소개되었지만, 국내 화가로는 나혜석이 파리 체류 경험을 말하면서 1932년《삼천리》3월호에서 처음 소개했다. "입체파의 화면에는 하모니(색채의 교차-원), 무빙(動), 콤포지션(구조-원)이 만재(滿載)하였다. 입체파의 대표자는 피카소와 브라크다."

이상의 시에도 큐비즘의 요소가 있다. 이상이 쓴 것으로 추정하는 「현대미술의 요람」에 큐비즘(입체파)이 등장한다.

> 입체감의 암시는 신흥 예술의 큰 기여요 공헌이었다. 입체파는 결국 이런 '세잔니즘'의 추급확충(追及擴充, 뒤쫓아 넓게 채움)의 완성에 지나지 않는다.

이 글을 이상이 썼다는 증거는 없다. 이상의 글이 아니라도 큐비즘을 세잔의 후예로 본 글이다. 1930년대 중반까지 한국 근대미술에서 추상적인 서양화는 등장하지 않았다. 따라서 큐비즘이라는 용어가 비록 효과적이지만, 시대적 초점을 세잔 전후부터 큐비즘에 이르는 과정에 맞출 필요가 있다. 이상이 남긴 그림들에서도 큐비즘의 요소를 발견할 수 없다. 큐비즘에 몰입했다면 이상의 조선미전 입선작 「자상」(1931년)에 큐비즘 양식이 엿보여야 한다. 기타 삽화 등에도 큐비즘은 없다. 큐비즘 양식의 삽화는 추상적이어서 지금도 설명용 그림(일러스트레이션)에는 사용하지도 않는다. 이상은 서양화의 영역에서는 완전한 큐비스트가 아니다.

큐비즘의 바탕은 세잔이다. 세잔의 그림은 화가의 시선 위치를 고정하지 않는 다시점 방식, 1점 소실 원근법 파기, 기하학적 형태인 최소 단위로 형상 해체, 중층적 구성이다. 세잔의 마지막 작품 「생 빅투아르 산」(1905년)은, 작은 사각형 모양의 채색된 면이 서로 겹쳐져 입체감을 만든다. 다시점(복수성, 동시성), 형상 해체, 중층화는 세잔의 방식으로, 큐비즘을 통해 적극적으로 드러났다.

세월이 한참 흐른 뒤 1943년, 피카소는 "세잔은 나의 유일한 스승이다. 내가 그의 그림을 보았다고 생각하지 않는가? 그에 대해 연구했다. 세잔! 그는 내 모든 것의 아버지였다."고 말했다. 브라사이가 기록한 책 『피카소와의 대화』에 있다.

비록 흐릿한 흑백사진으로만 남았지만 이상의 조선미전 입선작 「자상」에서도 후기 인상주의나 세잔의 흔적은 보인다. 이상의 시에서 세잔니즘(Cézannism)이나 큐비즘의 조형성은 다시점과 중층성으로 나타난다. 표현 요소들이 겹치고 시적 추체와 대상도 겹친다.

철학자 메를로 퐁티는 『의미와 무의미』에 이렇게 썼다. "세잔은 말하길, '풍경은 내 속에서 스스로 사유하고, 나는 이 풍경의 의식이다.'" 그리고 퐁티는 『지각의 현상학』에서 이렇게 말했다. "세계에 대한 의식은 자의식에 기초하고 있지 않다. 그들[세계, 의식]은 철저히 동시적이다. 자신을 의식하기 때문에 나에게 세계가 있다. 그리고 세계를 갖는 한, 자신으로부터 나를 감출 수 없다."

지각적 세계는 주체와 더불어 나타나고, 주체와 분리가 불가능한 채로 공존한다. 이런 공존 상태, 겹침은 이상의 「역단」 연작 전체에 걸쳐 나타난다.

큐비즘의 앞자리에 세잔만 있는 것이 아니다. 프랑스 화가 에두아르 마네(Édouard Manet)도 있다 세잔보다 일곱 살 위인데, 마네의 작품 「올랭피아」(1863년), 「폴리 베르제르의 바」(1882년)는 보는 사람의 입장과 화가의 시점에 변화를 준 그림이었다. 그러나 마네는 세잔처럼 형상을 해체하지는 않았다. 사실적인 그림이다.

미셸 푸코는 화가가 아니었으니 100년쯤 지나 마네 그림의 개성을 발견해서 자신의 저서 『마네의 회화』(1971년)에 이렇게 썼다. "화가(마네)는 여기에도 있어야 하고 저기에도 있어야 한다. 여기에 누군가 있어야만 하고 또 없어야만 한다."

이미 폴 고갱 같은 후배 화가들은 마네의 그림을 연습할 정도로 마네를 충분히 이해하고 있었다. 「폴리 베르제르의 바」에서, 마네는 위치(시점)를 바꾸고 대상의 위치도 바꾸면서 사실적인 한 장면으로 모든 것을 합쳐 놓았다. 회화는 이미 오래전부터 관점과 대상의 위치는 물론 비가시적인 것도 한 장면으로 구성했다. 화가들은 가시성과 비가시성의 표현에 거울을 즐겨 사용했다. 마네의 그림에도 거울이 있다.

푸코는 마네의 「폴리 베르제르의 바」를 보는 데에는 세 가지 어려움이 있다는 것을 발견했다. 화가의 위치, 모델의 위치, 관람자의 위치가 달라지기 때문이다. 이것을 마네는 한 장면으로 만들었다. 이상의 시 여러 편에서 이런 현상이 나타나 혼란스럽게 만든다.

역단, 화로

극한(極寒. 극심한, 매서운 추위. 이 시에서 극한은 모두 추위이다.), **독서**(책 읽기, 견디는 수단), **화로**(火爐, 쇠로 만들거나 흙을 구워 빚어 불씨를 담은 난방용품. 은근한 불씨를 담아 두기 때문에 요즘의 난로에 비하면 화력은 보잘것없지만 은근한 온기가 있다. 아궁이에 불을 지펴 방바닥을 데우지 않는다면 화로만으로는 추위를 견디기 어렵다.)

방 거죽(방 바닥을 뜻하는데, 겉 부분이라는 '거죽'으로 표현했다. 이상은 본능적으로는 외피에 대한 시선이 특히 강하다. 사물의 표면에 집중하는, 본질을 드러내는 것이 형상이라는 의식이 있다. 표면에서 차가움을 예민하게 감각하는 구체적인 표현으로, 뒤에서는 방바닥으로 바꿔 썼다.) **유리창이 움푹, 혹**(시각적인 표현이면서도 초현실적이다. 이상의 문학적 비유는 주로 시지각적인 것의 전환으로 특별함을 발휘한다. 시지각적 효과는 표면에 대한 예민한 감각이 필요하다. 서양화의 관점에서는 바람, 안개 같은 기체도 형태를 부여해 만들어 내야 하기 때문에 유리창의 움푹한 형태를 쉽게 상상할 수 있다.)

바다, 밀물(방이라는 공간에서 갑자기 바다가 등장했다. 심리적 바다, 자신에게 밀려오는 변화의 조짐이다.), **바닥에서 어머니가 생기고**(초현실적 방법을 동원했다. 일상의 공간에서의 돌발은 환상이기도 하지만 표현의 마술이다. 일상에서의 마술성은 초현실주의 문학의 시가 된다. 초현실주의 시인 앙드레 브르통은 『마술적 예술(L'art magique)』라는 제목의 책을 출간했었다.), **폭동**(자신의 몸에서 벌어진 고통), **가지가 돋는다**(팔을 뻗는 모양을 다른 형상을 빌려 표현했다.), **두둘긴다**(두둘기다. '두드리다'보다 강도가 센 상태로,

몸의 떨림 또는 기침을 뜻한다.), **걸머메는**(한쪽 어깨에 걸머지어 메다. 원문에는 사투리인 '걸커미는'으로 표기했다.), **화로를 한아름 담아 가지고 내 체온 위에 올라서면**(따뜻해지다. 화로가 차가운 몸위에 올라선 것처럼 표현했다.)

화로에 감정을 넣어 난방용품 이상의 분위기를 만들었다. 방바닥에서 어머니가 생기고, 몸에서 가지가 돋는 환상적인 일도 벌어진다. 움켜쥐고 끌어안고 있는 것과 안팎, 밀고 들어오는 추위, 방 안에서 벌어지는 장면은 회화적이다. 감각의 정도는 극심한 냉온을 오가고, 폭동이나 두둘김, 정황이나 주어의 생략으로 분산적, 격정적이다. 잡아당기고 움푹해지고, 꽉 쥐고, 가로막고, 곤두박질치면서 행태의 정도도 강하다. '참다못해, 쩔쩔맨다, 억지로, 겨우, 겁이 나서'로 이어지며 심리적인 정서도 긴장이나 압박에 휩싸여 불안감이 흐른다.

문학은 '~처럼 보기(as seeing)'라는 비유 기술을 이용한다. 대개는 두 개 지점을 생각한다. '기침약처럼 따끈한 화로'에서 기침약과 화로는 두 개의 점이다. 이런 것에 익숙해지면, 보는 대상은 물론 생각을 확대해도 결국 두 개의 경험 원칙에 머문다. 시적 언어는 효과적인 설득을 위한 수사학이 아니기 때문에 최소한 세 개 이상의 점이 필요하다. 이것은 우선 시 전체의 구조나 다른 문장 속에 놓인 것들과의 관계도 있지만, 나머지 지점들을 교차하면서 '~처럼 보이지 않기'도 필요하다. 그것 또한 하나의 점이다.

결국 다른 것으로 쉽게 대체할 수 없는 주체적 인식을 얼마나 품고 있느냐가 시적 언어의 밀도나 강도를 만든다. 그것은 불분명한 것을 몽롱하게 꾸며 내거나, 일부러 수수께끼를 만드는 허튼수작이 아니라, 실감으로서의 언어를 위한 것이다.

이 시에서 화로는 일상의 화로를 지시하면서도 시적 주체가 처한 차가워지는 상태도 가리킨다. 그리고 화로는 다시 체온 위에 올라선다. 추위, 밀물, 방바닥, 방망이, 독서, 유리창 등이 둘러싸면서 어떤 의미를 지닌 화로지만, 차라리 화로라고밖에는 더 말할 수 없는 화로로 남는다. 방바닥에서 생겨나는 어머니의 출현도 환상이라는 용어나 기술로 묶어 둘 수 없는 현전이다. 독서의 로고스보다는 어머니의 기적과 파토스가 앞선다. 그렇지만 기적이나 파토스도 어머니, 화로를 쉽게 대체할 수 없다. 파토스는 격정적으로 드러나지는 않는다. 파토스가 압도적으로 강화되면 표현주의가 되지만 이상은 표현주의적 격정으로는 나아가지 않는다. 주관적 발화나 소재의 측면에서는 이상이 표현주의적일 수도 있지만 표현주의 시는 운율을 통한 정형적 형식성을 지닌다.

체온 위로 올라선 화로는 주체가 애매한 문장이다. 이 문장은 마네나 세잔, 큐비즘적 중층 구조이다. 주체가 복합적이고 공간적 상황도 중층적이다.

역단, 아침

영국 시인 키츠는 자아를 비운 상태(empty mind)로 상황을 수용할 수 있어야 넓은 생각이 가능하다며, 이것을 네거티브 수용능력(negative capability)이라고 했다. 이런 수용적 태도와 달리 시각 중심의 태도는 능동적이면서도 형상적이기 때문에 독재적이지만 객관화를 지향한다.

객관적 표현의 미적 가치는 '심리적 거리'에 있다. 자신과 대상의 관계가 무관할 수는 없지만, 감정이 지나치면 자신의 감정은 물론 시적 대상까지도 제자리를 잃는다. 대상을 제어하는 정도가 지나쳐도 기계적인 인위성만 남는다. 이상의 시는 회화적 시선, 시지각적으로 표현한 객관적 대상들이면서도 시적 주체가 어울려 인위성에서 벗어난다. 이 시에서 들고 나는 밤, 아침이 불 켜지듯이 밝아진 폐는 주관적이다. 하지만 시각은 일상 사물의 형상을 통해 주관의 정도를 조절한다.

'치사(侈奢)'는 '사치스러운 화려함'의 뜻으로 이상이 즐겨 쓰는 표현이다. 초췌한 결론 위에 아침이 왔지만, 코 없는 밤은 다시 올 것이다. 그러나 역설적으로 코 없는 밤이라는 그 말이 모든 가능성을 향한 비전을 만든다.

이상의 산문과 소설에서 코는 자주 등장한다. '코 베인, 큰 코 다칠' 등의 관용적 표현도 있고, 냄새를 맡고 숨을 쉬는 기관으로도 등장한다. 시에서는 '눈'이 독재적인 왕 노릇을 하기 때문에 드물다. '코 없는'은 모든 것을 잃어버린 것을 뜻할 수도 있지만 그 의미를 확정하려고 서두를 필요는 없다.

이 시에서 '코 없는 밤'과 비슷한 표현은 단 한 번, 소설 「지주회시」에 '피가 지나가지 않는 혈관, 막힌 머리, 코 없는 생각', '코보다 작은 코, 입보다 얇은 입'으로 등장한다. 시가 먼저이고, 소설이 나중이다. '코 없는 밤'이 더 새롭다. 물질적 효과 때문이다. '밤'은 시지각적 이미지를 만들지만, '생각'은 관념이다. 낱말들은 모두 기성품이지만, 누구든 '밤'에서는 개인의 경험에서 이미지를 가져올 수 있다. 생각은 구체적이고 개별적인 경험을 동반하기 어렵다. 다른 이의 경험을 가진 '코 없는'과 '밤'이 시인의 개별성과 연결되어 '코 없는 밤'은 모든 이의 것이면서 누구의 것도 아닌, 오직 이 시에서만 존재하는 언어가되었다.

'코 없는 밤'은 밤새 들락거렸던 '캄캄한 공기'의 형상이다.

프랑스 시인이며 소설가인 빅토르 위고는 무려 4000여 점의 수채화, 수묵화(동양의 먹도 사용했다.)를 남긴 화가이기도 했다. 그의 글에는 선명한 대상을 그림처럼 내보이는 회화적 감각이 잘 드러난다. 위고의 『명상시집(Les Contemplations)』에 "낱말들은 영혼의 신비로운 통행자들이다."라고 쓴 시가 있다. '꿈꾸는, 슬픈, 기쁜, 쓰라린, 음산한, 달콤한, 우울한' 말들이 사람처럼 다가온다는 내용이다.

'코 없는 밤'도 그런 낱말이다. 헛것이지만 들락거린다. 사람처럼 다가온다. 그 사람의 모습은 '코 없는 밤', 꼭 그렇게 생긴 형상일 것이다. 「역단-아침」에서 코도 결국 시각의 독재로 하나의 형상이 되었다.

앞에서 말한 위고의 시는 「후속(suite)」으로 "낱말은 살아 있는 존재이다. 글을 쓰는 명상의 손이 떨리며 진동한다"는 표현이 있다. 시에서 낱말들은 그것을 사용하는 사람보다 더 강력한 존재이다. 모호함에서 나오지만 새로운 의미를 창조한다. 그것은 새로운 사유, 감각, 시각을 드러내는 전율과 진동이다.

이상 또한 지속적인 시각화로 고정된 의미를 넘어선다. '영원히 오지 않을 듯이'라는 말은 한 순간에 대한 강조이다. 코 없는 밤이라는 형상을 탄생시켜 그것과 대면하고 그것을 객체화하면서 삶은 자세한 아침을 맞는다. 시의 안팎에 있는 시적 주체에게 영원은 무의미하다. 시적 주체는 늘 오늘 하루만 산다. 키츠는 25년을 살았고 위고는 83년을 살았지만 그들의 시적 주체는 늘 한 시대의 순간을 자세히 살았을 뿐이다.

꼭 그렇게 생긴 사람처럼 다가오는 낱말들의 의미는, 표정의 밀도와 온도와 강도이다.

역단, 가정

　문을 열려고 하는데 안 열리는 것은 문이 잠겨서가 아니다. 의식의 투영이다. 밤이 조르는 것은 섬세한 관찰의 언어이다. 문고리에 매달린 모습으로 자신의 심정을 극대화했다.

　개인의 소외감, 비애와 함께 1930년대 가족의 모습도 보인다. 조선시대의 가정이 윤리적, 문화적 생활공간이었다면, 일제강점기를 거치면서 사회경제적 환경에 대한 생존의 대응공간으로 몰락했다.

　이상은 산문 「공포의 기록」에서 "내가 이미 오래전부터 생활을 갖지 못한 것을 나는 잘 안다. 단편적으로 나를 찾아오는 '생활 비슷한 것'도 오직 '고통'이란 요괴뿐이다."라고 말했다. 이 시에 쓰인 생활이라는 말을 설명해 준다. '가정'은 가장 작은 생활집단인 '가족'이다.

　문패(門牌)는 주소와 이름을 적어 문 앞에 달아 놓는 작은 나무판이다. 우편 제도가 시행되면서 1897년부터 집집마다 문패달기를 계몽하며 법령도 만들어졌다.

　제웅은 짚으로 만든 액막이용 허수아비다. 종이나 헝겊을 짚에 씌우고 얼굴을 그린 허수아비 몸에 액막이할 아이의 이름, 생년월일을 적은 쪽지를 넣어 도랑이나 개천에 버린다. 무당이 와서 굿을 하기도 한다. 결국 이 시에는 제웅처럼 자신이 버려졌다는 생각이 들어 있다. '바늘'은 원문에서는 한자로 쓴 침(鍼)이다. '전당(典當)'은 부동산이나 물건을 맡기고 돈을 빌리는 일이다. 일제의 토지조사사업(1910~1932년)으로 토지는 봉건제에서 자본주의적 소유제가 되었고, 전당포(전당업소)는 한반도의 토지가 일본인 소유가 되는 통로가 되었다.

집이 앓는다는 표현으로 이어진다. 심리적 정황을 감정에 치우치지 않고, 사물들을 통해 사실적으로 표현했다. 특히 이상의 모든 시는 명사 중심에 동사가 어울리는 구조이다. 구체적인 명사 때문에 선명한 이미지가 앞서고 동사 때문에 역동성과 유동성을 발휘한다. 감정에 취하지 않는 심리적 거리도 만든다.

나는 여기서 지금 앓는다.

이상의 시와 소설에는 '앓는다'는 표현이 많다. 소설 「실화」에서도 "나는 여기서 지금 앓는다."고 썼다. 앓는다는 것은 질병과 근심, 현실적 고통의 진행 상태이다. 이 시에서는 집마저도 앓는다. 밤이 사나운 꾸지람으로 자신을 조르고, 자신은 문고리의 쇠사슬처럼 매달려 있다. 쓸모없는 자신, 질병과 근심을 내미는 현실 속에 있다.

이상은 '앓는다'는 경험과 인식을 통해 환자와 「오감도 4호」의 책임의사 사이를 오간다. 그러나 앓기 때문에 치우치지 않는다. 진실로 여전히 앓고 있기 때문에 이상의 시는 뾰족하게 묻은 달빛처럼, 엑스트라 같은 대상을 통해 오히려 스포트라이트(spotlight)를 만든다. 이상의 문학에서 '앓는다'는 질병이나 치유만을 웅변하는 흑과 백에 불과한 세계가 아니다. 회화적 음영의 계조(tone)를 투시하며. 뼈아프게 절망하고, 철저하게 버려지고, 냉정할 정도로 배반적인 극점을 만드는 동력이다. 그런 극점은 의미의 깊이가 아니라, 물질적이고 동적인 기표들이 만드는 표면의 반발이고 배후의 역광(backlight)이다.

역단, 행로

스토리, 구두점, 한 장(chapter), 잉크까지 책과 관련된 용어를 사용했다. 자신의 이야기와 책, 철길을 겹쳐 놓았다.

드러내고 숨기는 이런 과정이 없다면 그저 자신만을 강조한 것에 그칠 것이다. 함부로 밟고 지나간 누군가의 행위가 표현의 객체화를 수행한다. (옛날에는 철길을 막는 경계막이 거의 없어서 마구 건너다녔다.) 자신의 행로는 책 속에 있는 문학의 길이기도 하면서 근대의 상징물인 철길과 오버랩(overlap)되었다. 요즘에는 디지털 이미지와 컴퓨터 기술이 일반화되어 이미지의 오버랩을 굳이 더 설명하지 않아도 되지만, 이상의 시대에는 낯선, 신개념의 표현기법이었다.

요즘의 포토샵 용어로 말하자면 레이어 활용이다. 오히려 요즘의 포토샵이 100년 전 서양화 기법들을 열심히 구현하는 중이다. 오버랩은 단일한 대상(이미지)의 다중화, 혼종 이미지를 만든다. 세잔에서 비롯된 큐비즘과 다다이즘에서 나왔다.

특히 큐비즘, 다다, 초현실주의에 걸쳐 두루 핵심 인물이었던 프랑스 화가 피카비아는 어슷하게만 겹쳐진 큐비즘의 기하학적 도형이 아닌 사실적 형상들을 완전한 겹침 양식으로 표현했다. 1920~1930년대 피카비아의 「투명성(Transparence)」 연작들이다. 사람의 얼굴 위에 또 다른 사람의 형상을 투명하게 겹쳐 놓았다. 형상을 가진 대상들의 중층(multi-layer) 구조이다. 그는 미술학교를 나온 화가였지만 시인 트리스탕 차라와 《다다》 잡지를 편집했고, 앙드레 브르통, 폴 엘뤼아르와도 어울리면서 시집도 출간했다.

투명한 오버랩은 수채화의 겹침 효과 등으로 이미 회화작품 속에 숨어 있던 표현기법이었다. 「역단-행로」는 서로 다른 영상이 하나로 오버랩되었다. 피카비아의 그림을 선구적인 포스트모던 작품이라고 말하는 것처럼 이런 혼종화를 자크 데리다 식의 산종이나 포스트모더니즘의 혼종이라고 말할 수도 있겠지만, 이런 방식은 이미 기원전 이집트 미술에서도 비슷하게 존재했다. 얼굴은 측면, 가슴은 정면, 발은 측면으로 본 인간을 그렸다. 고대 그리스를 거치면서 사실적 고전주의로 바뀌었다. 그러나 사실적이라기보다는 개념 중심의 사고에서 인간 중심 사고로의 변화였고, 다른 한편으로는 인간 중심이라는 인식도 어떤 규범이나 전형성을 갖는 이상적 표준(고전주의)으로서의 인간이었다.

이 시는 +자로 베어지는 아픔도 시각화해서 결합했다. 폐질환을 앓는 사정도 보이지만, 축조 방식, 나를 드러내면서도 다른 것들이 나를 만드는 중층성이 있다. 주체와 객체가 서로 밀고 당기면서 이중적인 평범성으로 움직임을 구현한다. 단순하지만 흩어져 존재하는 것들이 모여 함께 움직인다. 소재도 표현도 복잡하지는 않다. 조금만 현실에서 벗어나고, 조금만 현실로 들어온다. 웃음소리와 떠드는 소리가 내 책을 망치는 듯하지만, 그렇기 때문에 오히려 스토리는 살아 있다.

겹쳐진 것들(책, 철길)은 너무 투명해서 시시하거나 평범할 정도지만 문학과 예술에서 평범함은 위대함보다 더 중요하다. 누군가 경로를 딛는 이는 자신의 그림자 또는 죽음의 그림자일 수도 있다. 무너지고 주저앉은 기막힌 사정, 행로에서 멈춘 사소한 개인뿐이다. 그렇지만 어떤 유식한 '옴니사이언스'의 철학이나 과학도 여기서는 절대 유일의 가치를 선언하지 못한다. 절대적 사고에서 상대적, 일시적 관점으로 바뀌고 오버랩되면서 평범함은 오직 그것만으로도 다중화의 전능(omnipotence)을 발휘한다. 그런데 주저앉아 있다. 전능이 일시 정지되어 있다. 시적 주체는 식민지 근대의 기계적 질서와 고장난 기관으로서의 신체를 통과해야 한다.

지비

지비(紙碑)는 종이로 만든(종이에 쓴) 기념비라는 뜻이다. 이 상은 소설 「실화」에서 이렇게 썼다. "슬퍼 마라. 너에게는 따로 할 일이 있느니라. 이런 지비(紙碑)가 붙어 있는 책상 앞이 유정에게 있어서는 생사의 기로다."

나무나 돌에 글을 새겨 만든 묘비, 사적비 등이 전통 방식이다. 내용을 운문으로 쓰면 명(銘), 산문으로 쓰면 서(序)라고 한다. 서양에도 운문으로 쓰는 묘비명(epitaph) 문화가 있다. 글의 형식보다는 비석의 물질적 형태를 제목으로 삼은 이상의 물질적, 시각적 특징이 보인다. 개인적인 추억의 기념물이다.

원문에서는 아내를 '안해'라고 썼다. 정지용, 김소월의 시에도 나오는 옛말이다. 아내라는 대상이 그의 시에 들어오면 세포들이 약동한다. 이것은 능동적인 욕망으로, 정신의 동요와 육체의 변용을 동시에 일으키는 코나투스(conatus)라고도 부를 수 있다. 곧 자신의 존재를 지속시키는 힘으로써 관계를 인식해 반응을 활성화한다. 관계는 적합과 부적합은 물론 애매한 것까지도 모두 포함한다.

이 시에서는 붙여 쓰는 형식이 특히 효과를 발휘한다. 한자도 많이 쓰지 않았으니 시각적으로든 개념적으로든 섞여서 흘러간다. 물론 제대로 걷기도 힘들겠지만, 표현의 구조는 문워크(moon walk) 댄스나 남녀가 함께 도는 왈츠의 한 장면 같은 구성이다. 그 다리가 어떤 다리인지도 모르게 뒤섞여 긴 문장을 한동안 끌고 간다. 그러다가 남녀는 무대에서 홀로 독무를 추듯이 소외되어 다시 두드러진다.

그리고 마침내 무사한 세상과 무병(질병이 없음)도 짝을 이루면서 "치료를 기다리는 무병이 끝끝내 있"다는 역설적 표현으로 끝난다. 결국 아내와 나의 (이 다리, 저 다리 뒤섞인) 댄스가, 무사와 무병으로 바뀌어 다시 '이 다리, 저 다리'의 춤을 춘다. 무대는 질병이나 병원이고 이 부부는 불안정하다.

예술에서의 코나투스의 정합과 부정합도 이렇게 활성화한다. 정지 상태인 한 쌍은 춤추듯 움직이면서 정합과 부정합의 관계가 바뀐다. 이런 상태는, 정지 개념에서는 불안해 보이는 부정합적인 한 쌍이지만, 움직임 속에서는 일체화한 정합이 된다. 내용과 형식의 표현은 일방적으로 고정되지 않아야 한다. 정합과 부정합의 관계가 자리를 바꾸면서 움직여야 한다. 이 시의 내용인 부부(정합)는 불안정(부정합)하다. 형식은 붙여 써서 혼란스럽지만(부정합) 춤추듯이(정합) 연결되어 있다. 마구 붙여 놓은 낱말들도 문워크 댄스 같은 예술적인 트릭(눈속임)을 유연하게 구사한다. 모더니즘 시의 문학적 리듬은 말소리의 운율에만 있는 것이 아니다. 이런 정합과 부정합은 내용과 형식의 구조적 율동이다.

이런 표현을 통해 주체나 대상은 강조되면서도 와해된다. 결국 텅 빈 주체, 텅 빈 무대가 놓여 있다. 무병(無病)은 병이 없다는 말이지만, 치료도 불가능한, 병 아닌 병이 있다는 역설적 표현(아이러니)이다. 감상에도 희망에도 휩싸이지 않고 문제를 주목하게 만든다.

회화적 표현에 있어서도 형태나 색채의 대비는 부정합적인 불화와 정합적인 조화를 동시에 연출한다. 일방적인 정합은 시각적 효과를 발휘하지 못한다. 대비를 대립으로만 보면 제대로 된 그림을 만들 수 없다. 그림이라는 개체는 사라지고 조화나 일체화라는 비미적 체제만 남는다. 그런 것에 종속되어 내용과 의미를 덧붙이면 이 시가 지닌 표현의 매력을 감소시키지만, 다음 문장을 떠올릴 수는 있다.

> 우리 부부는 숙명적으로 발이 맞지 않는 절름발이인 것이다. 내나 안해나 제 거동에 로직을 붙일 필요는 없다. 변해할 필요도 없다. 사실은 사실대로 오해는 오해대로 그저 끝없이 발을 절뚝거리면서 세상을 걸어가면 되는 것이다. 그렇지 않은가?

이상이 소설 「날개」에 쓴 말이다.

이상의 아내 모티브는 철저히 패배하지만 끝까지 포기하지 않는 동력과 균형추로 작동하는 감각의 원천이다. 그래서 소설의 설명보다는 '긴 다리, 아픈 다리, 왼 다리, 바른 다리'가 훨씬 감각적이다. 사전적인 질서나 세상의 지배적인 의미에 따르지 않고 새로운 이름을 부여해 구체화하고 최소화했다.

지비—어디 갔는지 모르는 아내

이 시는 조선중앙일보사의 월간지 《중앙》(1936년 1월)의 '신춘수필'에 다른 작가들의 수필과 함께 발표한 글이다. 이후에는 '시'의 영역에 포함시키고 있다. 현재의 관점으로는 이 글이 시적이지만 과거에는 비록 자유시 할지라도 정형적인 형식을 강조하는 시대였다.

이 시의 남녀관계는 평범하지 않다. (하지만 세상의 삶은 모두 다르니 속단할 수는 없다.) 그래도 이 시에서 '아내'는 솔직하다. 문제는 아내뿐 아니라 자신에게도 있다.

속기(速記, Shorthand)는 부호를 사용해 말소리를 빠르게 적은 기록이다. 16세기 말 영국에서 고안되어 일본에서는 19세기 말부터 의회에서 사용했고 한글 속기법은 1930년대에 개발되기 시작했지만 발전은 미진했다. '속기'는 「거리 밖의거리」에도 등장한다. 간단한 부호를 사용하기 때문에 사실은 전문가만 알아볼 수 있는 암호문이다. 비밀스러운 암호식 기록이라는 점에서 이상의 창작 방식과도 어울린다. 빠른 기록이면서도 자신만의 독자적인 쓰기 방식을 뜻한다.

"민첩하게 대서(代書)한다"는 다른 사람이 되어 쓴다는 뜻이다. 남편인 자신이 쓰면서도 마치 다른 존재(남편 신분을 벗어놓고)가 되어 쓰겠다며 순수하고 객관적인 기록임을 뽐내려고 한다. 이상의 시에는 '쓴다'는 행위가 자주 등장한다. 읽기(독서)와 만나기도 하고 흰 종이(백지), 부적과도 만난다. 손은 눈과 협력하여 문자와 그림을 만들고 예술을 만든다.

이상에게 쓰기는 눈과 손이 만드는 새로운 언어 행위로, 소리 우선적인 언어의 구현이기보다는 부적이나 속기 같은 그림

문자적 행위이다. 그래서 이상의 글은 내용적으로도 시각 중심이고 문자의 이용에도 띄어쓰기 무시 등 다양한 시각적 형식이 등장한다.

이 시의 제목인 지비 또한 문자로 만든 모뉴망(기념물)이다. 이상의 글은 의미(로고스) 중심인 소리언어 대신 표정 중심인 그림언어로, 데리다가 『그라마톨로지』에서 말한 원문자에 가깝다. 그래서 이상의 에크리튀르(문자적 글쓰기의 문체)는 남편 자격 내려놓기가 필요하다. 기존 언어의 의미 중심을 해체하는 글쓰기이다.

이것은 본래 시, 서, 화를 통합하는 동양의 전통문예에도 있던 것이다. 이상의 시는 그림과 함께 있고 언어와 함께 있다.

이상은 산문 「추등잡필」에서 삼촌 비석의 비문도 자신의 붓솜씨로 썼다고 했다. 「오감도 7호」에서 소개한 고려 말의 시인 한수(韓脩)는 서예도 뛰어나서 중국 시인이며 서예의 대가인 왕희지의 글씨를 이었다는 역사적 평가가 있다. 사실 왕희지의 글씨보다 더 훌륭하다. 이상은 산문 「혈서삼태」에서 서예의 예서(隷書)체를 말하기도 했다. 이상의 '서(書)'는 곳곳에서 등장한다. 시, 서, 화가 통합된 특징을 보여준다.

추사 김정희는 시서화 일체를 지향한 시인이다. 그는 『완당전집』(1934년)의 「우아에게 주다(與佑兒)」에서 "난을 치는(그리는) 법은 예서(隷書)와 가깝고, 반드시 문자향과 서권기가 있어야 한다.(蘭法亦與隷近 必有文字香書卷氣然後可得)"고 했고, 「잡식(雜識)」에서는 "서법, 시품, 그림의 정수, 그 오묘한 경지는 같다(書法, 與詩品 畵髓, 同一妙境)"고 했다.

아내의 외출은, 오히려 아내를 통해 드러나는 사물과 사건에 활력을 불어넣는다. 그것은 소외나 공허와 함께 생생하게

살아난다. 기억은 흔적으로 변해 깃부스러기도 되고, 벗어 놓은 버선마저도 걸을 수 있고, 슬프게 짖는 개의 소리가 정서를 환기하는 인지의 충격도 만든다. 보이지는 않지만 시적 주체인 나의 세계는 무한히 확장되거나 닫힐 것이고 아내 또한 그럴 것이라는 잠재적 가능성도 보인다. 작은 소품들 같은 낱말과 낱말들이 부딪히는 순간 속에서 시적 언어가 아내와 나의 분신으로 솟아나 세계의 주름진 결을 펼친다.

이상은 비밀이라는 말을 자주 사용한다. 그는 산문 「19세기식」에 이렇게 썼다. "비밀이 없다는 것은 재산 없는 것처럼 가난할 뿐만 아니라 더 불쌍하다. (……) 불의의 양면 — 이것을 나는 만금(萬金)과 오히려 바꾸리라."

원문에서 '엽체 닫과같은 쇠'는 '그렇게'로 옮겼다. '도대체'에 가까운 강조 표현으로 해석했다. 문패는 주소나 이름을 적어 입구에 달아 놓는 작은 패이다. 문패가 없다면 주인 없는 방과 같다. '빈속'으로 옮긴 공복(空腹)은 이상의 시와 소설에서 자주 등장하는 말이다. 상실감이나 곤궁함, 허탈감을 나타낸다.

아내에 대해서 이상은 소설 「봉별기」에 이렇게 썼다.

나는 금홍이를 사랑하는 데만 골몰했다. 못난 소린 듯하나 사랑의 힘으로 각혈이 다 멈췄으니까. (……) 금홍이가 내 아내가 되었으니까 우리 내외는 참 사랑했다. 서로 지나간 일은 묻지 않기로 하였다. 과거래야 내 과거가 무엇 있을 까닭이 없고 말하자면 내가 금홍이 과거를 묻지 않기로 한 약속이나 다름없다. 금홍이는 겨우 스물한 살인데 서른한 살 먹은 사람보다도 나았다. (……)

나는 제목(題目) 없이 금홍이에게 몹시 얻어맞았다.
나는 아파서 울고 나가서 사흘을 들어오지 못했다. 너
무도 금홍이가 무서웠다. 사흘 만에 와 보니까 금홍이
는 때묻은 버선을 윗목에다 벗어 놓고 나가 버린 뒤였
다. (……)

　금홍이가 왕복엽서처럼 돌아왔다. 나는 그만 깜짝 놀
랐다. 금홍이의 모양은 뜻밖에도 초췌하여 보이는 것이
참 슬펐다. 나는 꾸짖지 않고 맥주와 붕어과자와 장국
밥을 사 먹여 가면서 금홍이를 위로해 주었다. 그러나
금홍이는 좀처럼 화를 풀지 않고 울면서 나를 원망하
는 것이었다. 할 수 없어서 나도 그만 울어 버렸다.

　금홍은 이상의 여인이다. 최초의 한글시 「꽃나무」를 발표하
며 종로 1가에 ‘제비’라는 이름의 다방을 개업한 1933년부터
1935년까지 함께 살았다. 소설에서는 이름이 나오지만 시에서
는 아내라고만 나온다. 사실과 허구가 교차하는 인물이다.
　이상의 여동생(김옥희)은 “금홍이는 주로 뒷방에서 자고 있
곤 했어요. 저는 주로 큰오빠의 빨랫감만 받아서 곧 돌아오곤
했기 때문에 별로 이야기를 나눈 적이 없었지만 굉장히 살결
이 곱고 예쁜 여자였어요.”(《레이디경향》, 1985년)라고 회고했다.
　이런 개인사를 놓고 보면 앞의 시 「지비」와 수필로 쓴 「지
비」의 성격은 다르다. 앞의 시가 새로운 허구를 향해 언어의
힘으로만 나아간다면, 뒤의 것은 사실에서 나온 허구에 감각
이나 수사를 더해 사실에서 멀어지는 형식이다. ‘멀어지기’와
‘나아가기’의 차이다. 같은 소재를 다룬 시와 소설을 비교해
보면 이상의 시는 확실히 나아간다. 나아가기 때문에 현대성

를 가진 시가 된다. 나아가는 그곳은 과거 방식의 의미를 벗어나는 시적 언어만의 공간이다. 세잔 이후 서양미술의 방식이기도 하다.

금홍은 이상이 요양을 갔던 황해도 배천온천에서 만난, 기생과 유사한 직업을 가진 여인이다. 현실의 기록에서는 잊혔지만 금홍은 문학적 기념비가 되어 「지비」로, 이상의 대표적인 소설 「날개」의 여주인공으로 남았다. 만남과 이별의 기록인 소설 「봉별기」에는 금홍과 이별한 후, 시간이 지나서 마지막으로 다시 만나는 장면이 있다. 「봉별기」의 마지막 부분이다.

　　금홍이는 역시 초췌하다. 생활전선에서의 피로의 빛이 그 얼굴에 여실하였다.

　　"네눔 하나 보구져서 서울 왔지 내 서울 뭘 허려 왔다디?"

　　"그러게 또 난 이렇게 널 차저오지 않었니?"

　　"너 장가갔다드구나."

　　"얘 디끼 싫다. 그 육모초 겉은 소리."

　　"안 갔단 말이냐 그럼."

　　"그럼."

　　당장에 목침이 내 면상을 향하여 날아 들어왔다. 나는 예나 다름이 없이 못나게 웃어 주었다. 술상을 보왔다. 나도 한잔 먹고 금홍이도 한잔 먹었다. 나는 영변가(寧邊歌)를 한마디 하고 금홍이는 육자배기를 한마디 했다.

　　밤은 이미 깊었고 우리 이야기는 이게 이 생에서의 영이별(永離別)이라는 결론으로 밀려갔다. 금홍이는 은

수저로 소반전을 딱딱 치면서 내가 한번도 들은 일이
없는 구슬픈 창가를 한다.
"속아도 꿈결 속여도 꿈결 굽이굽이 뜨내기 세상 그
늘진 심정에 불질러 버려라."

소설이기 때문에 완전한 사실로 받아들일 수는 없지만 금
홍은 식민지 조선의 뜨내기 같은 현실을 살아 내는 여성이다.
이상의 작품에 나타나는 그녀의 언어는 지식이나 배움도 부
족해 목침을 내던지거나 노래가 대신한다. 하지만 그녀의 존재
는 지식의 언어를 넘어 감각의 언어를 일깨우는 이상 문학의
한쪽 날개였다.
　시의 언어가 보편의 체제에서 벗어나 언어만의 형식을 다시
구사하려는 까닭은 개별적 존재의 소리, 소리 없는 소리, 체제
밖의 소리에 시적 주체를 옮겨 놓으려고 하기 때문이다. 그래
서 이 시에서도 아내라는 존재는 배신이나 소외가 아닌 영원
한 접촉의 표상이다. 아내의 속임이나 자신의 위장은 존재들
의 표상 구축행위이며, 아내는 말하는 존재가 아니라 행동하
는, 시각적 존재이다. 자신은 말하는 존재이다. 두 존재는 시적
주체의 경계면에서 19세기 윤리 언어에 20세기 관점의 탈출
과 해방을 시도한다. 그러나 결과는 쓸쓸하다. 늘 결손적 존재
이다.

보통기념

사회정치적으로 무엇을 기념하기 위해 만드는 표식이나 기념물을 모뉴망(monument)이라고 한다. 이 시에서는 개인의 추억을 기념하는 모뉴망이다. 앞의 시 지비도 모뉴망이다. 「보통기념」은 「지비」 연작와 같은 아내 모티브다. 발표 순서로 보면 1934년 6월 「보통기념」, 1935년 9월 「지비」, 1936년 11월 「지비-어디갔는지모르는아내」 순이다. '지비'가 유명하지 않은 것에 대해 쓴 글을 가리키는 표현이지만, 나중에 지비라는 말을 사용한 의도는 그것이 보통의 기념이라는 일반적인 뜻보다 '종이 기념비'가 더 구체적(시각적, 물질적)이기 때문이다.

'시가(市街)'는 시내의 거리(도로 및 주변 건물들)를 뜻한다. 전화(戰火)는 전쟁이나 싸움을 뜻하는데 말다툼을 가리킬 수도 있지만 이상의 글에서 전쟁과 관련된 어휘가 많다는 점은 당대의 역사적 정황 때문이다. 전쟁의 시기에 관련 어휘를 자주 사용하는 것은 당연한 일이다. 1932년 일본의 침공으로 일어난 상하이 사변은 모두에게 영향을 주었을 것이다. 1933년 발표한 심훈의 소설에는 '피난소'라는 말이 나오는데 전쟁용 대피소는 아니지만 전쟁의 시대 영향이라고 볼 수 있다. 김기림의 시에도 '전쟁'은 여러 차례 등장한다.

뇌수(腦髓)는 이상이 즐겨 쓰는 표현으로 '뇌'와 같은 뜻이다. 낙체운동(落體運動)은 물체가 떨어지는 운동이다. 피난소(避難所)는 진짜 전시 대피소가 아니라 집을 나간 여인의 거처를 뜻한다. 우라카에시(裏返) 재봉은 일본어로, 겉이 낡은 옷을 뒤집어서 새옷처럼 꾸미는 재봉 방식이다. 집을 나가 새 삶을 꾸리려던 정황을 표현했다.

흰 학의 몸체(학동체, 鶴胴體)는 학(두루미)의 몸통이다. 이 학이 바로 상징적 기념물인 모뉴망(기념 조형물)이다. 학은 한 반도에서 삼국시대 이전부터 그림이나 공예품에 등장했다. 한국 토속신앙의 십장생도(十長生圖)에 거북, 사슴, 해, 구름, 산, 물, 바위, 소나무, 불로초와 더불어 등장하는 열 가지 대상이다. 무병장수의 상징이며, 원앙과 함께 사이가 좋은 부부도 상징한다. 학은 베개나 벼루, 옷, 공예품 등 생활용품에 수를 놓거나 새겨져 특히 장수를 누린 상징물로 소나무를 동반한다. 요즘에도 혼수용품인 침구와 식기에 여전히 살아 있다. 학은 서로 짝을 맺으면 상대가 죽기 전엔 짝을 바꾸지 않고 새끼도 정성껏 돌보는 금슬 좋은 새이다.

물리학이나 낙체운동, 공전일주를 가져와 분위기를 바꿔 놓으려고 했지만 청동기 시대부터 한반도에 군건히 자리를 잡은 학의 문양을 뉴턴이 감히 이길 수는 없다. 결국 이상 스스로 「보통기념」의 모뉴망을 학으로 확정했다.

공전일주는 지구의 공전이니 1년이 지난 것을 뜻한다. 열대에서는 봄이 더 특별한 것이 아니니 부적절한 비유이다. 뉴턴과 지구의 공전을 가져오는 바람에 더 휑한 기념일만 남았다. '역시, 기어코' 같은 인과성의 강조 또한 열대의 봄처럼 막막하다. 눈자위, 때 낀 손톱, 계집은 물리학 정도엔 걸려들지 않으니 그나마 탈주를 계속한다. 나머지들은 종이로 만든 학의 몸체처럼 유별나 보이지만 사실은 보통의 기념물이다.

이상 시와 비대칭적 평형

천칭(저울)을 가지고 이 시를 다시 설명하자면, 시적 주체의 질량은 무겁다. 온갖 인과성을 혼자 다 가진 무게이다. 그렇지만 상대인 계집의 무게는 자유롭고 가벼워서 저울의 중심에서 아주 먼 곳에 놓는다. 과학적으로, 천문학에서 질량이 다른 쌍별은 몇백 광년의 거리에서 함께 돈다. 한쪽이 무겁고 다른 한쪽이 가볍다면 저울의 중심은 무거운 쪽으로 쏠린다. (무거운 것을 들어올린 긴 지렛대와 받침돌 관계와 같다.)

이상은 저울 접시에 세상을 올려놓고 쌍별과의 관계를 궁리한다. 서로 다른 질량이 균형을 이루려면 저울의 중심에서 거리가 달라지듯, 과학은 이상을 한구석으로 몰아넣는다. 저울대 전체의 길이에서 중심은 다른 한쪽과 몇백 광년 치우쳤고 또 다른 쪽과는 너무 가깝다. 대칭을 말하는 듯한 이상의 모든 시는 결국 비대칭이 될 수밖에 없다. 그러나 무게 중심을 이동하기 때문에 저울은 수평이다. 질량은 각각 다르다. 하늘에 있는 별 중에 쌍별(쌍성, binary star)이 있다. 서로 멀리 있지만 중력으로 묶여 있어서 같이 공전하는 두 개의 별이다.

이상의 시에는 유동과 중력이 작용해서 움직임이 빈번하다. 그의 시적 방법은 중력을 지닌 구조적 수평이다. 예민한 현대시는 질량, 상호 간의 거리, 내뿜는 빛도 모두 다른 우주의 별들과도 같다. 아울러 마주 보고 회전한다. 수평을 유지하려고 다른 한 쪽에 무게만 더 올리면 단순한 시가 된다. 무게중심을 이동하면 간단하게 수평을 유지하면서도 서로 다른 질량을 가질 수 있다. 비대칭적 평형이다. 여기에 천문학적 광년의 거리, 온도(빛), 공전이 더해져 하나의 우주가 된다. 현대시는 그런 것들을 내부 동력으로 실천해야 한다.

이상의 시는, 양쪽의 질량이 다른 비대칭적 평형이다. 의식과 언어 사이, 지각과 형상 사이, 이미지와 개념 사이, 주체와 객체 사이, 근대와 전근대 사이, 시적 언어의 인격성과 비인격성 사이의 비대칭적 평형의 공전이다. 특히 아내 모티브의 시에서는 이 현상이 더 두드러진다.

예술적 표현으로서의 비대칭적 평형에 관해서는 「위독-절벽」에서 '데 스틸과 기하학적, 비대칭적 평형'으로 설명하겠다.

위독, 금제

「위독(危篤)」 연작 열두 편은 1936년 10월 《조선일보》에 세 편씩 네 차례에 걸쳐 발표한 시이다. 금제(禁制)는 금지사항을 지닌 원칙이나 제도를 가리키는 용어로 이상이 지어 낸 말은 아니다. 여인금제(女人禁制)라고 쓰면 여성들에게 금지된 것을 말한다. 이상은 금제라는 말을 산문의 여러 곳에서 사용했다.

"곡식을 뜯는 것도 금제(禁制)니까 풀밖에 없다."(「권태」)

"정조는 금제가 아니오 양심이다."(「19세기식」)

"엄중하게 봉쇄된 금제의 대지에 불륜의 구멍을 뚫지 않으면 안 된다."(「어리석은 석반」)

'머리뼈'는 원문에서는 촉루(두개골)라고 썼다.

「위독」 연작은 역사의 전환기, 인간의 조건과 식민지 근대를 해부하는 사회문화적 시선을 담은 작품이다. 이 시의 실험동물 이야기는 이상의 산문 「추등잡필」에도 나온다. 진찰을 받으러 어떤 대학 부속병원에 갔더니 교수인 의사가 학생들을 불러서 자신을 둘러싸고는 자기 몸을 주무르며 임상강의를 하면서 실험동물처럼 대했다면서, 의학에도 새로운 도덕관념과 감정관습이 필요하다고 말한 내용이다. 같은 글에서, 학술전람회에서 사형수의 두개골을 전시하거나 나병환자들을 소록도에 격리시키는 것에 대해서도 문제를 제기했다. 어떤 미미한 인간일지라도 그의 뜻이 존중되어야 한다고 썼다.

이상의 시에는 오늘날에는 이해하기 어려운 옛날식 한자가 많다. 1936년 10월 조선어학회는 「사정한 조선어 표준말 모음」을 발표했다. 비슷한말, 같은말 등 표준말을 다루었는데 이 문서에서 한글로 쓴 '사정한'의 뜻도 요즘 세대는 이해하기 어렵다. 사정(査定)은 심의 결정을 뜻한다.

조선어학회는 1933년 「한글맞춤법통일안」을 제정했지만 일반화할 수 없었던 일제강점기였다. 조선어 교육 또한 일본어를 익히기 위한 수단이었으나 1938년 이후에는 조선어 교육도 금지당했다. 이런 한글의 역사 속에 이상의 시가 있다. 이상은 보통학교(4년제 초등학교)에서 조선어 교육을 받았지만 수업 일수는 일본어의 절반 수준이었다.

이상이 보통학교에 입학하던 시기, 일본어 수업은 주당 9~10시간, 조선어(한글) 수업은 주당 5~6시간이었다. 중등학교 입학 무렵부터는 조선어가 대폭 줄어 학교별 선택과목이 되었고 조선어와 한문은 통합된 한 과목이었으나 일본어에 도움이 되는 한문을 더 강화했다. 외국어(영어, 프랑스어, 독일어 중 선택)는 필수였다. 이상은 대학에서도 당시 규칙에 따라 1학년 때에는 일본어와 조선어 교육을 받았다. 총을 들고 군사교육도 받아야 했다.

언어를 질료로 하는 문학은 언어의 표현방법에 당연히 몰두한다. 한자를 많이 사용한 이상의 시는 개념적이다. 한자는 육서(六書)라는 여섯 가지 원칙으로 만들어졌는데, 구체적 형태를 모방한 '상형(象形)' 외에도 추상적 기호를 이용한 '지사(指事)', 뜻을 지닌 두 글자를 합치는 '회의(會意)', 게다가 본래 뜻을 다르게 확대 해석하는 방식도 있어서 더 개념적이다.

「위독」 연작을 발표하던 시기에 이상은 김기림에게 보낸 편지에서 '한글 문자의 시험' 과정에 있다고 하면서 '기능어, 조직어, 구성어, 사색어'라는 용어를 사용했다. 상세한 설명은 없었지만 이상의 모든 시에 서울 토박이말이 들어 있다. 이 책의 본문에서는 현재의 표준어로 바꾸었지만 부록으로 첨부한 원문을 참고하면 표준어 제정 이전 서울 토박이말의 소리를 느낄 수 있다. 이상의 시는 표준어가 보편화되기 전에 창작되었기 때문에 음성적 효과를 위해 토박이말을 의도적으로 사용한 것은 아니다.

그의 산문 전체를 보면, '사색'이라는 말을 다른 것에 비해 훨씬 많이 사용했다. '구성'은 시각적 또는 물질적 구성요소, '기능'은 현실적인 쓸모, '조직'은 사회조직 같은 뜻으로 사용했다. '사색'이라는 말은 '상상, 궁리, 명상'의 뜻으로 사용했다. 산문에서 개념이라는 말은 쓰지 않았고, 사유 관념이나, 도덕 및 사회 관념을 가리키는 뜻으로 관념이라는 말을 사용했다.

그렇다면 이상이 시적 언어 및 문자를 보는 관점을 '구성요소(시지각적, 물질적인 것에 대한 요소 분해), 쓸모(현실적, 미적 효과), 조직(분화 및 체제), 사색(감정이입, 궁리, 상상, 환상, 추상성)'이라는 얼개로 짜 맞추어 볼 수 있다. 언어가 존재의 집이라면 이런 얼개는 곧 언어나 문자의 문제를 넘어서 언어를 통해 세계를 인식하는 틀이 되는 동시에 시적 표현 방식이 된다. 이상이 말한 네 가지 방식을 '미분화 및 개체화(différentiation, individuation)-극화(dramatisation)-조직화 및 분화(différenciation)-현실화'의 동시적 작용으로 설명할 수도 있다. 그러나 이런 들뢰즈(『차이와 반복』)의 용어에 현혹될 필요는 없다. 철학자들에겐 그저 예술을 이해하려는 진지함과 성실함이 있을 뿐이다.

시나 예술은 스스로의 시선과 방법으로, 살아 있는 육체의 길을 간다. 이상의 시에서 귀찮을 정도로 자주 등장하는 한자 어휘는 개념의 하나가 아니라, 현실의 반영인 동시에 미학적으로는 추상 충동(Abstraktionsdrang)으로서의 육체이다. 문화와

문명의 출구를 모색하는, 보수적이면서도 혁신적인 이상만의
독특한 방식이다.

「위독」 연작은 도덕이나 사회 관념을 배경으로 삼고 있다.
금제와의 대면을 통해 문명사적 위기를 다룬 작품들이다.

위독, 절벽

절벽은 위독한 현실의 한 지점이다. '절벽'이라는 어휘에 관련해서 이상은 "양심과 배치되는 현실의 박해로 인한 갈등과 자살하고 싶은 고민"(소설 「환시기」)으로 절벽에 매달린 사람을 묘사한 적이 있다.

'꽃이보이지않는다'고 했지만 이 시에서 꽃은 매우 잘 드러난다. 'A는 여기 없다. B만 있다. A는 나타난 적도 없다.'라고 쓴다면 논리적으로 A는 없다. 그런데 A가 두 차례나 등장했기 때문에 읽는 사람은 A를 반복해서 인지하게 되어 보이지 않는 꽃이 존재한다. 향기가 '만개(滿開)한다'는 '피어난다'로 옮겼다.

묘혈(墓穴)은 무덤 구덩이로, 죽음의 공간이다. 이상에게 죽음은, 구조적 명료성을 인식하기 때문에 벌어지는 근대적 주체의 죽음이다. 이상은 이미 소설(「12월 12일」)에서 "사는 것도 죽는 것도 모두가 허무일세."라고 했지만, "담황색 태양광을 황홀한 간섭 작용으로 투과시키고 있는 잠자고 있는 듯한 광경"을 말하면서 "생을 부정할 아무 이유도 없다."고 변화한다. 이런 변화의 계기는 '경멸할 니힐리스트였던 것'의 인식과 '황홀한 간섭 작용으로 투과시키고 있는 잠자고 있는 듯한 광경', 바로 감각이다.

이상은 '향기도 촉감도 없는, 영원한 피안'(산문 「권태」)은 다루지 않는다. '봉선화 향기, 아카시아 향기, 커피 향기부터 예술적 향기'까지 다른 글에서도 '향기'를 여러 차례 애용했다.

그런데 이미 보이지 않는 꽃이라고 했으니 어떤 꽃의 향기인지 설명은 하지 않아도 된다. 언어는 이렇게 간편하기도 하고 허황되기도 하다. 묘혈을 판 뒤에 이것도 보이지 않는다고 말한다. 하지만 이미 벌어진 허황된 일이니 거부감이 덜하며 이제부터는 상상의 세계로 쉽게 들어갈 수 있다.

수직하강의 공간이 오직 죽음의 세계는 아니다. 고대 건축물 중에는 천장에 입구(문)를 만들어서 아래로 내려가는 집들도 있었다. 기원전 7500년쯤 세워진 도시 차탈휘크(Çatalhöyük)에 있다. 인간은 지하 공간을 삶의 공간으로 확장하기도 한다. 이미 런던 지하철이 1863년 개통되었지만 이상에게 땅속 구덩이는 아득한 절벽 아래의 암흑이나 죽음의 표식이다.

묘혈로 들어가도 향기가 피어난다. 감각이 함께 있다. 다른 설명 없이 최소화한 언어로 표현했다.

"녹색 1킬로그램은 0.5킬로그램보다 더 푸르다."는 프랑스 화가 폴 고갱의 글(『알린을 위한 노트』, 1893년)이 있다. 질료에 몰두하면 '자연의 대상-질료(문자/언어)-작품(시)'의 관계가 역전된다. 질료는 1밀리그램의 녹색을 통해 작품(시)을 원형화한다. 고갱은 다른 글(『화가의 이야기』, 1902년)에서 "자연의 녹색 10만 킬로그램은 캔버스의 녹색 1밀리그램이다."라고도 했다. 1밀리그램의 물질이 10만 킬로그램의 자연을 발산하면서 독립한다. 그때 화가나 시인은 그것을 작품이라고 부른다. 고갱은 발레리, 말라르메 등 상징주의 시인들의 모임에 늘 참석했던 화가였다. 앞에서 말한 두 권의 책은 고갱이 타히티 섬의 오두막에서 쓴 것이다. 그의 그림은 강렬한 색채를 지닌 대담한 평면들을 통해 대상의 사실적 묘사를 넘어섰다.

이상의 시는 자연이나 감정을 설명적으로 옮기지 않는다. 자연의 녹색 10만 킬로그램에 대해 캔버스의 녹색 1밀리그램으로 대응하는 것이 그림이고 특히 시는 그래야만 한다.

『음향』(1913년)이라는 시집을 출간하기도 했던 화가 칸딘스키는 추상미술의 선구자 중 한 사람이다. 칸딘스키는 추상을 인상(impresssion, 외부 자연으로부터의 즉각적 느낌 표현), 즉흥(improvisation, 비대상적 자발적 표현), 구성(composition, 장기간에 걸쳐 구성한 내적, 정신적 표현)이라고 정의했다. 그는 기본 요소의 물질성을 활용하여 이미지를 음악적으로 구성했다.

「절벽」은 최소 단위의 음악적 반복을 통해 자연의 인상을 끌어오고, 독립적 공간을 형성해 심리적 상태를 드러낸다. 정지(묘혈)와 움직임(보고 파고 들어가고 눕고 향기를 감각하는)을 잇는 유동적 반복이 기존의 의미를 뛰어넘는 힘을 생성한다. 의미와 정서적 환기를 오가면서 불연속성을 만든다.

데 스틸과 기하학적, 비대칭적 평형

1917년 네덜란드 레이던에서 예술잡지 《데 스틸(De Stijl)》이 창간되었다. 화가이며 시인 테오 반 두스뷔르흐를 중심으로 화가 피트 몬드리안(Piet Mondriaan), 시인 안토니 콕(Antony Kok) 등이 참여해 「데 스틸 선언문」(1918년)도 발표했다. 네덜란드어 '데 스틸'은 영어로는 '더 스타일(The Style)'이다. 새로운 표현 양식에 대한 선언이었다. 이들의 경향을 몬드리안의 수직 수평선과 색면 그림으로 생각하면 조금 쉽게 상상할 수 있다. 현실 대상을 그리지 않는 기하학적 구성의 추상화이다. 핵심 인물에 시인도 있기 때문에 미술 분야만의 경향은 아니다. 두스뷔르흐는 화가였지만, 시와 건축까지도 다루었기 때문에 미술과 건축 분야에서 제각각으로 그의 이름 표기가 난무한다. '구체시'라는 용어에서 구체(concret)라는 개념을 세계문학사에 넘겨준 인물이다.

몬드리안이 창간호에 발표한 「회화에서의 신조형주의」라는 글 때문에 '데 스틸'을 신조형주의(neo-plasticism)라고도 부른다. 몬드리안은 그 글에서 "추상적이고 사실적인(abstract-real) 조형은 대칭(symmetry)을 평형(equilibrium)으로 변형하며, 그 평형(균형)은 비율과 위치의 지속적인 반발(opposition)이다."라고 했다.

초기 몬드리안과 두스뷔르흐의 그림은 언뜻 보면 유사하다. 그렇게 보이는 것은 신조형주의가 추구했던 수직, 수평, 원색적인 색면 구성 때문이다. 이들은 정신적인 보편 진리와 수학적인 원리성도 함께 생각하면서 수직선, 수평선을 직각으로 교차시켰다.

이상의 시는 수학적이거나 구조주의적 원리화를 바탕으로 하는 형태 중심의 단순성 때문에 심심하기도 하다. 그래서 그의 시를 대비나 대칭으로만 오해할 수도 있다. 모조성이나 흉내 내기, 환영과 실재 또한 대비나 대칭의 범주로만 생각할 수도 있다. 하지만 그것은 문학이나 예술의 본류가 아니다. 회화성이나 조형성의 내적 원리는 어느 시대에서든 유동성이었다.

몬드리안이 1926년에 쓴 원고였지만 잡지의 폐간으로 실리지 못한 채, 사후인 1949년 공개된 「신조형주의 일반 원리」에서 그는 여섯 가지 원리를 간략하게 설명했다. 색, 직선, 균형, 이원적 구성(동양식 음과 양), 평형과 리듬에 이어 마지막으로 강조한 문장은 "모든 대칭은 제거해야 한다."였다.

이상의 시 「절벽」은 나를 중심으로 묘혈과 꽃(향기)이 몬드리안이 말했던 추상적이고 사실적인(abstract-real) 언어공간을 구성한다. 이것은 또 다음과 같이 이중성이나 대칭성, 음악성(리듬)을 발휘한다.

꽃, 꽃 향기	- 꽃 향기 요소 1
나, 묘혈, 묘혈, 묘혈,	- 묘혈 요소 1
나, 꽃 향기, 꽃, 향기	- 꽃 향기 요소 2
나, 묘혈, 묘혈	- 묘혈 요소 2
묘혈, 나, 꽃 나,	- 묘혈, 꽃 혼합 및 전환 요소 1
나, 꽃, 향기,	- 꽃 향기 요소 3
보이지도 않는 꽃이-보이지도 않는 꽃이	- 꽃 향기 요소 4

내용적으로는 이중과 대립으로 보이지만 형태적으로는 꽃 (향기) 요소가 많고, '나'는 매순간 개입해 이것을 조율한다. 조율은 곧 변환이다. 이 변환의 결과는 대칭의 제거이다. 마지막 문장은 순간 정지되었지만 불연속적 연속이다.

이상의 시에서 '나'는 죽든 살든, 병 들었든 절망하든, 변형자, 변경자, 변환자로서 반발하는 자이다.

두스뷔르흐는 《데 스틸》에 「회화와 조각, 요소주의」(1925, 1927년)라는 글을 이어서 발표했다. 몬드리안이 말했던 신조형주의에 변화를 꾀한 내용이다. 이 글에서 요소주의 (elementarism)는 "절대적인 정적 상태를 거부한다."고 했다. 특별히 달라진 게 아니라 수직수평만의 교직에 대각선을 추가하면서 역동성을 더 강조했다. 역구성(counter-composition), 역구축(counter-construstion)을 더해 건축에도 회화적 구성법을 도입했다.

요소주의라는 용어에서 요소(조형 요소)는 회화의 역사에서 이미 무엇을 그렸든지 선, 면, 색 등에 관한 조형 운용의 기본이다. 몬드리안의 균형이나 두스뷔르흐의 역구성, 역구축도 이미 르네상스 이후 서양화 또는 동양화의 표현에서도 기본적으로 익히는 것이다. 다만 20세기에 이것이 어떤 형상에서 벗어나 딴살림을 차리며 독립했을 뿐이다.

그런 조형들처럼 이상의 시적 언어도 딴살림을 차리며 독립한다. 그리고 그런 조형의 요소들이 이상의 시각과 시적 구조에 추상적이면서도 사실적으로, 비평형으로 작동한다. 특히 지나치게 기계적인 수직, 수평 등의 요소나 극단적인 이원성, 양가성, 등가성은 조율이나 제거의 대상이다. 이상 시의 분석에도 마찬가지다.

위독, 봄을 사다(매춘)

본래 제목은 한자로 쓴 매춘(買春)이다. 일반적으로 몸을 판다는 뜻의 매춘은 '팔다(매, 賣)'인데 이 시의 제목은 '사다(매, 買)'라는 말이다. 성을 파는 매춘과는 한자가 다르지만, 그 말을 조금 바꾼 역설적 표현이라고 잘못 생각할 수 있다. 성매매와는 전혀 관련이 없다.

시를 간단히 살펴보자. 기억이 몽롱해지기 시작했다. 사이펀(siphon)은 압력 변화를 통해 낮은 곳에서 위로 액체를 이동시키는 작용으로, 일상에서도 사이펀 추출 커피 등으로 쉽게 접할 수 있다. 이런 현상으로 감정이 솟구쳐 어수선하다. 조삼모사는 고사성어로 이랬다저랬다 간사하게 희롱하는 불균형 상태를 말한다. 감정은 분주하고, 피로하다. 몸이 분리되어 발을 헛디딘다. 이렇게 간단한 내용이다.

그렇다면 이런 일이 벌어지는 매춘은 무엇인가? 성매매를 지칭하는 말을 조금 바꾼 언어유희일까? 그렇지 않다. 이상은 전체 구조가 아닌 자잘한 말놀이에는 몰두하지 않는 사람이다. 몽롱한 봄을 산 것이다. 그렇다면 봄은 무엇인가?

조선시대 화가 겸재 정선(鄭歚)이 그림을 그리고 서예가 이광사(李匡師)가 글씨를 쓴 『24시품(二十四詩品)』(1749~1751년)이란 유명한 화첩이 있다. 시의 원작자에 대해서는 1990년대에 들어와서 이견도 있었지만 당나라 시인 사공도(司空圖)의 시이다. 그중에 여섯 번째 시 「전아(典雅)」는 '옥호매춘 상우모옥(玉壺買春 賞雨茅屋, 옥으로 만든 병에 술을 사 담고, 초가에서 비를 보네.)'라는 문장으로 시작한다. 여기서 '봄'은 '술'이다. 몸을 팔고 사는 행위(성매매)나 계절(봄)만도 아닌, 술을 사는 것을 뜻한다. 당나라 무렵에는 매춘이 그런 뜻(술)으로 쓰였다. 사공도의 시 『24시품』은 16세기쯤 조선에 들어와 19세기까지 시인이며 화가인 자하 신위, 추사 김정희를 비롯한 여러 문인들에게 널리 읽혔고, 서화 작품으로도 표현했던 문학 작품인 동시에 전통 문예미학의 지침서였다.

그렇다면 이상의 시 「매춘」은 술을 사 마신(취한) 상황이 된다. 술을 생각하며 시를 다시 읽으면 정신과 신체의 이런 상태는 더 설명할 것도 없다. 술과 감정과 사이펀은 또 얼마나 적절한 결합인가. 따라서 이 시는 술에서 촉발하여 그것을 시적으로 전환한 작품이다. 차원의 변화가 일어나지 않는다면 시적 언어가 아니다. 그러니 술마저도 잊어버리고 다시 보자. 정신과 신체가 어긋난 자신의 모습, 타는 듯한 더위에 생선이 썩는, 술에 취한 시대의 위독한 풍경이다.

과거 문예미학의 고전이기도 했던 『24시품』에 대한 새로운 미학의 전개 및 대비 또한 생각할 필요가 있다. 『24시품』은 웅혼함, 고고함, 전아함 등 24가지 미적 표현의 원칙(풍격, 風格)을 담고 있다.

추사 김정희는 열여섯 번째 시 「청기(淸奇, 청신한 기이함)」 가운데 일부 문장을 그의 서예로 남겼다. 「연산뢰기(硏山瀨記)」(1849년)라는 서예 작품이다. 그는 『완당전집』 8권 「잡식(雜識)」에서 "『24시품』의 깨달음이 있다면 그림의 경지가 곧 시의 경지(有能妙悟於二十四品, 書境卽詩境耳)"라고 했다. 조선의 전통 문예는 이런 풍격을 따랐다. 풍격은 작품이 지닌 심미적 기운이다.

동양의 문예서 『문심조룡(文心雕龍)』에서는 여덟 가지 풍격 가운데 첫째로 전아함을 꼽았다. 여덟 가지 풍격은 전아(우아함), 유원(깊고 그윽함), 정약(핵심적 간결함), 현부(분명한 진지함), 번욕(다채롭고 화려함), 장려(웅장하고 수려함), 신기(새롭고 기이함), 경미(가볍고 미세함)이다.

그런데 최우선의 가치인 전아(典雅)의 풍격을 저버리고, 상한 생선 같은 것들을 마구 꺼내 놓는 이상의 시는 이런 전통의 미적 원칙에 대한 괘씸한 위반이 될 것이다. 그러나 이상은 전통적인 의미를 담은 이런 어휘를 사용하면서, 일본어 습작 시기에 사용한 단순 기호나 수식의 실용기능적인 용어를 넘어서고 있다. 전통 문예의 개념어를 가져온 것은, 언어를 통해 세계를 다루는 새로운 시적 탐색으로 나아가는 흔적이기도 하다. 이상은 전통에 대한 무조건적 파괴나 거부가 아닌, 그것에 대한 반성적 성찰을 통해 개념과 대상, 의식의 대비와 갈등을 보여 준다. 그래서 더 개념적이고 형식적인 면모가 드러나는 「위독」 연작들은 단조롭기도 하다. 그렇지만 새로운 모색이었다고 볼 수 있다.

그런데, 전아함이 위독한 상태라면 이상이 해골 같은 것을 마구 시 곳곳에 들여놓았기 때문일까? 과거의 역사가 술을 너무 마셨거나 기억의 기관이 상할 만큼 그 시대의 현실이 무더운 하늘이었기 때문이다. 전아함이 위독하다. 술과 함께 내리는 비를 바라보는 『24시품』의 「전아」에 이런 문장이 있다. "떨어지는 꽃은 말이 없고, 담백한 사람은 국화와 같다."

그러나 이상의 눈에는 무더운 날씨, 사이펀 작용이 보인다. 자연과 더불어 홀로 평화로웠던 과거 은거의 미학이 흔들린다. 『24시품』의 미학은 시와 그림뿐 아니라 전통 기와집의 선, 문풍지를 바른 실내 공간, 자연을 잇는 외부 등 전통 공간 구성의 기본이기도 했다. 그것들을 때려부수는 기능주의 건축과 실용기능적 언어에 대한 고민으로 이어질 수밖에 없다.

과거 일본을 통해 유입된 근대 건축은 오래된 학교 건물, 관공서, 이삼 층짜리 경제적으로 지은 상가형 건물 등 철골과 시멘트, 썰렁한 유리창뿐인 공장 같은 건축물이다. 일본이 가장 많은 외국인 유학생을 국비로 파견해서 배워 온 독일 바우하우스 건축으로, 1920~1930년대부터 일본이 주도한 한반도 건축물의 모습이었다. 그렇지만 철제 의자나 금속 주전자 등 바우하우스의 생활용품은 현대 디자인의 뿌리가 되었다.

'어느누구보다다른것'은 '자웅(雌雄, 암컷과 수컷, 겨루는 상대) 보다별(別)것'을 옮긴 것으로 어떤 상대라도 이겨 낸다는 뜻이다. 그런데 몸이 빠져나가고 발을 헛디딘다. 술에 취한 듯 현실은 위독하다.

수벌은 일은 하지 않고 놀고먹는다. 많이 먹지는 않는다. 여왕벌과의 교미를 위해 대기한다. 독침도 없다. 강한 수벌만 여왕벌과 교미하지만, 여왕벌이 수벌의 생식기를 몸에 품어 잘라 내기 때문에 수벌은 교미 직후 생식기가 뽑히면서 폭발하듯 몸이 터져 죽는다.

두통이라는 비사물적인 것에 신부의 장갑(사물)을 결합해 시각화했다. 머릿돌은 정초(定礎)를 옮긴 것으로 기초를 잡거나 주춧돌을 놓는다는 뜻이다. 이상은 금홍과 1935년 이별했다. 이 시는 1936년 2월에 발표했고, 6월에 변동림과 결혼식을 올렸으니 개인사와 일치한다고 볼 수 없는 신부의 장갑이다.

그런데 초현실주의에서 키리코의 그림 「사랑의 노래」(1913년)에 등장한 붉은 장갑은 유명하다. 「초현실주의 선언」(1923년)보다 10년이나 앞선 초현실적 그림이다. 키리코 그림의 붉은 장갑에서 비롯된 갑작스러운 결합(병치)이 바로 초현실주의 미술의 데페이즈망(dépaysement)이다. 이상의 소설이나 산문에 장갑은 한두 번 등장하지만 낯선 자리의 다른 사물과 결합하지는 않았다. 시에서만 장갑이 엉뚱한 자리에 데페이즈망 방식으로 놓이면서 두통을 시각화했다.

'여왕벌/수벌'의 양자 대립이 더해졌다. '원한'은 억울하고 원통하여 응어리진 마음이다. 원한의 해결책은 두 가지이다. 복수심과 자책감. 향하는 길은 다르다. 이 시에서도 두 갈래로 나뉜다. 신부의 생애를 침식하여 까무러치게 하는 복수가 실현되어도 두통은 끝나지 않는다. '누구의 잘못인가'라는 문제 때문이다. 자신의 잘못이라면, 그저 불편한 상태로 끝날 일이 아니라 '자신에 대한 고통'이 된다. 그러니 두통은 영원한 고통이다. 이것에 신부의 장갑까지 올려놓았다. 고통도 객체화했다. 이러한 기술을 통해 고통은 삶의 감각을 확보한다.

이상은 그의 산문 「야색」에 이런 말을 남겼다.

> 나의 이 바윗덩이 같은 우울의 근거는 어디서 오는 것인지 모르겠다. 그 원천이 내 자신의 내부에 있다면 나는 무엇 때문에 나 자신에 의해 고통을 받는 것일까? (……) 산다는 것이 얼마나 불쾌와 고통의 연속인가 하는 것에 아연해질 수밖에 없다.

1918년 트리스탕 차라는 「다다 선언문」의 마지막 문장을 "자유: 다다, 다다, 다다, 긴장된 색의 울부짖음, 대립과 모순, 그로테스크, 불일치: 생명"이라고 썼다. 다다라는 말이 아무것도 의미하지 않지만, 소리, 대립과 모순 등은 다다의 특징이다. 이상은 완전한 다다이스트도 완전한 초현실주의자도 아니지만 그런 예술적 표현을 시대적으로 인지하는 가운데 그것의 정신이라고 말할 수 있는, 구체제를 넘어서려는 태도를 공유했다. 트리스탕 차라는 선언문의 마지막 문장을 '자유'로 시작했고 글을 끝내면서 생명 또는 삶(LA VIE)이라는 단어를 대문자로 크게 써서 인쇄했다. 그는 이 선언문이 실린 잡지 《다다》의 편집자(디렉터)이기도 했다.

인간적인 질서를 때려부수며 군국주의나 파시즘에 동조한 이탈리아 미래파의 마리네티와는 다르게, 트리스탕 차라는 자유를 향한 길로 나아갔다. 이상의 시에 나타나는 불일치는 파괴를 자행하는 복수의 몸짓이 아니라 '고통을 인식하는 고통'

으로 생(LA VIE)의 현실이다.

벌 이야기로 다시 돌아가면, 여왕벌과 수벌은 분리된 대상으로 볼 수 없다. 일벌은 확실히 수컷은 아니지만, 생식과는 무관하니 암컷이라고 말하기도 애매하다. 여왕벌, 수벌, 일벌은 결국 하나의 구성체이다. 한 몸이라고도 볼 수 있다. 그러하니 신부와 시적 주체의 관계도 대립과 상실의 구조로만 보면 두통은 골칫거리지만, 생태 구조의 다른 이름이기도 하다. 그래도 생식기가 터지는 수벌의 폭사를 생각하면 심란하다.

이상은 소설 「종생기」에서 이렇게 썼다.

> 나는 날마다 운명(殞命)하였다. 나는 자던 잠 — 이 잠이야말로 언제 시작한 잠이더냐. — 을 깨이면 내 통절한 생애가 개시되는데 청춘이 여지없이 탕진되는 것은 이불을 푹 뒤집어쓰고 누웠지만 역력히 목도(目睹)한다.

그는 매일 자신의 죽음을 확정했다. 폭사하는 수벌과 같다. 그는 생(生)보다는 한계나 시대(涯, 애)를 먼저 지각하기 때문이다.

위독, 침몰

한자로 '침몰(沈歿)'이라는 제목의 시이다. 흔히 쓰는 침몰 (沈沒)은 아니지만, 유사한 뜻으로도 사용하기 때문에 이상이 지어낸 말은 아니다. 보통의 침몰은 물속에 가라앉는다는 뜻 인데, 이상이 사용한 침몰은 '물에 빠져 죽는다(익사)'는 의미 이다. 물보다는 죽음을 강조한다.

'절벽에멈추려든다'(원문: 끊치려든다)는 이상의 소설 「종생 기」에서 "나는 없는 지혜를 끊치지 않고 쥐어짠다."고 썼는데, '끊다'가 아닌 '그치다'는 뜻이다.

이상의 시 세 편(「침몰」, 「오감도 15호」, 「무제」)에 자살이라는 말이 등장한다. 시인의 심리상태가 아닌 '자살 모티브'라고 말 해야 한다. 사회학자 에밀 뒤르켐은 이기적, 이타적, 아노미적, 숙명론적 자살로 구분하며 사회와 개인의 관계를 지적했다. 프로이드는 사별로 인한 애도나 우울 때문이라고 했다. 뒤르 켐은 사회적 책임을 강조했다.

이상은 1933년 폐결핵 때문에 요양하기도 했지만 요양하던 중 여인(금홍)을 만났고, 정지용, 김기림 시인과 교류를 시작하 면서 데뷔작 「꽃나무」를 발표했다. 개인적으로 죽음의 그림자 가 찾아왔지만 삶을 향해 움직였다.

소설 「12월 12일」에서 이상은 "죽는 것에 대한 미적지근한 미련은 깨끗이 버리자. 그리하여 죽는 것에 철저하도록 살아 볼 것이다. 인생은 결코 실험이 아니다. 실행이다."라고 썼다. 산문 「조춘점묘」에서는 프랑스어를 써서 '레종 데트르(raison d'être, 존재 이유)'를 말했다. 따라서 자살은 존재 이유를 찾아 철저하게 사는 일이고, 이상의 시가 어떤 주제를 향해 생각을 전개하는 듯하지만 사실은 주제에 관한 설명적 결론은 없다.

오히려 그런 과정에서 불쑥 나타나는 이미지, 개념, 언어에 집중한다. 그것은 주제의 전개 과정 중간의 매듭들이다. 이 매듭들의 전후에서 긴장이 발생한다. 그래서 중간 매듭은 곧 비행점(flying point)이다. 이런 비행점이 현대시를 만든다. 매듭이나 중간 포인트, 비행점이 없다면 인간의 사회와 삶은 종속, 귀결뿐이다. 자살에 관해 이런저런 문학예술과는 무관한 사람들 이야기를 했지만 그들 이야기는 결국 종속, 귀결에 대한 추측에 불과하다. 이상의 시는 일체화를 강조하는 낭만적 서정시나 사회주의적 리얼리즘과도 다른 길에 있다. 이 비행점은 합일이나 초월은 불필요한, 그런 매듭으로서의 비행점이다.

피부, 피복, 표면

'피부'는 이상이 즐겨 쓰는 표현이다. 몸을 다루기는 하지만 이상의 몸은 대개 피가 돌아도 마네킹 같은 존재이다. 피부라는 말에는 이상의 건축적 사고가 들어 있다. 근대 건축은 예술에서 분리되어 기술로 나아갔다. 건축 공간은 벽(면)과 덮개(지붕)로 완성된다. 19세기 독일 건축가 고트프리트 젬퍼(Gottfried Semper)는 벽면에 대한 '피복론(Dressing, 옷 입히기)'을 내세우면서 구조체로서의 벽과 벽면을 나누어 생각했다. 카페트가 걸린 벽처럼 피복된 벽면을 통해 예술에서 멀어진 건축 기술의 단점을 보완하려고 했다. 타일을 붙여 벽을 장식하는 등 일종의 문신(타투) 같은 방식이다.

이상의 피부는 건축의 벽면 피복과 같다. 그런데 이 시의 피복(벽면)에는 문신도 없고, 벽에는 문도 없다. 그래서 이상의 신체는 몸이라기보다는 벽과 덮개뿐인 건축물이다.

피복(outer skin)은 장식으로 마감한 골조(뼈)의 껍데기이다. 그렇지만 표면성(surface)은 내용에만 치중하는 관념을 바로잡는 기능도 있다. 이상의 고민은 안과 밖이 문제인 근대에 있지만 거의 전부일 정도로 시지각이 압도적인 그의 표현은 매우 진보적인 표면성의 인식이다. 그래서 이상 시의 문학적 가치는 내용적 고민보다는 미적 표면에 있다.

'갇힌 자수(自殊)'에서, 자수는 자살과 같은 뜻이기도 하지만 '떼어낸다(cut off, separate)'는 뜻이 있다. 다른 시 두 편에서는 '자살'이라고 썼는데, 이 시에서는 '자수'라고 썼으니 다른 의도가 있다. 잘라내야 할 부분, 악령의 영역이 자신 안에 있다는 의미이다. 자살을 인지적 몰락 현상으로 본 로이 바우마이스터(Roy Baumeister)는 자신에 대한 부정적인 것들로부터 벗어나려는 행위로 설명했다. 이 시는 존재 이유를 찾지 못하거나 떼어내야 할 것을 잘라내지 못하는 위독한 사태를 다루고 있다. 소설 「12월 12일」에서 "펜은 나의 최후의 칼이다."라고 했는데, 이 시에서 죽고 싶은 마음의 칼은, 이상에게는 문학의 칼이 되어 역설(패러독스)로도 나아간다.

이상이 이 시를 발표(《조선일보》 1936. 10. 4.)했던 바로 그때 「현대 영시의 동향」(임학수, 《조선일보》 1936. 9. 30.~10. 4.)이라는 글도 연재되고 있었다. "주관적 자아와 객관적 자아의 심리적 충돌" 등의 특징이 있다며 당시 영국 시의 경향을 소개한 글이다. 이상은 한편으로 이런 분위기 안에 있었다.

이 시의 '나'는, 체중이 무겁다는 말만 남긴다. 감상에 빠지지도 않고 죽음의 끝을 보여 주지도 않았다. 이 드라마의 다음 편이나 완결편은 없다. 가라앉고 있는 몸의 동영상이 마지막 순간에 정지되었다. 그래도 마음속에서는 움직인다.

마음을 타자화하고, 공간의 안팎과 시간을 심리적으로 조종하면서 몸을 객체화했다. 죽고 싶다고 말하는 나는 살아 있는 나를 물속에 빠뜨린다. 결론적으로 이상의 '육체-주체'는 이상 시의 오브제이다. 발견된 오브제는 삶도 죽음도, 이유도 말하지 않는다. 칼과 피와 몸과 문과 체중과 침몰과…… 접촉할 뿐이다.

위독, 내부

'흥건한 묵흔'은 '임리(흘러내리는)한 묵흔(먹물 자국)'을 옮긴 것인데, 전통 서예에서 자주 쓰는 용어이다. 원래 발표 당시에는 '리(漓)'자는 빠진 상태인 '淋【 】'로 발행되었다. 만들어 놓은 활자가 없는 경우이다.

묵흔임리(墨痕淋漓)는 붓의 운용을 통해 풍부하고 힘찬 기운을 먹으로 드러내는 것을 말한다. 따라서 멈춰선 먹물 자국이 아닌 생생한 기운을 담은 동적인 흔적이다. 붓질의 결과인 묵흔은 수묵화(水墨畵)나 필법의 기본이다. 남아 있는 기록을 보면 이상의 필체는 좋은 편이다.

'합음'은 소리의 합침, '무력'은 힘이 없다. '서언'은 머리말, 옛 전례는 전고(典故, 전거가 되는 고사)를 옮긴 것이다. 참회는 죄와 속죄를 동반한다.

이상은 소설 「12월 12일」에서 이렇게 썼다.

> 자기의 과거에 대하여 참으로 참회의 눈물을 흘렸다 하면 그는 그의 지은 죄에 대하여 속죄받을 수 있을까? (……) 만인의 신은 없다. 그러나 자기의 신은 있다.

이 시에서는 참회할 것이 있지만, 방대한 묵흔이 뒤섞여 속죄를 위한 첫 마디를 꺼내기도 어렵다. 피부는 백지로 다시 나타난다(백지로 도로 오고). 붓질 자욱엔 피가 아롱진다. 입을 열지도 못하니 심판 받을 수조차 없다. 그저 흠뻑 사랑하려 하면 형체가 사라져 버리고 먼 옛날의 고전적인 사례들은 죄업이 된다. 사르트르가 말한 '출구 없는 방'과 같은 상황이다.

참회는 불교적으로는 귀의(歸依)이다. 불, 법, 승으로의 삼보 귀의라고 한다. 기독교나 가톨릭에서는 회개와 용서, 고백이다. 이상이 소설에서 말한 자기만의 신을 향한 참회 또한 귀의나 회개, 고백이 필요하다. 그런데 이 시에서 화자는 그중 어떠한 것도 행할 수 없다. 참회의 불가능함을 묵흔 탓으로 돌린 셈이다. 결론은 하는 척하면서 안 하겠다는 뜻이다.

'생리'는 생물학적 기능이나 작용 원리를 뜻한다. 이상은 생리라는 말을 자주 사용했다.

"지금 이 기괴망측한 생리현상이 즉 배가 고프다는 상태렷다."(소설 「지주회시」), "방향이 서로 어긋나는 생리 상태와 심리 상태는 도대체 어쩌자는 셈일까."(수필 「어리석은 석반」).

그런 생리 속에서 죄업만 남는다. 다시 짠맛만 남았다.

이상는 소설 「12월 12일」에서 이렇게 썼다. "미안하다. 다 내 죄가 아니면 무엇이냐." 그의 내부 풍경이다.

생리현상으로 입에서 짠맛이 난다면 불편하다는 뜻이고 몸의 기능에 이상이 생긴 것일 수도 있다. 생명 유지의 소금일 수도 있는데, 이상은 산문 「어리석은 석반」에서 이렇게 썼다. "모든 반찬이 짜기만 하다. 이것은 이미 여러 가지 외형을 한 소금의 유족(類族)에 지나지 않는다. 이건 바로 생명을 유지하는 데 목적을 두고 있는 완전한 쾌적(快適) 행위이다."

이 시에서 짠맛은 불편한 몸이다. 기능을 상실한 몸, 오물, 비참함, 혐오, 질병이라는 아브젝시옹(abjection: 줄리아 크리스테바)의 몸일 수도 있다.

그러나, 먹물을 몸속으로 끌고 들어가서 그것과 대면하는 의식을 만들어 내는 방식을 주목해야 한다. 수동적으로 말하지만, 사실은 시인의 의식이 먹물을 몸속에 끌어들인 것이다.

'묵흔'은 그저 흔적만이 아닌 붓놀림(touch)의 기운도 지닌다. 캄캄함도 기절도, 시인이 발명(발견)한 것이다. 시인은 먹물을 뿌리는 자, 의미를 교란하는 자이다. 멀리서 쓰레기통을 가리키며 웅변하는 자가 아니라 스스로 쓰레기통이 될 수 있음을 세계의 내부에 드러내는 자이다. 이상 작품에서 쓰레기는 그렇게 자신이 되어 등장한다.

이상에게 몸은 신체와 기관으로서의 측면이 강하다. 구조기능적이고 물질적인 것으로 기능을 수행하거나 해체 대상이 된다. 근육도 해체하여 기능을 다루고, 육체는 때가 묻었거나 지탱해야 할 대상, 무너지는 상태이다. 이상이 사용한 어휘를 보면 신체의 인식이 육체를 앞선다.

이런 것들의 고백을 통해서 이상은 결국 참회 행위에 근접한다. 하지만 통제나 결정할 수 없다. 인간의 심장은 홀로 분리해도 얼마간 생명을 유지한다. 위장이나 간장 등을 뇌의 의식으로는 결코 통제할 수 없다. 제각각인 것이 생리이다. 겨우 신체 외부의 몇 가지를 조종할 수 있지만 제 손톱이나 머리털 한 가닥도 마음대로 조종할 수 없다. 그래서 이상은 특히 뇌와 폐를 해부하듯 들여다본다. 뇌와 폐는 여러 편의 시에 등장한다.

죄업(罪業)이라는 말은 불교용어이다. 인간 행위와 결과에 인과관계가 있다는 것이다. 불교의 『잡아함경(雜阿含經)』은 업보에 관해 이렇게 설명했다. "만약 내가 없다면, 내가 없는 업을 짓게 될 터인데 누가 그 보를 받을 것인가?" 그러면서 작자(作者), 곧 행위자를 말했지만 근원적으로는 작자(죄를 짓는 자)가 없이 이어진다고 했다. 세속에서는 '이것이 있기 때문에 저것이 있으니' 주체를 통해 업보를 보고 지멸을 향해 수행해야 한다는 것이다.

이상은 불교적 인물은 아니니 팔정도(八正道)의 수행을 말하려고 죄업이라는 말을 쓴 것은 아니다. 자신의 처지나 질병을 고백하는 것도 아니다. 죄업이라는 말을 통해 근원적인 것, 구조와 현상, 현실을 보려는 태도이다. '이것이 있기 때문에 저것이 있으니'에 대한 인식이 배후에 있다. 주체와 현실에 관한 인식이다.

본래 시에서 여러 군데를 한글로 옮겼다. 한글로 옮기면 한자가 지닌 소리의 결와 상상의 깊이는 달라진다. 그러나 읽을 수 없다면 결도 깊이도 드러나지 못한다. 이상은 일본어로 시를 습작하는 과정을 통해 한글로 나아갔지만 한자 표기 또한 우리 글의 일부로 수용한 세대였다.

1990년대에 와서야 한국 인쇄출판물이 한글화된 사정도 이해해야 한다. 1990년 무렵 국내 문학출판물 본문에 쓰인 한자를 괄호 속에 넣고, 일부는 한글로 바꾸었다. 1980년대 말까지 제목, 이름도 늘 한자로 표기했다. 1990년대에도 신문은 여전히 세로쓰기를 했고 한자 중심으로 표기했었다.

위독, 자상(나의 이미지)

'자상(自像)'은 1931년 조선미술전람회에 출품하여 입선한 이상의 유화 작품과 같은 제목이다. 1922년 제정된 조선미술전람회는 신인 화가들을 발굴하는 공모전이었다. 1600년대 프랑스에서 시작된 공모전 '살롱(salon)'을 모방한 제도이다. 자상은 자화상과 비슷한 뜻이지만 '나의 모습'에 더 가깝다.

본래 '데드마스크(death mask)'는 화려했다. 고대 이집트 투탕카멘 왕의 황금가면이나 고대 그리스 아가멤논의 황금가면이 데드마스크 역사의 시작이다. 로마시대 이후에는 사망한 유명인의 얼굴을, 석고를 이용해 본을 떠서 만든 가면 형태의 조각으로 장례식 등에서 사용했다. 과거의 영광스러운 모습을 기념하는 용도지만 죽은 자의 모습이고, 도둑맞았다면 기념할 영광마저도 사라진 것이다.

'팔팔하지 않던'은 원문에서는 '파과(破瓜)하지 않던'이다. 파과지년(破瓜之年)의 준말로, 여자 16세, 남자 64세를 뜻한다. 과(瓜, 오이)라는 한자를 파(破, 깨뜨리다)하면 숫자 8(팔, 八)이 두 개로, 그것을 더해서 16, 남자는 곱해서 64를 가리킨다. 은퇴할 무렵의 남자(64세)를 가리켰던 뜻은 사라지고 성숙하기 시작한 여자 16세, '과년'의 나이, 혼기에 든 여성을 가리키는 말이 되었다. 이 시에서는 콧수염이 팔(八)자로 난 모양을 가리킨다. 이상은 형태만을 취하고자 했겠지만, 이 말이 처음 나온 중국 진나라 손작(孫綽)의 시 「정인벽옥가(情人碧玉歌)」에 갇힌 셈이다. 과거 전통을 수용한 것이기도 하다.

데드마스크는 조각상이니, 북극에서 풀이 자라지 않듯 수염이 자랄 수 없다. 푸른 하늘은 과거 함정에 빠지고 남긴 말(유언)은 돌비석처럼 놓여 있다.

'스스러워한다'는, '서로 사귀는 정분이 두텁지 않아 조심스럽다, 부끄러워한다는 뜻'이다. 수신호는 유언과는 다른 언어인데 데드마스크를 지나가면서 서먹서먹한 관계로 낯을 가린다면 새로운 영광이나 뜨거운 연애도 일어날 일이 없다. 파과지년의 출처인 손작의 시는, 여자의 육체적인 첫 경험을 그린 농염한 연애시였다. 남자 몸의 푸른 옥(돌)이 여성 몸의 오이를 두 쪽으로 가른다는 뜻이다.

아무 일도 일어나지 않은 어색함이나 부끄러움만 남았다. 나의 이미지는 폐허와 같다. 이상은 「실낙원」에서 데드마스크에 대해 이렇게 썼다.

> 태고의 영상의 약도다. 여기는 아무 기억도 유언되어 있지는 않다. 문자가 닳아 없어진 석비처럼 문명의 '잡답(雜踏)한 것'이 귀를 그냥 지나갈 뿐이다.

미술에서의 이미지는, 창작 결과물(작품으로서의 이미지)인 동시에 지각 이미지이기도 하다. '자화상'은 자신을 그린 그림(self-potrait)을 강조하고, '나의 이미지'라는 말은 지각적이거나 물질적인 것(조형적 표현물)을 포괄한다. 따라서 「자상」이라는 제목은 지각 이미지인 나의 모습, 자화상은 나를 그린 작품(유화, 수채화 등)이다. 프랑스 철학자 레지스 드브레에 따르면 이미지의 라틴어는 이마고(imago)로, 로마시대 장례식에서 죽은 사람의 얼굴에 씌우는 가면이었다고 한다. 따라서 「자상」이라는 말에는 데드마스크도 들어 있다.

이 시에서 이상은 자신의 이미지 또는 자화상을 죽음의 데드마스크라고 인식했고, 어느 나라인지를 스스로 묻고 있다. 자신의 이미지인 동시에 시대의 이미지이다.

이상이 그린 그림들

이상은 어린 시절부터 그림에 재능이 있었다. 보통학교(초등학교) 시절부터 이상의 가까운 친구였던 화가 구본웅은 한국 최초의 서양화가 고희동의 제자였다. 고희동은 전통회화로 출발했으나 이후 일본에서 서양화를 배워 온 인물로 이상이 다녔던 보성고보 등에서 미술을 가르치기도 했다. 이상은 집안 형편상 건축과에 진학했지만 대학 시절 내내 화가로서의 꿈을 버리지 않고 그림을 그렸다.

이상 시대에 들어온 서양화는 주로 인상주의나 후기인상주의, 표현주의, 포비즘(프랑스식 표현주의)이다. '아방가르드'는 '신흥(新興)'이라고 불렀다. 일본에서 신흥적 경향은 점차 사회주의적 경향이 되었고, 국내에서도 마찬가지였다. 이상은 사회주의적 신흥주의자는 아니다.

이상이 그린 유화는 원본이 남아 있지 않지만 당대의 후기인상주의나 표현주의 경향이 엿보인다. 이상에게 회화는 주관적, 육체적, 감각적, 유동적, 물질적, 비전형적, 형상적 이미지를 인식하는 계기가 되었을 것이다.

이상이 그린 두 점의 자화상에는, 오랫동안 서양회화 기법을 연마하려고 많은 시간을 투자한 것이 보인다. 습작 기간에는 고전주의적 전형, 객관적 표현법을 연마해야만 한다. 이런 바탕이 없으면 주관적 표현으로 나아가기 어렵다. 고전주의를 익혀야만 그것에 대한 반역을 더 철저히 할 수 있기 때문이다.

이상은 소설 「종생기」에 이렇게 썼다. "나는 미만 14세 적에

수채화를 그렸다." 산문 「동생 옥희 보아라」에는 이런 내용도 있다. "내가 화가를 꿈꾸던 시절 하루 오 전 받고 모델 노릇하여 준 옥희, 방탕불효(放蕩不孝)한 이 큰오빠의 단 하나 이해자인 옥희." 이런 경험은 화가들에게는 기본이다. 그런 과정이 필요하다.

이상 그림의 색채는 확인하기 어렵다. 남아 있는 흑백사진으로는 판별이 어렵지만 초기 자화상(1928년)은 고전적 전형을 따라 익히는 과정의 그림이다. 형태와 명암 중심이니 색채는 자유롭지 않았을 것이고, 진지하면서도 우울한 표정이 있지만 수련 단계의 그림이다.

1931년 조선미전 입선작 「자상」은 동적인 형태이고 면의 처리는 후기인상주의 양식으로 비교적 자유롭다. 인물의 복장은 한복이다. 이상뿐 아니라 그 무렵 화가들이 유화로 그린 인물의 의복은 한복이 많았다. 인물화나 풍경화에서 향토성을 강조한 점도 있었지만 일상에서도 한복 착용이 더 많았다. 부인이었던 김향안(본명 변동림)은 이상이 한복을 즐겨 입었다고 회고(「이상理想에서 창조된 이상」, 《문학사상》, 1986년 9월)했다.

> 동소문 밖에서 시내에 들어오려면 우리들은 혜화동 파출소를 지나야 했고 반드시 검문에 걸렸다. 특히 한복 차림의 이상은 수상한 인물의 인상을 주었지만 보호색으로 바꾸려 하지 않고, 하루 한 번씩 일본 순경과의 언쟁을 각오하면서도 어머니가 거두어 주시는 한복을 편하다고 즐겼다.

1931년 입선작도 화면 전체는 형상 중심이니 색채는 형상에 종속되었을 것이다. 조금 옆에서 올려다본 시선은 동적이다. 도전적인 표정도 있다. 음영 부분에 색의 변화는 엿보이지만 과도하지는 않다. 원색적 표현은 없고 중간 색조 중심이었을 것이다. 미술대학 과정을 거치지 않고 이 단계까지 온 것은 노력의 결과이다. 모든 화가에게 재능은 기본이고 다음은 시간과 노력이다. 이 단계(입선작 기준)부터 본격적인 화가로서 또 다른 시간과 노력이 필요한데 문학에 전념했으니 전문적인 화가의 길로 막 들어서는 단계에서 중단한 것과 같다. 빈센트 반 고흐는 10년 동안 900점의 유화, 1100점의 스케치나 드로잉 작품을 그렸다. 10년 동안 그린 그림이 총 2000점이 넘는다. 잠잘 시간도 부족할 정도의 몰입이었다.

화가들의 자화상을 자의식 표현이라고만 보는 것은 오해이다. 사실은 모델을 구하기 어렵기 때문이다. 인물화를 그리려면 최소 서너 시간 또는 하루 종일, 배경이 포함된 전신상은 며칠이 걸린다. 햇빛도 중요하기 때문에 시간 제약도 있다.

특히 유화는 간단한 연필 소묘로 얼굴만을 그리는 것과는 다르다. 고흐의 자화상이 많은 것도 우선은 이런 이유이고, 그는 아침부터 종일, 미친 듯이 그림만 그렸기 때문에 자화상의 작품 수도 많다. 그런 관점에서 보면 고흐의 자화상은 오히려 적은 편이다. 자화상에는 당연히 자기표현이 담기므로 그런 당연함을 과장해서는 안 된다. 풍경화에도 자의식은 얼마든지 담긴다. 고흐의 후기 풍경화를 상상해 보라. 그리고 상반신 자화상은 단순한 그림이다.

의미만 먼저 강조하려고 덤비는 구체제 문학에 비해 미술은 육체 노동과 절대적 시간, 모델, 비용 등 물리적 환경이 필요하다. 이상 시대의 서양화 물감은 모두 비싼 수입품이었다. 국내 제조는 1960년대 이후지만 현재도 수입품을 많이 쓴다.

이상이 그린 소설 삽화들은 거칠지 않은, 곡선적 부드러움이 있다. 가늘고 소박하다. 삽화를 통해 예술성을 따지는 것은 지나친 일이 될 것이다. 이상이 현상공모에서 당선한 《조선과 건축》의 표지디자인은 기하학적 운동감을 보여 주지만, 차분하다. 그런데 김기림 시집 『기상도』의 표지디자인은 과감한 기하학적 표현이었다. 검은 바탕에 제목은 아주 작게 썼고 두 개의 수직면을 크게 앞세웠다. 활자보다는 조형을 강조했다. 그가 그린 레터링(lettering)은 산세리프(sans-serif) 스타일(획에 돌기나 삐침이 없는 돋움체나 고딕체)이라는 모더니즘 경향이다.

이상이 지닌 순수미술에서의 실험적 조형성은 문학을 통해 차원의 변화를 일으켰다. 조형성은 그것의 본래 기틀인, 시각(객관적 시선, 주관적 표명), 대상(객체, 주체), 표현(물질, 형상), 초현실적 환영, 미적 가치의 역사성과 혁신성으로 이상 문학의 핵심이 되었다.

서양에서 예술가의 자화상은, 왕이나 귀족들의 초상화 시대를 대체한 사회적 산물이기도 하다. 반영웅적 개인의 등장이나 정체성의 포착이라는 성격으로 변화했다. 동양 전통회화에서 인물화는 전신사조(傳神寫照)라는 원칙을 따른다. 사실적으로 그리되 정신세계를 담아야 한다는 뜻이다. 중국 동진시대 화가 고개지(顧愷之, 344~406년경)의 이론으로, 불가시적인 신(神)은 가시적인 조(照) 없이 나타날 수 없다. 정신을 뜻하는 신사(神似)와 형상을 가리키는 형사(形寫)는 상호관계이다. 이상은 회화의 기본인 형상 표현, 고전적 전형을 통해 새로운 정신을 탐색했다.

위독, 백화(흰 그림)

배지(badge)는 명예나 신분, 충성심 등의 표식이다. 백화(白畵)는 '흰 그림'이지만 이것은 백묘화(白描畵) 또는 소화(素畵)를 뜻하는 동양화의 용어로, 먹선만으로 그린 그림을 가리킨다. 이상은 산문 「슬픈 이야기」에서 "불이 켜집니다. 내가 안 보는 동안에 백화(白畵)를 한 병 담아 가지고 놀던 전등이"라고 백화를 백주(白晝, 한낮)를 가리키는 뜻으로 쓴 적도 있다.

한자 서(書, 책), 화(畵, 그림), 주(晝, 낮)는 모두 붓(필, 筆)을 지닌 글자인데, 하늘(白天)과 어둠(黑夜)의 관계에서 나온 것, 흰 종이와 먹(검정)에서 나온 것이니 모두 흑(어둠)과 백(밝음)의 산물이다. 광학적으로도 빛(light)은 곧 색(color, 빛의 스펙트럼)이기 때문에 우리말에서도 빛은 빛깔이기도 하다. 그래서 한낮(백주/빛)은 흰 그림(백화/색)과 같은 계통이다. 흰빛은 밝은 햇빛이기도 하다. 그런데 동양의 색은 개념을 강조한다. 그래서 '푸르다'는 개념은 청색도 되고 녹색도 된다.

이 시에서 백화는 백묘화를 특정하지도 않는다. 흰 그림의 뜻에 가깝다. 그렇지만 백묘화부터 알아야 흑과 백의 관계에서 빚어진 색의 역사적 배경과 이 시를 이해할 수 있다.

동양사상과 색, 요조숙녀와 정절

백묘화에서 먹선은 농담(엷고 짙음)을 지니며 면으로 확대되면 수묵화가 된다. 백묘화나 수묵화는 먹을 중시하지만 채색을 하지 않은 그림을 가리키는 것을 훨씬 넘어서는 의미가 있다. 채색을 하지 않는다는 것은, 색(色, 물질)이 아닌 것을 추구하는 이상(정신)의 표현이다. 불교에서도 색(색계)은 육체나 욕망인 육계와 연결된다.

동양에서 색은 기원전인 중국 전국시대 사상가 추연(騶衍)의 음양오행설을 바탕으로 한다. 먹은 다섯 가지(청靑, 적赤, 황黃, 백白, 흑黑) 빛깔을 이미 그 속에 다 품고 있는 것으로 보았고, 이 다섯 가지 빛깔(오채, 五彩)을 정색(正色)이라고 했다. 다른 색상들은 간색(間色)이거나 나머지 잡색(雜色)이다. 간색은 음(陰)이어서 음란, 간사한 것에도 비유했는데, 『논어』의 「양화(陽貨)」편에서 자줏빛(紫)을 그렇게 비유했다. 그러나 자줏빛은 이후에 태일사상이 등장하면서 위상이 격상되었다. 녹색(綠) 또한 간색으로 『시경(詩經)』에서는 바르지 못한 것에 비유했다.

아무튼 여기(먹의 세계, 백묘화)에 다홍색을 들여놓으면 괘씸한 짓이 될 것이다. 간색(녹綠, 벽碧, 홍紅, 유황硫黃, 자주紫)이며 음(陰)의 색깔인 다홍색은 여성의 속옷이나 치마에 쓰인다. 다홍치마는 미혼 여성과 신부의 혼례복인데 요조숙녀나 처녀를 뜻한다. 여성의 혼례복은 녹의홍상(綠衣紅裳, 다홍치마, 녹색 저고리)이다. 홍(紅)은 분홍이거나 홍색 전체의 개념으로 다홍(多紅)은 대홍(大紅)과 같고, 짙은 홍색이다. 홍화(잇꽃)에서 추출한다.

요조숙녀(窈窕淑女)는 『시경』에서 나온 말로, 고요하고 아름다운 여인이며 군자의 좋은 짝이라고 했을 뿐이다. '정절'은 고대 중국의 『열녀전(列女傳)』에서 나왔다. 여성의 덕목 여러 가지 가운데 하나일 뿐, 필수적인 것으로 강조하지는 않았으나 이후 정치사회적인 역학(황제 독재 체제) 때문에 여성의 삶을 구속하는 것이 되었다고 한다. 『열녀전』에서 정(貞)은 여인의 몸가짐(육체적 관계)을, 절(節)은 인간적인 도리나 의리를 저버리지 않는 마음을 뜻했다.

이상은 다른 글에서 다홍을 미혼 여성의 '다홍 댕기'로 종
종 사용했다. 과거에 미혼 남성은 주로 검정 댕기를 했다. 댕기
는 어린이용, 미혼 여성용, 혼례용, 기혼 여성용(쪽댕기, 조름댕
기)까지 모양과 색깔이 다양하다.

다섯 가지 정색(청적황백흑)은 귀한 것이고, 오행(목화토금수)
과 오방(동남중서북)을 열거한 순서대로 상징한다. 정색이 아닌
색깔의 사용은 먹을 중심으로 하는 그림에서는 금지된 것(금
제)이다. 이 시의 '흰 그림'은 과거 전통을 희롱한다. 먹은 하나
의 색깔인 동시에 정신적 표상이고 다홍 또한 색깔인 동시에
색(色)이라고 부르는 세계(물질, 육체, 감정)를 뜻한다.

전통적으로 색깔의 사용에는 수많은 금제가 있었다. 조선
의 임금은 중국 황제의 색인 노란색 옷을 입지 못했다. 그래서
간색인 홍색 옷을 입어야 했다. 중국에서 황색은 5정색의 중
심이어서 가장 고귀한 색이다. 조선시대에는 여러 임금에 걸
쳐 흰색 옷에 대한 금제도 있었는데, 검정과 흰색 옷은 상복이
기 때문이었다. 세종은 궁궐 외에서의 보라색 사용도 금지했
다. 색깔의 음양과 상극을 따지고 염색 재료의 희소성도 더해
져 개념이 색채를 통제했다. 의미를 따지고 귀천과 신분을 나
누는 금지사항들을 다 열거하기 어려울 정도이다.

백(白)은 밝음과 함께 비움(여백)의 뜻도 있다. 백화라는 말
은 채색을 하지 않은 미완성 그림이었다가 백묘화로 발전했다.
백색을 소색(素色)이라고도 했다. 공자는 『논어』에서 "그림에
는 흰 바탕이 먼저(회사후소(繪事後素))"라면서 흰색을 인(仁)
과 시화(詩畵)의 바탕으로 보았다. 노자는 『도덕경』에서 "흰 것
을 알고 검은 것을 지키면 천하의 모범이 된다."고 했다. 지백

수흑(知白守黑)으로, 여백의 중요성, 공존적 구성을 강조했다. 동양에서 흑과 백은 이렇게 중요한 개념이다.

백묘화는 색채를 배제하고 농담(엷고 짙음)도 거의 없는 선묘(먹으로 그린 선) 위주의 그림이다. 채색 없이 먹으로 그리는 수묵화(水墨畵)에는 선묘 중심의 백묘화, 농담 변화와 필선이 함께 있거나 윤곽선 없이 농담만으로 그린 그림도 포함된다. 정신을 강조하는 그림으로 수묵 산수화나 사군자 등의 문인화가 수묵화에 해당한다.

흰색을 '순결과 희생'의 상징으로 보는 관습은 로마 가톨릭에서 비롯된 서양의 전통이다.

정조(貞操)라는 말은, 중국과 조선에서 원래 쓰던 정절(貞節)의 일본식 용어라는 지적이 있다. 근대 일본에서 처녀와 매춘부를 구분하는 개념이었다가 식민지 한반도에 들어와서 1930년대에 법령으로도 나타났다는 것이다. 그렇다면 1930년대에 이상이 쓴 이 시에서 '정조'는 복잡한 사회역사적 배경을 지닌다. 어쩌면 이상은 별 생각 없이 보통의 뜻으로 사용했겠지만, 과거의 억압적 규범에 대한 부정만이 아닌 과거 역사에서의 권력과 일제강점기의 권력, 여성 및 인간에 대한 문명사적 배경을 두루 지닌다.

이상은 산문 「19세기적」에서 이렇게 썼다. "정조는 금제(禁制)가 아니요 양심이다. 이 경우의 양심이란 도덕성에서 우러나오는 것을 가리키지 않고 절대의 애정, 그것이다." 따라서 이상이 강조하는 것은 구속으로서의 정조가 아니라 양심과 애정이다.

화폐가 권력화한 상황에서는 정절도 화폐로 환산한다. 이 시에서 다홍은 정절이다. 칠면조는 이상의 산문 「공포의 기록」에도 등장한다. 산문에서는 "칠면조처럼 심술을 내기 쉽다."라고 썼다. 원래 한반도에는 '느시'라고 부르던 들칠면조가 흔했지만 사라졌다. 서양에서 들어온 칠면조는, 흥분하면 머리와 목 부분의 색이 변하기 때문에 붙여진 이름(일곱 가지 색깔을 가진 얼굴)이다. 하지만 수컷만 색을 바꿀 수 있다.

현대시에서 절대화나 의미화의 과정은 늘 한 획들이 흰 공간에 흩어져서 만든 미로처럼 보인다. 이것은 모든 대상을 자신 속에 받아들여 주관적 경험으로 내재화하는 '실체의 주체화'라는 과정이다. 이때 실체는 항상 술어가 아닌 아닌 주어가 된다. 시적 주체에게는 새로 등장한 화폐 권력, 본래 신뢰의 곧은 마음을 뜻했으나 여성을 구속하는 금제로 작용했던 정절, 일본 제국주의가 다시 들여온 정조, 모두가 다 문제이다.

이런 잡다한 색깔들이 오랫동안 한반도에서 햇빛(밝음)의 색이었던 흰색을 해치고, 정신을 강조했던 백묘화를 망쳐 놓고, 흑과 백, 빛과 어둠의 공존을 상징하는 그림을 훼손하고 있다. 이 시의 제목 '백화'는 채색 없이 그린 흰 그림이다. 희다는 것은 어떤 형식이나 상태가 아니라 흑백의 조화로운 공존, 정신과 윤리의 바탕이라는 개념이다. 왜곡된 현실, 색계와 욕계의 물욕으로 훼손된 현장이 이 시에 있다.

위독, 추구

아내는 욕망의 표현이다. 육체와 정신이 합치되어 드러나는 능동적인 욕구이다. 욕망은 결핍과 넘침을 오가는 정서를 통해 감각적인 것들을 드러낸다. 그래서 이상의 글에 '아내'가 나타나면 강화된 정서, 공감각적인 것들이 더 나타난다.

아내를 향한 욕망은 순응적으로 즉시 안착하지는 못하지만 끊임없이 감각을 생산한다. 여러 갈래로 요동치며 대응한다. 지속적으로 계열체가 등장하는, 제한 없는 대응이다. 때로는 서로 무관해 보이는 것까지도 욕망의 선분을 잇는다. 이상의 시에서 아내만 나타나면 온갖 생각이 좌충우돌하는 것은, 욕망을 긍정하는, 체제를 여는 횡단 때문이다. 횡단은 감각적인 것들로 드러난다. 얼어붙은 세계를 향한 열림, 욕망의 구체적 진동이다. 그래서 욕망은 아내를 통해 독한 비누를 든 감각적 상태를 만든다.

비누를 감추어 밖에서 드러냈던 아내의 표정 모두를 확인하고 싶지만, 추한 표정까지 바라본다는 것은 허위이다. 그러나 욕망은 꿈이라는 공간에서 다시 아내의 표정을 기다린다.

비누는 개항 이후 들어왔다. 조선시대에는 콩, 팥, 녹두를 갈아서 세안제로 썼는데, 1920년대 중반부터 일본 기업들이 만든 비누가 보급되었다. 비누는 또 하나의 피부 화장제와 같다. 이 시에서 비누는 한낱 일용품을 넘어서 정점을 만든다. 여성의 관점이라면 독한 비누는 굳이 감추지 않아도 사용하지 않을 불량품이다. 이상이 '비누 거품, 비누 냄새'라고 쓴 소설이나 산문의 용례와는 달리 여기서는 독(毒)이라는 말을 사용했다. 사물의 감각성 증폭이다. 증폭되었기에 정점으로서의 표정을 지닌다. 아내와의 관계에서도 증폭을 추구한다.

사물의 표정, 릴케와 로댕

시인 릴케는 조각가 로댕에 대한 『로댕론』(1907년)을 쓰면서 사물의 표면을 깊이 인식하기 시작했다. 그리고 정신적인 것을 표현하기 위해 사물을 가져와 '사물시'라는 영역을 개척했다. 『로댕론』에서 릴케는 이렇게 말했다.

> 정신이나 영혼, 그리고 사랑이라고 부르는 모든 것들은 사실 가까이 있는 얼굴의 작은 표면 위에서 벌어지는 미세한 변화가 아닐까요? (……) 손으로 잡을 수 있고 더듬어 느낄 수 있는 형태를 고수해야 하지 않을까요? 그리고 모든 것을 눈으로 보고 거기에 형태를 부여할 능력이 있는 사람은 자신도 모르는 사이에 정신적인 것까지 부여하지 않을까요?

눈으로 관찰한 육체의 표면과 사물을 시적인 것으로 변환하면서 릴케는 사물시, 형상시로 나아가는 표면의 시학을 독일문학사에 제시했다. 이상의 시 또한 여러 벌의 얼굴, 육체의 표면을 보고 사물을 통해 내면을 드러낸다. 릴케가 "불안으로터 사물을 만든다."고 쓴 것처럼 이상 또한 불안한 흔적의 추구에서 만들어진 독한 비누로 이 시를 완성했다.

이 시는 사물을 주제로 다룬 것은 아니어서, 릴케의 사물시와 같은 범주로 볼 수는 없지만 독한 비누는 사물시나 형상시의 시각화, 감각화, 형상화와 같다. 그래서 관념적인 단어들 사이에서 그것이 표면의 시학으로서의 능력을 발휘한다.

릴케는 화가 포겔러(Vogeler)의 집에 머물며 여러 화가들과 교류했고 프랑스 조각가 로댕의 집에서도 몇 년간 머물며 시각적 표현 방식을 체험했다.

이상이 쓴 것으로 일부에서 추정하는 「현대미술의 요람」(《매일신보》, 1935년 3월)이라는 글이 있다. 낭만주의, 신고전주의, 미술에서 세잔까지 소개한 일반적인 내용이다. 저자는 김해경이지만 한자 표기는 이상의 본명과 다르다. 이상의 글이라는 근거는 없다. 글의 내용이나 문장도 평범하다.

위독, 위치

　이 시에서의 위치는 어떤 사이에 놓인 정황으로 장소가 아닌 인식이나 위상이다. '비극(tragedy)'은 서양에서 온 개념으로 영웅적인 개인의 몰락을 다룬다. '연역'은 보편의 원리로부터 결론을 이끌어 내는 추론이다. 1936년 11월 29일, 이상은 일본 도쿄에서 시인 김기림에게 보낸 편지에 이렇게 썼다.

> 암만해도 나는 19세기와 20세기 틈바구니에 끼워 졸도하려 드는 무뢰한인 모양이오. 완전히 20세기 사람이 되기에는 내 혈관에 너무도 많은 19세기의 엄숙한 도덕성의 피가 위협하듯이 흐르고 있소그려. (……) 생에 대한 용기, 호기심 이런 것이 날로 희박하여 가는 것을 자각하오. 이것은 참 제도(濟度)할 수 없는 비극이오!

　이 시의 심리적 배경을 짐작할 수 있다.
　'외국어'는 새롭거나 낯선 것인데 이것을 화분에 심은 작은 나무로 표현하면서 새로운 사물로 만들어서 의인화했다. 이상에게 외국어는 복잡한 대상이다. 소설 「실화」에는 두툼한 영어 사전을 구입해서 배가 부르다는 표현이 있고, 다른 소설 「지도의 암실」에서는 앵무새의 외국어로 비하한다. 시 「파첩」에서는 음란한 외국어가 나온다. 가까이 다가가고 싶은 대상인 동시에 밀어내는 대상이다.
　관목은 2미터 이하로 키가 작고, 잔가지들이 많은 나무를 가리킨다. 막연히 식품이라고 쓴 것처럼 실체는 없고 개념만

있는 말이다. 그나마 이것이 외국어와 결합해 '외국어의 관목'
으로 변했기 때문에 구조적 동일성으로 통폐합되는 위기를 벗
어났다. 하지만 시 「정식」에서는 관목이 다른 말과 결합하지
않는다. 그 대신 활용 구조를 달리하면서 동일성과 차이 사이
를 오간다.

이상은 '화물'을 운반해야 할 짐이나 불가피한 책임의 뜻으
로 사용한다. 화물의 방법은 그런 것에 대한 방법이다. 의자는
주저앉는다고 표현했고 구두점(마침표나 쉼표 등)처럼 끼어 있
거나 책의 내용에 주석(각주)을 단다는 비유도 있다.

지나칠 정도로 대상과 시점이 복잡한데, 이것은 세잔 이후
큐비즘 미술의 다시점, 대상의 위치에 대한 비고정화 방식이
적용되었기 때문이다. 자신이 처한 위치를 확정하지 못하는
의식이 형식으로도 잘 드러났다. 동양화의 관점에서는 산점투
시(散點透視, scattering perspective)이다.

독백이나 진술도 큐비즘적 관계면을 만든다. 곤란한 처지에
놓였다(혼자만의 예측)-나무와 의자만 있다(혼자만의 설정)-슬
픈 이야기(혼자만의 이야기)-빠져나간다(혼자만의 행동)-어떤 사
람과 내 분신(혼자만의 결론)을 꺼내 놓는 나의 말뿐이다.

이런 무대에는 여러 가지 분면화가 동시에 일어난다.

1-나(행위자/관찰자), 2-분면화(현실/환영), 3-언표(잠재적/행
위적). 나의 위치와 대상의 위치를 분리시켜 다시점, 다면성, 중
첩성으로 작용한다. 그래서 현실과 환영의 영역이 나타난다.
그러니 진술(언표, statement)은 상황(각 분면)에 따라 다른 진
리치를 갖는다. 그러다 보니 말이 꼬여서 복잡하다. 마네의 그
림이나 큐비즘의 중첩 공간이다. 관계면 사이에 놓인 모습이
다. 그래서 개인의 위치는 더 위태롭다.

위독, 문벌

문벌(門閥)은 가문의 위상, 지위 등을 뜻한다. 혈청은 피, 인감은 본인 확인용 도장이다. 근대에 들어온 감가상각 같은 용어들을 섞어 놓았다. 사실 옛날 조상들에겐 인감이 없었다. 도장이나 낙관, 인장(印章)은 오래된 것이지만 인감(印鑑) 제도는 1878년 일본이 처음 만들었고, 한반도를 침략한 일본이 1914년 시행했다. 인감은 기관(행정, 금융)에 등록을 마친 개인의 인장(도장)이다. 이상이 태어나기 전에는 없던 것이다.

고려시대 개성 상인들도 복식 부기의 회계장부가 있었으니 회계 개념이 새로운 것은 아니지만 현실을 부각시킨다. 옛날 방식 그대로라면 인감은 인장으로 바꿔야 한다. 그런데 인감을 요구하는 체제가 등장했다. 묘지의 백골은 무너진 역사이고 백골의 요구는 의무의 강요지만, 인감 제도나 회계장부를 가지고 새로 등장한 현실이 그것을 더욱 압박한다.

그러니 위독한 주체는 자신과 묘지의 백골 모두이다. 이미 사망한 혼령들이 행하는 현실에 대한 제도와 효력도 문제이고 그것에 낙인이 찍힌 자신도 문제이다. 그런데 사실 이 시에서의 표현방식도 문제이다. 관습적 표제화가 먼저 보이기 때문이다. 관습은 "각각의 대상을 보기보다는 그것을 표제화(entitled)한다."(앙리 베르그송, 「웃음-희극의 의미에 관한 에세이」에서.) 과거의 시대적 개념이 대상의 표정보다 먼저 보이는 경우로 관습적 의미가 먼저 떠오른다. 표제화가 앞선다면 문학적으로는 실패이다.

위독, 육친

육친(肉親)은 부모형제, 처자 등의 가족이다. 목숨은 종생(終生, 목숨이 다할 때까지의 삶)을 옮긴 것이다. 별신(別身)은 무속에서 가리키는 신이다. 착실한 경영은 계획적이고 현명한 세상살이를 가리킨다. 눌변은 더듬거리는 말투이다.

경영도 주체가 되어 새파랗게 질리고, 도망이라는 개념이 끈적끈적한 소리의 감각과 촉각까지 느낀다. 마치 손발 달린 것처럼, 표정과 느낌을 가진 개념들이 의인화되어 어수선하게 쏘다닌다. 이 개념들을 하나의 캐릭터라고 본다면 "캐릭터(등장인물)와 사건에 다른 현실적 가치를 지닌 속성을 부여하는 사람, 캐릭터의 삶을 혼란스럽게 만드는 사람"을 작가라고 말했던 프랑스의 누보로망 소설가 알랭 로브그리예의 관점을 떠올릴 수 있다.

이상의 시에는, 로브그리예의 말처럼 의인화한 캐릭터를 이용하면서 그 행위를 혼란스럽게 만드는 방식이 많다. 이런 최소한의 혼란이 없었다면 이 글은 혈족 중심의 폐쇄사회가 집착하는 금지와 준칙만을 다룬 글이 될 것이다. '최소한'이라는 말을 얕잡아 보면 안 된다. 빙산의 일각이라고 무시하면 안 된다. 그 한 점이 엄청난 시적 가치를 품기도 한다. 그 뜻을 상식적으로 제한하지 않고 역설적이거나 다의적인 효과를 만들기 때문이다.

내용적으로 이 시의 육친은 결코 벗어날 수 없는 존재들이다. 남루한 크리스트의 별신은 자신에게 희생과 은혜를 요구하는 존재이다. 이상은 불교의 동광학교와 천도교의 보성학교를 다녔지만 신앙은 없다. 다른 글에서는 자신의 남동생을 로

마시대의 기독교 순교자 세바스티아누스에, 여동생을 독일의 사회주의 여성 혁명가 로자 룩셈부르크에 비유하기도 했다.

기독교에 관해서는 산문 「산촌여정」에서 관심을 피력했다.

> 교회가 보고 싶었습니다. 그래서 '예루살렘' 성역을 수만 리 떨어져 있는 이 마을의 농민들까지도 사랑하는 신 앞에서 회개하고 싶었습니다. 발길이 찬송가 소리 나는 곳으로 갑니다.

생전에 일본에서 보낸 편지에는 이렇게 썼다.

> 저는 지금 사람 노릇을 못하고 있습니다. 계집은 가두(街頭)에다 방매(放賣)하고 부모로 하여금 기갈(飢渴)케 하고 있으니 어찌 족히 사람이라 일컬으리까.

그는 가족에 대한 책임감을 항상 지니고 있었다. 자신의 문벌과 음모를 걱정한다는 말에서, 음모는 문학적 행위일 수 있고, 문벌은 가문의 위상이 주는 품위이다. 남루한 크리스트의 별신이 육친이라면 그 역시 가문의 일원이다. 그를 암살해서 가문(문벌)을 지킨다는 것은 모순이다. 산문 「슬픈 이야기」에는 이런 내용이 있다.

> 나는 팔짱을 끼고 오랫동안 잊어버렸던 우두 자국을 만져 보았습니다. 우리 어머니도 우리 아버지도 다 얽으셨읍니다. 그분들은 다 마음이 착하십니다. 우리 아버지는 손톱이 일곱밖에 없읍니다. 궁내부 활판소에 다

니실 적에 손가락 셋을 두 번에 잘리우셨습니다. 우리
어머니는 생일도 이름도 모르십니다. 맨 처음부터 친정
이 없는 까닭입니다. 나는 외가집 있는 사람이 부럽습
니다.

이상은 네 살 무렵 큰아버지 집에 양자처럼 갔다가 스물네
살이 되어서야 본가로 돌아왔다. 부모를 바라보는 시선은 애잔
하다. 벗어나고 싶으면서도 책임감을 느끼는 이중적 상황이다.

정식

정식(正式)은 바른 방식, 공식적인 것을 가리키는 말이다. 자신을 규격화하려는 외부적인 질서를 뜻한다.

「정식」이라는 제목에 고대 로마제국의 숫자까지 가져와서 색다르게 꾸미려고 했다. 로마숫자는 로마제국 멸망 후 15세기 이후에도 쓰였다. 현재까지도 책의 장(chapter)이나 시계 숫자판에 쓰인다. 기원을 정확히는 알 수 없는 관습으로 시계 숫자판에서 4시는 IV로 쓰기도 하지만 IIII로도 표시한다. 회사마다 다르다. 요즘에는 아라비아숫자나 눈금 표시도 있지만 로마숫자는 여전하다. 디지털용 활자에도 IIII는 없어서 이 문장에서도 II를 두 개 이어 놓고 자간을 좁혀서 표기했다.

이 시는 로마숫자를 이용했으니, 각 시는 연속되면서도 분리된다. 이 시의 숫자가 시계 숫자판이라고 확정할 수는 없지만, 이상은 상대 또는 어떤 원칙과의 불일치를 표현하면서 시계를 여러 곳에서 이용했다. 일본어 시 「건축무한육면각체」에서는 "시계문자반에VII에내리워진두개의젖은황혼"이라고 쓰면서 로마숫자 VII를 사용했다.

"시계를꺼내본즉서기는했으나시간은맞는것이지만시계는나보다도젊지않으냐하는것보다는나는시계보다는늙지아니하였다고아무리해도믿어지는것은필시그럴것임에틀림없는고로나는시계를내동댕이쳐버리고말았다."(일본어 시 「조감도, 운동」)라고도 썼다.

그의 소설에는 시계가 너무 많이 나와서 시끄러울 지경이다. 「지도의 암실」, 「휴업과 사정」, 「환시기」, 「지주회시」, 「지팡이 역사」, 「날개」, 「실화」, 「봉별기」에서 중요한 몫을 한다. '시게 소설'이라고 부를 만하다. 시간도 알려 주고 금장식도 된다.

이상은 소설 「휴업과 사정」에서 이렇게 썼다. "세계에 제일 구식인 시계가 장엄한 격식으로 시계가 칠 수 있는 제일 많은 수효를 친다." 이 시의 '정식'을 격식을 가리키는 시계의 시간과 더불어 상상할 수도 있는 사례이다. 시계의 형상 모방이나 재현이 아니라 시계나 로마숫자가 지닌 표준, 기준, 전형 등의 일종의 '정식'을 주제로 삼은 것이다.

다른 한편으로 일본어로 쓴 시 「출판법」에서는 그 제목에 출판이 들어 있으니, 책의 장이나 권을 표시하는 로마숫자를 이용해서 각 연을 구분했다. 그 밖에는 로마숫자를 사용한 적은 없으니, 이 시 「정식」의 로마숫자는 시계판 숫자나 출판용 숫자가 지닌 표준, 기준, 전형임은 분명하다. 그리고 이 시의 마지막엔 시계가 등장한다.

I

'작은 칼'은 과일을 깎는 칼이다. 원문에서 작은 칼은 소도(小刀)라고 한자로 썼는데, 이상의 산문 「얼마 안 되는 변해」에 이것으로 과일을 깎는 상상 장면이 있다. 그리고 다음과 같이 칼의 이야기가 이어진다.

> 걷잡을 수 없는 포학(잔인과 난폭)한 질서가 그로 하여금 그의 손에 있던 나이프를 내동댕이쳐 버리게 하였다. 내동댕이쳐진 소도(小刀)는 다시 소도를 낳고 그 소도가 또 소도를 낳고 그 소도가 또 소도를 낳고

'낳고'를 수학의 등차수열에 비유해 이야기를 끌고 갔다. 이

유작 산문에는 1932년에 썼다는 표시가 있으니 1935년에 발표한 「정식」보다 앞선다. 같은 모티브를 시에 다시 이용했다.

산문에서는 난폭한 질서가 칼이 떨어진 원인이고 칼은 2+4+6 같은 수식의 상상력으로 전개된다. 시에서는 이 두 가지(원인, 수식)를 파기했다. 첫째, 수학 공식은 초기 일본어 습작에서 즐겨 쓴 방식이니 본격적인 언어의 세계로 방향을 전환한 결과이다. 둘째, 칼이 버려진 원인을 지운 것은 시의 세계에서는 수학 공식을 파기한 것보다 훨씬 더 중요하다.

『소설의 이해』(1927년)에서 영국 소설가 포스터(E. M. Forster)는 스토리와 플롯을 통해 소설의 특징을 설명했다. "왕이 죽었다. 그리고 왕비가 죽었다."는 스토리, "왕이 죽었고, 그 슬픔 때문에 왕비가 죽었다."는 플롯이라고 했다. 소설가 서머싯 몸은, 플롯은 이야기의 배열 순서일 뿐이며 독자의 흥미를 일으키려는 '폭력, 협잡의 주사위'라고도 했다. 잘 사용하되 들키지 말아야 한다는 것이다. 간단한 스토리라인만으로도 독자의 흥미를 끌어내기 충분하다고 덧붙였다.

시는 인과관계를 깔아 놓고 독자의 관심을 조율하는 주사위 놀이에는 관심이 없으니 플롯이나 스토리라인에 몰두하지 않는다. 그 대신 다른 일을 도모한다.

"시는 확정적인 즐거움 대신에 (무엇이라고 꼬집어) 말할 수 없는 불확실한 즐거움을 그 목표로 하고 있으며, 이런 목적이 이루어질 때만 시는 시일 수 있다."(「B에게 보낸 편지」, 1836년)

"시는 시적인 능력이 아니라, 사람들에게 (그것을) 촉발(exciting)시키는 것을 뜻한다. (……) 시는 사람들에게 있는 시적 정서를 언어로 표현한 실제적 결과이다."(「드레이크, 할렉 리뷰」, 1836년) 에드거 앨런 포의 말이다.

「정식」은 원인을 지우면서 불확실한 상태로 던져진 칼을 보여 준다. 시적 정서로 표현한 몰락과 소멸이다. 유추해 보면 앞에 소개한 이상의 산문에서 시로 바뀌면서 사라진 부분, '난폭한 질서'는 곧 '정식'이 된다. 만일 작은 칼이 시곗바늘이며 시간이라면 그렇게 사라질 것이다. 그리고 작은 칼은, 비록 과일깎기의 완성에 불과할지라도 어떤 유토피아를 만들 수도 있는 기능이 있다. 그것도 사라지고 있다.

Ⅱ

험상궂은 사람(자신의 또 다른 모습. 일본어 시(「조감도」, 「얼굴」)에서 자신을 '험상궂은 배고픈 얼굴'로 표현했었다.), **뒤를 보고 있으면**(이어서 선조(조상), 느꼈던, 마지막 순서가 있으니 과거를 가리킨다.), **기상**(대기 중에서 일어나는 날씨 현상), **시사의 증거**(당시 일어난 사건), **철**(쇠, 단단하고 강한 것. 이상은 산문(「구두」)에 이렇게 쓴 적이 있다. "뜨거운 바람은 철을 머금고 비굴한 기획을 위협하였다." 시에서 쇠, 쇠사슬, 철, 철로가 등장하고 단편소설에서도 강철, 철줄, 양철 조각, 철근이 등장한다. 김소월의 시에 나오는 쇠스랑이나 무쇠 다리보다는 근대화한 철에 대한 관심이다. 강한 성질이 자신을 가로막고 있다.)

Ⅲ

얼굴에 근육이 없으니 웃을 수 없다. 이상은 소설 「실화」에서 이렇게 썼다. "내 팔. 피골(皮骨)이 상접. 웃어야 할 터인데 근육이 없다. 울려고 해도 근육이 없다. 나는 형해(形骸)다."

IV

연작시 「역단, 가정」에서의 모습이다. 문을 두드리는 사람은, 나를 찾는 일심(一心, 한 마음)의 존재임을 부정하거나 모른다고 할 수 없는 자기 자신의 다른 모습이다.

V

이상에게 '수목'은 나무 전체를 가리키며, 형태적인 측면이 강하다. 구체적인 나무는 은행나무, 석류나무 등으로 쓰는 편이다. 긴 시곗바늘(키 큰 나무)이 움직이고 작은 바늘이 움직인다. 새로 탄생한 시간 속으로 흘러온 것들은 제대로 성장하지 못하는 암울한 시대이다. 순수한 결정체라고 생각하는 수은이 흔들리고, 숨어서 흐르는 정기에 말뚝을 박아 차단하는 시계 소리가 들린다.

VI

뻐꾸기가 운다고 했지만, 벽걸이용 뻐꾸기 시계의 모습이다. 모형 뻐꾸기여서 울 수 없다. 시계 속의 장치가 소리를 낸다.

세계적으로 손목시계는 1930년대에 개발된 신제품으로 1950년대가 되어서야 널리 퍼졌다. 과거에 유럽이나 미국에서도 시간은 지역마다 제각각이어서 철도 시간표마저 혼란을 야기했다. 1884년에 세계표준시(그리치니 기준)를 정했고, 대부분의 시계는 진자의 운동을 이용했는데, 안정적이지 못해서 유리를 만드는 '수정 결정체'의 진동을 이용한 시계(quartz clock)를 미국에서 발명해 표준 시각을 정확히 따진 것도 1928년의 일이다.

이상 시대의 휴대용 시계는 태엽을 감는 '회중(懷中)시계'였다. 주머니 또는 품에 넣고 다닌다는 뜻이며, 비싼 귀중품이었다. 1934년쯤 일본제 론진(Longines) 시계가 등장해 점차 퍼지기 시작했고 공공장소에도 시계를 배치하기 시작했다. 새로운 시간을 통과하는 근대 기차 시대의 모습이다. 1920년대 중반까지는 정오에 대포를 발사해서 시간을 알렸다. 뻐꾸기 시계(cuckoo clock)는 1850년대쯤 유럽에서 개발한 것으로 시각마다 나무로 만든 모형 뻐꾸기가 시계 속 상자에서 튀어나오면 울음소리가 난다.

인간에게는 시간을 분별하는 고유의 감각기관은 없다. 낮과 밤 정도의 느슨한 체제였던 인간의 시간은, 시계를 통해 세계 표준시나 표준시각을 설정하면서 시간을 나누어 확정했다.

시계의 시간과 주체의 행위 사이의 일치 또는 불일치는, 그것을 버리고 싶을 정도의 상황을 만들어 낸다. 시계는 외부세계를 정확히 조율하는 동시에 상대적으로 내적인 시간의 대비를 가져온다.

문학과 미술의 인상주의(Impressionism)는 유행에 몰두한 일상을 다룬 듯하지만, 한편으로 그것은 과학의 시간을 인간 의식의 시간이 정지시킨 것이다. 정지시킨 시간 속에서 빛의 분광현상이나 기억, 경험의 시간을 펼친 것이었다. 물리적 시간이 앞서면 시간에 쫓기는 불안이나 어긋나는 불일치도 생긴다. 생체의 리듬 또한 저마다 달라서, 심야나 새벽형 인간에게는 낮 12시가 이른 아침이다. 그러나 절대의 시간은 한낮이라고만 할 것이다.

그래서 이상은 시계를 던져 버리고 싶다는 말도 했다. 이 시 4연의 밖에서 문을 열어 달라고 하는 사람과 문을 열어 주려는 사람은 모두 자신의 다른 모습이지만 서로 통하지 않는다.

내가 그중 누구인지도 모르는, 어쩌면 그들 모두인 상황이다. 이렇게 타자화된 주체는, 다시 시간의 타자화를 경험한다. 한 시대 또한 동시적이면서도 비동시적이다.

이 시는 물리적 시간을 배경에 놓고 의식의 시간을 통과한다. 외부의 시간을 멈춰 놓고 경험이나 의식의 시간을 확대한다. 시계의 시간은 날 수 없는 나무 뻐꾸기가 되어서 시적 주체의 시간으로 정지되었다. 이렇게 이 시는 멈춤 버튼(물리적 시간의 중지)을 사용하면서 모더니즘 문학의 시간 통과하기 (time passes)를 보여 준다.

과거 천체 운행을 중심으로 한 하늘의 시간을 시계가 재조정했고 절대적인 시간 개념은 아인슈타인의 상대성이론으로도 무너졌지만, 예술의 표현은 과학보다 먼저, 절대의 시간이나 천상의 시간을 언어와 그림으로 그려 내고 마르셀 프루스트나 버지니아 울프, 인상파 화가들까지도 절대의 시간을 정지시키면서 근대의 시간을 통과했다. 이상의 심리적 시간은 절대적 시간을 정지시키거나 거꾸로도 흐르게 한다. 따라서 정식은 식민지적 체제의 통제일 수도 있다.

파첩

이 시는 이상이 세상을 떠난 뒤 유작으로 1937년 문학동인지《자오선》에 실린 작품이다. 텍스트가 완전하다고 볼 수 없다. 불확실한 사정을 고려해서 읽어야 한다.

파첩(破帖)은 단순하게 읽으면 파기되거나 찢어진 수첩이다. 첩은 글이나 그림을 묶은 책자이다. 그림을 묶은 것을 화첩이라고 하는데, 두루마리 형식과 함께 동양에서 그림을 보는 중요한 방법 가운데 하나이다. 시공간을 한정하지 않고 연속 시점으로 대상을 표현하는 동양 회화의 독특한 방식이다. 펼친 면이나 단면으로 구성하여 연작 형태를 취하는 경우가 많다. 조선시대 화가 김홍도, 신윤복의 풍속화도 화첩이다. 그것이 낱장으로 분리되면 파첩이다. 신윤복의 풍속도첩은 총 30면 연작이다. 파첩된 한 장은 화첩에서는 분리되었지만 낱장마저 훼손된 것은 아니다. 김홍도의 풍속화도 본래는 화첩이었으나 현재는 파첩되어 있다. 이상의 시「파첩」은 총 열 개의 숫자로 나누어진 연으로 구성되었으니 낱장의 파첩(장면) 10장이라고 볼 수 있다.

1) 여적(女賊)은 '여자 도둑'이라는 뜻으로 불교에서 수행자의 마음을 훔쳐 가는 도둑, 곧 여성을 가리키는 말이다. 수행자의 마음을 빼앗을 정도의 매력적인 여성이다.

문 닫는 소리가 마음을 얼어붙게 하는 녹음된 소리처럼 들린다. 희미해서 여인의 몸은 또렷하게 보이지 않는다.

흰 젖빛(유백색)은 불투명한 흰색으로 요즘식으로 말하면 우윳빛이다. 조선시대 백자의 색을 가리킬 때는 설백(눈처럼 흰색), 유백(젖빛 흰색), 청백(푸른색이 감도는 흰색)이 함께 있다고 말한다. 빛이 희미해서 매력적인 여인의 나체는 깨끗하면서도 더럽다.

산문에서 이상은 카민(carmine, 적색)처럼 영어 표현을 쓰기도 하지만 주로 군청, 황토 등 한자로 색상을 말했다. 시에서는 흑백과 핏빛, 달빛 등 색채의 사용은 제한적이다. 색채 표현의 습관으로 본다면 이상은 무채색 중심의 대비 효과를 주로 구사한다. 감각적인 표현주의 성향보다는 형태를 앞세운 반낭만주의, 고전주의적 경향이다.

2) 전쟁이 끝난 보도가 어지럽다. 마(麻)는 삼베나 노끈이다. 이상의 소설 「종생기」를 참고하면 "난마(亂麻)와 같이 갈피를 잡을 수 없는"에 쓴 '난마'(실이 어지럽게 뒤엉킨 상태)의 뜻도 있다.

'마가 어지럽다'는 원문에서는 '어즈럽다'로 표기했다. '먹을 지르니라' 또한 원문에서는 '먹을 즐느니라'로 쓴 부분이다. 이상의 서울 사투리 ㅅ, ㅈ, ㅊ 아래의 '으'는 현재의 표준어 '이' 모음이다. 따라서 '즐느니라-질느니라-지르니라'가 된다.

달빛이 어지러운 도로에 먹을 질러 넣은 것은 검은 그림자나 어둠이다. 이상은 보호색에 관해 보호해 준다는 뜻을 강조하면서 산문(「구두」)에 "위로하고 어루만져 주는 것 같은 보호색"이라고 쓴 적이 있다.

3) 사람들이 죽었는데, 유해는 거의 정리되었다. 황폐함이 휩쓸고 간 자리에는 비가 내려도 새 세상은 싹트지 않는다. 어둠이 이어진다. 이상은 '원숭이'를 흉내 내는 것에 불과한 존재를 가리키는 뜻으로 사용한다. 그런 존재에 불과한 원숭이는 이런 음습한 밤이 되었기에 잠든다. 시체를 밟고 간다. 자신도

원숭이처럼 몸에 털이 돋는다. 뒤에서 자신의 책 읽는 소리가 들린다는 것은, 자신의 행위가 현재의 사건에 개입되었다는 반성이다.

4) 체신은 편지를 부치는 일이다. 과거에는 거리에 있는 우체통에 편지를 넣었다. '하문(下門)'은 원본 그대로 따르면 윗사람이 질문하는 하문(下問)이 아니라, 여성의 음부이다. 우체통(체신)이 할머니의 음부라면 생산력이 없다는 뜻이 된다. 그러나 오자일 수 있다.

5) 시트(sheet)는 자리, 종이, 천 등을 가리킨다. 이상은 이 말을 "한 사람의 화인(畵人)은, 곧잘 흰 시트 위에 황담색 피를 토하곤 했었다."고 산문 「첫번째 방랑」에서 사용했다. 이상에게 '홍수'는 자연 재해가 우선이지만 혼란이나 다툼도 가리키니, 이것이 가라앉으면 고요한 상태이다.

6) 위에서 누군가 침을 뱉는 이야기는 소설 「휴업과 사정」에도 등장한다. 자신을 경멸하는 것으로 느끼지만 소설에서도 침을 뱉는 사람의 이유는 불분명하다. 부조리함이다. '외국어가 하고많은'은 많고 많다는 뜻이다. 규방(閨房)은 부녀자들의 방이니 우아한 여성이 있어야 할 자리이다. 그런 존재는 없고 불구의 존재만 있다.

7) 단추는 이상에게 옷을 여미는 것으로, 몸을 숨기는 것을 뜻한다. '싸인'은 정체성의 표식이다. '부엉이 드새는지'에서 '드새다'는 길을 가다가 집이나 쉴 만한 곳에 들어가 밤을 지낸다는 뜻이다. 야행성 부엉이가 작은 새들의 둥지에 쳐들어간 상황이다. 작은 새들이 살아남으려면 부엉이를 죽여야 한다.

8) 파상 철판은 상하로 물결처럼 구부러진 건설용 철판이다. 지배자가 쓰러지고 다른 지배자로 대체되는 중이지만 변

화는 없다. '다 사라진'은 오유(烏有)를 옮긴 것이다.

9) 가나안은 젖과 꿀이 흐르는 땅이다.

10) 콘크리트 전원은 더 궁핍한 사정이 되었다. 초근목피(풀 뿌리, 나무껍질)는 과거 먹을 것이 없던 시절에 먹던 것으로 열악한 먹을거리를 가리킨다. '물체의 음영'은 미술 용어로 그림자나 빛에서 어둠까지의 계조(tone)이다. 도시 관문(都市關門)은 통과 지점의 검문소이다.

아담과 이브의 자손인 카인은 낭만주의 시인 조지 고든 바이런의 시극(poetic drama) 『카인』(1821년)에서 폭압적 체제를 거부하는 알레고리로 등장한 이후 문학 작품에서 자주 나타나게 되었다. 김기림의 시 「아침 해 송가」(1931년)에서는 "구별과 정복과 약취와 거짓에게 찢기우고 짓밟힌 카인의 오래인 폐허"로 카인이 쓰였다. 김기림과 이상은 한국 시에 처음 카인을 등장시킨 선구자들이다.

미라클과 미스터리

김기림의 카인이 짓밟힌 카인이었다면, 이상의 카인은 살아서 인력거에서 내리는 중이다. 바이런은 『카인』 서문에서 자신의 작품이 신성을 모독한 것처럼 보일 수도 있다고 썼다. 회개가 아니라 저항을 앞세웠기 때문이다.

성서에서 카인은 형제를 살해하는 악행을 저질러서 버림받은 자이다. 그러나 바이런의 작품에서 카인은 무조건적 진리와 압제에 반항하는 인물이다. 금단의 열매(금지된 나무, the fruit of our forbidden tree)가 지식의 나무(the tree of knowledge)이며 생명의 나무임을 깨닫는다. 하지만 그것은 자신이 나약한 존재임을 자각하는 절망의 나무이기도 했다. 성서에는 이름이 나오지 않는 사탄이지만 밀턴의 『실낙원』에 등장하는 전지전능한 루시퍼(Lucifer)를 통해 카인은 자신이 독재자의 노예라는 사실을 깨닫는다. 루시퍼는 전에 있던 곳이 환영세계(phantasm of the world)라고 말하며 여호와(Jehovah)의 파괴 행위를 이야기한다. 카인은 루시퍼의 충고는 받아들이지만 복속되지는 않는다.

"네 가슴속에 내부의 세계를 세워라, 그곳에서 외부의 세계는 실패하리라." 이것이 루시퍼의 충고였다. 바이런은 아다(Adah)를 등장시켜 여호와(독재), 루시퍼(지식)의 세계와는 다른 인간의 힘으로 만든 사랑의 세계도 카인에게 보여 준다. "왜 당신은 항상 천국을 한탄만 하고 있나요? 우리가 또 다른 것을 만들 수는 없나요?" 아다가 한 말이다. 그러나 카인은 신에 대한 반항으로 아벨을 살해한다.

「파첩」에서 이상의 카인은 인력거에서 내린다. 우아한 여적(아다의 사랑)은 불구가 되었고, 독서(루시퍼의 지식)를 습득한 상황이다. 그런데 그는 기술사(奇術師, 마술사)이다. 인력거에서 내리니 이상의 카인은 또 다른 독재자일 수도 있고, 바이런 스타일의 혁명가일 수도 있다. 그가 이상 자신이라면 이상의 카인은 가해자인 동시에 저항자의 양면성을 지닌다.

그러나 「파첩」의 카인은 마술을 행할 수 있는 카인이다. 고독한 마술사이다. 바이런은 『카인』 서문에서 주제를 자유롭게 바꾼 미스터리(Mystery, 성사극, 聖史劇)라고 자신의 작품을 설명했다. 유럽에서 14세기부터 이어져 온 종교적인 기적극(Miracle)이나 수난극, 성사극을 두루 가리키는 말이다. 이런 연극들은 성스러운 공연도 있었지만 민중 속으로 들어가면서 세속의 불온한 이야기도 끼워 넣었는데, 내용이 음탕하다고 금지를 당하기도 했다.

이상의 카인은 기적이 아닌 마술을 가졌으니 기독교의 기적을 말하지는 않았지만, 바이런이 종교적 비난을 무릅쓰고 『카인』을 발표한 것처럼 저항적이고 혁명적인 의지를 담은 것은 분명하다. 이상의 마술은 하나의 미스터리이다. 그것은 종교적 미스터리나 상징주의의 미스터리로서의 신비가 아니라, 파편적인 환영세계, 억압체제를 전복시키는 능력 공간으로서의 미스터리이다.

이성적인 것을 주목하는 한편에 이상의 시에는 주역, 무속 등에 관한 기운이 초현실적 표현들과 함께 등장한다. 그가 다루는 거울세계는 한편으로 바이런의 루시퍼가 가리키는 여호와의 환영세계이고, 초현실적 표현과 병치된 현실은 일본 제국주의의 식민지배 체제를 가리킨다. 이상의 암호는 일상언어에서는 불가해한 것이지만, 에드거 앨런 포, 보들레르, 다다, 초현실주의, 이미지즘의 역사를 관통하는 순수시의 주된 표현 언어이다.

모더니즘과 순수시의 독립적 언어 공간은, 어느 시대든 독재적 현실의 전복과 파편적 환영체제를 허무는 기적의 공간이다. 모든 모더니즘 시의 고독한 언어는 기적의 미스터리를 현재화한다. 이상의 시각화된 언어의 무대 또는 언어적 무대의 시각화는 금지된 인간의 기적과 수난의 미스터리를 담고 있다.

르네상스 미술과 예술의 공간

물감을 아주 두껍게 바르는 유화의 임파스토(impasto) 기법은 물질을 통해 질감의 변화를 만든다. 고흐의 유화가 그런 사례로, 정도가 심하면 지시 대상이나 의미를 초월해 암호처럼

변한다. 암호 같은 이상의 어휘들은 임파스토 기법의 물질성 강화로 러시아식 팍투라와 같은 효과이다.

임파스토는 이탈리아어로 불룩한 반죽이라는 뜻이다. 르네상스 시대부터 물질로 형상을 다르게 다루는 기술로 바로크, 인상주의, 표현주의는 물론 현대 회화에도 쓰인다. 덧칠하면서 층을 쌓아 올리거나 나이프 등으로 두껍게 바르는 기법이다. 표현 대상보다는 물질성 강화가 목적이다.

물질적 표현은 감각 효과의 증폭인 동시에 고정된 개념에 대한 반체제 언어이기도 하다. 르네상스 시대 화가들은 물감도 직접 만들어서 사용했고, 형상의 표현도 은밀하게 재조정했다. 명백한 의미를 지워서 위장하기(sprezzatura), 완전하게 마감하지 않기(non finito), 한 몸의 자세 안에서 반대 자세(역동작) 만들기(contrapposto), 빛과 어둠(배경)의 비현실적 대비(chiaroscuro), 안개처럼 뿌옇게 흐려 놓기(spumato) 등의 반칙 같은 언어를 구사했다. 레오나르도 다빈치, 미켈란젤로부터 렘브란트 등으로 이어진 오래된 표현기법들이다.

「파첩」에서의 어휘와 문장도 이런 기법들이 동원되어 물질화, 암호화한다. 젖빛, 달빛, 먹, 습기, 공기, 소변, 침, 세균, 눈바람, 서리, 전류, 음영 등 축축하거나 차갑고 침침한 물질성을 더해 가며, 한 장면을 매듭짓지 않고, 다른 장면을 낯설게 이어 붙인다. 그래서 물질적 기운이 전체를 지배한다. 물질은 주변 물질이나 형상과 반응하여 표현 대상의 명백한 의미와 경계를 흐트러뜨린다. 결국 이미지와 개념이 충돌한다. 그러나 회화는 이미지만의 감각 공간이 아니라 이미지와 개념, 심미적 감각과 인식이 충돌하는 힘의 공간에 있다. 이상의 시들도 이미지와 개념이 충돌하는 힘의 공간에 있다.

실낙원

「실낙원」은 잃어버린 낙원이라는 뜻이다. 이상의 유작으로 1939년 2월 조선일보사가 펴낸 월간지 《조광》에 실렸다. '신산문(新散文)'이라는 형식으로 실렸는데, 수필도 아니고 소설도 아니라는 뜻을 읽을 수 있다. 그렇다면 그것들의 본류였던 시로 돌아오면 된다. 이미 보들레르 이후로 시는 정형적 운율의 제약에서 벗어나 산문적인 시나 자유시의 시대를 열었다.

「꽃나무」, 「이런 시」 등에서 언급한 관습적 운율의 정형시를 벗어나는 진술적 성격이 이상 시의 특징 가운데 하나이고, 본래 시는 서사까지도 지닌 것이었으니, 굳이 수필이나 신산문이라는 어색한 위치에 애매하게 걸쳐 놓기보다는 형식적으로도 시의 영역에 놓는 것이 합당하다.

내용적으로도 이미 시적 진술성을 통해 각 소제목들의 모티브 전개에서 개별적인 것들에 대한 시선 및 관념의 이미지화, 사적인 개인과 말하는 주체를 통합하면서도 배반하고, 한 연의 내부에서는 주변부의 대상들이 중의적으로 겹쳐져 서술 개념의 확정보다는 시적인 다의성을 만든다. 각각의 연 또한 서로를 밀고 당기는 변화와 긴장으로, 수필처럼 이완되지 않고 전체 구조를 시적으로 압축한다. 오히려 이제는 시의 영역에 당당히 자리 잡을 수 있는 작품이다.

이 작품을 처음 실었던 종합잡지 《조광》은 대중 독자 중심으로, 순문학은 물론 대중소설, 추리소설, 연극, 야담, 인터뷰 등으로 영역을 확대했다. 시의 경우는 김억, 백석, 유치환 등이 주요 필자였다. '신산문'이라는 명칭은 이 잡지가 지향했던 문학 장르의 다변화를 대변한다. 주요 필자였던 시인들의 경향과도 크게 달랐으니 다른 분류가 필요했을 것이고, 창간호부터 「모던 춘향전」 같은 새 분위기의 작품을 연재했던 편집 방향에 따라 이상의 글에 새로운 명칭을 부여했을 것이다.

배타적인 정형적 서정시가 오랫동안 중심을 차지했던 시대에는 이상의 긴 시가 놓일 마땅한 자리가 없었다. 이제는 「최저낙원」, 「산책의 가을」까지도 시의 영역에 놓일 수 있기에 모더니즘 계열 한국 현대시의 관점으로 이 책에서는 그 위상을 조정한다. 일부 한자는 한글로 풀어 옮기지 않았다.

이미 앞에 나온 여러 편의 시에 유사한 모티브가 등장했지만 각각의 모티브들은 이 시에서 종합적으로 발휘되었기에 간헐적으로 추려져서 조각난 앞의 시들보다 이 시 한 편의 의미가 더 크다. 미발표작이지만 미시적으로든 구조적으로든 완성도 또한 충분하다.

소녀

기침을 하는 인물이 소녀이다. 이상의 시에서 기침은 자신의 폐결핵 경험에서 나왔지만, 이 시에서는 시인 자신과 일치하지 않는다. 그렇기 때문에 다른 시에서 등장하는 기침을 이상 개인의 질병으로만 해석할 수 없다. 시인의 언어는 개인적인 동시에 반개인적이다. 그래서 이 소녀의 기침은 시인 자신을 반영하면서도 배반하기 때문에 더 시적이다.

육친의 장

기독은 크리스트(Christ)를 말한다. "나이 오십하고 하나(五十有一)"는 『장자』의 「천운편」에 나오는 문장으로, 공자가 쉰한 살이 되도록 참다운 도(道)를 알지 못해 노자를 찾아갔다는 이야기이다. 그 이야기에서 노자는 도를 받아들일 수 있는 '주체'를 강조한다. 인의(仁義)와 도덕도 하룻밤 묵는 임시 처소이고, 부와 권력를 탐하는 자는 양보할 줄 모르고, 정치는 바로잡는 것이라고 말한다. 도덕만을 강조하면 결국 구속과 제약만 있음을 강조했다. 『장자』는 이상에게 꽤 흥미로운 책이었던 것으로 보인다.

이 시에서 크리스트가 겉으로는 아버지처럼 등장하지만 법도를 강조한 공자와 낡은 체제, 부와 권력, 나누지 못하는 정치를 두루 뜻한다고 볼 수 있다. 주체가 없으면 "도가 머물지 않고 표적이 없으면 도가 밖으로 나갈 수 없다."는 노자의 말은 이 시에서 주체와 새로운 혈통이라는 목표와도 연결된다.

흉장(胸牆)은 흉벽이라고도 하는 가슴 높이의 두꺼운 성벽이다. 입방(立方)은 세제곱미터, 정육면체를 가리킨다. 상아 스틱(stick)은 상아 손잡이가 달린 지팡이를 가리킨다. 이상은 풍선에 관해 일본어 시에서는 "천사는 고무풍선처럼 부풀어진다."고 쓴 적이 있다. 소설 「실화」에서는 "나는 그동안 풍선처럼 잠자코 있었다."고도 표현했다.

실낙원

『실낙원(Paradise Lost)』은 에덴동산을 잃어버린 인간을 다룬 존 밀턴의 작품으로 단테의 『신곡』과 함께 대표적인 종교 서사시로 꼽는다. 각운이 없는 무운시(blank verse)로 시적 언어나 형식도 새로운 작품으로 시인 바이런의 『카인』 집필에도 영향을 주었다. 밀턴은 이 작품에서, 신은 순종해야 하는 절대자이지만 굴종이 아닌 인간의 자유로운 선택, 자유의지를 강조했다. 미카엘과 가브리엘 천사가 이끄는 천사들과 사탄이 이끄는 천사 무리가 결투를 벌인다. 천상에서 추방당한 사탄이 이브를 유혹해 선악과를 따 먹게 만든다. 인간의 타락에 성공한 사탄은 지옥으로 돌아가고, 아담과 이브는 에덴에서 추방되는 이야기를 담은 서사시이다.

이상의 글에 타락한 천사 모티브가 간혹 등장한다. 프랑스의 시인, 화가, 영화감독 등 다양한 이력을 가진 장 콕토는 이런 변형된 천사 모티브로 작품을 쓴 대표적인 시인이다. 콕토는 그림으로도 천사를 많이 그렸다. 그의 시에서 천사는 세속으로 추락했고 서투르고 등이 굽은 불구, 또는 인공적인 모습으로도 나온다. 특히 『천사 외르트비』(1925년)는 20쪽짜리 소책자로 출간된 천사 모티브의 대표적인 작품인데, 콕토 시의 천사는 하늘에서 내려온 수호천사이며 죽음의 천사이다. '외르트비'는 프랑스 엘리베이터 회사의 이름으로, 엘리베이터에서 천사를 처음 만났기에 그렇게 썼다는 제법 긴 시이다.

면경

면경은 얼굴을 보는 용도에 적합한 크기의 거울이다. 투탕카멘(Tutankhamen)은 고대 이집트의 왕으로 1920년에 발굴되었다. 투탕카멘 미라의 황금 가면은 가장 유명한 데드마스크이다. 연한(年限)은 사용기한, 유통기한이다. 기한이 지나면 폐기해야 하는 쓰레기가 된다. 문명은 지속적으로 더 많은 쓰레기를 만들어 낸다. 살아 있는 인간마저도 사회에서 배제된 쓰레기가 된다.

달의 상처

'천문'은 『주역』의 「산화비(山火賁)」에서 나온 말이다. "천문을 관찰해 때의 변화를 살피고, 인문을 관찰해 이로써 천하를 이룬다.(觀乎天文 以察時變, 觀乎人文 以化成天下)"

『주역』의 「계사 상전(繫辭 上傳)」에서는 "위로는 천문을 관찰하고 아래로는 지리(地理)를 살핀다. 그래서 유(幽), 명(明)의 원인을 알며, 시작을 찾고 끝을 돌이켜 보게 한다. 그러므로 죽음과 삶의 이론을 알며, 정(精)과 기(氣)가 사물이 되고, 혼(魂)이 노닐어 변(變)이 된다. 이 때문에 귀(鬼)와 신(神)의 정상(情狀)을 알게 된다.(仰以觀於天文 俯以察於地理. 是故 知幽明之故 原始反終. 故 知死生之說 精氣爲物 游魂爲變. 是故 知鬼神之情狀.)"고 했다.

얼어붙은 천문과 싸워야 한다고 썼으니 주역으로 천문을 살핀다는 의미보다는 얼어붙은 기운을 되살리겠다는 뜻이다. 이것이 살아나면 귀와 신을 알게 된다. 이어서 이상은 귀기를 말한다. '이상한 귀기(鬼氣)'는 이상이, 시에서 역단이라는 용어를 쓰고, 부적도 등장시키면서 드러나는 색다른 요소 가운데 하나이다. 동양의 전통이나 우주론이 시각예술의 표현방법론과 어울려 이상 문학의 한 지대를 토속적으로 형성한다.

여기서 이상한 귀기는 화가이며 시인이었던 윌리엄 블레이크의 경우처럼 서양식으로는 몸의 활력으로 이해할 수도 있다. 윌리엄 블레이크의 시집 『천국과 지옥의 결혼』에 나오는 시 「악마의 목소리」에 다음과 같은 문장이 있다.

　　1. 인간은 두 가지 존재 원칙을 가지고 있다. 즉 육체와 정신이 그것이다.
　　2. 활력(에너지)은 악으로 불리며 육체에 기인하며 이성은 선으로 불리며 정신에서 생산된다.
　　선은 이성에 따르는 수동이고 악은 힘에서 솟아나는

능동이다.

귀기는 식물적으로 굳어진 몸을 되살려 정신과 분리되지 않는 새로운 몸을 향한 문학적 생산으로 천국과 지옥의 결혼에 관한 감각적 실천이다. 새로운 달이 시적 주체와 더불어 사물(형상)을 낳고 변화를 수행하며 문학성이라는 정상(情狀)으로 향한다.

동양에서 인문(人文)은 곧 인간의 시서예악(詩書禮樂)이다. 『주역』의 「계사 하전(繫辭 下傳)」에는 "사물이 서로 섞인 것이 문이다.(物相雜, 故曰文.)"라는 말이 있다. 섞이고 섞인 사물을 보는 이상의 시선은 상처(변화)로 인문(시)을 만든다.

『훈민정음』 해례본의 제자해(制字解)는 '하늘과 땅과 귀신과 더불어 그 운용을 함께 한다'는 특이한 문장으로 끝난다. 세종의 훈민정음에도 귀신이 있으니 귀신은 전통 사상의 핵심 요소이기도 하다.

이상의 시에는 달이 자주 등장한다. 굳이 중국 시인 이백과 연관 지을 필요는 없다. 달은 만인의 것이고 특히 음력을 가진 민족에게는 친밀한 대상이다. 그러나 태양력을 가진 세력들에게 음력을 가진 민족은 만신창이가 되었다. 동남아시아를 비롯해 멀리 태평양의 통가, 타히티까지 아시아 태평양 전역의 음력을 가진 사람들의 땅은 한 점 예외 없이 제국주의의 식민지가 되었다.

이상이 그런 먼 곳의 풍속과 역사까지 알 수는 없었겠지만 이상 시에 나오는 달은 만신창이가 된 주체의 몸이기도 하면서, 당나라 시대의 달이 아니라 1900년대 전후 식민지로 전락한 아시아 태평양의 달이다.

최저낙원

이상 사후에 유고로 《조선문학》(1939년 5월)에 실린 작품이다. 그 잡지의 차례를 보면 「최저낙원」은 시나 소설, 수필의 범주에 넣지 않고 별도로 배치했다. 이상의 유고라는 표시만 있다. 평론과 시 사이에 놓았고, 소설과 수필은 멀리 떨어져 있다. 유고라는 특별함이 있어서 독립시켰을 것이지만 장르의 성격은 불문명하다. 과거에는 이 작품을 수필로 분류했지만 수필과는 다르니 시의 영역에 놓고 판단할 필요가 있다.

이 작품은 사실의 서술이나 묘사보다는 반복, 리듬, 비유로 언어의 표면을 구성하는 시적 기교가 전체를 지배한다. 사실적 인물의 독백처럼 보이지만 시적인 폭로와 은폐로 이어진다. 시적 시선으로 선택한 이미지들이 표면을 구성한다. 반복적 진술을 통해 언어의 응집벽을 구사하면서 여성이나 아내를 향한 목소리에 부조리한 현실을 담은 산문시이다. 의미의 관점에서도 중의적이어서 시일 수밖에 없다. 시대와 여성에 관한 이상의 관점이 들어 있다.

1.

공연(까닭 없음), **내운**(냅다. 연기가 목구멍이나 눈을 쓰라리게 하는), **구역**(의미가 불분명한 표기이다. 이상이 전체 글에서 질병이나 전염병을 가리키는 역(疫)이라는 말을 사용한 경우는 악역, 역마, 면역 세 가지 뿐이다. 면역의 오자로 추정할 수도 있다.), **탄산 가스**(원문에는 탄산와사라고 한자로 썼다. 1920~1930년대 탄산와사는 식음료 및 의료용 탄산가스나 연탄가스를 모두 지칭한다. 1925년 《매일신보》는 연탄가스로 질식사한 남녀의 기사에 탄산와사라는 용어를 사용했고, 1934년 기사에는 치과병원에서 의료용 탄산가스에 불이 옮겨붙어 화재가 발생했다고 보도했다.), **리졸**(Lysol, 소독제), **법랑질**(치아를 감싼 단단한 물질, tooth enamel), **군마**(군사와 말, 군대의 병력), **세류**(가는 물길, 좁은 시냇물).

석탄산수(페놀, phenol. 수술용 살균제, 구강 마취제, 아스피린, 고무 제품 등의 제조에 쓰인다. 심각한 독성이 있어 독일 나치는 인명 살상용으로 이용했다. 1935년 3월 5일《매일신보》는 서울 종로구 소격동에서 석탄산수를 마시고 자살한 20세 여성에 관해 보도했다. 사랑하는 연인이 있으나 돈이 없어서 결혼할 수 없음을 비관했다며 "돈이 원수, 아름다운 봄빛이 대지에 왔건만 애달픈 청춘의 이야기"라고 썼다.), **구련**(말을 타고 훈련하다.), **호령**(지휘, 명령, 꾸짖음).

인조 비단(인견, 人絹, 레이온, Rayon. 일본기업이 1935년 압록강변 갈대를 이용해 인견용 펄프를 생산하기 시작했다. 총독부를 앞세워 한반도에 진출한 일본 종이회사 '왕자제지'는 1934년 함경북도에 제지공장을 세워 백두산 일대의 나무를 베어내 종이를 생산했다. 한반도에는 종이가 늘 부족했지만 왕자제지는 수출까지 하면서 비약적으로 성장했다. 왕자제지의 인조 섬유 레이온 생산량은 세계 1위인 미국을 앞질렀다.), **깨끼저고리**(깨끼바느질(곱솔)로 짓는 홑저고리).

2.

정사(사랑하는 사이의 남녀가 현실에서 사랑을 이루지 못해 함께 죽는 일. 1935년 11월 13일《매일신보》는 부산에서 석탄산수를 마시고 동반자살한 젊은 남녀 사건을 보도했다. 사랑하는 사이였으나 함께 살 수 없어서 자살했다고만 전했다. 단정할 수는 없지만 이상은 그해 10월 이 신문에 산문(「추등잡필」)을 연재했는데 혹시《매일신보》기사들이 시의 배경이 되었다면 이 시는 1935년에 쓴 것이다.).

학(鶴, 이상의 소설에는 학이 등장하지 않는다. 시에서만 등장한다. 남녀를 상징한다. 시 「보통기념」 참조), **연화**(鉛華, 얼굴에 바르는 여성 화장품, 흰색 파우더. 과거에는 기초화장 중심이었고 1920~1930년대 제품에는 인체에 해로운 납 성분이 들어 있었다. 볼과 입술용 색조 화장은 사회적으로 비난을 받아서 크게 유행하지 못했다.), **마분지**(질 낮은 누런 종이), **세간**(살림살이 도구), **천후**(天候, 날씨, 기상), **풍금**(악기, 오르간. 원문에는 '풍금처럼 밝애지면'이라고 썼다. 다른 산문에서 윤택이 없는 낡은 풍금이라고 쓴 적이 있으니 광택이 나는 새 풍금을 가리킨다.), **정조대**(유럽에서 십자군 전쟁 때 사용했다는 여성에 대한 성적 통제 도구), **산아제한**(간호사 출신으로 피임약과 피임법을 최초로 보급한 미국 여성운동가 마거릿 생어(Margaret Sanger)는 1922년 일본, 중국을 방문해 여성의 성적 자주성을 강조하는 산아제한 운동을 펼쳤다. 1924년에는 서울 종로에서도 산아제한에 관한 여성 토론회가 열렸다. 1930년대 잡지에는 산아제한과 피임에 관한 글들이 실렸다.)

3.

삼경(밤 11시~새벽 1시), **목매 죽은 동무**(1930년대 전후 신문에는 미혼이나 기혼 여성들이 정조를 잃고 자살한 사건들이 자주 등장한다.), **B.C의 항변**(마거릿 생어가 처음으로 주창한 산아제한으로 Birth Control을 가리킨다. 이 용어를 일본에서 산아제한으로 번역하면서 인구 조절의 뜻에 가깝게 되었다. 임신에 관한 여성의 자율성을 강조한 본래 의미에서는 벗어난 번역이었다. 그녀가 강조한 것은 낙태가 아니라 피임이었다. 마거릿 생어는 일본 입국 시에 피임법을 소개하는 자신의 책자도 압수당했다. 공개 연설을 금지했지만 그녀의 주장은 일본에서 호응을 일으켰다. 정조 관념도 비판했다. 그녀는 서울을 거쳐 중국으로 갔지만 하룻밤만 머물렀다고 한다. 중국에서는 한 달쯤 머물렀고 중국에서 그녀의 산아제한론은 자유연애 사상, 인구조절론과 함께 수용되었다. 그러나 일본은 1930년 피임 기구와 낙태 관련 약품 판매를 법령으로 금지했다. 낙태는 처벌 대상인 범죄였다. 마거릿 생어의 피임법은 여성의 주체성을 강조한 점도 있지만 기형이나 열등한 유전자를 억제해야 한다는 우생학적 인간관도 함께 있었다.)

4.

단심(진심, 속에서 우러나는 정성스러운 마음), **중문**(대문과 안채 사이의 문이다. 전통 한옥 구조에서 중문은 전체 공간을 안팎의 두 영역으로 나눈다. 중문 내부 건물은 안채, 외부 건물은 바깥채, 사랑채로 부르며 남녀를 구분했다. 중국 고대의 경전 『예기(禮記)』에서 말한, '남자는 밖에, 여자는 안에 거처한다'는 규칙을 따른 것이다. 내외를 구분하는 원칙은 조선이 건국되면서 여성은 삼촌까지의 친척만 직접 대면하도록 했다. 여성의 정절을 최우선으로 삼았기 때문이다. 고려시대에는 자유로웠기에 조선 초기에는 지켜지지 않다가 조선 중기부터 관습으로 굳어졌다. 따라서 중문은 내외, 남녀 차별의 핵심적 실체이다. 겹겹이 중문이라는 뜻은 정절, 삼종지도(三從之道), 칠거지악(七去之惡) 등 여성을 구속한 것들을 가리킨다.), **천기**(天氣, 날씨. 신문에서 명일의 천기, 즉 내일의 날씨라고 썼던 일반용어이다. 미래가 불투명하다는 뜻).

멍멍 짖는 개 잔등(개는 내외로 나누어 여성을 구속한 옛 건축물의 중문과 같다. 잔등은 몸체의 등이다.).

이 시는 산문적인 문체지만 감정적이다. 이상의 시 전반에서 격앙된 감정은 크게 드러나지 않는다. 아우성치는 모습은 거의 없다. 그래서 이상의 시는 격정적 표현주의와는 거리가 있다. 격정적인 형세는 표현주의적 분위기이지만 이상의 시는 '언어의 엑스터시' 또는 언어만의 격정적인 절대성을 구현하지는 않는다. 언어의 엑스터시가 드러나려면 문장은 더 생략되어 낱말들이 산발적으로 앞서고, 주체의 소리로 전체를 감싸는 언어만의 절대성으로 나아가야 한다. 표현주의는 소음, 질주, 돌파의 의식이 더 강하다. 오스트리아 시인이며 표현주의 화가인 오스카 코코슈카(Oskar Kokoschka)의 시는 다발적인 에너지가 넘친다. 코코슈카의 언어는 더 격정적으로 흩어지면서 언어의 엑스터시를 구현했다.

무제 1, 무제 2

이상 사후에 발견된 유고로 제목도 없는 미완성 원고이다. 이 시를 처음 실은 시 동인지 《맥》(1938년 10월)은 제목이 없어서 편집인이 임의로 '무제'라는 제목을 붙였다고 설명했다. 「무제 2」도 시 동인지 《맥》(1938년 12월)에 실렸다. 두 편 모두 동일하게 '무제'라고 해서 같은 제목이 두 개가 되었다. 「무제 1」, 「무제 2」로 구분하여 설명한다.

「무제 1」
궐련(담배), **조인**(調印, 도장을 찍어 약정함).

「무제 2」
시의 원고 끝에는 일본식 연호인 소화 8년 11월 3일이라는 표기가 있다. 1933년에 쓴 작품이다.

선행하는(앞서 나가는), **전차**(1899년부터 서울 지역 지상을 오가던 1량짜리 전동차), **투사**(透思. 꿰뚫어 생각함), **출분**(出奔, 도망하여 달아남), **레리오드**(피리어드(period)를 잘못 표기한 것으로 보인다. 일정한 기간), **소행**(素行, 평소의 행실), **꽃잎**(원문에서는 화판, 花瓣), **향료, 암호**(향기롭게 꾸밈, 비밀), **시계를 보면 아무리하여도 일치하는 시일을 유인**(지난 날을 정확하게 꾀어냄) **지문**(指紋, 사람마다 다른 손가락 피부 문양), **조문**(條文, 규정이나 법령을 적은 글), **구형**(求刑, 형벌을 요구함).

집을 나갔던 아내가 돌아온 상황이다. 아내와의 관계는 늘 비대칭적 평형이다. 「지비」, 「보통기념」과 같은 계열로 집필 시기나 사건의 전개로 보면 이 작품이 가장 앞선다.

투사(透思)는 이상의 글에서 투시(透視)로 종종 나타난다. 소설 「종생기」에서는, "왜 나는 미끈하게 솟아 있는 근대 건축의 위용을 보면서 먼저 철근철골, 시멘트와 세사(고운 모래), 이것부터 선뜩하니 감응(느껴 마음이 움직임)하느냐는 말이다. (……) 나는 오늘 크게 깨달은 바 있어 미문을 피하고 절승의 풍광을 멀리하여 고요하고 쓸쓸하게 왕생하는 것이며 숙명의 슬픈 투시벽(透視癖)은 깨끗이 벗어 놓고 (……) 외로우나마 따뜻한 그늘 안에서 실명(목숨을 잃음)하는 것이다."라고 썼고, 소설 「실화」에서는 "나는 몰래 모차르트의 환술(幻術)을 투시하려고 애를 쓰지만 공복(빈속)으로 하여 저윽히 어지럽다."라고도 썼다.

투시는 원리나 원형에 집착하는 전근대적 시선이다. 건축물에서 벽돌 등의 구성물을 보는 것은 세잔이 자연풍경에서 원뿔, 구, 원통을 확인하여 큐비즘으로 이어지는 해체의 첫걸음이기도 하다. 원근법을 다른 말로는 투시법(透視法)이라고도 하는데, 절대유일에 빠지지 않는 다시점의 동적 투시라면 시공간을 심미적으로 전환하는 방식이 될 수 있다. 그런데 이상의 글에는 절대적 투사나 투시가 어지럽거나(「실화」), 벗어 놓거나(「종생기」), 막히는(「무제 2」) 사정과 함께 있다. 이런 막힘에 대한 인식이 이상의 시에 현실성을 부여하면서 다시점의 동적 투시와 분산적 투시의 현대적 가능성을 만든다.

1933. 6. 1

「꽃나무」와 함께 처음으로 한글 시를 발표한 세 편 가운데 하나이다.

미국 하버드대학교 천문대의 에드워드 피커링(Edward C. Pickering)은 파격적으로 자신의 가정부로 일하던 플레밍(Fleming)을 비롯한 수십 명의 여성 조수들을 고용해 별에 관한 사진과 자료를 정리했다. 그녀들의 도움으로 1924년 22만 5300개의 별 스펙트럼을 정리한 목록을 발표했다. 이상이 이 시에서 말하는 과학자는 피커링과 여성 조수들이다. 꼼꼼한 이 여성들은 '하버드의 컴퓨터들'이라는 별칭으로 불린다. 플레밍은 최초로 백색왜성을 발견했고 헨리에타 등도 천문학 발전에 업적을 남겼다.

이 시의 제목으로 삼은 날짜가 어떤 날이었는지는 분명치 않다. 1933년 이상은 총독부를 그만두었다. '금홍'이라는 여인을 만났고, 그녀와 함께 서울 종로에 다방(카페)을 개업한 해이니 스스로 활력을 되찾을 무렵이었다.

이상의 여동생 김옥희는 다음과 같이 회고(《신동아》, 1964년 12월)했다. "종로에 제비 다방을 내건 것은 배천온천에서 돌아온 그해 6월의 일입니다. 금홍 언니와 동거하면서 집문서를 잡혀 시작한 것이 제비 다방이었습니다."

이상의 시가 실린 잡지가 7월에 나왔으니 이날은, 마침내 본격적인 발표 기회를 얻은 날일 수도 있다. 이상은 자식이 없던 큰아버지 집에 들어가 양자처럼 자랐고 큰아버지 뜻에 따라 미술이 아닌 건축을 공부했다. 큰아버지 사망일은 이 시의 날짜보다 1년 전의 일이고, 재혼한 큰아버지에게 새 큰어머니가

데리고 들어온 다른 소생의 아들이 모든 권리를 이어받게 된
것도 이미 이상이 대학에 입학할 즈음이었으니 가족관계에 대
한 특이사항도 없다.

이 시기에 총독부는 물관리 시설에 대한 조세를 강요해, 세
금을 내지 못한 많은 농민들이 토지를 차압당했다. 총독부는
신문 기사를 검열 삭제하면서 차압기사라고 불렀다.

총독부 사직에 대해 여동생 김옥희는 「오빠 이상」(1964년)에
서 이렇게 증언했다.

> 흔히 객혈로 인한 건강이 오빠의 사직 이유로 말하니
> 다만 그렇지가 않습니다. 일인(日人) 과장의, 이제는 더
> 참을 수 없는 모욕을 박차고 나온 오빠였습니다. 오빠
> 의 몸은 그때부터 극도로 쇠약하기 시작했습니다.

1933년 6월 1일의 신문을 보니, 그날은 목요일, 소나기가 내
리고 기온은 15.7도라는 예보가 있다. 전날 23세로 사망한 작
가이며 여성운동가(송계월)의 부고, 함경북도에서 10여 명의
청년을 치안유지법 위반으로 체포했다는데, 체포 이유는 모
종의 계획(?) 때문이라고 물음표가 달려 있다. 흑백사진과 함
께 미국 영화(「Back Street」) 개봉에 대한 기사도 있다. 여배우
아이린 던(Irene Dunne) 주연이다. 장마철 비옷 광고, 전통 혼
례복 광고, 청량리에 조선요릿집을 개업한다는 음식점 광고도
있다. 이런 날 이상은 중대한 결심을 한다. 무게를 재는 천칭
위의 과학자, 뻔뻔히 살아온 사람에서 벗어나 마침내 자신을
드러내겠다는 다짐이다.

시인은 지역어, 소수어, 변방어, 그런 미미한 말들의 발화자

이다. 민족어나 모국어의 혈통적, 민족적 문제가 아니다. 시인은 어떤 하나의 언어 속에서 고통, 초라함, 혼란, 미미한 존재들의 소리를, 그것에서 벗어나고 싶을 정도로 소리 내야만 하는 언어 그 자체이다. 그것이 시인을 만들고, 그것 때문에 시인은 그것을 선택한 시인이 된다.

이상의 시는 객체화든 객관화든 타자화든 간에 근대적 주체의 인식과 파기이다. 1933년 이날의 다짐은 그동안 일본어로 써서 발표한 시와의 이별일 수 있다. 일본어로 쓴 시는 일본어 건축잡지의 만필(이런저런 글)란에 실렸으므로, 문학적 평가도 없이 차압당했던 것이라고 생각했을 수 있다.

이상은 「꽃나무」와 함께 이 시를 발표한 뒤 일본어로는 시를 발표하지 않았다. 시인 이상이 선택한 그 하나의 언어가 모국어인 한국어라고 판단하여 이 책에서는 일본어로 써서 일제강점기 조선총독부와 그 주변 일본인들의 건축잡지에 발표한 시들은 모두 제외했다.

일본어로 발표한 습작에도 좋은 작품이 있지만, 이상 스스로 일부 모티브는 한글로 옮겨 다시 썼고, 대부분의 일본어 습작은 그의 시를 이해하는 데 오히려 미완의 어수선함을 더할 뿐이니 연구 자료로 이해하는 것이 더 좋을 것이다.

에필로그

어린 시절 나는, 이상이 태어나서 자란 동네 바로 옆 도서관을 자주 드나들었다. 청소년이 되어서도 그곳을 애용했다. 중학생이 되면서 이상을 처음 만났고, 중학교를 졸업할 무렵 드문드문 나왔던 『이상전작집』(이어령 엮음)을 한 권씩 구입해서 읽었다. 그리고 이상과 이별했다.

미술대학 회화과에서 서양화를 전공했고, 이후에 나는 시인이 되었다. 책 디자이너와 기획편집자로, 수백여 권의 문학, 인문학 책을 직업으로 만들었다. 『이상전집』(권영민 엮음)도 만들었지만 실무 편집자는 아니어서 제대로 읽지는 못했다. 시인으로 나를 등단시킨 분은 이상 연구자인 이승훈 시인이었는데 이상에 관한 얘기를 나눈 적은 없다. 내 등단의 계보를 거슬러 올라가면 정지용 시인이 있으니 이상과도 멀지는 않다. 이승훈 선생이 낸 『이상시전집』은 이번에 처음 구경했다. 한두 페이지 넘기다가 옛 생각만 했다. 아무튼 그분들께서 옛 시절 내 도서관이 되어서 나를 이상에게 데려다준 셈이다.

틈틈이 읽는 동안 한 계절이 지났다. 내 젊은 날의 고향 민음사, 그곳의 후배 양희정의 거듭된 제안이 아니었다면 이상의 시를 다시 읽는 일은 없었을 것이다. 이승훈 시인이 엮은 책을 내게 가져다준 봄바람에게도 감사한다.

이상의 시 텍스트를 한글화했고, 어휘와 내용을 분석했고, 시적 표현의 특징을 살폈고, 회화성을 통한 이해의 경로를 더했다.

시인, 화가, 건축기사, 편집자, 북디자이너 등의 경험을 가진 이상에게 거의 동일한 경험으로 대응했다. 그래도 이상과 나는 다른 존재이니 내 맘대로 읽었지만, 시를 맨 앞에 놓았고 미술이나 시대를 그다음 자리에 놓았다.

20세기 초반의 시와 예술을 통해 이상의 좌표를 그렸고, 이상 시의 시각적 특징을 회화성을 통해 살폈다. 시인인 동시에 화가였던 인물들을 주로 인용했다. 이상이 지닌 동양전통의 문예의식도 살폈고, 지난 시대의 구체적 사실이나 상황도 따져 보았다. 이상이 쓴 시, 소설, 산문 등 모든 글을 상호 비교하면서 그가 사용한 어휘의 빛깔도 검토했다.

이상은 1910년생이니 나는 그분들 세대를 직접 경험한 마지막 세대가 될 것이다. 한때 서울의 지상을 오가던 1량짜리 전차도 함께 탔고, 종로통에 있던 화신백화점에도 자주 갔고, 한강 남쪽변이 아직 뽕나무밭이었던 시절도 기억한다. 일제강점기에 일본 유학을 다녀온 신식 지식인들도 가까이에서 보았지만 내 기억으로 그분들은 '조선 사람'이었다.

그래서 지나친 서구화나 현대화는 과잉 해석에 이를 수 있다. 혹시라도 내 설명 때문에 이상의 시가 지나치게 서구적, 현대적으로 보인다면 그만큼은 뒤로 후퇴해서 보아야 할 것이다. 외국의 경우와는 문화적 경험이나 내부의 원인이 다르니 같은 연대기를 구성할 수 없다. 영향이나 수용 관계보다는 외부 물결에 대한 문학적 파도 타기의 내재된 힘으로서의 회화성을 살피고자 했다.

문학예술 이해에 비미적 가치가 지나치게 앞서는 것에 대해 나는 이상 시의 이해에 미적 가치의 무게를 더하고자 했다.

'모형 심장과 동적 시노그래피(scenography, 무대 시각화)'라는 이름으로 나는 이상 시의 특징을 요약하면서 새로운 인식과 시도, 한계와 실패를 동시에 품은 그의 시를 한국 모더니즘 시의 앞자리에 올린다.

이상은, 회화적 감각이나 회화성을 문학적으로 전환해 이미지, 오브제, 언어의 물질성으로 독립적인 시적 공간을 시각화했고, 현실과 작품을 넘나드는 시적 주체와 진술적 산문성으로 시적 언어의 현재성을 확보했고, 전근대적 주체와 신체, 현실과 비현실의 병치와 객체화, 동양문예로서의 인문과 서구예술의 표현론을 융합해 바꾸어 내면서 시대를 관통하는 역전의 시선과 이질적, 모조적 현실을 역동적으로 표현했다.

이상이 세상을 떠나기 전, 그해의 마지막 날(음력) 들었다는 음악은 에두아르 랄로(Édouard Lalo)의 「스페인 교향곡(Op. 21)」이다. 이상의 심정을 느낄 수 있다.

문학은, 특히 시는 더 많은 다수를 향한 말이 아니라 홀로 남겨진 한 사람을 위한 소리여야 한다. 시는 한 사람이 모두이고, 모든 것이 한 사람인 역사이다. 그래서 고독한 개인으로서의 시인은 절망하고 실패한다. 그러나 절망과 실패를 안고 한국 모더니즘 시의 역사는 더 생생하게 이어질 것이다.

발표 시 원문

이상이 그린 자신의 소설 〈날개〉의 삽화

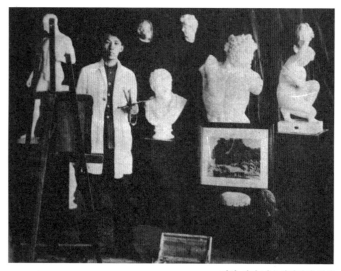

대학 시절 미술실에서의 이상

쏫나무

벌판한복판에 쏫나무하나가잇소 近處에는 쏫나무가하나도업소
쏫나무는제가생각하는쏫나무를 熱心으로생각하는것처럼 熱心
으로쏫을피워가지고섯소。 쏫나무는제가생각하는쏫나무에게갈
수업소 나는막달아낫소 한쏫나무를爲하야 그러는것처럼 나는
참그런이상스러운숭내를내엿소。

《가톨닉靑年》, 1933. 7.

거울

거울속에는소리가업소
저럿케까지조용한세상은참업슬것이오

◇

거울속에도 내게 귀가잇소
내말을못아라듯는짝한귀가두개나잇소

◇

거울속의나는왼손잡이오
내握手를바들줄몰으는—握手를몰으는왼손잡이오

◇

거울째문에나는거울속의나를만저보지를못하는구료만은
거울아니엿든들내가엇지거울속의나를맛나보기만이라도햇겟소

◇

나는至今거울을안가젓소만은거울속에는늘거울속의내가잇소
잘은모르지만외로된事業에골몰할쩨요

◇

거울속의나는참나와는反對요마는
쏘쐐닮앗소

나는거울속의나를근심하고診察할수업스니퍽섭々하오

《가톨닉靑年》, 1933. 10.

이런詩

역사를하노라고 쌍을파다가 커다란돌을하나 쓰집어내여놋코보
니 도모지어데서인가 본듯한생각이들게 모양이생겻는데 목도들
이 그것을메고나가드니 어데다갓다버리고온모양이길내 쏘차나
가보니 危險하기싹이업는큰길가드라。

그날밤에 한소낙이하얏스니 必是그돌이깨끗이씻겻슬터인데 그
잇흔날가보니까 變怪로다 간데온데업드라。 엇던돌이와서 그돌
을업어갓슬가 나는참이런悽량한생각에서 아래와가른作文을지
엿도다。

「내가 그다지 사랑하든 그대여 내한平生에 참아 그대를 니
즐수업소이다。 내차레에 못올사랑인줄은 알면서도 나혼자는
꾸준히생각하리다。 자그러면 내내어엿부소서」

엇던돌이 내얼골을 물쓰럼이 치여다보는것만갓서 이런詩는
그만찌저버리고십드라。

《가톨닉靑年》, 1933. 7.

烏瞰圖
詩第一號

十三人의兒孩가道路로疾走하오。
(길은막달은골목이適當하오)

第一의兒孩가무섭다고그리오。
第二의兒孩도무섭다고그리오。
第三의兒孩도무섭다고그리오。
第四의兒孩도무섭다고그리오。
第五의兒孩도무섭다고그리오。
第六의兒孩도무섭다고그리오。
第七의兒孩도무섭다고그리오。
第八의兒孩도무섭다고그리오。
第九의兒孩도무섭다고그리오。
第十의兒孩도무섭다고그리오。

第十一의兒孩가무섭다고그리오。
第十二의兒孩도무섭다고그리오。
第十三의兒孩도무섭다고그리오。
十三人의兒孩는무서운兒孩와무서워하는兒孩와그러케뿐이모혓
소(다른事情은업는것이차라리나앗소)

그中에一人의兒孩가무서운兒孩라도좃소。
그中에二人의兒孩가무서운兒孩라도좃소。

그中에二人의兒孩가무서워하는兒孩라도좃소。

그中에一人의兒孩가무서워하는兒孩라도좃소。

(길은뚫닌골목이라도適當하오。)

十三人의兒孩가道路로疾走하지아니하야도좃소。

《朝鮮中央日報》, 1934. 7. 24.

烏瞰圖
詩第二號

나의아버지가나의겨테서조을적에나는나의아버지가되고또나는
나의아버지의아버지가되고그런데도나의아버지는나의아버지대
로나의아버지인데어쩌자고나는작고나의아버지의아버지의아버
지의⋯⋯아버지가되니나는웨나의아버지를껑충뛰어넘어야하는
지나는웨드듸어나와나의아버지와나의아버지의아버지와나의아
버지의아버지의아버지노릇을한꺼번에하면서살아야하는것이냐

《朝鮮中央日報》, 1934. 7. 25.

烏瞰圖
詩第三號

싸홈하는사람은즉싸홈하지아니하든사람이고또싸홈하는사람
은싸홈하지아니하는사람이엇기도하니까싸홈하는사람이싸홈
하는구경을하고십거든싸홈하지아니하든사람이싸홈하는것을구
경하든지싸홈하지아니하는사람이싸홈하는구경을하든지싸홈
하지아니하든사람이나싸홈하지아니하는사람이싸홈하지아니하
는것을구경하든지하얏으면그만이다

《朝鮮中央日報》, 1934. 7. 25.

烏瞰圖
詩第四號

患者의容態에關한問題。

```
●  0  9  8  7  6  5  4  3  2  1
0  ●  9  8  7  6  5  4  3  2  1
0  9  ●  8  7  6  5  4  3  2  1
0  9  8  ●  7  6  5  4  3  2  1
0  9  8  7  ●  6  5  4  3  2  1
0  9  8  7  6  ●  5  4  3  2  1
0  9  8  7  6  5  ●  4  3  2  1
0  9  8  7  6  5  4  ●  3  2  1
0  9  8  7  6  5  4  3  ●  2  1
0  9  8  7  6  5  4  3  2  ●  1
0  9  8  7  6  5  4  3  2  1  ●
```

診斷 0·1

26·10·1931

　　　　以上　責任醫師　李　箱

《朝鮮中央日報》, 1934. 7. 28.

烏瞰圖
詩第五號

某後左右를除하는唯一의 痕跡에잇서서

翼殷不逝　目大不覩

胖矮小形의神의眼前에我前落傷한故事를有함.

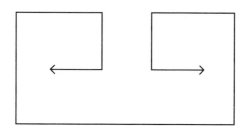

臟腑타는것은 浸水된畜舍와區別될수잇슬는가。

《朝鮮中央日報》, 1932. 7. 28.

烏瞰圖
詩第六號

鸚鵡 ＊ 二匹
　　　　二匹
　　＊ 鸚鵡는哺乳類에屬하느니라.
내가二匹을아아는것은내가二匹을아알지못하는것이니라. 勿論
나는希望할것이니라
鸚鵡　二匹
「이小姐는紳士李箱의夫人이냐」「그러타」
나는거기서鸚鵡가怒한것을보앗느니라. 나는붓그러워서　얼굴이
붉어젓섯겟느니라.
鸚鵡　二匹
　　　　二匹
勿論나는追放당하얏느니라. 追放당할것까지도업시自退하
얏느니라. 나의體軀는中軸을喪尖하고또相當히蹌跟하야그
랫든지나는微微하게涕泣하얏느니라.
「저기가저기지」「나」「나의―아―너와나」
「나」
sCANDAL이라는것은무엇이냐.「너」「너구나」
「너지」「너다」「아니다 너로구나」 나는함
뿍저저서그래서獸類처럼逃亡하얏느니라. 勿論그것을아아는사람
或은보는사람은업섯지만그러나果然그럴는지그것조차그럴는지.

《朝鮮中央日報》, 1934. 7. 31.

烏瞰圖
詩第七號

久遠謫居의地의一枝 ● 一枝에피는顯花 ● 特異한四月의花草
● 三十輪 ● 三十輪에前後되는兩側의 明鏡 ● 萌芽와갓치戲
戲하는地平을向하야금시금시落魄하는 滿月 ● 淸澗의氣가운
데 滿身瘡痍의滿月이劇刑當하야渾淪하는 ● 謫居의地를貫流
하는一封家信 ● 나는僅僅히遮戴하얏드라 ● 濛濛한月芽 ●
靜謐을蓋掩하는大氣圈의遙遠 ● 巨大한困憊가운데의一年四月
의空洞 ● 槃散顚倒하는星座와 星座의千裂된死胡同을 跑逃하
는巨大한風雪 ● 降霾 ● 血紅으로染色된岩鹽의粉碎 ● 나의
腦를避雷針삼아 沈下搬過되는光彩淋漓한亡骸 ● 나는塔配하
는毒蛇와가치 地平에植樹되어다시는起動할수업섯드라 ● 天
亮이올때까지

《朝鮮中央日報》, 1934. 8. 1.

烏瞰圖
詩第八號 解剖

第一部試驗　手術臺　　　　　一
　　　　　　水銀塗沫平面鏡　一
　　　　　　氣壓　　　　　　二倍의平均氣壓
　　　　　　溫度　　　　　　皆無

爲先痲醉된正面으로부터立體와立體를爲한立體가具備된全部
를平面鏡에映像식힘。平面鏡에水銀을現在와反對側面에塗沫
移轉함。(光線侵入防止에注意하야) 徐徐히痲醉를解毒함。一軸
鐵筆과一張白紙를支給함。(試驗擔任人은被試驗人과抱擁함을
絶對忌避할것)順次手術室로부터被試驗人을解放함。翌日。平面
鏡의縱軸을通過하야平面鏡을二片에切斷함。水銀塗沫二回。
ETC아즉그滿足한結果를收拾치못하얏슴。

第二部試驗　直立한 平面鏡　一
　　　　　　助手　　　　　　數名

野外의眞實을選擇함。爲先痲醉된上肢의尖端을鏡面에附着식
힘。平面鏡의水銀을剝落함。平面鏡을後退식힘。(이때映像된
上肢는반듯이硝子를無事通過하겠다는것으로假說함) 上肢의
終端까지。다음水銀塗沫。(在來面에) 이瞬間公轉과自轉으로
부터그眞空을降車식힘。完全히二個의上肢를接受하기까지。翌
日。硝子를前進식힘。連하야水銀柱를在來面에塗沫함 (上肢의

處分）（或은滅形）其他。水銀塗沫面의變更과前進後退의重
複等。

ETC 以下未詳

《朝鮮中央日報》, 1934. 8. 3.

烏瞰圖
詩第九號　銃口

每日가치列風이불드니드듸여내허리에큼직한손이와닷는다。恍
惚한指紋골작이로내땀내가숨여드자마자 쏘아라。 쏘으리로
다。 나는내消化器官에묵직한銃身을늣기고내담으른입에맥근맥
근한銃口를늣긴다。 그리드니나는銃쏘으듯키눈을감이며한방銃
彈대신에나는참나의입으로무엇을내여배앗헛드냐。

《朝鮮中央日報》, 1934. 8. 3.

烏瞰圖
詩第十號 나비

찌저진壁紙에죽어가는나비를본다。그것은幽界에絡繹되는秘密
한通話口다。어느날거울가운데의鬚髥에죽어가는나비를본다。
날개축처어진나비는입김에어리는가난한이슬을먹는다。通話口
를손바닥으로꼭막으면서내가죽으면안젓다이러서듯키나비도날
러가리라。이런말이決코밧그로새여나가지는안케한다。

《朝鮮中央日報》, 1934. 8. 3.

烏瞰圖
詩第十一號

그사기컵은내骸骨과흡사하다。내가그컵을손으로꼭쥐엿슬때내
팔에서는난데업는팔하나가接木처럼도치드니그팔에달린손은그
사기컵을번적들어마루바닥에메여부딧는다。내팔은그사기컵을
死守하고잇스니散散히깨어진것은그럼그사기컵과흡사한내骸骨
이다。가지낫든팔은배암과갓치내팔로기어들기前에내팔이或움
즉엿든들洪水를막은白紙는찌저젓으리라。그러나내팔은如前히
그사기컵을死守한다。

《朝鮮中央日報》, 1934. 8. 4.

烏瞰圖

詩第十二號

때무든빨내조각이한뭉탱이空中으로날너떠러진다. 그것은흰비
닭이의떼다. 이손바닥만한한조각하늘저편에戰爭이끗나고平和
가왓다는宣傳이다. 한무덕이비닭이의떼가깃에무든때를씻는다.
이손바닥만한하늘이편에방맹이로흰비닭이의떼를따려죽이는不
潔한戰爭이始作된다. 空氣에숫검정이가지저분하게무드면흰비
닭이의떼는또한번이손바닥만한하늘저편으로날아간다.

《朝鮮中央日報》, 1934. 8. 4.

烏瞰圖
詩第十三號

내팔이면도칼을 든채로끈어저떨어젓다。 자세히보면무엇에몹시
威脅당하는것처럼샛팔앗타。 이럿케하야일허버린내두개팔을나
는 燭臺세음으로내 방안에裝飾하야노앗다。 팔은죽어서도 오히
려나에게怯을내이는것만갓다。 나는이런얇다란禮儀를花草盆보
다도사량스레녁인다。

《朝鮮中央日報》, 1934. 8. 7.

烏瞰圖
詩第十四號

古城압풀밧이잇고풀밧우에나는내帽子를버서노앗다.

　城우에서나는내記憶에꽤묵어운돌을매여달아서는내힘과 距離껏팔매질첫다. 抛物線을逆行하는歷史의슯흔울음소리. 문 득城밋내帽子겻헤한사람의乞人이장승과가티서잇는것을나려다 보앗다. 乞人은城밋헤서오히려내우에잇다. 或은綜合된歷史의亡 靈인가. 空中을向하야노힌내帽子의깁히는切迫한하늘을붓는다. 별안간乞人은慄慄한風彩를허리굽혀한개의돌을내帽子속에치뜨 려넛는다. 나는벌서氣絶하얏다. 心臟이頭蓋骨속으로옴겨가는 地圖가보인다. 싸늘한손이내니마에닷는다. 내니마에는싸늘한 손자옥이烙印되여언제까지지지어지지안앗다.

《朝鮮中央日報》, 1934. 8. 7.

烏瞰圖
詩第十五號

1

나는거울업는室內에잇다. 거울속의나는역시外出中이다. 나는
至今거울속의나를무서워하며떨고잇다. 거울속의나는어디가서
나를어떠케하랴는陰謀를하는中일가.

2

罪를품고식은寢床에서잣다. 確實한내꿈에나는缺席하얏고義足
을담은 軍用長靴가내꿈의 白紙를더럽혀노앗다.

3

나는거울잇는室內로몰래들어간다. 나를거울에서解放하려
고. 그러나거울속의나는沈鬱한얼골로同時에꼭들어온다. 거울
속의나는내게未安한뜻을傳한다. 내가그때문에囹圄되어잇듯키
그도나때문에囹圄되여떨고잇다.

4

내가缺席한나의꿈. 내僞造가登場하지안는내거울. 無能이라도
조흔나의孤獨의渴望者다. 나는드듸어거울속의나에게自殺을勸
誘하기로決心하얏다. 나는그에게視野도업는들窓을가르치엇다.
그들窓은自殺만을爲한들窓이다. 그러나내가自殺하지아니하면
그가自殺할수업슴을그는내게가르친다. 거울속의나는不死鳥에
갓갑다.

403

5

내왼편가슴心臟의位置를防彈金屬으로掩蔽하고나는거울속의
내왼편가슴을견우어拳銃을發射하얏다。彈丸은그의왼편가슴을
貫通하얏스나 그의心臟은바른편에잇다。

6

模型心臟에서붉은잉크가업즐러젓다。내가遲刻한내꿈에서나는
極刑을바닷다。내꿈을支配하는者는내가아니다。握手할수조차
업는두사람을封鎖한巨大한罪가잇다。

《朝鮮中央日報》, 1934. 8. 8.

I WED A TOY BRIDE

1 밤

작난감新婦살결에서 이따금 牛乳내음새가 나기도한다. 머(ㄹ)
지아니하야 아기를낳으려나보다. 燭불을끄고 나는 작난감新婦
귀에다대이고 꾸즈람처럼 속삭여본다.
「그대는 꼭 갓난아기와같다」고...........
작난감新婦는 어둔데도 성을내이고대답한다.
「牧場까지 散步갔다왔답니다」
작난감新婦는 낮에 色色이風景을暗誦해갖이고온것인지도모른
다. 내手帖처럼 내가슴안에서 따근따근하다. 이렇게 營養분내
를 코로맡기만하니까 나는 작구 瘦瘠해간다.

 2 밤

작난감新婦에게 내가 바늘을주면 작난감新婦는 아모것이나 막
찔른다. 日曆. 詩集. 時計. 또 내몸 내 經驗이들어앉어있음즉한
곳.
이것은 작난감新婦마음속에 가시가 돋아있는證據다. 즉 薔薇
꽃 처럼..........
내 거벼운武裝에서 피가좀난다. 나는 이 傷차기를곷이기위하
야 날만어두면 어둔속에서 싱싱한蜜柑을먹는다. 몸에 반지밖

405

에갗이지않은 작난감新婦는 어둠을 커―틴열듯하면서 나를찾
는다. 얼는 나는 들킨다. 반지가살에닿는것을 나는 바늘로잘못
알고 아파한다.
燭불을켜고 작난감新婦가 蜜柑을찾는다.
나는 아파하지않고 모른체한다.

•素•榮•爲•題•

1

달빗속에있는네얼골앞에서내얼골은한장얇은皮膚가되
여너를칭찬하는내말슴이發音하지아니하고미다지를간
즐으는한숨처럼冬柏꼿밧내음새진이고잇는네머리털속
으로기여들면서모심듯키내설음을하나하나심어가네나

2

진흙밭헤매일적에네구두뒤축이눌러놋는자욱에비나려
가득고엿스니이는온갓네거짓말네弄談에한없이고단한
이설음을哭으로울기전에따에노아하늘에부어놋는내억
울한술잔네발자욱이진흙밭을헤매이며헛뜨려노음이냐

3

달빗이내등에무든거적자욱에앉으면내그림자에는실고
초같은피가아믈거리고대신血管에는달빗에놀래인冷水
가방울방울젓기로니너는내벽돌을씹어삼킨원통하게배
곱하이지러진헌겁心臟을드려다보면서魚항이라하느냐

《中央》, 1934. 9.

街外街傳

喧噪때문에磨滅되는몸이다. 모도少年이라고들그리는데老爺인
氣色이많다. 酷刑에씻기워서算盤알처럼資格넘어로튀어올으기
쉽다. 그렇니까陸橋우에서또하나의편안한大陸을나려다보고僅
僅이삵다. 동갑네가시시거리며떼를지어踏橋한다. 그렇지안어도
陸橋는또月光으로充分히天秤처럼제무게에끄덱인다. 他人의그
림자는위선넓다. 微微한그림자들이얼떨김에모조리앉어버린다.
櫻桃가진다. 種子도煙滅한다. 偵探도흐지부지―있어야옳을拍
手가어쨋서없느냐. 아마아버지를反逆한가싶다. 黙黙히―企圖
를封鎖한체하고말을하면사투리다. 아니―이無言이喧噪의사투
리리라. 쏟으라는노릇―날카로운身端이싱싱한陸橋그중甚한구
석을診斷하듯어루맞이기만한다. 나날이썩으면서가르치는指向
으로奇蹟히골목이뚫렸다. 썩는것들이落差나며골목으로몰린다.
골목안에는侈奢스러워보이는門이있다. 門안에는金니가있다.
金니안에는추잡한혀가달닌肺患이있다. 오―오―. 들어가면나
오지못하는타잎기피가臟腑를닮는다. 그우로짝바뀐구두가비철
거린다. 어느菌이어느아랫배를앓게하는것이다. 질다.

反芻한다. 老婆니까. 마즌편平滑한유리우에解消된政體를塗布
한조름오는惠澤이뜬다. 꿈―꿈―꿈을짓밟는虛妄한勞役―이
世紀의困憊와殺氣가바둑판처럼넓니깔였다. 먹어야사는입술
이惡意로구긴진창우에서슬멋이食事흉내를낸다. 아들―여러아
들―老婆의結婚을거더차는여러아들들의육중한구두―구두바

닭의징이다。

層段을몇벌이고아래도나려가면갈사록우물이드믈다。좀遲刻해
서는텁텁한바람이불고 ― 하면學生들의地圖가曜日마다彩色을
곷인다。客地에서道理없어다수굿하든집웅들이어물어물한다。
卽이聚落은바로여드름돋는季節이래서으쓱거리다잠꼬대우에더
운물을붓기도한다。渴 ― 이渴때문에견듸지못하겠다。

太古의湖水바탕이든地積이짜다。幕을버틴기둥이濕해들어온다。
구름이近境에오지않고娛樂없는空氣속에서가끔扁桃腺들을알
는다。貨幣의스캔달 ― 발처럼생긴손이염치없이老婆의痛苦하는
손을잡는다。

눈에띠우지안는暴君이潛入하얏다는所聞이있다。아기들이번번
이애총이되고되고한다。어디로避해야저어른구두와어른구두가
맞부딧는꼴을안볼수있스랴。한창急한時刻이면家家戶戶들이한
데어우러저서멀니砲聲과屍斑이제법은은하다。

여기있는것들은모도가그尨大한房을쓸어생긴답답한쓰레기다。
落雷심한그尨大한房안에는어디로선가窒息한비들기만한까마귀
한마리가날어들어왔다。그렇니까剛하든것들이疫馬잡듯픽픽씰
어지면서房은금시爆發할만큼精潔하다。反對로여기있는것들은

통요사이의쓰레기다。

간다。「孫子」도搭載한客車가房을避하나보다。速記를펴놓은床几웋에알뜰한접시가있고접시우에삶은鷄卵한개―얕-크로터뜨린노란자위겨드랑에서난데없이孵化하는勳章型鳥類―푸드덕거리는바람에方眼紙가찢어지고氷原웋에座標잃은符牒떼가亂舞한다。卷煙에피가묻고그날밤에遊廓도탔다。繁殖한고거즛天使들이하늘을가리고溫帶로건는다。그렇나여기있는것들은뜨뜻해지면서한꺼번에들떠든다。尨大한房은속으로곯마서壁紙가가렵다。쓰레기가막붙ㅅ는다。

《詩와 小說》, 1936. 3.

散策의 가을
散步·가을·例

女人 유리장속에 가만이 너어둔 간쓰메밀크 그러치 구녕을 뚫지않으면 밀크는 안나온다 단紅白 或은 綠 이렇게 色色이 칠로 발너놓은렛델의 아름다움外에 그리고 意外에도 묵직한 抱甕의 즐거움밖에는 없는법이니 여기가을과 空虛가있다.

*

비오는 百貨店에 寂!사람이없고 百貨가 내그림자나 조용이 保存하고있는 거리에 女人은 희붉은 종아리를 걸어칙겨 연분紅스카아트밑에 얕으막이 묵직이흔들니는 曲線! 라듸오는 店員代表설없게 哀愁를 높이노래하는 가을숨이는거리에 世上것 다버려도 좋으나 단하나 가지가지果일보다 훨신맛남직한 桃色종아리 고것만은 참내여늫기가아깝구나

*

윈도오안에石膏—武士는 수염이 없고삨이너스는 분안발는살갈이 차즐길없고 그리고 그長황한姿勢에 斷念이없는 윈도오안에 石膏다.

*

소오다의맛은 가을이 서껴서 靜脈注射처럼차고 유니폼少女들허리에 번적번적하는 깨끗한반드 물방울 낙수지는 유니폼에 벌거버슨팔목 皮膚는 包裝紙보다 정한包裝紙고 그리고 유니폼은

皮膚보다 정한皮膚다. 百貨店새물건包裝—반드를 끈아풀처럼 꾀여들고 바뿌게걸어오는 상자속에는 물건보다도 훨신훨신 好奇心이 더들었으리라.

*

여름은갔는데 검둥寫眞은 왜허물이 안벗나. 잘된寫眞에 간즐간 즐한少女 마음이 蒼白한月光아래서 感光紙에 분발르는 생각많은초저녁.

*

果일가개는문이닫혔다. 유리창안쪽에 果일呼吸이 어려서는 살작 香蕉에 복송아—秘密도가렸으니 인제는 아모도 果일사러오지는않으리라. 果일은 마음껏 굴러보아도좋고 덜익은수박같은 主人머리에 부듸처보아도좋겠만 果일은 黙黙! 복송아에香蕉에, 복송아에香蕉에 복송아에 바나나에—

*

印刷所속은죄左다. 職工들얼골은 모도 거울속에있었다. 밥먹을때도 — —이 왼손이다. 아마 또 내눈이 왼손잡이였는지 몰으지만 나는 쉽살이 왼손으로 職工과握手하였다. 나는 巧妙하게左된智識으로 職工과 會話하였다 그들休憩와對坐하야—그런데 왼일인지 그들의敍述은 右다. 나는 이厖大한 左와右의交叉에서

속거북하게 卒倒할것같길내 그냥 門밖으로뛰여나갔더니 果然
한발자곡 지났을적에 職工은 一齊이 右로돌아갔다. 그들이 閑
人과對話하는것은 똑職場밖에있는條件인것을 알수있었다.

＊

淸溪川헤버러진 수채속으로 飛行機에서 廣告삐라. 鄕國의童孩
는 거진 삐라같이 삐라를주으려고떼지었다 헤여젔다 지저분하
게 흣날닌다. 마꾸닝蛔蟲驅除 그러나 한童孩도 그것을읽을줄
몰은다. 鄕國의童孩는 죄다蛔虫이다. 그래서 겨우수채구녕에서
노느라고 배앞은것을 니저버린다. 童孩의兩親은 쓰레기래서 너
이童孩를내어다 바렸는지는 몰으지만 빼빼말는 송사리처럼 統
制없이왱왱거리면서 잘도논다.

＊

롤너스케이트場의 요란한風景, 라듸오效果처럼 이것은 또 季節
의외季節僞造일가. 月色이풀으니 그것은 恰似郊外의音響! 그런
데 롤너스케이트場은 겨을―이땀흘니는 겨을앞에서서 찍걱이
녀름은 소름끼치며 땀흘닌다. 어떻게 저렇게 겨을인체 잘도하는
複寫氷판우에 너이人間들도 結局알고보면 人間模型인지 누가
아느냐.

《新東亞》, 1934. 10.

明鏡

여기 한페―지 거울이있으니
잊은季節에서는
얹은머리가 瀑布처럼내리우고

울어도 젖지않고
맞대고 웃어도 휘지않고
薔薇처럼 착착 접힌
귀
디려다보아도 디려다 보아도
조용한世上이 맑기만하고
코로는 疲勞한 香氣가 오지 않는다。

만적 만적하는대로 愁心이平行하는
부러 그렇는것같은 拒絶
右편으로 옴겨앉은 心臟일망정 고동이
없으란법 없으니

설마 그렇랴? 어디觸診……
하고 손이갈때 指紋이指紋을 가로막으며
선뜩하는 遮斷뿐이다。

五月이면 하로 한번이고

열번이고 外出하고 싶어하드니
나갔든길에 안돌아오는수도있는법

거울이 책장같으면 한장 넘겨서
맞섰던 季節을 맞나렀만
여기있는 한페—지
거울은 페—지의 그냥表紙—

《女性》, 1936. 5.

易斷
易斷

그이는白紙우에다鉛筆로한사람의運命을흐릿하게草를잡아놓았
다。이렇게홀홀한가。돈과過去를거기다가놓아두고雜踏속으로
몸을記入하야본다。그러나거기는他人과約束된握手가있을뿐,
多幸히空欄을입어보면長廣도맛지않고않드린다。어떤빈터전을
찾어가서실컨잠잣고있어본다。배가압하들어온다。苦로운發音
을다생켜버린까닭이다。奸邪한文書를때려주고또멱살을잡고끌
고와보면그이도돈도없어지고疲困한過去가멀건이앉어있다。여기
다座席을두어서는않된다고그사람은이로位置를파헤쳐놋는다。
비켜스는惡息에虛妄과複讐를느낀다。그이는앉은자리에서그사
람이平生을살아보는것을보고는살작달아나버렸다。

《가톨닉靑年》, 1936. 2.

易斷
火爐

房거죽에極寒이와다앗다. 極寒이房속을넘본다. 房안은견딘다.
나는讀書의뜻과함께힘이든다. 火爐를꽉쥐고집의集中을잡아땡
기면유리窓이움폭해지면서極寒이혹처럼房을눌은다. 참다못하
야火爐는식고차겁기때문에나는適當스러운房안에서쩔쩔맨다.
어느바다에潮水가미나보다. 잘다져진房바닥에서어머니가生기
고어머니는내압혼데에서火爐를떼여가지고부억으로나가신다.
나는겨우暴動을記憶하는데내게서는억지로가지가돗는다. 두팔
을버리고유리창을가로막으면빨내방맹이가내등의더러운衣裳을
뚜들긴다. 極寒을걸커미는어머니—奇蹟이다. 기침藥처럼딱근
딱근한火爐를한아름담아가지고내體溫우에올나스면讀書는겁이
나서근드박질을친다.

《가톨닉靑年》, 1936. 2.

易斷
아츰

캄캄한空氣를마시면肺에害롭다。肺壁에끄름이앉는다。밤새도
록나는옴살을알른다。밤은참많기도하드라。실어내가기도하고실
어들여오기도하고하다가이저버리고새벽이된다。肺에도아츰이
켜진다。밤사이에무엇이없어젔나살펴본다。習慣이도로와있다。
다만내侈奢한책이여러장찢겼다 憔悴한結論우에아츰햇살이仔
細히적힌다。永遠이그코없는밤은오지않을듯이。

《가톨닉靑年》, 1936. 2.

易斷
家庭

門을압만잡아단여도않열리는것은안에生活이모자라는까닭이다. 밤이사나운꾸즈람으로나를졸른다. 나는우리집내門牌앞에서여간성가신게아니다. 나는밤속에들어서서제웅처럼작구만減해간다. 食口야封한窓戶어데라도한구석터노아다고내가收入되여들어가야하지않나. 집웅에서리가나리고뾰족한데는鍼처럼月光이무덨다. 우리집이알나보다그러고누가힘에겨운도장을찍나보다. 壽命을헐어서典當잡히나보다. 나는그냥門고리에쇠사슬늘어지듯매여달렷다. 門을열려고않열리는門을열려고.

《가톨닉青年》, 1936. 2.

易斷
行路

기침이난다. 空氣속에空氣를힘들여배앗하놋는다. 답답하게걸
어가는길이내스토오리요기침해서찍는句讀을심심한空氣가주
믈러서삭여버린다. 나는한章이나걸어서鐵路를건너질를적에그
때누가내經路를듸듸는이가있다. 압흔것이匕首에버어지면서鐵
路와열十字로어얼린다. 나는문어지느라고기침을떨어트린다.
우슴소리가요란하게나드니自嘲하는表情우에毒한잉크가끼언친
다. 기침은思念우에그냥주저앉어서떠든다. 기가탁막힌다.

《가톨닉靑年》, 1936. 2.

紙碑

내키는커서다리는길고왼다리압흐고안해키는적어서다리는짧고
바른다리가압흐니내바른다리와안해왼다리와성한다리끼리한사
람처럼걸어가면아아이夫婦는부축할수업는절름바리가되어버린
다無事한世上이病院이고꼭治療를기다리는無病이꿋꿋내잇다

《朝鮮中央日報》, 1935. 9. 15.

紙碑
―어디갓는지모르는안해

○ 紙碑 一

안해는 아츰이면 外出한다 그날에 該當한 한男子를 소기려가
는것이다 順序야 밧귀어도 하로에한男子以上은 待遇하지안는
다고 안해는말한다 오늘이야말로 정말도라오지안으려나보다하
고 내가 完全히 絶望하고나면 化粧은잇고 人相은없는얼골로
안해는 形容처럼 簡單히돌아온다 나는 물어보면 안해는 모도
率直히 이야기한다 나는 안해의日記에 萬一 안해가나를 소기려
들었을때 함즉한速記를 男便된資格밖에서 敏捷하게代書한다

○ 紙碑 二

안해는 정말 鳥類엿든가보다 안해가 그러케 瘦瘠하고 거벼워젓
는데도 나르지못한것은 그손까락에 찡기웟던 반지때문이다 午
後에는 늘 粉을바를때 壁한겹걸러서 나는 鳥籠을 느낀다 얼마
안가서 없어질때까지 그 파르스레한주둥이로 한번도 쌀알을
쪼으려들지안앗다 또 가끔 미다지를열고 蒼空을 처다보면서도
고흔목소리로 지저귀려들지안앗다 안해는 날를줄과 죽을줄이
나 알앗지 地上에 발자죽을 남기지안앗다 秘密한발을 늘보선
신스고 남에게 안보이다가 어느날 정말 안해는 업서젓다 그제야
처음房안에 鳥糞내음새가 풍기고 날개퍼덕이든 傷處가 도배우

에 은근하다 헤트러진 깃부스러기를 쓸어모으면서 나는 世上
에도 이상스러운것을어덧다 散彈 아아안해는 鳥類이면서 염체
닷과같은쇠를삼켯드라그리고 주저안젓섯드라 散彈은 녹슬엇고
솜털내음새도 나고 千斤무게드라 아아

○ 紙碑 三

이房에는 門牌가업다 개는이번에는 저쪽을 向하야짓는다 嘲笑
와같이 안해의버서노흔 버선이 나같은空腹을表情하면서 곧걸
어갈것갓다 나는 이房을 첩첩이다치고 出他한다 그제야 개는
이쪽을向하여 마즈막으로 슬프게 짓는다

普通紀念

市街에 戰火가닐어나기前
亦是나는 「뉴―톤」이 갈으치는 物理學에는 퍽無智하얏다

나는 거리를 걸엇고 店頭에 苹果 山을보면은每日가치 物理學에
落第하는 腦髓에피가무든것처럼자그만하다

계즙을 信用치안는나를 계즙은 絶對로 信用하려들지 안는다
나의말이 계즙에게 落體運動으로 影響되는일이업섯다

계즙은 늘내말을 눈으로드럿다 내말한마데가 계즙의눈자위에
썰어저 본적이업다

期於코 市街에는 戰火가닐어낫다 나는 오래 계즙을니젓 섯다
내가 나를 버렷든싸닭이엿다

주제도 덜어웟다 째씨인 손톱은길엇다
無爲한日月을 避難所에서 이런일 저런일
「우라싸에시」(裏返) 裁縫에 골몰하얏드니라

조희로 만든 푸른솔닙가지에 또한 조희로 만든흰鶴胴體한개가
서잇다 쓸々하다

火爐가해ㅅ볏갓치 밝은데는 熱帶의 봄처럼 부드럽다 그한구석
에서 나는地球의 公轉一週를 紀念할줄을 다알앗드라

《月刊每申》, 1934. 7.

危篤
禁制

내가치든개(狗)는튼튼하대서모조리實驗動物로供養되고그中에
서비타민E를지닌개(狗)는學究의未及과生物다운嫉妬로해서博
士에게흠씬어더맛는다하고십흔말을개짓듯배아터노튼歲月은숨
엇다。醫科大學허전한마당에우뚝서서나는必死로禁制를알는
(患)다。論文에出席한억울한髑髏에는千古에는氏名이업는法이다。

《朝鮮日報》, 1936. 10. 4.

危篤
絶壁

꽃이보이지안는다. 꽃이香기롭다. 香氣가滿開한다. 나는거기墓
穴을판다. 墓穴도보이지안는다. 보이지안는墓穴속에나는들어
안는다. 나는눕는다. 또꽃이香기롭다. 꽃은보이지안는다. 香氣
가滿開한다. 나는이저버리고再처거기墓穴을판다. 墓穴은보이
지안는다. 보이지안는墓穴로나는꽃을깜빡이저버리고들어간다.
나는정말눕는다. 아아. 꽃이또香기롭다. 보이지도안는꽃이—보
이지도안는꽃이.

《朝鮮日報》, 1936. 10. 6.

危篤
買春

記憶을마타보는器官이炎天아래생선처럼傷해들어가기始作이
다。朝三暮四의싸이폰作用。感情의忙殺。
나를너머트릴疲勞는오는족족避해야겟지만이런때는大膽하게나
서서혼자서도넉넉히雌雄보다別것이여야겟다。
脫身。신발을벗어버린발이虛天에서失足한다。

《朝鮮日報》, 1936. 10. 8.

危篤
生涯

내頭痛우에新婦의장갑이定礎되면서나려안는다. 써늘한무게때
문에내頭痛이비켜슬氣力도업다. 나는견디면서女王蜂처럼受動
的인맵시를꾸며보인다. 나는已往이주추돌미테서平生이怨恨이
거니와新婦의生涯를浸蝕하는내陰森한손찌거미를불개아미와
함께이저버리지는안는다. 그래서新婦는그날그날까므라치거나
雄蜂처럼죽고죽고한다. 頭痛은永遠히비켜스는수가업다.

《朝鮮日報》, 1936. 10. 8.

危篤
沈歿

죽고십흔마음이칼을찻는다. 칼은날이접혀서펴지지안으니날을
怒號하는焦燥가絶壁에끈치려든다. 억찌로이것을안에떼밀어노
코또懇曲히참으면어느결에날이어듸를건드렷나보다. 內出血이뻑
뻑해온다. 그러나皮膚에傷차기를어들길이업스니惡靈나갈門이
업다. 가친自殊로하야體重은점점무겁다.

《朝鮮日報》, 1936. 10. 4.

危篤
內部

입안에짠맛이돈다。血管으로淋漓한墨痕이몰려들어왔나보다。
懺悔로벗어노은내구긴皮膚는白紙로도로오고붓지나간자리에피
가롱져매첫다。尨大한墨痕의奔流는온갓合音이리니分揀할길이
업고다므른입안에그득찬序言이캄캄하다。생각하는無力이이윽
고입을뻐겨제치지못하니審判바드려야陳述할길이업고溺愛에잠
기면버언저滅形하야버린典故만이罪業이되어이生理속에永遠히
氣絶하려나보다。

《朝鮮日報》, 1936. 10. 9.

危篤
自像

여기는어느나라의떼드마스크다. 떼드마스크는盜賊마젓다는소
문도잇다. 풀이極北에서破瓜하지안튼이수염은絶望을알아차리
고生殖하지안는다. 千古로蒼天이허방빠저잇는陷穽에遺言이石
碑처럼은근히沈沒되어잇다. 그러면이겨틀生疎한손짓발짓의信
號가지나가면서無事히스스로워한다. 점잔튼內容이이래저래구
기기시작이다.

《朝鮮日報》, 1936. 10. 9.

危篤

白晝

내두루매기깃에달린貞操빼지를내어보엿드니들어가도조타고그
린다. 들어가도조타든女人이바로제게좀鮮明한貞操가잇으니어
떠냐다. 나더러世上에서얼마짜리貨幣노릇을하는세음이냐는뜻
이다. 나는일부러다홍헌겁을흔들엇드니窈窕하다든貞操가성을
낸다. 그리고는七面鳥처럼쩔쩔맨다.

《朝鮮日報》, 1936. 10. 6.

危篤
追求

안해를즐겁게할條件들이闖入하지못하도록나는窓戶를닷고밤낮
으로꿈자리가사나워서나는가위를눌린다어둠속에서무슨내음
새의꼬리를逮捕하야端緖로내집내未踏의痕跡을追求한다。안해
는外出에서도라오면房에들어서기전에洗手를한다。닦아온여러
벌表情을벗어버리는醜行이다。 나는드듸어한조각毒한비누를發
見하고그것을내虛僞뒤에다살작감춰버렷다。 그리고이번꿈자리
를豫期한다。

《朝鮮日報》, 1936. 10. 4.

危篤
位置

重要한位置에서한性格의심술이悲劇을演繹하고잇슬즈음範圍
에는他人이업섯든가. 한株―盆에심은外國語의灌木이막돌아서
서나가버리랴는動機오貨物의方法이와잇는椅子가주저안저서귀
먹은체할때마츰내가句讀처럼고사이에낑기어들어섯스니나는내
責任의맵씨를어떠케해보여야하나. 哀話가註釋됨을따라나는슬
퍼할準備라도하노라면나는못견데帽子를쓰고박그로나가버렷
는데왼사람하나가여기남아내分身提出할것을이저버리고잇다.

《朝鮮日報》, 1936. 10. 8.

危篤
門閥

墳塚에게신白骨까지가내게血淸의原價償還을强請하고잇다. 天下에달이밝아서나는오들오들떨면서到處에서들킨다. 당신의印鑑이이미失效된지오랜줄은꿈에도생각하지안으시나요―하고나는으것이대꾸를해야겟는데나는이러케실은決算의函數를내몸에진인내圖章처럼쉽사리끌러버릴수가참업다.

《朝鮮日報》, 1936. 10. 6.

危篤
肉親

크리스트에酷似한襤褸한사나이가잇스니이이는그의終生과殞命
까지도내게떠맛기랴는사나운마음씨다。내時時刻刻에늘어서
서한時代나訥辯인트집으로나를威脅한다。恩愛―나의着實한
經營이늘새파랏게질린다。나는이육중한크리스트의別身을暗殺
하지안코는내門閥과내陰謀를掠奪당할까참걱정이다。그러나내
新鮮한逃亡이그끈적끈적한聽覺을벗어버릴수가업다。

《朝鮮日報》, 1936. 10. 9.

正式

正式

I

海底에가라앉는한개닷처럼小刀가그軀幹속에滅形하야버리드
라完全히달아없어졌을때完全히死亡한한개小刀가位置에遺棄되
여있드라

正式

II

나와그아지못할險상구즌사람과나란이앉아뒤를보고있으면氣
象은다沒收되여없고先祖가늦기든時事의證據가最後의鐵의性
質로두사람의交際를禁하고있고가젔든弄談의마즈막順序를내여
버리는이停頓한暗黑가운데의奮發은참秘密이다그러나오즉그아
지못할險상구즌사람은나의이런努力의氣色을어떠케살펴알았는
지그따문에그사람이아모것도모른다하야도나는또그따문에억찌
로근심하여야하고地上맨끝整理인데도깨끗이마음놓기참어렵다

正式

III

웃을수있는時間을가진標本頭蓋骨에筋肉이없다

正式

IV

너는누구냐그러나門밖에와서門을두다리며門을열나고외치
니나를찾는一心이아니고또내가너를도모지모른다고한들나는참
아그대로내여버려둘수는없어서門을열어주려하나門은안으로만고
리가걸닌것이아니라밖으로도너는모르게잠겨있으니안에서만열어
주면무엇을하느냐너는누구기에구타여다친門앞에誕生하였느냐

正式

V

키가크고愉快한樹木이키적은子息을나았다軌條가平偏한곳
에風媒植物의種子가떨어지지만冷膽한排斥이한결같아灌木은
草葉으로衰弱하고草葉은下向하고그밑에서靑蛇는漸々瘦瘠하
야가고땀이흘으고머지않은곳에서水銀이흔들리고숨어흘으는水
脈에말둑박는소리가들녔다

正式

VI

時計가뻐꾹이처럼뻐꾹그리길내처다보니木造뻐꾹이하나가
와서모으로앉는다그럼저게울었을理도없고제법울가싶지도못하
고그럼앗가운뻐꾹이는날아갔나

破帖

1

優雅한女賊이 내뒤를밟는다고 想像하라
내門 빗장을 내가질으는소리는내心頭의凍結하는錄音이거나
그「겹」이거나…………
―無情하구나―
燈불이 침침하니까 女賊 乳白의裸體가 참 魅力있는汚穢―가
안이면乾淨이다

2

市街戰이끝난都市 步道에「麻」가어즈럽다 黨道의命을받들고月
光이 이「麻」어즈러운우에 먹을 즐느리라
(色이여 保護色이거라) 나는 이런일을흉내내여 껄껄 껄

3

人民이 픽죽은모양인데거의亡骸를남기지안았다 悽慘한砲火가
은근히 濕氣를불은다 그런다음에는世上것이發芽치안는다 그
러고夜陰이夜陰에繼續된다
猴는 드디어 깊은睡眠에빠젓다 空氣는乳白으로化粧되고
나는?
사람의屍體를밟고집으로도라오는길에 皮膚面에털이소삿다 멀
리 내뒤에서 내讀書소리가들려왔다

4

이 首都의 廢墟에 왜 遞信이있나

웅? (조용합시다 할머니의下門입니다)

5

쉬―ㅌ우에 내稀薄한輪廓이찍혓다 이런頭蓋骨에는解剖圖가
參加하지않는다

내正面은가을이다 丹楓근방에透明한洪水가沈澱한다

睡眠뒤에는손까락끝이濃黃의小便으로 차겁드니 기어 방울이
저서떨어젓다

6

건너다보히는二層에서大陸게집들창을닫어버린다 닫기前에 춤
을배앝었다

마치 내게射擊하듯이…………。

室內에展開될생각하고 나는嫉妬한다 上氣한四肢를壁에기대어
그 춤을 디려다보면 淫亂한

外國語가허고많은細

菌처럼 꿈틀거린다

나는 홀로 閨房에病身을기른다 病身은각금窒息하고 血循이어
기저기서망설거린다

7

단초를감춘다 남보는데서「싸인」을하지말고…………어디 어디
暗殺이 부헝이처럼 드새는지 ― 누구든지모른다

8

…………步道「마이크로폰」은 마즈막 發電을 마첫다
夜陰을 發掘하는月光 ―
死體는 일어버린體溫보다휠신차다 灰燼우에 시러가나렷건
만…………

별안간 波狀鐵板이넌머젔다 頑固한音響에는 餘韻도없다
그밑에서 늙은 議員과 늙은 敎授가 번차례로講演한다
「무엇이 무엇과 와야만되느냐」
이들의상판은 個個 이들의先輩상판을달멋다
烏有된驛構內에 貨物車가 웃둑하다 向하고잇다

9

喪章을부친暗號인가 電流우에올나앉어서 死滅의「가나안」을
指示한다
都市의崩落은 아 ― 風說보다빠르다

10

市廳은法典을감추고 散亂한 處分을拒絶하엿다

「콩크리―토」田園에는 草根木皮도없다 物體의陰影에生理가
없다

―孤獨한奇術師「카인」은都市關門에서人力車를나리고 항용 이
거리를緩步하리라

《子午線》, 1937. 10.

失樂園

少女

少女는 確實히 누구의 寫眞인가보다. 언제든지 잠잣고있다.

少女는 때때로 腹痛이난다. 누가 鉛筆로 작난을한 까닭이다. 鉛筆은 有毒하다. 그럴 때마다 少女는 彈丸을 삼킨사람처럼 蒼白하고는 한다.

少女는 또 때때로 咯血한다. 그것은 負傷한 나븨가와서 앉는 까닭이다. 그거미줄같은 나무가지는 나븨의 體重에도 견데지 못한다. 나무가지는 부러지고만다.

少女는 短艇가운데 있었다―群衆과 나븨를 避하야. 冷却된 水壓이―冷却된 유리의 氣壓이 少女에게 視覺만을 남겨주었다. 그리고 許多한 讀書가 始作된다. 덮은 冊 속에 或은 書齊어 떤틈에 곳잘한장의 「얇다란것」이되여버려서는 숨ㅅ고한다. 내活字에少女의 살결내음새가 섞여있다. 내製本에少女의 인두자죽이 남아있다. 이것만은 어떤强烈한 香水로도 헷갈니게 하는수는없을―

사람들은 그少女를 내妻라고해서 非難하였다. 듣기싫다. 거짓말이다. 정말이少女를 본 놈은 하나도없다.

그러나 少女는 누구든지의 妻가아니면 안된다. 내子宮가운데 少女는 무엇인지를 낳어 놓았으니―그러나 나는 아즉그것을 分娩하지는 않았다. 이런소름끼치는 智識을 내여버리지않고야―그렇다는것이―體內에 먹어들어오는 鉛彈처럼 나를 腐蝕시켜 버리고야 말것이다.

나는 이少女를 火葬해버리고 그만두었다. 내鼻孔으로 조희탈 때 나는 그런 내음새가 어느때까지라도 低徊하면서 살아지려들지않았다.

肉親의章

基督에 酷似한 한사람의 襤褸한 사나희가 있었다. 다만 基督에比하여 訥辯이요 어지간히 無智한것만이 틀닌다면 틀녔다.
年紀五十有一.
나는 이 模造基督을 暗殺하지 아니하면 안된다. 그렇지아니하면 내 一生을 押收하랴는 氣色이 바야흐로 濃厚하다.
한다리를 절늠거리는 女人―이 한사람이 언제든지 돌아슨姿勢로 내게肉迫한다. 내 筋肉과 骨片과 또若少한 立方의 淸血과의 原價償還을 請求하는모양이다. 그러나―
내게 그만한 金錢이있을까. 나는小說을 써야서푼도안된다. 이

런胸醬의 賠償金을ㅡ도로혀ㅡ물어내라 그리고싶다. 그러나ㅡ
어쩌면 저렇게 심술구즌 女人일까나는. 이醜惡한 女人으로부
터도 逃亡하지아니하면안된다.

단한個의 象牙스틱. 단한個의 風船.

墓穴에계신 白骨까지가 내게무엇인가를 强請하고있다. 그印
鑑은 임의失效된지 오랜줄은 꿈에도 생각하지않고.

(그代償으로 나는 내智能의 全部를 抛棄하리라.)

七年이지나면 人間全身의 細胞가 最後의 하나까지 交替된다
고한다. 七年동안나는 이 肉親들과 關係없는 食事를하리라. 그
리고 당신네들을 爲하는것도 아니고 또 七年동안은 나를 爲하
는것도 아닌 새로운 血統을 얻어보겠다ㅡ하는생각을 하야서는
안되나.
돌녀보내라고 하느냐. 七年동안 金붕어처럼 개흙만을吐하고
지내면 된다. 아니ㅡ미여기처럼.

失樂園

天使는 아모데도없다. 「파라다이스」는 빈터다.

나는때때로 二三人의 天使를 만나는수가 있다. 제各各 다쉽사리 내게 「키쓰」하야준다. 그러나 忽然히 그당장에서 죽어버린다. 마치 雄蜂처럼—

天使는 天使끼리 싸홈을 하였다는 所聞도있다.

나는B君에게 내가享有하고있는 天使의屍體를 處分하야버릴 趣旨를 니야기할작정이다. 여러사람을 웃길수도 있을것이다. 事實S君 같은 사람은 깔깔웃을것이다. 그것은S君은 五尺이나넘는 훌륭한天使의 屍體를 十年동안이나 忠實하게 保管하야온 經驗이있는 사람이니까—

天使를 다시 불러서 돌아오게하는 應援旗같은 旗는 없을가.

天使는 왜그렇게 地獄을 좋아하는지 모르겠다. 地獄의 魅力이 天使에게도 차차 알녀진것도 같다.

天使의 「키쓰」에는 色色이 毒이들어있다. 「키쓰」를 당한사람은 꼭무슨病이든지 앓다가 그만 죽어버리는것이 例事이다.

面鏡

鐵筆달닌 펜軸이하나, 잉크瓶. 글字가적혀있는紙片 (모도가 한사람치)

附近에는 아모도 없는것같다. 그리고 그것은 읽을수없는 學問인가싶다. 남어있는 體臭를 유리의「冷膽한것」이 德하지아니하니 그悲壯한 最後의 學者는 어떤 사람이였는지 調查할길이 없다. 이簡單한 裝置의 靜物은「쓰당카아멘」처럼 寂寂하고 기쁨을 보히지 않는다.

피(血)만 있으면 最後의 血球하나가 죽지만않았으면 生命은 어떻게라도 保存되여있을것이다.

피가 있을가. 血痕을 본사람이있나. 그러나 그難解한文學의 끝으머리에 「싸인」이없다. 그사람은―萬―그사람이라는 사람이 그사람이라는 사람이라면―아마 돌아오리라.

죽지는않았을까―最後의 한사람의 兵士의―論功조차 行하지 않을―榮譽를 一身에지고. 지리하다. 그는 必是돌아올것인가. 그래서는 疲身에 가늘어진 손가락을 놀녀서는 저靜物을 運轉할것인가.

그러면서도 決코 기뻐하는 氣色을 보히지는 아니하리라. 짖거리지도 않을것이다. 文學이 되여버리는 잉크에 冷膽하리라. 그러나 지금은 限없는 靜謐이다. 기뻐하는것을 拒絶하는 투박한 靜物이다.

靜物은 부득부득 疲困하리라. 유리는 蒼白하다. 靜物은 骨片까지도 露出한다.

時計는 左向으로 움즉이고있다. 그것은 무엇을 計算하는「메ー터」일까. 그러나 그사람이라는 사람은 疲困하였을것도같다. 저「캐로리」의削減ー모든 機構는 年限이다. 거진거진ー殘忍한 靜物이다. 그强毅不屈하는 詩人은 왜돌아오지 아니할까. 果然 戰死하였을까.

靜物가운에 靜物이 靜物가운데 靜物을 점여내이고있다. 殘忍하지 아니하냐.

秒針을 包圍하는 유리덩어리에 남긴 指紋은 甦生하지아니하면 안될것이다ー그悲壯한 學者의 注意를 喚起하기爲하야.

自畵像(習作)

여기는 도모지 어느나라인지 分間을 할수없다. 거기는 太古

와 傳承하는 版圖가 있을뿐이다. 여기는 廢墟다. 「피라미드」와
같은 코가있다. 그구녕으로는 「悠久한것」이 드나들고있다. 空氣
는 褪色되지않는다. 그것은 先祖가 或은 내前身이 呼吸하던바
로 그것이다. 瞳孔에는 蒼空이 凝固하야 있으니 太古의 影像의
畧圖다. 여기는 아모 記憶도遺言되여 있지는않다. 文字가 달아
없어진 石碑처럼 文明의 「雜踏한것」이 귀를 그냥지나갈뿐이다.
누구는 이것이 「떼드마스크」(死面)라고 그랬다. 또누구는 「떼드
마스크」는 盜賊맞었다고도 그랬다.

　죽엄은 서리와같이 나려있다. 풀이 말너버리듯이 수염은 자
라지않는채 거츠러갈뿐이다. 그리고 天氣모양에 따라서 입은 커
다란소리로 외우친다―水流처럼.

月傷

　그수염난 사람은 時計를 끄내여보았다. 나도時計를 끄내여
보았다. 늦었다고그랬다. 늦었다고 그랬다.

　一週夜나늦어서 달은떴다. 그러나 그것은 너무나 心痛한 차
림차림이였다. 滿身瘡痍―아마 血友病인가도 싶었다.
　地上에는 금시 酸鼻할惡臭가 彌蔓하였다. 나는 달이있는 反
對方向으로 것기시작하였다. 나는 걱정하였다―어떻게 달이저

렇게 悲慘한가하는—

　昨日의 일을 생각하였다—그暗黑을—그리고 來日의일
도—그暗黑을—

　달은 遲遲하게도 行進하지않는다. 나의 그겨우있는 그림자가
上下하였다. 달은 제體重에 견데기 어려운 것같았다. 그리고 來
日의 暗黑의 不吉을 徵候하였다. 나는이제는 다른말을 찾어내
이지 않으면 안되게되였다.
　나는嚴冬과같은 天文과 싸와야한다. 氷河와 雪山가운데 凍
結하지 않으면 안된다. 그리고 나는 달에對한 일은 모도 이저버
려야만 한다—새로운 달을 發見하기爲하야—

　금시로 나는도도한 大音響을 들으리라. 달은 墜落할것이다.
地球는 피투성이가 되리라.
　사람들은 戰慄하리라. 負傷한 달의 惡血가운데 遊泳하면서
드디여 結氷하야버리고 말것이다.

　異常한 鬼氣가 내骨髓에 浸入하여 들어오는가싶다. 太陽은
斷念한 地上最後의 悲劇을 나만이 豫感할수가 있을것같다.
　드디여나는 내前方에 疾走하는 내그림자를 追擊하야 앞슬수
있었다. 내뒤에 꼬리를 이끌며 내그림자가 나를쫓는다.

내앞에달이있다. 새로운—새로운—
불과같은—或은 華麗한 洪水같은—

《朝光》, 1939. 2.

最低樂園

一

空然한 아궁지에 춤을배았는奇習—煙氣로하야 늘 내운方向—머믈으려는 성미—끌어가려드는성미—불연듯이 머믈으려드는 성미—色色이 황홀하고 아예記憶못하게하는 秩序로소이다.

究疫을 헐값에팔고 定價를隱荵하는 가가 모퉁이를 돌아가야 混濁한炭酸瓦斯에 젖은말뚝을 맞날수있고 흙무든花苑틈으로 막다른 下水溝를 뚫는데 기실 뚤렷고 기실 막다른 어룬의 골목이로소이다. 꼭한번 데림프스를 맞어본일이있는손이 리소-르에 가라앉어서 不安에 흠씬 끈적끈적한 白色琺瑯質을 어루맞이는 배꼽만도 못한電燈 아래—軍馬가細流를 건느는소리—山谷을 踏査하든 習慣으로는 搜索 뒤에 오히려 있는지없는지 疑心만나는 깜빡 잊어버린 詐欺로소이다 禁斷의 허방이있고 法規洗滌하는 乳白의 石炭酸水요 乃乃 失樂園을 驅練하는 鬚髥난號令이로소이다. 五月이되면 그뒷산에 잔디가 怠慢하고 나날이 겁뿐해가는 體重을 갖어다노코 따로묵직해가는 웃두리만이 고닯게 鄕愁하는 남만도못한人絹 깨끼저고리로소이다.

二

房문을닫고 죽은꿩털이 아깝듯이 네 허전한쪽을 후후불어본다. 소리가 나거라. 바람이 불거라. 恰似하거라. 故鄕이거라. 情死거라. 每저녁의꿈이거라. 丹心이거라. 펄펄끓거라. 白紙우에

납작없디거라. 그러나 네끈에는 鉛華가있고 너의속으로는 消毒이巡廻하고 하고나면 都會의雪景같이 지저분한指紋이 어울어져서 싸우고 그냥있다. 다시 방문을 열랴. 아스랴. 躊躇치말랴. 어림없지말랴. 견디지알랴. 어디를 건드려야 건드려야 너는열리느냐. 어디가 열여야 네어저께가 디려다보이느냐. 馬糞紙로만든 臨時 네세간―錫箔으로 비저놓은瘦瘠한鶴이 두마리다. 그럼 天候도 없구나. 그럼앞도없구나. 그렇다고 네뒷곁은 어디를 디디며 찾어가야 가느냐 너는 아마 네길을 실없이것나보다. 점잔은개잔등이를 하나넘고 셋넘고 넷넘고―無數히넘고 얼마든지 겪어제치는것이―해내는龍인가오냐 네行進이드구나 그게 바로到着이드구나 그게節次드구나 그다지 똑똑하드구나 점잔은개―가떼―月光이 銀貨같고 銀貨가月光같은데 멍멍 찢으면 너는 그럴테냐. 너는 저럴테냐. 네가 좋아하는 松林이 風琴처럼 밝애지면 목매죽은동무와 煙氣속에 貞操帶 채워禁해둔 産兒制限의 毒살스러운抗辯을 홧김에 吐해놋는다.

三

煙氣로하야 늘 내운方向―거러가려드는성미―머믈느려드는 성미―色色이 황홀하고 아예記憶못하게하는 길이로소이다. 安全을 헐값에 파는 가가 모통이를 도라가야 最低樂園의 浮浪한 막다른골목이요 기실뚤인골목이요 기실은 막다른 골목이로소이다.

에나멜을 깨끗이 훔치는 리소-르 물튀기는 山谷소리 찾어보아도 없는지 있는지 疑心나는 머리끗까지의 詐欺로소이다. 禁斷의 허방이있고 法規를洗滌하는 乳白의石炭酸이오 또 失樂園의號令이로소이다. 五月이되면 그뒷山에 잔듸가 게을은대로 나날이 거벼워가는 體重을 그우에내던지고 나날이 묵어워가는 마음이 혼곤히 鄕愁하는 겹저고리로소이다. 或달이銀貨같거나 銀貨가 달같거나 도모지 豊盛한三更에 졸이면 오늘낮에 목매달아죽은 동무를 울고나서─煙氣속에 망설거리는 B□C의 抗辯을 횟김에 房안 그득이吐해놋는 것이로소이다.

四

房門을닫고 죽은꿩털을 앗갑뜻이 네뚤닌쪽을 후후 불어본다 소리나거라. 바람이불거라. 恰似하거라. 故鄕이거라. 죽고싶은사랑이거라. 每저녁의 꿈이거라. 丹心이거라. 그러나 너의곁에는 化粧있고 너의안에도 리소-르─가있고 잇고나면 都會의雪景같이 지저분한 指紋이 쩔쩔亂舞할뿐이다. 겹겹이中門일뿐이다. 다시房門을 열까. 아슬까. 망설이지말까. 어림없지말까. 어디를건드려야 너는열니느냐 어디가열여야 네 어젹게가 보이느냐.

馬糞紙로만든臨時 네세간─錫箔으로 비저노은 瘦瘠한鶴두루미. 그럼 天氣가없구나. 그럼 앞도업구나. 그러타고 뒤통수도 없구나. 너는 아마 네길을 실없이것나보다. 점잔은개 잔등이를 하나넘고 둘넘고 셋넘고 넷넘고─無數히 넘고─얼마든지 해

455

내는것이 꺽거제치는것이 그게 行進이구나. 그게到着이구나. 그
게順序로구나. 그러케 똑똑하구나. 점잔은개—멍멍 짖으면 너
도 그럴테냐. 너는 저럴테냐 마음노코 열어제치고 이대로 생긴
대로 후후부는대로 짓밟어라. 춤추어라. 깔깔우서버려라.

《朝鮮文學》, 1939. 5.

無題

내 마음에 크기는 한개 卷煙 기러기만하다고 그렇게보고,
處心은 숫제 성냥을 그어 卷煙을 부쳐서는
숫제 내게 自殺을 勸誘하는도다。
내 마음은 果然 바지작 바지작 타들어가고 타는대로 작아가고,
한개 卷煙 불이 손가락에 옮겨 붙으럴적에
果然 나는 내 마음의 空洞에 마지막 재가 떨어지는 부드러운
音響을 들었더니라。

處心은 재떨이를 버리듯이 大門 밖으로 나를 쫓고,
完全한 空虛를 試驗하듯이 한마디 노크를 내 옷깃에남기고
그리고 調印이 끝난듯이 빗장을 미끄러뜨리는 소리
여러번 굽은 골목이 담장이 左右 못 보는 내 아픈 마음에 부
딪쳐
달은 밝은데
그 때부터 가까운 길을 일부러 멀리 걷는 버릇을 배웠 드니라。

《貘》3호, 1938. 10.

無題(其二)

先行하는奔忙을실고 電車의앞窓은
내透思를막는데
出奔한안해의 歸家를알니는「레리오드」의 大團圓이었다.

너는엇지하여 네素行을 地圖에없는 地理에두고
花瓣떨어진 줄거리 모양으로香料와 暗號만을 携帶하고돌아
왔음이냐.

時計를보면 아모리하여도 一致하는 時日을 誘引할수없고
내것 않인指紋이 그득한네肉體가 무슨 條文을 내게求刑하
겠느냐

그러나 이곧에出口와 入口가늘開放된 네私私로운 休憩室이
있으니 내가奔忙中에라도 네그즛말을 적은片紙을「데스크」우
에놓아라.

昭和八年十一月三日

《獏》4호, 1938. 12.

一九三三, 六, 一

天秤우에서 三十年동안이나 살아온사람 (엇던科學者) 三十萬
個나넘는 별을 다헤여놋코만 사람 (亦是) 人間七十 아니二十四
年동안이나 썬々히사라온 사람 (나)
나는 그날 나의自敍傳에 自筆의訃告를 揷入하엿다 以後나의肉
身은 그런故鄕에는잇지안앗다 나는 自身나의詩가 差押當하는
꼴을 目睹하기는 참아 어려웟기째문에。

이상(李箱)

1910년 9월 23일(음력 8월 20일), 서울 종로구 사직동에서 아버지 김영창과 어머니 박(朴)씨의 2남 1녀 중 장남으로 출생했다. 본명은 김해경(金海卿), 본관은 강릉(江陵). 본적은 큰아버지 집인 경성부 통동(통인동) 154번지로 기록되어 있다. 아버지 김영창은 구한말 궁내부(宮內府) 활판소(活版所)에서 일하다가 손가락이 잘린 뒤 이발소를 차렸다. 1913년 큰아버지 김연필의 집(통인동)으로 들어가 성장했다. 총독부의 하급 관리였던 큰아버지는 자식이 없어서 이상을 친자식처럼 키웠다. 이상의 형제로 남동생은 김운경, 여동생은 김옥희.

1917년, 종로구 누상동에 있던 신명학교(新明學校, 4년제 학교)에 입학했다. 동기생인 화가 구본웅(具本雄, 1906~1953)과 오랜 친구가 되었다. 1921년 신명학교 졸업 후 불교에서 경영하는 동광학교(東光學校)에 입학했다. 1922년 동광학교가 보성고등보통학교와 합병되었다. 화가가 되기를 꿈꾸었다. 1926년, 보성고등보통학교를 졸업했다. 동숭동에 있는 경성고등공업학교 건축과에 입학했다. 해방 이후 서울대 공대로 재편된 학교로 조선인의 입학은 어려웠다. 1928년, 경성고등공업학교 졸업기념 사진첩에 본명인 김해경 대신 이상(李箱)이라는 별명을 사용했다.

1929년, 경성고등공업학교 건축과를 수석으로 졸업했다. 4월, 조선총독부 내무국 건축과에 채용되었다. 11월, 건축과가 폐지되어 관방 회계과(官房 會計課) 영선계 소속이 되었다. 영선계는 건설 행정과 유지 보수를 담당하는 부서였다. 12월, 일본인 건축 기술자들이 만든 조선건축회 일본어 기관지 《조선과 건축(朝鮮と建築)》 표지 도안 현상공모에 1등과 3등으로 당선되었다.

1930년, 조선총독부에서 식민지 정책 홍보를 위해 발간한 잡지《조선 (朝鮮)》 국문판에 장편소설「12월 12일」을 '이상(李箱)'이라는 필명으로 연재(총 9회)했다. 이해 여름쯤 폐결핵 증세가 나타났다. 1931년, 조선미술전람회에 서양화「자상(自像)」을 출품해 입선했다.《조선과 건축》에 일본어로 쓴 시「이상한가역반응」등을 발표했다. 1932년 큰아버지 김연필이 사망했다.《조선과 건축》의 표지 도안 현상공모에서 가작(4등)으로 입상했다.

1933년 2월, 조선총독부를 사직했다. 봄에 황해도 배천(白川)온천에서 쉬다가 기생 금홍을 만났다. 6월, 종로 1가에 다방 '제비'를 개업하면서 금홍과 동거했다. 정지용의 결정으로 잡지《가톨닉청년》에 최초의 국문시「꽃나무」등을 발표했다. 문학단체 '구인회(九人會)'의 정지용, 김기림, 박태원, 이태준 등과 교류하다가 1934년, '구인회'에 가입했다. 연작시「오감도」를《조선중앙일보》에 연재하지만 15편 발표 후 독자들의 항의와 비난으로 중단했다. 박태원 소설『소설가 구보씨의 일일』연재에 '하융(河戎)'이라는 이름으로 삽화를 그렸다. 구본웅이 9월에 개업한 골동품 갤러리에 자주 갔고 윗층에 있던 구본웅의 작업실에서 함께 그림도 그렸다. 1935년, 구본웅이 이상을 모델로「친구의 초상(友人像)」을 그렸다. 월세가 밀려서 다방 '제비'를 폐업했고 금홍이 이상의 곁을 떠났다. 9월 한 달쯤 평안도 성천에서 지냈다. 인사동의 카페 '쓰루(鶴)'를 인수해 운영하다가 실패했다.

1936년, 구본웅이 운영하던 출판사 창문사(彰文社)에 근무하면서 3월에는 구인회 동인지《시와 소설》의 편집을 맡아서 발행했다. 6월, 구본웅 새어머니의 이복동생인, 이화여전 영문과를 다니던 변동림과 신흥사(홍천사)에서 결혼식을 올렸다. 이상은 여고 시절 변동림의 과외 교사였다. 이상의 청혼을 받은 변동림은 친구 집에 간다고 거짓말을 하고 가방 하나만 들고 가출했다. 김기림 시집『기상도』를 편집하고 표지디자인을 했다. 9월, 단편소설「날개」를 발표하고 삽화도 그렸다. 10월에 새로운 모색을 위해 일본으로 갔지만 김기림에게 보낸 편지에서 도쿄를 '표피적인 서구적 악취'

라며 실망감을 전했다. 도쿄 간다(神田) 진보초(神保町)에서 하숙했다. 일본 유학 중인《삼사문학(三四文學)》동인들과 어울리면서 사실상 동인으로 참여했다. 11월, 도쿄에서 단편소설 「종생기(終生記)」를 썼다.

1937년 음력 설 직후인 2월 12일쯤, 거동 수상자라는 사상 혐의로 도쿄 니시간다(西神田) 경찰서로 끌려갔다. 유치장에서 30여 일 조사를 받다가 건강이 악화되었고, 자동차에 실려 거처로 돌아왔다. 일주일 후 3월 20일, 거처를 찾아온 김기림과 이틀간 만났다.

4월 16일, 서울에서 아버지와 할머니가 같은 날 사망했다.

4월 17일, 도쿄제국대학 부속병원에서 28세의 나이로 세상을 떠났다. 일본으로 달려온 부인 변동림에 의해 화장된 후 미아리 공동묘지에 묻혔다. 묘지는 6·25 전쟁을 거치면서 사라졌다.

변동림(김향안)은 『월하의 마음』에서 이상의 마지막 순간을 이렇게 회고했다.

이상의 입원실, 다다미가 깔린 방들, 그중의 한 방문을 열고 들어서니 이상이 거기 누워 있었다. (……) 이상은 눈을 떠 보다 다시 감는다. 떴다 감았다. 귀에 가까이 대고 '무엇이 먹고 싶어?', '센비끼야의 멜론'이라고 하는 그 가느다란 목소리를 믿고 나는 철없이 천필옥에 멜론을 사러 나갔다. 안 나갔으면 상은 몇 마디 더 낱말을 중얼거렸을지도 모르는데. (센비키야(천필옥)는 1894년에 문을 연 도쿄 긴자의 과일가게다.)

1949년 김기림이 『이상선집』을 출간했다.

세계시인선 40　　　나는 장난감 신부와 결혼한다

1판 1쇄 펴냄 2019년 9월 10일
1판 3쇄 펴냄 2023년 4월 24일

지은이　　이상, 박상순
발행인　　박근섭, 박상준
펴낸곳　　**(주)민음사**

출판등록　1966. 5. 19. (제16-490호)
주소　　　서울시 강남구 도산대로1길 62
　　　　　강남출판문화센터 5층 (06027)
대표전화　02-515-2000　팩시밀리 02-515-2007

www.minumsa.com

ⓒ 박상순, 2019. Printed in Seoul, Korea

ISBN 978-89-374-7540-5 (04800)
　　　　978-89-374-7500-9 (세트)